André Mumot

GEISTER NÄCHTE

Roman

eichborn

MIX
Papier aus verantwortungsvollen Quellen
FSC® C014496

Dieser Titel ist auch als E-Book erschienen.

Eichborn Verlag in der Bastei Lübbe AG

Originalausgabe

Textredaktion: Anabelle Assaf, Köln
Umschlaggestaltung: Massimo Peter-Bille
Einband-/Umschlagmotiv: © Tobyphotos/shutterstock
Satz: hanseatenSatz-bremen, Bremen
Gesetzt aus der Minion Pro
Druck und Einband: GGP Media GmbH, Pößneck
Printed in Germany
ISBN 978-3-8479-0647-6

5 4 3 2 1

Sie finden uns im Internet unter www.eichborn.de
Bitte beachten Sie auch www.luebbe.de

Thousands of ghosts in the darkness
Lost in a strange neighborhood
The lights from the warm houses haunt them
They forgot what they lost but they know it was good

Stars: I died so I could haunt you

I
Schweiß

Dienstag, 29. August 2017

Der Abend, an dem Jakob Bechstein ins Koma geprügelt wird, ist einer der schönsten des Sommers. Ein Abend, auf den viele gewartet haben. Weil die Luft mild ist und warm und keine Wolken über den Häusern hängen. Kein bisschen schwül ist es, und endlich kann man aufatmen. Die meisten Fenster stehen offen, und die Leute zieht es hinaus in die vollen, freundlichen Farben dieses Abends, in sein sanftes Licht. Jakob Bechstein ist einer von ihnen.

Vorläufig noch ohne Ziel, erst einmal Richtung Strausberger Platz. Da steht der Brunnen, mitten im Kreisverkehr, und vermischt den Feinstaub in der Luft mit winzigen Wassertröpfchen. Um ihn herum Wagen und Fahrräder und Menschen und die zwei hohen Wohntürme aus einer anderen Zeit. Ganz in der Nähe laufen Kinder über den Spielplatz, brüllen, lachen.

Irgendwo am Rand, ein Stück abseits der Rutsche, sitzen zwei und fühlen sich ausgeschlossen. Das ist immer so. Irgendwer gehört eben nicht dazu. Aber auch sie werden heute länger draußen bleiben. Die Gutenachtgeschichten müssen noch warten.

Jakob Bechstein nickt und redet und strahlt wie alles um ihn herum. Er ist nicht allein, hat den Arm lässig um die Schultern von Kenan Akyüz gelegt, und beide lachen. Jemand wie Jakob muss nicht allein sein, wenn er nicht will. Ausgeschlossen fühlt er sich nie. Er sieht gut aus, ist munter und sorglos. Bei diesen milden dreiundzwanzig Grad und dem hohen blauen Abendhimmel gibt es aber auch wirklich keinen Grund, sich zu beschweren. Genießen muss man das, denn spätestens morgen geht es wieder los. Spätestens morgen beschwert sich wieder irgendwer.

Übers Wetter klagen die Leute in jedem Sommer, da gibt es keine Ausnahmen. In Umkleidekabinen, in Mittagspausen, vor Kantinenfenstern und in Schlafzimmern, bei ersten Dates und leise unter den schwarzen Regenschirmen, die bei Beerdigungen aufgespannt werden. *Der Himmel weint*, sagen sie. Sie reden, wenn sie schon mal dabei sind, auch über die Politiker, die immer bloß Lügen von sich geben, und über die Mieten, die immer bloß steigen. Manche reden übers Theater und über Bücher oder über die Ausländer und die Terroristen, aber irgendwann reden dann doch alle bloß wieder übers Wetter.

Man kann es verstehen. Dieser Sommer hat den meisten Regen seit Beginn der Wetteraufzeichnungen gebracht. An einigen Tagen hat er die Straßen so tief unter Wasser gesetzt, dass die Bewohner der Stadt an den Haltestellen die Füße heben mussten, weil bei jedem Öffnen der Bustüren ein großer Wasserschwall ins Fahrzeuginnere hereingerauscht kam. Und während sie in den vergangenen Jahren oft wochenlang darauf warten mussten, dass ein erlösendes Gewitter die aufgestaute Hitze aus den Hinterhöfen wusch, hat in diesem August jede Unwetterfront sofort die nächste nach sich gezogen und jeden halbwegs sonnigen Tag gnadenlos mit donnerndem Zorn bestraft.

Dazwischen die drückende Wärme, von der niemand etwas hat. Wenn man schon morgens verschwitzt aus der Bahn steigt und den ganzen Tag mit Flecken unterm Arm herumläuft, möchte man wenigstens in einen sonnigen Himmel schauen dabei, möchte an den See am Nachmittag, abends draußen sitzen und sich so lange Bier bestellen oder Wein, bis man angenehm betrunken ist. Aber dann rücken doch wieder die Wolken zusammen, und schon springen alle in die nächste Tram. Denn wenn es erst einmal anfängt zu regnen in diesem Sommer, hört es so schnell nicht wieder auf.

Und da soll man nicht verrückt werden?

Nein, soll man nicht.

Immer schieben sie's aufs Wetter, die Leute. Ihre Wut und ihre schlechte Laune, ihre Schmerzen im Kopf und in den Gelenken, und am Ende auch die Schläge, die sie anderen verpassen. Normalerweise muss die quälende Schwüle des langen Sommers als Entschuldigung herhalten. Weil es unmöglich ist, sich zusammenzureißen, wenn's zu heiß ist, vor allem nachts. Die Polizei fährt öfter raus im Juli und im August, steht in Fluren, in Treppenhäusern, vor Kneipen und in Bars, beruhigt, greift ein, führt ab. Aber auch ein Regensommer, der die Leute unter die Markisen treibt, der sie hinter Fenstern stehen und voller Unruhe ihre Wetter-Apps mustern lässt, kann sehr wütend machen.

So ein Sommer entwurzelt Bäume, die auf Autos krachen. Es schert ihn nicht, ob zufällig jemand in solch einem Wagen sitzt, auf sein Handy starrt und feststellt, dass die Niederschlagswahrscheinlichkeit für die nächsten sechs Stunden bei 80 Prozent liegt. Es dauert noch ein Weilchen, bis die wirklich verheerenden Herbststürme aufziehen, aber der durchweichte Boden bringt die Bäume schon jetzt zu Fall, nimmt den Wurzeln ihren sicheren Halt. Verlässliche, freundliche Kastanien geraten ins Wanken, und stramme deutsche Eichen kippen einfach um.

Eine fantastische Sache ist dieser Sommer eigentlich nur für die Mücken. Überall breiten sich auf den unebenen Bürgersteigen und den sandigen Parkwegen der Stadt kleine und größere Pfützen aus. Bald kreisen darüber Flügel, Beine, Stechrüssel, verbinden sich zu dünnen, kaum sichtbaren Körpern und steigen suchend auf. Auch die Mücken würden wohl übers Wetter reden, wenn sie's könnten, und zwar voller Begeisterung. Das ist ihr Sommer. Aber sie wissen: Viel Zeit bleibt ihnen nicht, um ihren Hunger zu stillen und Eier abzulegen. Der Herbst ist fast schon da. Also lassen sie sich von den Blut- und Schweißgerüchen treiben. Beides ist hier im Überfluss vorhanden, da müssen sie nicht lange suchen.

Überall sprechen offene Fenster ihre Einladung aus. Auf der Danziger Straße, im vierten Stock, hinter einem dieser Fenster, steht Jakob Bechsteins Schwester und schaut hinaus. Zwei Mücken sind bereits fest entschlossen, bei ihr einzuziehen, und huschen an ihr vorbei.

Auch Kathi Bechstein atmet auf. Auch ihr tut es gut, dass der Abend zur Abwechslung mild ist und heiter. Das einzige Problem: Wenn es zu schön ist, sagt ihr womöglich die Kundschaft ab. Das wäre ärgerlich. Für ihr Geschäft bieten dunkle Wolken und ferner Donner bessere Arbeitsbedingungen. Aber nur nicht den Teufel an die Wand malen. Sie werden schon kommen. Man muss ja von irgendwas leben.

Jakobs Schwester schließt das Fenster und zieht die schweren Vorhänge zu. Das Deckenlicht brennt zu hell und bringt die beiden Mücken durcheinander. Aber Kathi Bechstein wird umgehend für indirektere Beleuchtung sorgen. Sie zündet Kerzen an, verteilt sie auf der Kommode und auf den zwei Beistelltischen. Sie weiß genau, wie der richtige Effekt zustande kommt. Eine einzelne Lampe wird später von unten ihr Gesicht anstrahlen und starke Schatten werfen.

Sie stellt eine flache gusseiserne Schale mit Wasser in die Mitte des runden Tisches und frische, aber dezente Duftstäbchen ins Regal. Ihre Klienten wissen den stilistischen Minimalismus zu schätzen, übertriebenen Hokuspokus können sie an jeder Ecke bekommen. Außerdem geht es nicht um das, was schon im Raum ist, sondern um das, was sie in den Raum hineinholen wird.

Ein prüfender Blick. Ihre Hand fährt über die Rückenlehne eines Stuhls, schiebt ihn ein Stück zur Seite. Sie räuspert sich mehrmals. Eine altmodische Pendeluhr macht Geräusche an der Wand. Wie ein Metronom. Das erträgt sie nur, wenn sie Sitzungen veranstaltet. Wenn nicht, hält sie die Uhr an.

20 Uhr 53.

Wie schön: Es sind keine Nachrichten auf ihrem Handy. Bisher hat niemand abgesagt. Also geht sie noch einmal ins Bad, begutachtet sich im Spiegel. Mit spitzen Fingern zupft sie zwei lange blonde Haare von ihrem hochgeschlossenen schwarzen Wollkleid. Sie legt die Kette mit den großen Amethysten um und zieht den braunroten Lippenstift nach. Dazu dunkler Lidschatten. Das Wichtigste sind dramatische Augen.

Kathi Bechstein ist zufrieden. Sie schaltet das Licht im Bad aus und lockert die Schultern. Beim Gang über den Flur macht sie Stimmübungen, sagt zweimal mit angespannter Gesichtsmuskulatur: »Zwischen zweiundzwanzig schwankenden Zwetschgenzweigen.« Gelernt ist gelernt.

Dann klingelt es endlich, und ihre Finger legen sich mit sanftem Druck auf den Türöffner. Sie strafft sich und lächelt. Mit einem freundlichen Guten Abend bittet sie den ersten Gast in die künstliche Nacht ihrer Wohnung, während ihr Bruder mit seinem Begleiter schon beinahe den Alexanderplatz erreicht hat und die letzte Sonnenwärme auf den Wangen spürt.

Jetzt bleibt er stehen, schaut auf sein Telefon. Schüttelt den Kopf. Dann grinst er wieder und erklärt, was los ist.

Fahrräder fahren an ihm und Kenan Akyüz vorbei. In einigem Abstand bleiben drei Männer stehen. Sie sind schon eine ganze Weile hinter den beiden hergegangen und haben auf dem Weg abwechselnd aus einer kleinen Wodkaflasche getrunken. Jetzt zünden sie sich Zigaretten an. Einer fotografiert. Den schönen Abend. Und Jakob Bechstein, der sich verabschiedet, weil er noch wegmuss. Es hat sich sehr spontan etwas ergeben.

Nein. Moment. Echt jetzt?

Es könnte so schön sein, aus dem Abend könnte eine Nacht werden, eine gemeinsame. Aber mit so was muss man bei Jakob immer rechnen. Er hat so viele Freunde. So viele Menschen, die um ihn buhlen, die ihn treffen, mit ihm Zeit verbringen, ihn küssen oder sonst was mit ihm machen wollen. Zugegeben: Vielleicht gibt es auch den ein oder anderen, der ihn zusammenschlagen möchte.

»Wir sehen uns dann morgen wieder, ist doch kein Problem. Mach du auch noch was Schönes.«

»Was *Schönes?*«

Jetzt, da Jakob wegmuss, scheint auch die Luft nicht mehr ganz so sauber und frisch zu sein. Wenn er nicht strahlt, sondern Ausflüchte macht, strahlt auch die Umgebung nicht mehr. Der Wind hebt einige Blätter auf und pustet Körnchen in die Gesichter der rauchenden Männer, die Jakob beobachten und auf ihre Gelegenheit warten. Wie winzige Spiegelscherben fühlen sie sich an und stechen auf der Haut. Man macht besser kurz die Augen zu. Einer, es ist ein blonder mit mehreren aufgekratzten Pickeln auf der Stirn, löst sich von der Gruppe, geht schon mal vor und ist bald nicht mehr zu sehen.

Die Sonne zieht sich ebenfalls zurück. Zeit für die Straßenlaternen. Sie stehen überall, links und rechts auf den Bürgersteigen, und ihre über die Fahrbahn gebogenen Hälse sind reich behängt mit Politikergesichtern. Überall die Kanzlerin – auch sie eine mütterliche, kreisrunde Sonne, die fest darauf vertraut, dass sie immer wieder aufgehen wird, ganz gleich, wie dunkel es zwischendurch auch werden mag: »Für ein Deutschland, in dem wir gut und gerne leben.«

Jakob Bechstein schaut noch einmal auf sein Handy, runzelt kurz die Stirn. Neben ihm tritt Kenan Akyüz von einem Fuß auf den anderen. Auf einem der Plakate steht: »Digital first, Bedenken second.« Eine dunkelhaarige Frau zeigt von ihrem Laternenbild mit dem Finger in die Welt. »Ich schütze am liebsten Daten, Grundrechte und Bienen.« *Bienen? Dein Ernst?*

Die Mücken würden lachen, wenn sie's könnten. Sie sind nicht derart schutzbedürftig, auch nicht so verweichlicht: Siegessicher und fast unsichtbar treiben sie in ihrer eigenen Wolke. Für Pollen interessieren sie sich nicht, auch nicht für Obstbäume, nur für Blut.

Zwei von ihnen wissen schon, dass ihnen ein guter Abend bevorsteht. Denn in Kathi Bechsteins warmer, stickiger Wohnung mit den dicht zugezogenen Vorhängen haben sich inzwischen mehrere entblößte Hälse und Nacken eingefunden. Außerdem Handgelenke, die zu Händen gehören, die einander umfassen und sich auf den runden Tisch legen. Wie auf dem Silbertablett.

Der Schweiß im Raum ist köstlich, weil er verstärkt wird vom Aroma einer leichten Angst. Die Uhr tickt. Anspannung dünstet sich aus am Tisch, das klamme, aufregende Gefühl, etwas eigentlich Verbotenes zu tun. Aber Kathi Bechstein schaut mit einem vertrauenerweckenden Blick in die Runde. Aufmunternd drückt sie die Hände links und rechts von sich. *Es wird euch nichts passieren*, sagt dieser Druck.

Einer der Gäste ist ein Neuling, ein frisch verwitweter Heilpraktiker aus Halensee. Er hat diese besondere Erfahrung noch nicht gemacht, und ihn lächelt sie besonders mütterlich an. Dann atmet sie ein und hebt die Augenbrauen.

»Wir fangen an. Keine Sorge. Wir sind hier zusammen, wir gehen unseren Weg gemeinsam.« Ein Nicken. *Alles klar?* »Wir wollen nun unsere Energien verbinden«, sagt Kathi Bechstein. Ihre Stimme klingt ganz anders, als wenn sie beispielsweise Brötchen kauft oder mit ihrem Bruder telefoniert. Tiefer. Klarer. Nachdrücklicher. »Wir wollen uns nahekommen, wir wollen unsere Gedanken vereinen und leeren. Wir müssen uns jetzt konzentrieren.«

Alle halten den Atem an, und die im Kerzenschein zuckenden Schatten der Mücken an der Wand bäumen sich auf wie zornige Doppelgänger.

»Stellt euch eine Farbe vor. Eine Farbe, die euch beruhigt.« Der Heilpraktiker öffnet kurz die Augen, befeuchtet seine Lippen. *Na gut.*

»Und nun ein Zimmer. Stellt euch ein Zimmer vor, das ihr gut kennt. Ein Zimmer, das ihr betretet und in dem eine Erinnerung auf euch wartet. In dem ihr demjenigen nahe gewesen seid, um den es euch geht. Dieser jemand ist nicht mehr dort. Das Zimmer ist verlassen. Und es leert sich weiter vor euren Augen. Alle Möbel verschwinden, alle Dinge, die in dieses Zimmer gehören. Stattdessen dringt die Farbe, die ihr euch vorgestellt habt, Stück für Stück in das Zimmer ein. Seht ihr sie? Gut, sehr gut, ich sehe sie auch. Ganz, ganz langsam breitet sie sich aus, und ganz langsam wird es heller in eurem Raum. Mit dem Licht wird auch die Farbe blasser. Immer blasser, bis sie ebenfalls verschwindet.« Sie atmet mehrere Male angestrengt ein und aus. Man hört leise Ärmelstoff rascheln und die Uhr an der Wand. Danach ist Kathi Bechsteins Stimme verändert, gleichgültiger, beinahe schläfrig.

»Da ist jetzt ein helles Nichts, das den Raum ausfüllt und in euch übergeht. Lasst euch davon aufnehmen. Dieses Nichts ist freundlich. Es hebt euch auf, macht euch leicht. Ich kann jetzt in eure Zimmer treten, denn sie sind verbunden, sind eins, sind vom selben Licht erfüllt. Nun werde ich uns die Tür öffnen, die am Ende dieses Zimmers ist. Ich werde hindurchgehen auf die andere Seite.« Sie macht schon wieder eine Pause, atmet schwer. Was sie als Nächstes sagt, ist undeutlich. Es kommt aus ihrer Kehle, klingt aber, als wäre sie weit weg. Dann noch eine Pause. Sie schnauft, bewegt den Kopf. Hält die Augen geschlossen. Der Schein der Lampe strahlt sie an, verändert die Schatten zwischen Stirn und Mund, zieht sie in die Länge. Sie stößt ein Lallen aus. Dann ist sie wieder still. Nur die Uhr tickt.

Das kann lange dauern. Ihre Gäste müssen Geduld haben. Ein köstlicher, ängstlicher Schweißtropfen rinnt über einen entblößten Nacken. Kathi Bechstein ist durch die Tür gegangen und wird dahinter Dinge sehen, die ihre Besucher nicht sehen können. Das hoffen sie zumindest, daran glauben sie. Sie wird für sie vielleicht die Toten sehen. Die Lebenden sieht sie jetzt jedenfalls nicht mehr, nicht die Gäste an ihrem Tisch, und schon gar nicht ihren Bruder.

Dabei wäre es eine gute Gelegenheit, ihn noch einmal gebührend zu würdigen: Mitte dreißig und voller Energie, mit einem breiten Lächeln und schönem, gepflegtem Vollbart, in einem tief ausgeschnittenen T-Shirt, draußen auf der Alexanderstraße, wo es langsam schummrig wird. Genau genommen ist er deutlich hübscher als seine Schwester. Weil er weiß, dass er gut aussieht und auch viel dafür tut, fotografiert er sich gern im Fitnessstudio, halb nackt und ernst, oder entschlossen und kampfbereit auf Demos in Kreuzberg und Neukölln. Er ist Künstler und politisch aktiv. Ungerechtigkeiten und Diskriminierungen aller Art machen ihn wahnsinnig. Vor der Welt und den Menschen hat er keine Angst. Er weiß, er ist im Recht. Deshalb muss er sich auch jetzt nicht entschuldigen, nichts begründen. Er muss gehen, das ist einfach so.

»Also bis morgen dann?«

»Klar, bis morgen.«

Kenan Akyüz bleibt nichts anderes übrig, als das einzusehen. Ist ja nicht das erste Mal.

Vierundzwanzig ist Kenan und wäre gern glücklich. Er wäre es gern heute, an diesem lauen Abend, der so vielversprechend begonnen hat, aber auch ganz grundsätzlich. Er weiß, es gibt noch Chancen: Er ist noch jung. Als er jetzt in Jakobs strahlendes, aufmunterndes Lächeln blickt, kommen ihm zwar ernsthafte Zweifel, doch wer das Glück sucht, wie Kenan Akyüz, trotzt dem Unglück, solange es geht. Deshalb streckt er die Arme aus.

Die Straßenlaternen verströmen in der warmen Dämmerung ein weiches, ganz besonderes Licht. »Burkas? Wir stehen auf Bikinis« sagt eins der Plakate, die ganz oben hängen. Aber die beiden schauen nicht hoch, sie schauen einander an. »Lügen haben lange Leitern« stand auf einem anderen, handgeschriebenen, das bis gestern an derselben Laterne hing, aber es ist schon entfernt worden. Der deutsche Bundestagswahlkampf ist eine ernste Angelegenheit, und Wahlplakate stehen unter besonderem Schutz.

Einer der beiden Männer, die sie immer noch beobachten, ein kräftiger Typ, der unter seiner Motorrad-Lederjacke nur ein weißes Unterhemd trägt, wirft seine Zigarette weg. Als würde er ausspucken. Mit engen, fokussierten Augen. Schon bereit. Der andere fotografiert den Abschied, macht ein Bild davon, wie Kenan seine Arme ausstreckt, die deutlich schmächtiger sind als die von Jakob. Kenan ist auch etwas kleiner, trägt eine kreisrunde Brille mit fast unsichtbarem Gestell, hat einen hellen Bartschatten, kurze dunkle Haare und einige Probleme, von denen er noch nichts weiß. Jetzt greift er nach Jakobs Gesicht und gibt ihm einen langen, intensiven Kuss. Traurig und trotzig küsst er ihn und mit so viel Nachdruck, dass Jakob unmöglich weggehen kann. Es ist ein Kuss, der sich gut fotografieren lässt.

Aber Jakob geht. Er betrachtet Kenan erst etwas überrascht und hebt dann eine Augenbraue, nur ein klein wenig spöttisch. Es ist nicht ihr erster Kuss und nicht ihr längster, auch nicht ihr leidenschaftlichster, aber ihr wichtigster. Jakob streicht mit den Fingern über Kenans Wange und strahlt. Noch ein Foto. Der Kuss sollte eine Aufforderung sein, aber Jakob nimmt ihn als Kompliment. Wie so vieles. Er verabschiedet sich, winkt noch mal und überquert die Straße.

Auf die beiden Männer, die Jakob folgen, achtet Kenan nicht. Später wird er sich auch nicht an sie erinnern. Er schaut bloß Jakob hinterher und schüttelt den Kopf. *Na toll*, denkt er. *Und jetzt?*

Jakob hat den Weg Richtung Jannowitzbrücke eingeschlagen, und Kenan fröstelt in seinem Shirt. Die Sonne ist schon ziemlich weit weg, geht hinterm Fernsehturm, irgendwo am Westberliner Himmel, endgültig unter, um die Stadt so dunkel zu machen, wie es in der kleinen Wohnung in der Danziger Straße schon ist. Die Kerzen flackern, und das Wasser in der flachen Schale zittert zwischen den sich umfassenden Händen. Es bildet Ringe.

Die Uhr an der Wand gibt der Stille ihren Puls. Kathi Bechsteins Augen sind offen. Sie starrt vor sich hin und spricht mit einer hohen, fremd klingenden Stimme. Dann entsteht wieder eine Pause. Der Weg auf die andere Seite ist beschwerlich. Schließlich traut sich einer der Gäste, stellt eine Frage, und sofort kippt der Kopf des Mediums nach vorn, als wäre er von hinten gestoßen worden. Kathi Bechstein murmelt, jammert, ihre Stimme geht rauf und runter. Dann hebt sie den Kopf und sagt: »Jetzt sind wir angekommen, jetzt können wir uns sehen.«

Na also, das Ziel ist in Reichweite, nur noch ein paar Meter. Auch Jakob Bechstein ist gut sichtbar hinter dem großen altrosafarbenen Einkaufszentrum an der Ostseite des Alexanderplatzes, wo es ruhig ist, wo nur wenige Leute unterwegs sind. Er hat sich seine Kopfhörer in die Ohren gesteckt, summt und raucht. Auf der großen Brache, die jeden Winter den vom Riesenrad überragten Weihnachtsmarkt aufnimmt, werden neue Häuser gebaut, die die Stadt dringend braucht. Weil sie nach innen wachsen muss, nicht nur nach außen. Eine S-Bahn rauscht gelb und voller Menschen über die Brücke, unter der Jakob Bechstein abbiegt, Richtung Parochialkirche, wo er erwartet wird. Er hat vor, heute noch etwas Geld zu verdienen. Von irgendwas muss der Mensch ja leben. Jeder muss das. Auch wenn heute Abend nicht alle der Meinung sind, dass Jakob Bechstein von etwas leben muss. Oder überhaupt.

Vor einer weiteren Baulücke und zwischen parkenden Autos steht einer, irgendein Typ, der ihn hat kommen sehen. Die beiden Männer, die ihm gar nicht mehr so unauffällig folgen, haben ebenfalls aufgeschlossen und die Hände in den Taschen zu Fäusten geballt. Der Typ fängt ihn für sie ab. »Kann ich dich mal was fragen?« Freundlich, etwas schwere Zunge.

Jakob Bechstein rennt nicht weg, er bleibt stehen. Es kommt ihm komisch vor, es kribbelt in seinem Hinterkopf, aber Angst hat er keine. Schon aus Prinzip nicht.

»Hast du Feuer?«, fragt der Typ. Ein blonder. Mit drei aufgekratzten Pickeln auf der Stirn. Alkoholatem.

Jakob Bechstein holt sein Feuerzeug aus der Hosentasche und hört die Schritte hinter sich, weil er die Kopfhörer aus den Ohren gezogen hat.

Der Typ hat keine Zigarette in der Hand, die man anzünden könnte. Er lächelt ihn schief an, streckt die Hand nach seiner Wange aus. Auch das versteht Jakob Bechstein falsch, aber nicht mehr lange.

Jetzt ist es so weit.

Die Türen all ihrer Zimmer sind geöffnet. Kathi Bechstein ist hindurchgegangen und holt die Stimmen derjenigen in den dunklen Raum, die dahinter warten, um sich mitzuteilen. *Von der anderen Seite.* Ihre Stimme leiert, sie überstürzt sich, dann verstummt sie wieder. Das Wasser vibriert jetzt noch heftiger in der Schale, und es scheint einen tiefen blauen Schimmer angenommen zu haben. Sie sind nicht mehr allein im Raum, und alle schwitzen. Am stärksten schwitzt der Heilpraktiker aus Halensee. Deshalb lösen sich die Mücken von ihrem Warteplatz an der Wand und treiben der klebrig flüssigen Angst entgegen, unter der die nächste Mahlzeit wartet. Ein entblößter Handrücken bietet sich an, mit einer dicken blauen Ader unter der Haut. Er hat sich nicht bewegt, dieser Handrücken, höchstens ein bisschen gezittert. Aber die Mücke ist groß und kräftig, ein Prachtexemplar. Ihre Beine streichen spürbar über die empfindliche Haut. Sie spaziert eine Weile hin und her, surrt, sucht den perfekten Platz und sticht zu. Sie saugt. Man soll den Kreis nicht unterbrechen, aber es ist sowieso leichte Unruhe am Tisch entstanden. Kathi Bechstein wirft ihren Kopf hin und her, verdreht die Augen, und jemand räuspert sich angespannt. Die Mücke lenkt ab. Sie ist kein hilfreicher Geist von der anderen Seite. Ein verdammter Plagegeist ist sie, nichts weiter. Es geht ja schnell, kurz die Finger gelockert und zugeschlagen. Damit Ruhe ist. Manchmal muss man einfach zuschlagen.

Und noch mal, und noch mal. Jakob Bechstein ist nach wie vor erstaunt, über jeden einzelnen Schlag, und die Empörung über das, was ihm passiert, ist schlimmer als der Schmerz. Man hat ihn gezogen und getreten. Er wird hin und her geworfen. Seine Kopfhörer liegen noch vorn an der Straße, eine weiße Schnur mit Augen, und sein Shirt ist an der linken Schulter aufgerissen. Wie viele Männer sind das jetzt? Von dem kleinen Parkplatz haben sie ihn auf den Hinterhof gezerrt. Die Fenster der Bürogebäude drum herum sind dunkel, der Abend darüber tiefblau, und eine weitere S-Bahn rattert von Osten nach Westen. Jakob Bechstein macht sich los. Er hebt die Hände. Als wolle er bloß um eine kleine Pause bitten, nur mal kurz verschnaufen. Fast rührend ist das. Dann taumelt er orientierungslos auf eine Hauswand zu und kotzt die Falafeln aus, die er vor einer Stunde im Friedrichshain gegessen hat. Und Galle.

Der Mann im Unterhemd schaut zu, wartet ab. Seine Lippen zucken, und seine Fäuste auch. Von seinen Freunden wird er Lenni genannt, aber eigentlich heißt er Lennart. Lennart Krappe. Ja, er hat Freunde – warum auch nicht? –, sogar eine feste Freundin hat er. Einen festen Job hat er nicht, verdient aber ganz gut. Zum Beispiel an Abenden wie diesem. Er hat seine nicht gerade billige Motorrad-Lederjacke bis oben zugezogen. Vielleicht will er nicht, dass Blut an sein Unterhemd kommt. Zuschlagen will er in jedem Fall, will treten, und das tut er. »Scheiß Schwuchtel«, sagt er mehrmals. »Kanakenficker.« Er sagt: »Schwanzlutscher«, und beißt sich beim Treten versehentlich auf die Zunge. Blutgeschmack und ein leichter Ständer. »Das gefällt dir doch, Schwuchtel, oder?« Nein, sieht nicht so aus. Einer von den anderen lacht. »Das magst du doch, Schwuchtel!« *Nein, wirklich nicht.* »Dein Arschloch ist doch geil drauf, oder? Du willst doch was drinhaben, oder?« Keine Stahlkappe, nein.

Es ist wirklich einer der schönsten Tage dieses Sommers gewesen, aber jetzt geht er zu Ende. Der Himmel ist dunkel, und zwischen den tiefblauen Hauswänden des Hinterhofs, nahe der Parochialkirche, flattern die Fledermäuse von links nach rechts und wieder zurück. Aufgeschreckt, geradezu panisch wirken sie, aber das täuscht, denn sie fangen sich mit größter Präzision Mücken mitten im Flug.

Es ist nichts Persönliches für den Mann in Unterhemd und Lederjacke. Er kennt Jakob Bechstein nicht, aber während sich seine beiden Kollegen längst ein Stück zurückgezogen haben und zweifelnde Blicke austauschen, legt er sich noch mal richtig ins Zeug. Er schlägt zu und tritt, noch mal und noch mal. Und es funktioniert: Mit jedem Tritt, mit jedem Schlag wird die Welt wieder mehr zu der Welt, wie sie sein sollte, zu einer Welt, in der Lennart Krappe gut und gerne leben kann. Er holt sie sich zurück, diese Welt, *seine* Welt, mit Schwung, mit Kraft, mit Händen und Beinen und Füßen in Stiefeln, mit seinem ganzen Körper holt er sie sich zurück.

Jakob Bechstein hat bereits mehrere gebrochene Rippen, längst auch innere Verletzungen, ist aber immer noch nicht bewusstlos. Er rutscht noch aus eigener Kraft ein paar Zentimeter vorwärts über den Boden, bevor er, *die Schwuchtel, der Kanakenficker, der scheiß linke Abschaum, der alles zu wissen glaubt, der sich immer und überall überlegen fühlt, der für alles steht, was schiefläuft in diesem Land,* zurückgerissen wird, bevor der Stiefel endlich seinen Kopf trifft. Jakob Bechstein hat oft Glück im Unglück, auch diesmal, wenn vielleicht auch nicht genug. Es kommen ein paar Leute in der Nähe vorbei. Jemand ist mutig und hebt die Stimme, jemand verständigt per Handy die Polizei, und die ist ohnehin nicht weit weg, wegen der vielen Gewaltdelikte am Alexanderplatz. Der Blonde mit den Pickeln auf der Stirn, der am Hofeingang Schmiere gestanden hat, ruft zum Abflug, und der andere zieht Lenni an der Schulter.

Der Weg auf die andere Seite ist beschwerlich. Jakob Bechstein spürt nicht, dass die Tritte aufgehört haben. Er hört nicht, dass seine Angreifer davonlaufen und noch mal laut und deutlich »Schwuchtel!« in die Nacht brüllen – ihr Lieblingswort –, damit es später keine Zweifel am Motiv der Täter gibt. Er liegt gekrümmt auf dem Boden, ein weiteres Opfer der zunehmenden Gewalt. Er blutet und glaubt zu sehen, dass der Hinterhof sich leert, dass das letzte bisschen Welt, in das er noch gehört, langsam von einer hellen, dann dunkler werdenden Farbe ausgefüllt wird. Den Krankenwagen hört Jakob Bechstein nicht mehr, während die Farbe, ein beinahe schwarzes Braun, ihn in sich aufnimmt, vom Boden löst und seine letzten Gedanken löscht.

Viel bleibt jetzt nicht mehr zu tun. Seine Schwester schüttelt erst benommen den Kopf, dann Hände. Auf einer davon hat sich eine dicke Quaddel gebildet. Kathi Bechstein verabschiedet ihre beeindruckten Gäste, öffnet das Fenster, lässt Frischluft herein. Bevor sie sich setzt, hält sie die Uhr an. Dieses Ticken kann einen in den Wahnsinn treiben.

Jetzt ist es dunkel draußen. Ein Krankenwagen fährt mit eingeschaltetem Blaulicht über die Danziger Straße und beschleunigt. Sterne sieht man nicht am Himmel, weil schon wieder die nächsten Regenwolken aufziehen. Wie sollte es anders sein. Der schöne Sommertag ist vorbei und die Nacht finster und böse. Man bleibt besser im Haus, bringt seine Kinder ins Bett und in Sicherheit, setzt sich vor den Fernseher oder geht früh schlafen. Es ist keine gute Nacht, da draußen. Der Himmel weint. Dann wütet er. Gießt seinen Regen aus über Berlin, füllt die Pfützen und schiebt die Wolken weiter ins Umland. Über Felder und Dörfer fällt der Regen, über Plattenbauten und kleine Bäche, und findet auf seinem Weg noch ein weiteres Opfer dieses Abends. Einen Jungen, vielleicht elf, vielleicht zwölf Jahre alt, vielleicht jünger, der nicht mehr friert, obwohl er nur ein dünnes T-Shirt und eine abgewetzte Jeans trägt. Keine Socken, keine Schuhe. Die Füße sind nackt. Seine Augen sind geöffnet, obwohl er nichts sieht. Wie er heißt, wird man nicht so leicht herausbekommen. Einen Ausweis wird man bei ihm jedenfalls nicht finden. Er ist nicht blond. Dunkel ist er. Fremd sieht er aus, wie er da so sitzt, die Arme herabhängend, die Hände im Schoß. Mit aufgerissenen, staunenden Augen in der Gabelung eines Astes. Der Ast gehört zu einem Baum, der Baum zu einer Schrebergartenanlage. Vor wenigen Stunden ging noch der Geruch von Senf und Kohle, von verbrannter Würstchenhaut über die Hecken, und Tupperware-Schüsseln mit selbst gemachtem Kartoffelsalat wurden geöffnet. Hier stehen Lauben, an deren Wänden Rechen lehnen. Einige Plastikstühle sind mit Ketten angebunden, die Lauben abgeschlossen. Die Wege zwischen den Gärten sind sauber geharkt, einige schwarzrotgoldene Fahnen schlackern im regennassen Wind. Der Junge passt nicht hierher, gehört hier nicht hin. Wo er stattdessen hingehört, kann niemand so leicht sagen, er selbst vermutlich konnte es am wenigsten. Eines steht fest: Ihn hat heute niemand liebevoll zu Bett gebracht, ihm hat niemand eine Gutenachtgeschichte erzählt und schon gar kein deutsches Märchen. Er sieht nicht aus, als wisse er viel über Großmütter, die in Betten liegen und eigentlich hungrige Wölfe sind. Er weiß nichts über die Schönsten im ganzen Land, über Prinzen und Rosenhecken, hinter denen man hundert Jahre schläft, bis man endlich wachgeküsst wird. Was er gehört und gesehen hat, hier in der Fremde, scheint ihn erschreckt zu haben. Verstanden hat er es vermutlich nicht. Er ist abgemagert, und es sind mehrere Verletzungen an seinem Körper zu finden, Hämatome, die bereits verblassen, eher gelb und grünlich sind als blau und rot. Nur eine Wunde ist frisch. In seine Stirn ist etwas eingeritzt worden. Jemand hat sich mit einer scharfen Klinge über ihn gebeugt. Da hat er es schon nicht mehr gespürt, da war es schon vorbei. Was ist das? Ein X? Könnte sein. Ein Kreuz? Ebenfalls möglich.

In der Nähe werden Schritte leiser. Sie stammen von demjenigen, der ihn hochgehoben und beinahe zärtlich abgesetzt hat, der ihn auf diesem Ast platziert hat wie eine Puppe. Es sind die Schritte von demjenigen, der sich nun entfernt. Der seine Taschenlampe immer nur ganz kurz einschaltet, um den Weg zu finden durch den Wald, der hinter der Gartenkolonie beginnt. Dieser Jemand bewegt sich mühsam, angestrengt, weil er Schuhe trägt, die ihm nicht passen und die er in Kürze irgendwo entsorgen wird. Für den Fall, dass er Spuren hinterlässt, was man ja immer tut. Der Junge schaut derweil in den Regen, in die böse Nacht, und erst morgen früh wird man ihn finden. Demnächst ist es dann in den Zeitungen zu lesen, erst online und dann im Print: dass ein Junge, vermutlich einer der unbegleiteten Geflüchteten, tot aufgefunden wurde. Man wird auch von dem homophoben Überfall auf einen jungen Theaterkünstler lesen, der in letzter Zeit in Berlins freier Szene durch Arbeiten zu wichtigen gesellschaftlichen Fragen auf sich aufmerksam gemacht hat. Es sind vielsagende Beispiele für die fortschreitende Verrohung unserer Zeit. Darüber wird man sprechen, während der Regen weiter und weiter fällt. Die Niederschlagswahrscheinlichkeit liegt in den nächsten Tagen bei 70 bis 80 Prozent, und bald, es dauert gar nicht lang, reden alle wieder übers Wetter.

II
Die kleine und die große Hand

Das Kindlein winkt, der Schatten geschwind
winkt aus der Tiefe ihm wider,
»Herauf, herauf«, so meint's das Kind,
der Schatten: »Hernieder, hernieder!«

Friedrich Hebbel: Das Kind am Brunnen

Donnerstag, 5. Oktober 2017

1

Erst einmal sucht sie die Markierung. »Hier?« – »Ja, genau.« »Gut.« Dann stellt sie sich auf. »Du weißt Bescheid, Kathi. Nicht zu viele Zähne.« Sie nickt, lächelt, ohne den Mund wirklich zu öffnen. Sie zieht ihn bloß leicht hoch und lässt die Schultern hängen. Ganz entspannt. Damit hätten wir schon mal das Foto. Alles wie immer. Jetzt hält sie einen Bogen Papier hoch, auf dem ihre Nummer steht: 24. Sie senkt ihn wieder, lässt ihn los. Er segelt sanft zu ihren Füßen. »Hallo. Mein Name ist Katharina Bechstein. Ich bin Schauspielerin.« Sie spricht über ihr letztes Projekt. Kurz. Ein Satz. »Hauptsächlich spiele ich Theater.« Sie zeigt ihre Hände und ihre Profile, links und rechts. Als sie sich wieder nach vorne dreht, zur Kamera, lächelt sie und hebt die Augenbrauen. *Nicht zu viele Zähne.* Sie geht zur Wand und zurück. Man sieht, wie sie sich bewegt. Wo ist die Markierung? Ach ja. Hier. »Danke.« Alles klar. Und jetzt, erst jetzt geht's zur Suppe.

2

Sophie Kramer zögert noch. Mit hochgezogenen Knien sitzt sie oben im siebten Stock auf dem Balkon, ein Buch, *sein* Buch, unter die verschränkten Arme geklemmt, kaut auf ihrer Unterlippe herum und ist sich nicht ganz sicher. Aber dann entdeckt sie die Elster, und das gibt den Ausschlag: Sie wird es durchziehen. Sie wird Geld aus dem Portemonnaie ihrer Mutter nehmen, um zu tun, was getan werden muss. Stehlen nennt man das.

Sie weiß nicht, ob es sich bei der Elster immer um dieselbe handelt. Sie weiß auch nicht, ob es ein Elster-Männchen ist oder ein Weibchen. Vermutlich spielt das keine Rolle. Etwas unheimlich ist ihr der Vogel so oder so. In einer Kastanie sitzt er, ganz in der Nähe, und dann stößt er sich plötzlich ab. Er wirkt viel größer im Flug, lässt sich, weiter unten, auf einem der Balkone nieder und inspiziert die vertrockneten Pflanzen in den Balkonkästen. Wem die Wohnung da unten gehört, weiß Sophie nicht, es ist ihr aber auch egal. Sophie ist zehn Jahre alt. Sie interessiert sich nicht für Nachbarn, auch wenn sie die meisten vom Sehen kennt und einige wenige mit Namen. Sie kennt die Kinder aus ihrem Haus und aus den Nebenhäusern und einige der Eltern. Sie mag sie alle nicht, kann sie alle nicht leiden. *Er* hat sie auch nicht gemocht.

So viele Balkone, links und rechts von ihr, dazwischen Wege, Bäume, der Spielplatz, auf dem sie nicht mehr spielen wird (weil sie eigentlich schon zu alt dafür ist, aber auch aus anderen, wichtigeren Gründen), dann die große Straße. Krähen sind viele zu sehen im Augenblick, vor allem unten. Gierige, gefährliche, aggressive Vögel, die ihr in letzter Zeit immer wieder unangenehm aufgefallen sind. Sie halten gar keinen Abstand mehr, kommen dicht heran. Sie fliegen nicht davon, wenn sie auf Zäunen und Hecken sitzen und Sophie an ihnen vorbeigeht. Sie haben kleine, durchdringende Augen und spitze Schnäbel. Sie kreischen, als wollten sie sich gegenseitig warnen: *Da kommt sie, da kommt Sophie. Habt ihr sie gesehen? Da ist sie schon wieder!* Dann die Spatzen in den Büschen, die sich zu großen, dummen Gruppen zusammenschließen und immer durcheinanderreden, ohne einander zuzuhören. Ihr Lärm dringt bis nach hier oben, wenn der Verkehr nicht zu laut ist. Manchmal verstummen sie alle gleichzeitig, halten in ein und derselben Sekunde die Luft an, und das ist dann auch nicht ganz geheuer.

Bei der Elster liegt der Fall anders. Sie ist ein Einzelgänger – vielleicht eine Einzelgängerin – mit langem, gestuftem Schwanz, mit weißer Brust und weißen Flügelspitzen. Das Schwarz der Federn schimmert blau und grün. Eine Schönheit ist sie. Wenn sie nicht fliegt, bewegt sie sich hüpfend vorwärts, und trotzdem sieht sie nicht lächerlich aus, sondern stolz. *Wenn sie raufkommt,* denkt Sophie, *muss ich es tun.*

Wenn sie zu mir kommt, wenn sie noch näher kommt, denkt Sophie.

Dann mach ich's!

Auf jeden Fall, denkt sie.

Hinter ihr, in der Küche, geht ihre Mutter auf und ab, murmelt irgendwas Unverständliches ins Telefon.

Sophie wartet und beobachtet, atmet dabei so flach wie möglich. Unter ihren verschränkten Armen pocht ihr Herz, sie spürt es unter *seinem* Buch. Die Elster verschwindet aus ihrem Blickfeld, muss irgendwo direkt unter ihr sein, sodass sie sie nicht sehen kann. Sophie reckt den Kopf vor, dreht ihn in die richtige Richtung, muss sich anstrengen. *Wenn sie nicht wiederkommt, kann ich's nicht machen,* denkt Sophie, und damit wird das Herzklopfen noch schlimmer. Aber … *nein!*

Da ist die Elster wieder. Allerdings, zugegeben, ziemlich weit weg, drüben im … Moment, fünften Stock des Nebenhauses. Da hockt sie, grün und blau, hockt schwarz und weiß auf einem Balkonkasten. Stolz schaut sie auf die Straße hinunter, nicht zu ihr hinauf.

Sophies Mutter hat den Wasserhahn aufgedreht in der Küche, vermutlich, weil sie ihre Medikamente nehmen will, die großen, staubigen Pillen, ohne die sie keine zwei Stunden mehr durchhält. Sophie dreht sich nicht nach ihr um, bleibt vollkommen reglos sitzen. Sie weiß schon, dass es passieren wird, bevor es so weit ist.

Die Schönheit breitet ihre Flügel aus. Sie entscheidet sich so unvermittelt, wie sich nur Vögel entscheiden können, und ist dann plötzlich da. Sophie Kramer reißt die Augen auf, mehr traut sie sich nicht. Am liebsten würde sie ihre Mutter rufen – *komm schnell!* –, damit sie das sieht. Die Elster sitzt, keinen Meter von ihr entfernt, auf dem Balkongeländer. Viel scheuer müsste sie sein, müsste Menschen meiden. Aber vielleicht hat sie Sophie nicht bemerkt, vielleicht ist Sophie so reglos, dass sie unsichtbar bleibt für den Vogel. Vielleicht sieht der Vogel schlecht, hat was mit den Augen. Aber auch das stimmt nicht.

Die Elster dreht den Kopf erst schräg nach unten und blickt dann auf, schaut die verkrampft auf dem Plastikstuhl sitzende Sophie direkt an. In diesem Augenblick ist alles klar.

Hallo.

Sophie formt das Wort lautlos mit dem Mund. Vor lauter Aufregung und Anspannung sammelt sich eine Träne in ihrem linken Auge, aber auch das vertreibt die Elster nicht. *Du bist gekommen.*

Tu's, sagt die Elster zu ihr.

Ja, gut.

Ich tu's, sagt Sophie.

Und dann – wieder so ein Moment, von jetzt auf gleich – fliegt der Vogel weg, irgendwohin. Da sind die ausgebreiteten Flügel, schwarz und weiß und blau und grün, und zurück bleibt bloß die Gänsehaut auf Sophies Armen. *Bleib*, würde sie gern sagen, aber das geht nicht. So auffällig sind Wunder nie. Das versteht Sophie Kramer und atmet tief und lange ein. Ein bisschen schwindlig ist ihr, und sie hofft, dass ihr Herz bald wieder langsamer schlägt. Wenn sie es hinter sich gebracht hat.

Eins nach dem anderen. Sie hält sein Buch jetzt nur noch in einer Hand, mit der anderen macht sie die Balkontür hinter sich zu, tritt in die Küche. Sie hört ihre Mutter, die jetzt im Wohnzimmer ist. Sie telefoniert noch immer. Spricht in ihrer eigenen Sprache, die Sophie zum Teil versteht, aber nicht ganz.

»*No i ja nie wiem co mam teraz zrobić*«, sagt sie, das versteht Sophie. Sie redet mit ihrer Schwester, mit Sophies Tante. Sie redet über Sophies Vater. Und darüber, wie es im Augenblick aussieht bei ihnen, hier oben im siebten Stock. Ziemlich schlimm. »*To jest po prostu katastrofa.*«

Sophie räumt zwei Teller, eine Gabel und ein benutztes Glas in die Spüle, und in den kurzen Augenblicken, in denen das Geschirr nicht klappert, lauscht sie. Daran, dass die Stimme ihrer Mutter mal leiser, mal lauter wird, mal mehr von links kommt und mal von rechts, erkennt sie, dass sie auf und ab tigert beim Telefonieren. Sophie hat ein sehr gutes Gehör entwickelt mit der Zeit.

Sie geht in ihr Zimmer und legt sein Buch neben ihre Schulhefte auf den Tisch. Es ist unaufgeräumt in ihrer kleinen, engen Höhle, was im Augenblick aber niemanden interessiert, nicht mal ihre Mutter. Am Fenster hängt noch die Lichterkette von Weihnachten. Über zehn Monate ist es her, dass sie aufgehängt wurde, und immer noch hängt sie da, obwohl die Batterien längst so schwach geworden sind, dass die kleinen Glühbirnen kaum noch brennen. Überall liegen Decken herum und Kissen und Klamotten und Bücher, Stifte und Kekspackungen und Schätze, die niemand hier vermuten würde. Einen davon zieht sie unter dem Bett hervor. Eine prall gefüllte, dick ausgebeulte Kaufhof-Plastiktüte. Die nimmt Sophie in die Hand und horcht. Nichts. Dann, zum Glück, wieder die Stimme, dumpf und bedrückt. »*Ja wiem. Masz racje.*«

Sophie geht auf den Flur. Mit jedem zweiten Herzschlag macht sie einen schnellen, leisen Schritt. Sophie zieht sich ihre Jacke an, aber keinen Schal. Noch ist es nicht kalt draußen. Sie bindet sich die Schuhe zu, rückt ihre Brille zurecht, überprüft, dass ihr Handy in der Hosentasche steckt. Sie will vorher anrufen, sich anmelden. Es soll alles seine Richtigkeit haben.

Sophies Hand steckt in der Handtasche ihrer Mutter, die wie immer, wenn sie in der Wohnung ist, auf der Kommode neben der Garderobe steht. Ihre Finger tasten darin herum, bis sie findet, was sie sucht. Sie weiß genau, wie viel Geld im Portemonnaie ist, schließlich war sie vorhin mit ihrer Mutter in der Bank, hat neben ihr am Automaten gestanden, jeden einzelnen Schein gesehen. Sophie nimmt zwei davon heraus, schiebt sie in ihre Hosentasche zu dem Geld, das sie gespart hat.

Die Stimme ihrer Mutter kommt ein Stück näher, ist dann wieder weiter weg. Sie spricht mit einem anderen Land.

Es gibt zwei Möglichkeiten, das ist Sophie klar: Entweder – und das ist am wahrscheinlichsten – wird sich ihre Mutter nicht erinnern, dass die beiden Scheine vorher da waren, und nicht merken, dass sie es jetzt nicht mehr sind. Oder, wenn sie es doch bemerkt, glauben, ihr Vater hätte das Geld genommen. Ihm ist momentan alles zuzutrauen. Sophie nicht. Sophie nimmt kein Geld aus dem Portemonnaie ihrer Mutter.

Sie dreht sich um, nickt, weil das so beruhigende Gedanken sind, kommt aber nicht weit und zuckt zusammen. Vor ihr, direkt vor ihr, steht ihre Mutter. Ein großer, erwachsener Mensch steht da mit einem Handy am Ohr und zwei weit offenen Augen. Mit diesen Augen, die beide vorschriftsmäßig funktionieren, die nicht einmal eine Brille benötigen, steht sie in der Tür zum Wohnzimmer, und Sophie öffnet unsicher den Mund, ohne etwas zu sagen. Der Kloß, der ihr im Hals sitzt, macht es schwer, zu atmen, und unmöglich, zu sprechen.

»*Poczekaj chwile*«, sagt ihre Mutter ins Telefon. Und dann zu ihr: »Willst du raus?«

Sophie nickt. Sie braucht einen Augenblick, um zu verstehen, dass es ganz egal ist, ob ihre Mutter gesehen hat, wie sie ihr Portemonnaie zurück in die Handtasche gesteckt hat, oder nicht. Ihre Augen sind weit offen und rot und ungeschminkt und schauen durch das meiste, was sie sehen, hindurch. Das ist so im Augenblick. Zurzeit gibt es niemanden auf dieser Welt, den man so leicht bestehlen kann wie Sophies Mutter.

»Wann kommst du wieder?«, fragt sie.

»Zum Abendessen bin ich wieder da.«

Ihre Mutter macht zwei Schritte. Sie berührt Sophie an der Jacke, küsst sie auf die Haare, dann dreht sie sich um, redet weiter ins Telefon und verschwindet im Wohnzimmer. Sophie hört ihre Schritte nur leise auf dem Teppichboden, fasst die Henkel der Kaufhof-Tüte fester. Es soll so sein.

3

Eine warme Suppe ist nie verkehrt, und Kathi Bechstein serviert sie mit großer Überzeugung. Frühlingseintopf mit Markklößchen. *Danach sieht die Welt gleich ganz anders aus.* Die Schöpfkelle, mit der sie eine große, dampfende Portion auf den Teller befördert, ist eigentlich ein ganz normaler Löffel. Aber warum sollte ein Suppenlöffel keine Kelle sein? Zumal es den Teller vor ihr ebenso wenig gibt wie die Suppe oder den Jungen und das Mädchen, die hungrig am Tisch sitzen. Das ist jetzt alles egal. Entscheidend ist nur Kathi Bechsteins Schwung und wie sie die Augen schließt, wie sie die Schultern hebt und den wunderbaren Duft jedes einzelnen Markklößchens einatmet. Dann schaut sie auf. Vor ihr könnte eine Küchentür sein, eigentlich ist da aber bloß eine Kamera, die sich ein kleines Stück zur Seite bewegt und den Bildausschnitt ändert, in dem Kathi Bechsteins kurze Überraschung aufflackert. Denn jetzt öffnet sich die nicht vorhandene Tür und Kathis unsichtbarer Ehemann taucht auf. Natürlich ist er klitschnass, trieft geradezu. Kathi stellt sich vor, wie ihm die Tropfen an der Nasenspitze hängen, auch an den Wimpern. Darunter treue Augen. Natürlich, er hat wieder mal den Schirm vergessen. Er ist im Stress, der Arme, aber er sieht sie entschuldigend an, zuckt mit den Schultern, und sie reagiert wie gewünscht.

Das Skript, das ihr die Agentur gestern noch am späten Abend zugemailt hat (nachdem sie zweimal nachhaken musste), ist zum Glück nicht besonders lang oder kompliziert gewesen. Es hat auch keinen Text zum Auswendiglernen enthalten. (Ein Segen, immerhin!) Dafür Fotos, die eine Vorstellung davon vermitteln, wie der Auftraggeber sich die Frau vorstellt, die ihrer Familie eine Dose Frühlingseintopf mit Markklößchen heiß macht. Wie sie angezogen sein, was für ein Typ sie sein sollte. Deshalb trägt Kathi Bechstein Pferdeschwanz, enge hellblaue Jeans, eine weiße Bluse. Sie sieht frisch aus – so gut es eben geht im Moment. Sie ist kantiger als die Frau auf den Fotos, hat eine breitere Stirn, kräftigere Wangenknochen. Sie ist etwas müder, etwas echter. Sie kommt aus dem Leben. Das kann von Vorteil sein, ist es aber nicht immer. Normalerweise ist ihr Leben weit weg, wenn sie arbeitet, aber heute kann sie es nicht abschütteln, während sie vor diesem Tisch ohne Kinder steht.

Aber gut, sie macht so was ja nicht zum ersten Mal. Kathi Bechstein weiß genau, worum es geht und was das kleine schwarze Auge der Kamera in ihrem Gesicht sucht. Diesen einen, besonderen Blick. Den hat sie längst perfektioniert, ebenso wie das kaum merkliche Kopfschütteln. Sie ist ein Profi. Ihre Augen lachen, und ihre Mundwinkel schmunzeln Richtung Kamera. Denn das ist ein Gesetz: In der Werbung schmunzeln Frauen über ihre Männer, zeigen liebevolle, lebenskluge Überlegenheit, zur Not eben auch am Suppentopf, wenn sie so tun, als wären die 80er-Jahre niemals zu Ende gegangen. Kathis Augen sprechen stumm mit dem Mann, den es noch nicht gibt, weil er erst morgen Vormittag gecastet wird. *Ich mache das hier sehr gern für uns,* sagen ihre Augen. *Jeder Teller Suppe, den du dir nicht selbst kochen musst, ist eine Investition in unsere goldene Zukunft.*

»Toll, Kathi, ganz toll. Wie immer.« Frank sitzt neben dem Kameramann am PC, überprüft die Aufnahmen. »Ich finde das super, Kathi, *eins a*, aber wir müssen noch was anderes anbieten.« Er nimmt seine Brille ab, fährt sich mit der Hand übers Gesicht. Sie ist Nummer 24. Theoretisch hat Frank heute schon 23 andere Frauen Suppe servieren sehen. »Wir brauchen noch eine alternative Version für den Kunden.«

»Ja, okay.«

»Mach das mal – ich weiß auch nicht – mit ein bisschen mehr Energie.«

»Mehr Energie?«

»Ja, mit mehr Nachdruck.«

»Beim Einschenken, oder wie?« Sie hebt fragend den Suppenlöffel.

»Nee, eher so die grundsätzliche Haltung. Eben warst du total sympathisch, ganz super. Aber vielleicht kannst du das noch ein bisschen frecher machen, ein bisschen, ich weiß auch nicht, mit mehr Aggressivität, eher *edgy*. Du weißt schon, was ich meine …«

»Verstehe, klar.« Kathi nickt.

Viele Castings muss sie inzwischen allein aufnehmen, muss sich zu Hause vor ihren Rechner oder ihr Handy setzen, ihre Szene spielen und anschließend an die Agentur schicken. Was immerhin den Vorteil hat, dass niemand auf die Idee kommt, sie solle Suppe *eher edgy* servieren, obwohl vom Auftraggeber sowieso nur das verständnisvolle Schmunzeln gewünscht wird, das sie gleich beim ersten Take abgeliefert hat. *Aber*, sagen Kathi Bechsteins Augen zu Franks Kamera, *ich kann sein, was ihr wollt, das ist mein Job.* Und dann wendet sie ihren Blick dem unsichtbaren Ehemann zu, der selbstverständlich von ihr erwartet, dass sie sich abhetzt, dass sie auf ihn wartet, dass sie für ihn und die Kinder kocht, irgendwas aufwärmt, eine billige Dose, dass sie Verständnis hat und schmunzelt, obwohl die Zeit des Schmunzelns abgelaufen ist, ein für alle Mal. Kathi Bechsteins Augen sind jetzt anders. Sie schwingt den Löffel. Und den Teller stellt sie nicht, sie knallt ihn auf den Tisch.

4

Kenan entschuldigt sich. Das ist ein Reflex. Ein leise gemurmeltes »Sorry«, ohne aufzusehen. Was man eben sagt bei so einem kleinen Zusammenstoß. Und dann schnell weiter. Raus hier. An die frische Luft. Aber es geht nicht. Der andere lässt ihn nicht vorbei.

Wieder zu viel los. Zu viele Menschen in der U1. Weil die Bahn davor ausgefallen ist. Kenan hat auf dem gesamten Weg von Schöneberg bis hierher stehen müssen, eingeklemmt, direkt an der Tür. Deshalb jetzt auch das Gedränge auf der Treppe, die vom Bahnsteig hinunterführt. Da bleibt es nicht aus, dass man angerempelt wird oder jemanden anrempelt. Aus Versehen. Man sagt »Sorry«, geistesabwesend, defensiv, weil jemand unerwartet stehen geblieben ist, am äußeren Rand der Treppe, und man unbeabsichtigt in ihn hineingelaufen ist. Den Blick hat Kenan nach unten gerichtet, auf die Stufen, auf die Beine und Schuhe, die eigenen und die der anderen, will ja bloß schnell hinaus auf die Straße. Er hasst diese Drängelei. Ein bisschen Minimalabstand, findet er, sollte man sich gegenseitig schon geben. Aber er kommt nicht vorbei an dem Typen vor ihm, und als er merkt, dass das Absicht ist, steigt ihm schlagartig die Hitze ins Gesicht.

»Hey«, sagt er, aber es klingt genauso wie sein »Sorry«. Da ist nicht bloß ein breites Kreuz in einer Lederjacke, sondern auch ein starker Arm, der ihn plötzlich gegen die Wand drückt, mit einem kurzen Stoß, während immer mehr Leute von oben nach unten eilen. Kenan sieht vor sich den kurz rasierten Hinterkopf, ganz, ganz nah, und innerhalb von Sekunden vibriert sein ganzer Körper vor Empörung. Er schnappt nach Luft, will irgendwas sagen. Aber es kommt nur trockene Fassungslosigkeit aus seinem Mund. Was soll denn das? Ist der auf Drogen, der Typ? Gut möglich. Da will mal wieder einer seine Aggressionen rauslassen, ganz nebenbei, und hat sich dafür Kenan ausgesucht, dem nur Sekunden bleiben, um sich für eine Reaktion zu entscheiden. Er spürt den Druck des fremden Ellbogens, der ihn fester gegen die Wand presst. Was kommt als Nächstes? Ein Schlag in die Magengrube? Nein. Der Typ tritt einen Schritt zurück und – das ist die nächste Überraschung – geht, als wäre nichts gewesen, weiter die Stufen hinunter. Lässig, federnd, breitbeinig. Immer noch kommen Leute von oben, aber weniger, und der Mann bleibt kurz stehen. Auf halber Treppenhöhe, vor dem Geldautomaten, schaut er zu Kenan hinauf. Grinst. Und hält für einen kurzen Moment Blickkontakt.

Kenan merkt, dass er schneller atmet. Er ist allein auf der Treppe, und auch der Typ ist nicht mehr da. Von draußen sind Musik zu hören und Stimmen und Verkehr. Er könnte sich jetzt beruhigen. So was kommt vor. Hier laufen viele Irre rum. Es ist ja auch gar nichts passiert. Nichts. Da hat sich einer Platz verschafft, sich aufgespielt. Das ist alles. Kenan presst die Lippen aufeinander, nimmt die letzten Stufen sehr, sehr langsam. Es könnte ein Zufall gewesen sein. Klar. Es gibt nur ein Problem: dass es keiner war. Kenan weiß es. Er hat den Mann gestern schon gesehen. Und vielleicht auch vorher schon mal. Nein, nicht vielleicht. Ganz sicher. Das heißt nichts. *Doch, das heißt was.*

Eben wollte Kenan nur raus hier, an die frische Luft, jetzt bleibt er schon wieder stehen, unten in der kleinen Halle, die Augenbrauen zusammengezogen, und kommt nicht weiter. Seine Gedanken machen Sprünge. Zu viele. Statt hinaus, geht er erst einmal in den kleinen U-Bahnhofs-Laden, holt sich eine Halbliterflasche Wasser aus einem Kühlschrank. Sein Mund ist trocken.

Vor ihm kauft eine Frau Zigaretten – die kann er auch mitnehmen, stimmt – und ein Magazin. Es liegt zwischen ihr und dem Mann an der Kasse, dem sie einen Zwanziger reicht, und Kenans Blick fällt aufs Cover. Ein älterer Mann zwischen großen Buchstaben. Kenan schaut wieder in die Halle hinaus, dann zurück. Es gib etwas, worüber er schon eine ganze Weile nachdenkt, seit Wochen schon, und jetzt hämmert es wie wild von innen gegen seine Schläfen. *Jakob.* Nein. Blödsinn. Ein Zufall. Er hört Jakobs Stimme, irgendwo weit weg. »Dem wird sein Grinsen noch vergehen.« Das ist ein Zufall. Weiter nichts. Alles Quatsch. Als die Frau bezahlt hat, kauft Kenan sich das Wasser. Und die Zigaretten. Und das Magazin.

Es ist warm draußen, aber nicht besonders hell. Stumpfe graue Wolken drücken die Luft nach unten, machen sie dick. Kenan sitzt auf einer niedrigen Mauer, gegenüber vom U-Bahnhof, auf der Skalitzer Straße und zieht die Jacke aus, legt sie neben sich ab. Dann trinkt er fast die gesamte Wasserflasche aus, schraubt sie zu, beißt auf seiner Unterlippe herum und beginnt zu blättern. Sucht, findet. Da ist er, der Hauptartikel. *Neues vom Rattenfänger: Ein Streifzug durchs Deutsche Historische Museum mit Arvid Schönfeld.* Der Text ist eingequetscht zwischen große Fotos, auf denen ein älterer Mann, kräftig und mit dünnem grauem Haar, mal ernst, mal selbstzufrieden lächelnd vor Bilderrahmen und Ausstellungsstücken steht. Kenan überfliegt Absätze. Er liest: *»Arvid Schönfeld ist in bester Stimmung, trotz oder vielleicht gerade wegen der Aufregung, die er in letzter Zeit verursacht hat. Nach seinen äußerst erfolgreichen Büchern über die deutsche Geschichte und die deutsche Seele hat er nun den dritten Bestseller in Folge veröffentlicht: Deutsche Märchen sind diesmal sein Thema. Unpolitischer oder leiser ist er deshalb aber nicht geworden, im Gegenteil. Seine Kolumne gegen linke Selbstgewissheiten ist der Talkshowdauergast und einstige Lieblings-Provokateur der Feuilletons inzwischen los, und die Aufregung über mehrere seiner als rassistisch verstandenen Aussagen steigert sich weiter. Doch Arvid Schönfeld zuckt bloß mit den Schultern, lässt die Vorwürfe an sich abprallen. Von den neuen Rechten distanziert er sich weiterhin, wenn auch immer weniger eindeutig, möchte sich lieber als Vorreiter einer rechtskonservativen intellektuellen Wende verstanden wissen.«*

Kenan schlägt das Magazin zu, denkt nach, versucht, sich zu erinnern. Daran, was Jakob gesagt hat. Aber es ist zu lange her. Monate. Sein Blick wandert zu den Leuten an der Ampel, vor dem Bahnhof, auf der anderen Straßenseite. Nein, der Typ ist nicht da, er ist weg. Aber er war da. Und er wird wieder da sein. Kenan zieht die Folie von der Zigarettenpackung, holt das Feuerzeug aus seiner Tasche. »Scheiße«, murmelt er vor sich hin. »Scheiße, Jakob, was hast du gemacht?«

5

Vor dem Studioraum warten schon die nächsten Zettel: 25 und 26. Neue blonde Pferdeschwänze – deutlich jünger, frischer, engagierter. Kathi nickt ihnen zu, bevor sie ihr Handy aus der Tasche holt. Vorsichtshalber hebt sie die Stummschaltung wieder auf. Zu viele Nachrichten, Anrufe in Abwesenheit. Aber keiner vom Krankenhaus, das ist erst mal die Hauptsache. Abgesehen davon, dass sich ihr Leben so bald wie möglich ändern sollte, damit wieder Ordnung einkehrt und sie sich aufs Wesentliche konzentrieren kann. Aufs Geldverdienen zum Beispiel.

Sie schaut durch die Glastür neben dem Empfang ins Großraumbüro. Hinter einem der Schreibtische, zwischen zu vielen Topfpflanzen, sitzt Ulla, legt einen Telefonhörer auf und lächelt ihr zu. Also greift Kathi zur Türklinke. Ulla ist schon seit fünfzehn Jahren ihre Agentin. Eigentlich auch eine Art Freundin. Und eine Seele von Mensch.

»Wie ist es gelaufen?«, fragt Ulla. Eingeschüchtert sieht sie aus dabei. Wie immer.

»Es geht«, sagt Kathi. Dann schüttelt sie den Kopf. »Nein. Nicht gut.«

»Ach, Quatsch, war bestimmt wieder großartig. Alle Caster schwärmen von dir.«

Kathi saugt die Lippen ein, lässt ihren Blick über zwei Palmen und mehrere Efeugewächse wandern, deren Blätter über Schreibtischkanten und Regalbretter klettern. Ulla hat einen grünen Daumen. Im Grunde ist sie menschenscheu, eigentlich wie gemacht für einen Job irgendwo draußen, in der Natur.

»Wir müssen uns echt was einfallen lassen«, sagt Kathi.

Ulla schaut durch große, dick umrandete Brillengläser wie ein ertapptes Kind. Neben ihrer Tastatur steht eine hellrote Plastikgießkanne.

»Ich bin jetzt einundvierzig, und ich kann nicht immer so weitermachen, hier muss sich jetzt endlich mal was tun.«

Ulla steht auf. Sie trägt ein kurzes schwarzes Kleid, graue Wollstrumpfhosen und schwarze Stiefel und ist einen guten Kopf kleiner als Kathi. »Man steckt eben nicht drin, weißt du doch.«

»Okay, klar, aber darauf können wir uns ja nun auch nicht ausruhen. Ich meine, wie viele Fernsehfilme und wie viele gottverdammte Krimiserien werden in Deutschland gedreht?«

»Kathi …«

»Tausende, Ulla!«

»Na ja, nicht wirklich …«

»Es sind sehr, sehr viele! Ich könnte doch wirklich mal eine Kommissarin spielen oder wenigstens ’ne Gerichtsmedizinerin. Dafür bin ich genau der Typ. Für so kaputte, traumatisierte Frauen, die … was weiß ich … Alkoholprobleme haben oder sich grade scheiden lassen oder so. Das kann ich auf jeden Fall.«

Kathi sieht kaputt und traumatisiert aus, und Ulla berührt sie am Arm. Aber eben wie eine Freundin sie am Arm berühren würde, die sie irgendwo getroffen hat und der sie zufällig das Herz ausschüttet. Nicht wie eine Agentin.

»Was Regelmäßiges wäre gut. Irgendwas, worauf man

sich verlassen kann. Zehn, zwölf Drehtage, das wäre doch schon was.«

Ulla nickt nachdenklich. Als wäre sie selbst noch nie auf die Idee gekommen. »Ich hör mich mal um. Vielleicht hab ich nächste Woche was für dich.« Sie schaut auf, lächelt. »Und dann gehen wir demnächst mal wieder was essen.« Ulla umarmt sie. »Wir kriegen das hin.«

Als das Handy brummt, nur wenige Minuten später, sitzt Kathi Bechstein schon auf dem Rad und hört es nicht. Ihre Handtasche ist auf den Gepäckträger geklemmt, und sie bahnt sich mit Entschlossenheit den Weg über die Torstraße. Ihr Pferdeschwanz flattert im Wind, und neben, hinter und vor ihr schiebt sich schwerfällig der Verkehr in den frühen, abgasdicken Abend. Sie muss an einer Kreuzung halten, pustet sich eine ungebändigte Strähne aus der Stirn und stellt sich ihr kaputtes Kommissarinnengesicht vor. Als die Ampel auf Grün schaltet, biegt sie ab.

Kathi Bechstein kämpft sich bergauf und denkt an die Zukunft. Es ist nicht wahrscheinlich, aber auch nicht ausgeschlossen, dass so etwas wie der große Durchbruch auf sie wartet, dass sie lediglich noch eine Weile in die Pedale treten, den Blick nach vorn richten und entschlossen bleiben muss.

Und warum sollte sie auch aufgeben? Wenn sie nicht so müde und so ausgelaugt ist wie heute, spürt sie immer noch den Rückenwind, der sie nach der Schauspielschule in den Beruf getrieben hat. Zwei Jahre in Dresden am Theater, dann noch zwei Jahre im Ensemble in Hannover. Konflikte mit Regisseuren, oft auch mit Kolleginnen und Kollegen. Zu viel Selbstbewusstsein. Ein paar kleine Komödienrollen bei Tourneebühnen an der Seite von Fernsehstars, die dreimal so viel Gage für jeden Abend bekommen haben wie sie, ein paar kleine Auftritte in Vorabendserien. Umzug nach Berlin und in die Selbstständigkeit. (*Was würde besser zu mir passen? Nichts!*) Dazu eine vielversprechende junge Agentur, eine kleine, gemütliche, mit Seele und Topfpflanzen. Ulla. Werbung, gutes Geld für wenig Arbeit. Manchmal auch nur Fotos.

Kathi Bechstein legt sich ins Zeug, streckt den Arm aus, fährt über eine Kreuzung. Keine Rollen, keine Figuren, keine Monologe mehr in letzter Zeit, nicht mal Dialoge. Dabei ist sie Schauspielerin. Nimmt an Workshops teil. *Spielen vor der Kamera.* Als müsste man ihr das beibringen! Aber wer nichts tut, bekommt Schwierigkeiten mit dem Amt. Immer wieder hat sie ihrem Sachbearbeiter mit ausladenden Handbewegungen erklärt, wie ihr Job funktioniert, dass man Geduld haben muss. Abgesehen davon, dass sie wirklich keine Lust hat, noch mehr vom Staat abhängig zu sein als sowieso schon.

Eine Zeit lang hat sie Feng-Shui-Beratungen gegeben. Aber sie weiß selbst, wenn sie fehlbesetzt ist in einer Rolle. Die sachlichen jungen Frauen sind nicht ihr Fach, eher die großen Gesten und die rollenden Augen. Sie wäre, davon ist sie überzeugt, eine gute Lady Macbeth und eine geradezu perfekte Medea. Einen Sommer lang hat sie in einer Open-Air-Produktion von *Into the Woods* die Hexe gespielt. Hoch aufgetürmte Haare, Kostüme mit wallenden Ärmeln. Ein leises Lachen, das langsam lauter und bedrohlicher wurde. Das hat gut zu ihr gepasst, hat sie zum Nachdenken gebracht und auf die erste wirklich gute Idee: Spiritismus als zweites Standbein. Tarotkarten und Runen, anfangs noch Handlesen. Vor zwei Jahren stellte sich heraus, dass spiritistische Sitzungen ihrer schauspielerischen Begabung am meisten entsprechen. Die Kunden sind fast immer zufrieden, empfehlen sie weiter, rufen an. So wie heute.

Kathi Bechstein ist vom Rad gestiegen und spürt den Schweiß am Rücken und unter den Achseln. Es ist unangenehm schwül. Oben am Himmel braut sich was zusammen. Bevor sie den Haustürschlüssel hervorkramt, schaut sie noch mal aufs Handy, stützt das Rad mit ihrem Oberkörper ab. Kunden haben versucht, sie zu erreichen, einige Male auch eine unterdrückte Nummer. Aber sie kann das nicht im Augenblick. Seit der Anruf von der Charité gekommen ist, an jenem warmen Abend Ende August, hat sie keine Sitzungen mehr abgehalten. Unmöglich. Zu viel Realität verträgt sich nicht mit diesem Job.

Da sich ihre Gedanken gleichzeitig um ihren Bruder, um ihren Kontostand und um Ulla drehen, bekommt sie nicht mit, dass jemand hinter ihr durch den Hauseingang in den Innenhof schlüpft. Noch etwas scheu und zurückhaltend, aber zielstrebig.

Kathi Bechstein schließt ihr Fahrrad an einem der Ständer an und stutzt. Schon wieder: Ihr Telefon klingelt. Was ist denn heute los? Sie atmet tief ein, überlegt kurz und nimmt dann doch ab.

»Kenan, Hi.«

»Hey. Ich muss mit dir reden.«

»Du, es gibt nichts Neues, ich hätte dich sonst angerufen.«

»Kann ich vorbeikommen?«

»Zu *mir?*« Das hat sich nicht nett angehört, und es tut ihr schon leid. Kenan ist ein guter Typ, aber furchtbar jung, und er hängt sich zu sehr rein in die Sache mit Jakob.

»Ich möchte nicht am Telefon mit dir darüber sprechen.« Im Hintergrund kann Kathi Lärm und Musik hören, vermutlich sitzt Kenan in irgendeinem Café.

Sie kann sich nicht um alles und jeden kümmern, ganz im Ernst, und schon gar nicht heute. Wer kümmert sich eigentlich um sie? Kathi öffnet die Hoftür zum Vorderhaus und versucht, sich eine gute Ausrede einfallen zu lassen. Sie muss dringend noch zum Lidl rüber, es ist ja nichts mehr im Haus. Genügt das als Grund, um ihn abzuwimmeln? Vermutlich nicht. »Wann wolltest du denn kommen?«

»Jetzt? In 'ner Stunde?«

Es geht weiter bergauf, und leichter wird es nicht. Auf dem Weg in den vierten Altbaustock ist schon manchem Besucher die Luft weggeblieben. »Ich komm grad vom Casting, Kenan, und ich hab heute auch noch viel zu tun. Passt mir eigentlich gar nicht.«

»Es geht um Jakob.«

»Ja, das hab ich mir gedacht.«

Hinter ihr, weiter unten, klettern ebenfalls Schritte in die Höhe, aber sehr viel leiser, unauffälliger. Es sind keine schleichenden Schritte, nur ziemlich leichte, sie bringen kaum Gewicht auf die Stufen. Kathi hört sich stampfen, hört ihren angestrengten Atem. Kolleginnen, die Kommissarinnen spielen, können sich Altbauwohnungen mit Fahrstuhl leisten.

»Ich glaube, da stimmt was nicht«, sagt Kenan.

»Glaub mir, die tun für ihn, was sie können. Ich hab heute Morgen noch mal mit der Ärztin gesprochen«, sagt Kathi, während sie, ohne hinzusehen, am Bund den Wohnungsschlüssel auswählt.

»Ja, schon klar, aber das meine ich nicht. Bei mir passieren komische Sachen, und ich glaube, das hat mit Jakob zu tun.«

Kathi bleibt vor der Wohnungstür stehen, schließt die Augen, atmet tief ein. Sie spürt, wie sich ein einzelner Schweißtropfen unter ihrer rechten Achsel löst, an ihrer Seite herunterläuft und sich dabei langsam auflöst. »Was denn für Sachen?« Zwischen jedem Wort eine kleine unangenehme Pause.

»Ich würde gern bei dir vorbeikommen.«

Ein ungewohnter Tonfall. Gehetzt, unsicher. Aber auch,

als würde er etwas wissen. Was nicht ganz unmöglich ist. Leider.

»Okay«, sagt sie, während sie mit der rechten Hand die Tür aufschließt. *Herrje, hier muss aber dringend mal gelüftet werden. Und saugen wäre auch nicht verkehrt.* »Ich muss erst mal ankommen, bin grade rein.«

Er sagt nichts, wartet bloß stumm am anderen Ende. Dabei könnte er jetzt einen späteren Zeitpunkt vorschlagen für ihr Gespräch oder irgendwelche anderen Zugeständnisse machen, es ist doch offensichtlich, dass er gerade stört. Na schön. »Dann komm doch um acht her und wir unterhalten uns kurz. Aber viel Zeit hab ich echt nicht heute.«

»Alles klar, bis dann«, sagt Kenan mit seiner ungewohnten Stimme und legt auf. Sie lauscht noch einen Augenblick in den kalten, stummen Kunststoff, bevor sie das Handy langsam senkt und anschaut wie ein Ding, das ohne jede Vorwarnung in ihrer Hand aufgetaucht ist.

Sie hofft, dass es nur um Kenans Gefühle für Jakob geht, um Selbstvorwürfe und all das, was sie in Auszügen schon kennt. Vielleicht kann sie ihm einen guten Rat geben. Vielleicht muss sie ihm ein paar unangenehme Wahrheiten sagen. Vielleicht muss er loslassen.

Sie lässt ihre Tasche auf die Kommode fallen und zieht sich den Schuh vom linken Fuß. Dann klingelt es. Nicht unten an der Haustür, sondern direkt bei ihr. Was ist denn jetzt schon wieder? Nur einen Augenblick hält sie inne, dann reißt sie die Tür auf. Kathi Bechstein ist eine arbeitslose, schweißnasse Pferdeschwanz-Medea mit nur einem Schuh, die mit Blicken töten könnte.

Aber sie tötet nicht. Sie schaut bloß. Und wundert sich. Senkt den Kopf ein gutes Stück. Und sagt nach einem kurzen Zögern: »Ja?«

Ihre Besucherin blickt zu ihr auf. Es ist ein Mädchen,

nicht sehr groß, vielleicht neun oder zehn Jahre alt. Rotbraunes Haar, sommersprossig. Die Kleine hat eine grünweiße Kaufhof-Tüte in der Hand und einen Rucksack auf dem Rücken. Sie lächelt nicht, hat überhaupt einen ernsten, fast schon verkniffenen Mund. Noch merkwürdiger ist allerdings die Sonnenbrille auf ihrer Nase. Zu groß ist sie für das schmale Gesicht, mit einem dunkelroten Gestell und spitz zulaufenden Ecken oben an den Gläsern. Wie ein geschrumpfter Filmstar sieht das Mädchen aus, denkt Kathi Bechstein, wie eine Diva, die auf der Straße inkognito bleiben will, es aber trotzdem nicht lassen kann, mit extravaganten Accessoires auf sich aufmerksam zu machen.

»Clara Juniper?«, sagt das Mädchen.

Oh.

Kathi Bechstein macht fahrige, sinnlose Bewegungen mit einer Hand, schüttelt den Kopf. Aber schließlich sagt sie: »Ja?«

»Hier steht Bechstein«, sagt das Mädchen streng und zeigt auf das Klingelschild. »K. Bechstein. Sind Sie das?«

»Ja.«

»Gut.« Das Mädchen nickt. »Auf ihrer Clara-Juniper-Website steht diese Adresse. Im Impressum. Und c-Schrägstrich-o Bechstein.« Das Mädchen legt den Kopf schief, schaut auf. »Sie sehen anders aus als auf dem Foto.«

Kathi Bechstein weiß nicht, was sie sagen soll. Sie sagt: »Ähm.«

»Aber dann bin ich ja richtig.« Immer noch ernst und sehr bestimmt.

»Du. Es … es ist grad schlecht.«

»Sie müssen für mich Kontakt herstellen«, sagt das Mädchen, dessen Augen unsichtbar sind hinter der großen, dunklen Brille. »Mit meinem Bruder. Es ist dringend.«

6

Der Mann ist untersetzt, trägt ein hellbraunes Cordsakko, ein Hemd mit locker gebundener Krawatte. Seine dünnen grauen Haare sehen zerzaust aus, wie ein zufällig über die hohe Stirn gewehter Flaum. Er steht vor einer gigantischen Gemäldewand, mit strengen Augen und halbem Lächeln, so, als befände er sich nicht vor dem Bild, sondern wäre ein Teil von ihm. *Eröffnung des Reichstages im Weißen Saal des Berliner Schlosses durch Wilhelm II.* sagt die Bildunterschrift. Daneben: derselbe untersetzte Mann vor einer riesigen Germania mit Schwert und Schild, langen blonden Haaren und einem bösen Jungengesicht. Kenan blättert um, trinkt einen Schluck Tee, überprüft auf dem Handy, wie spät es ist. Den gedämpften Lachs im Flechtkorb hat er nur zur Hälfte gegessen, die Stäbchen liegen daneben auf dem Tisch. Er betrachtet die Fotostrecke im Magazin und erinnert sich daran, wie er Arvid Schönfeld in einer Talkshow gesehen hat, schwadronierend in Großaufnahme. Monate ist das her. An Jakob muss er denken, der neben ihm saß und irgendwann leise »das Schwein« gemurmelt hat.

Kenan interessiert sich nicht für Schönfeld an jenem Abend. Nur für Jakob. Drückt sich enger an ihn, legt beide Arme um seinen Oberkörper.

»Der ist der Schlimmste von allen«, sagt Jakob.

»Warum?«

»Weil er clever ist. Weil er nicht pöbelt. Der sagt etwas unfassbar Unanständiges, die letzte rassistische Scheiße, und anschließend wiegelt er ab und ist scheinbar wieder ganz vernünftig.«

»Das machen die doch alle.«

»Er macht es besser. Er ist sympathisch.« Jakob verzieht

das Gesicht. »Und mit jedem Tag wird es normaler, mit jedem Tag selbstverständlicher.«

Kenan seufzt, lange und müde, und Jakob gibt ihm, ohne den Blick vom Bildschirm abzuwenden, einen kurzen Kuss auf die Stirn.

»Kann ich das schon mitnehmen?«

Kenan schaut auf.

Der Kellner ist jung, lächelt, nimmt ihm den Korb mit dem kalt gewordenen Lachs ab, noch bevor Kenan nickt. Um ihn herum sind die meisten Tische besetzt. Er schaut kurz zu den beiden Spaniern hinüber, die sich mit lauten Stimmen gegenseitig zum Lachen bringen. Dann wieder zu dem kleinen Stück Hinterhof hinter der Glasscheibe. Kenan sitzt in der äußersten Ecke, blättert eine Seite um und malt mit dem Kugelschreiber ein großes Fragezeichen an den Seitenrand.

Vor dem kleinen Porträt von Martin Luther bleibt Arvid Schönfeld stehen und lächelt. »Dem Volk aufs Maul schauen! Stellen Sie sich vor, das wäre Luther zu primitiv, zu gefährlich gewesen! Stellen Sie sich vor, er hätte sich an die Sprachverbote des Establishments gehalten damals. Wo wären wir dann heute?«

Er deutet auf mehrere Zeichnungen aus der Reformationszeit. Sie zeigen die Geburten von Päpsten und Kardinälen. Aus den Hinterteilen von Teufeln und Dämonen erblicken sie das Licht der Welt, selbstverständlich in vollem Ornat.

Schönfeld lacht. »Die haben sich noch was getraut damals. Verglichen damit sind die Diskussionen von heute sterbenslangweilig.«

Sollten sie es tatsächlich sein – an ihm liegt es gewiss nicht. Arvid Schönfeld, der als junger Mann ein Theologiestudium abgebrochen hat und später zu einem der meistgelesenen deutschsprachigen Historiker wurde, kann darü-

ber reden wie kein Zweiter, eloquent und mit Hintersinn. Der Dreiundsechzigjährige hält Vorträge, veranstaltet ausverkaufte Lesungen. Und mischt seit Neuestem kräftig mit in der verbalen Aufrüstung von rechter Seite. Mehr nationales Selbstbewusstsein fordert er, unverkrampften Patriotismus, stolze Heimatgefühle und eine Rückkehr zu klassischen Geschlechteridentitäten. Die Flüchtlingspolitik der Bundesregierung kritisiert Schönfeld schon lange, inzwischen aber scheut er sich auch nicht mehr davor, von der angeblichen kulturellen Überlegenheit des Westens zu reden, sich lautstark denen anzuschließen, die wieder einmal den Untergang des Abendlands herbeireden.

Kenan überlegt, wann er selbst zum letzten Mal in dem Museum gewesen ist. Lange her. Ziemlich ermüdend ist das gewesen: zu viele Ritterrüstungen, zu viele tote Fürsten und Könige mit Perücken auf dem Kopf. Tatsächlich sogar eine kleine Abteilung über die Türken vor Wien, daran erinnert er sich. Ein verblichenes Zelt aus dem Osmanischen Reich, türkische Flinten. Die Erleichterung über die türkische Niederlage. Alles eine Frage der Perspektive. Klar.

Auf der letzten Seite des Artikels: Schönfeld vor dem Behaim-Globus von 1492: Die, laut Bildunterschrift, älteste erhaltene Darstellung der Erde in Kugelgestalt, auf der noch der gesamte amerikanische Doppelkontinent fehlt. Ein braun-schwarzer Ball und dahinter der rundliche Großvater, der glücklich den unvollständigen Globus anlächelt. Weil es *sein* Globus ist, seine Welt, die ihm gehört und auch überhaupt nicht vollständig sein muss.

Kenan kaut auf seiner Unterlippe herum. Er unterstreicht Sätze mit dem Kugelschreiber, wie zur Vorbereitung auf ein Unireferat.

Viele frühere Bewunderer sind schwer enttäuscht, dafür freuen sich Schönfelds neue Weggefährten am äußeren rechten Rand. Sein neues Buch wirkt in diesem Zusammenhang beinahe wie ein Friedensangebot. Zumindest auf den ersten Blick. Es ist ein schöner, reich illustrierter Band, in dem er einzelne Märchen, sehr bekannte, aber auch unbekanntere, nacherzählt und deutet. Gleichzeitig führt er den Leser anschaulich zurück in die Zeit der Romantik, erzählt davon, wie die Grimms und andere versucht haben, eine deutsche Identität aufzubauen, eine nach außen abgeschlossene kulturelle Einheit. Dass er mit ihnen sympathisiert, ist dabei unübersehbar. »Sie haben sich schwergetan, unsere Brüder Grimm, sie mussten erst einmal eine Sprache finden für ihre Märchen«, sagt Schönfeld. »Eine, die alt und glaubwürdig und schlicht genug geklungen hat. Und wissen Sie, an wem sie sich orientiert haben? An Luther und seiner Bibelübersetzung! Der Erfolg ist dann auch ganz ähnlich gewesen. Luther und die Grimms haben den Deutschen wirklich etwas gegeben, ein Gefühl dafür, wer sie eigentlich sind.«
Für seine Kritiker ist klar: Dieses Buch ist Teil einer identitären Agenda, aber natürlich wehrt Schönfeld ab. Die Aufgabe des Buches sei Aufklärung, weiter nichts.
»Es gibt doch oft falsche Vorstellungen von der hiesigen Kultur, gerade bei unseren Gästen, bei den Neuankömmlingen. Ich habe in letzter Zeit viele Vorträge gehalten über die Märchen, und ich muss sagen: Der Effekt ist verblüffend. Ich kann kaum aufhören, wenn es um diese Geschichten geht«, sagt er und fügt einen weiteren Nadelstich hinzu, eine weitere augenzwinkernde Provokation: »Immer weiter könnte ich erzählen, wenn Sie so wollen: tausendundeine Nacht lang.«

Kenan schlägt das Magazin zu, tippt mit den Fingern auf dem Cover herum, hört, wie Jakob, neben ihm auf der Couch, vor dem Fernseher, an jenem Abend vor Monaten, mit den Zähnen knirscht. Wie er einen Schluck Bier aus der Flasche trinkt und sagt: »Das verdammte Arschloch kriegt sein Fett weg, dem wird das Grinsen schon noch vergehen.«

»Kann man ja nichts machen«, sagt Kenan, aber Jakob antwortet: »Klar, man kann immer was machen.«

»Was denn?«

»Wart's ab. Du wirst schon sehen.«

Kenan signalisiert dem Kellner, das er zahlen will. Er kann nicht stillsitzen, muss raus, auf die Straße, losgehen, sich in Bewegung setzen. Dann wird er eben früher bei Jakobs Schwester ankommen. Sie wird ihm schon nicht die Tür vor der Nase zuschlagen.

7

Das Mädchen mit der Sonnenbrille steht im Wohnungsflur, hält mit beiden Händen die Kaufhof-Tüte fest und beobachtet, wie sich Kathi Bechstein den zweiten Schuh auszieht. Dann bewegt es den Kopf ein bisschen zur Seite. Vielleicht betrachtet es die kleinen Haar- und Fusselknäuel, die auf dem hellen Parkett zwischen Sneakern und Pumps und Hausschuhen deutlich zu erkennen sind. Daneben zwei Pakete, die Kathi heute Morgen für die Nachbarn angenommen hat.

»Wie heißt du denn eigentlich?«, fragt sie.

»Sophie«, sagt das Mädchen. »Sophie Kramer.«

»Okay, Sophie.« Kathi Bechstein schnauft und versucht, mütterlich zu klingen. »Und wie alt bist du?«

»Zehn.«

»Wissen deine Eltern, dass du hier bist?«

Der Kinderkopf wird erst nur leicht gehoben, dann kurz geschüttelt.

»Dann kann ich dir nicht helfen, Sophie. So was geht nur mit Einverständnis der Eltern.« Na, also, damit ist der Fall hoffentlich erledigt.

»Ich brauche aber Ihre Hilfe.« Das Mädchen spricht sachlich, macht einen Schritt auf sie zu. »Sie nehmen Kontakt auf mit Verstorbenen. Das steht auf Ihrer Seite. Es ist doch ganz egal, wie alt ich bin.« Sie macht eine Pause, schaut zu Boden. Atmet tief ein. »Mein Bruder will mir was sagen, das weiß ich. *Mir* und nicht meinen Eltern. Aber ich versteh ihn nicht. Ich weiß nicht, was er will.«

Sie ist leiser geworden, und kurz hat ihre Lippe gezittert. Fängt sie jetzt womöglich an zu heulen hinter ihrer Brille? Das fehlte grade noch. Kathi streckt eine Hand aus, berührt das Mädchen kurz an der Schulter. Es zuckt zurück, richtet die unsichtbaren Augen auf sie. Fast ein wenig furchterregend sieht es aus. Als könne es zuschnappen. Auf jeden Fall hat dieses Kind ernsthafte Probleme. Zu ernsthafte für Kathi Bechstein.

»Hör zu, so einfach, wie du dir das vorstellst, ist das nicht.«

»Warum?«

»Warum?« Kathi hebt die Hände. *Herrgott.* »So funktioniert das nicht. Man kann nicht einfach mal eben, zwischen Tür und Angel, Kontakt herstellen. Das ist nicht, als würde man jemanden mit dem Handy anrufen oder so. Der Zeitpunkt muss passen, ich muss mich vorbereiten, muss in die Stimmung kommen, muss … meine Sensibilitäten ausrichten.«

Das Mädchen nickt, überlegt. Dann schaut es wieder zu

ihr auf. »Gut. Wie lange brauchen Sie, um sich vorzubereiten?«

»Was?«

»Ich habe anderthalb Stunden Zeit. Dann muss ich zum Bus. Ich soll zum Abendessen wieder zu Hause sein. Aber ich kann hier eine Stunde warten, bis Sie vorbereitet sind. Dann haben wir noch eine halbe Stunde Zeit.«

»Auf keinen Fall. Das geht auf keinen Fall.«

»Ich kann auch draußen warten und in einer Stunde wiederkommen.«

»Hör zu, Sophie, wirklich …«

»Sie nehmen mich nicht ernst, weil ich ein Kind bin«, stellt das Mädchen fest. »Ich finde, das ist nicht fair. Ich möchte, dass Sie mich behandeln wie alle anderen. Wie alle, für die Sie Kontakt herstellen.« Noch eine weitere nüchterne Feststellung fügt sie hinzu: »Ich glaube, das ist normal. Die meisten Kinder sind dumm. Ich nehme die auch nicht ernst.«

Kathi schaut das Mädchen groß an. Ratlos.

»Das ist Ihre Arbeit. Weiß ich. Ich habe extra nachgeschaut: Auf Ihrer Seite stehen keine Preise. Das finde ich unpraktisch. Die sollten Sie da raufschreiben. Aber ich habe Geld mitgebracht. Ich weiß bloß nicht, ob es reicht.«

Das Mädchen lässt die Kaufhof-Tüte los, zieht den Reißverschluss an einer seiner Jackentaschen auf und holt mehrere zerknüllte Scheine heraus. »Achtzig Euro. Okay? Für eine halbe Stunde? Vielleicht geht es ja schneller.«

Das kann doch alles nicht wahr sein, denkt Kathi Bechstein.

»Woher hast du das Geld?«, fragt sie.

Das Mädchen macht eine Pause, richtet die Sonnenbrille ausdruckslos auf Kathis Gesicht. Schließlich sagt es langsam und kalt: »Ich hab's gespart.«

»Aha.«

»Ich kann auch morgen wiederkommen. Aber das wäre nicht gut. Wenn Sie es nicht machen wollen, gehe ich zu einem anderen Medium. Ich habe mir mehrere Angebote angeschaut im Internet. Aber ich fand Sie seriöser als die anderen. Ich möchte gerne, dass Sie mir helfen. Mir und meinem Bruder.«

Sag nicht ständig Bruder. »Ich kann kein Geld von dir nehmen.«

»Wenn Sie das Geld nicht nehmen, ist es nicht richtig. Ich will, dass Sie mich so behandeln wie alle anderen.«

Kathi richtet ihren Blick auf die Pakete, die auf dem Boden stehen und nicht für sie bestimmt sind. Sie kann das nicht machen. Aber andererseits … Kann sie zulassen, dass die Kleine sich an irgendeine gewissenlose Betrügerin wendet, die ihr die Karten legt und sonst was erzählt? Womöglich ist Sophie Kramer anschließend noch verstörter als sowieso schon. Sie braucht einen Kinderpsychologen, irgendjemanden, der sich kompetent um sie kümmert, der ihr diese Flausen austreibt. Achtzig Euro! Von einem Kind. Was für ein Wahnsinn. Es ist eine Menge Geld, es ist zu viel. Na gut, *vielleicht* kann Kathi ihr ein bisschen helfen, kann sie beruhigen, ein klein wenig Hokuspokus aufführen und sie damit von diesem ganzen Irrsinn abbringen. Vielleicht ist das eine Hilfe. Vielleicht ist das aber auch sehr unanständig. Vielleicht ist das das Allerletzte.

»Okay, okay, du setzt dich jetzt erst mal ins Wohnzimmer, und wir unterhalten uns ein bisschen, und dann gehst du wieder nach Hause und redest mit deinen Eltern.«

»Nein, meine Eltern dürfen nichts davon wissen.« Das Mädchen streckt ihr die Scheine entgegen und nickt. »Sie nehmen mein Geld und stellen Kontakt her. So, wie es auf Ihrer Internetseite steht.«

Kathi öffnet die Wohnzimmertür, schiebt das Kind hinein, setzt es auf einen Stuhl. Das muss jetzt möglichst schnell gehen. Kathi Bechstein hat einen Fünfzigeuroschein in der Hand, der etwas weniger zerknittert ist als der Zwanziger und der Zehner. Alle drei Scheine steckt sie ein. Offenbar hat sie eine Entscheidung getroffen.

»Es geht also um deinen Bruder, Sophie?«

»Ja.«

»Was ist denn mit deinem Bruder?«

»Er ist tot.«

Das Mädchen schaut sie weiter durch die Brille an. Warum nimmt es das verdammte Ding eigentlich nicht ab?

Kathi Bechstein nickt mit professionellem Mitgefühl. Vielleicht ist es möglich, so zu tun, als säße da einfach einer ihrer üblichen Kunden. Ein Erwachsener. »Wie lang ist es denn her, dass er verstorben ist?«

Das Mädchen zögert. »Noch nicht lange.« Es scheint zu überlegen. »Sie haben ihn vor zehn Tagen gefunden.«

Oje. Das ist nicht gut. Kathi beißt sich auf die Lippen. Wen ruft man in solchen Fällen an? Den Kinderschutzbund vielleicht.

»Wie alt war er denn?«

»Müssen Sie das wissen?«

»Nein …« Sie schüttelt den Kopf, murmelt: »Nein, muss ich nicht.«

»Zwölf. Er war zwölf.«

Oh, mein Gott. Sie streckt wieder die Hand aus nach dem Kind, ganz instinktiv, aber diesmal zuckt das Mädchen schon vorher zurück.

»War er krank, dein Bruder?«

Ein Kopfschütteln.

»Woran ist er denn gestorben?«

Das Mädchen zögert. Es sitzt mit zu kurzen Beinen auf dem hohen Holzstuhl. Inzwischen, findet Kathi Bechstein, sieht die zehnjährige Sophie mit ihrer dunklen Brille aus wie ein großes Insekt, eine rötlich-blasse Stubenfliege. »Ich möchte Ihnen das nicht sagen. Ich weiß ja nicht, ob Sie wirklich ein Medium sind. Und wenn ich Ihnen vorher alles über ihn erzähle, kann ich nicht erkennen, ob Sie mir bloß was vorspielen.« Das Insekt schaut sich missbilligend im Zimmer um. Es ist unordentlich hier, es ist stickig, es muss gelüftet werden. Ob es rausfliegt, wenn Kathi ein Fenster öffnet? Vermutlich nicht.

»Na schön. Ich lasse ein bisschen Luft rein, gehe kurz ins Bad und komme dann wieder«, sagt sie.

Das Mädchen nickt.

Im Badezimmerspiegel sieht Kathi Bechstein die Pferdeschwanzmutter aus dem Suppencasting – noch gestresster als vorhin. Ihr entfährt ein dumpfer, ungläubiger Laut. Erst mal muss eine andere Frisur her, eigentlich auch ein anderes Make-up, aber das geht nicht, das ist unmöglich. Fahrig fasst sie sich in die Frisur, steckt sie irgendwie hoch, greift nach der Haarsprayflasche, lässt sie fallen. Scheppernd landet sie im Waschbecken. Kathi sagt nicht »zwischen zweiundzwanzig schwankenden Zwetschgenzweigen«. Sie sagt mehrere Male leise: »Scheiße.«

Sie betrachtet sich im Spiegel, trägt wenigstens einen dunkleren Lippenstift auf. Völlig idiotisch. Was soll das bringen? Als würde das Mädchen auf solch unwichtige Details achten. Aber sie weiß: Genau das wird das Mädchen tun. Es sitzt als rotbraune Stubenfliege mit baumelnden Beinen in ihrem Wohnzimmer und wartet darauf, dass Kathi Bechstein die beste Performance ihres Lebens abliefert. Und die unanständigste. Geld zu nehmen von leichtgläubigen Erwachsenen ist das eine. Aber von Kindern?

Andererseits: Mit Verrückten muss man sensibel umgehen. Man muss ihnen ihren Willen lassen, damit sie nicht vollständig überschnappen. Und bei verrückten Kindern ist es doch bestimmt umso wichtiger, denkt Kathi Bechstein und fragt sich trotzdem: *Warum tust du das?* Sie legt die Amethystenkette um. Der Schmuck sieht schwer und deplatziert aus auf der weißen Hausfrauenbluse. Ihre Hände zittern, weil sie weiß, warum sie es tut. Weil das Wort *Bruder* zu oft gefallen ist, darum. Weil die Fliege und sie zu viel gemeinsam haben, weil sie beide dringend ein Wort wechseln müssten mit ihrem eigenen Bruder. *Wir haben dasselbe Problem, Kleine. Aber ich bin ein vernünftiger Mensch, ich weiß, dass es so nicht funktioniert.* Sie zieht sich die Bluse aus, ohne die Kette abzulegen, sprüht sich mit stechenden alkoholischen Deowolken ein. Der Geruch bringt eine kurze Beruhigung. Dann greift sie nach dem schwarzen Shirt auf dem ungewaschenen Wäschestapel. Es geht einfach nicht im falschen Kostüm, unmöglich.

Als sie ins Wohnzimmer zurückkehrt, liegt die Kaufhof-Tüte unter dem Stuhl, auf dem ihre Kundin Platz genommen hat. Das Mädchen wendet ihr erwartungsvoll das Gesicht zu.

Kathi geht an ihr vorbei und greift zum Feuerzeug auf der Anrichte. Sie zündet drei Kerzen an und schaltet die kleine Lampe ein, die später von unten ihr Gesicht anstrahlen soll. Anschließend tritt sie ans Fenster, macht es zu, ohne hinauszuschauen. Zieht erst den einen, dann den anderen Vorhang zu. Die Kerzenflammen zittern, eine rußt ein wenig, ihr Geruch breitet sich aus. Es ist fast so, wie es sein müsste.

»Moment«, sagt Kathi und huscht in die Küche. So nervös ist sie vor einer Szene schon lange nicht mehr gewesen.

Sie muss sich kurz orientieren, bis sie gefunden hat, was sie braucht. Die flache, gusseiserne Schale steht als praktisches Auffangbecken neben dem Herd auf der Ablage. Kathi nimmt eine zusammengeknüllte Tüte Nussmischung, den Anzünder für den Gasherd, eine steinharte, von weißem Pelz überzogene Limette und ein Paket Taschentücher heraus. Mit einem Küchentuch wischt sie Nuss- und einige ältere Brotkrümel weg und lässt Wasser hineinlaufen. Sie räuspert sich zweimal und überlegt, was sie später alles besorgen kann im Supermarkt. *Achtzig Euro.*

Sie muss aufpassen, nichts zu verschütten. Die Schale ist schwer, und es ist ein kleines Kunststück, sie souverän zu balancieren und im halbdunklen Raum auf dem Tisch abzustellen. Vor allem, wenn man dabei keine Sekunde lang aus den Augen gelassen wird. Als es geschafft ist – *nicht schlecht, Clara Juniper!* –, huscht Kathis Blick unwillkürlich zur Pendeluhr hinüber. Sie steht. Seit dem Ende der letzten Séance, seit jenem warmen Spätsommerabend, an dem Kathi sie angehalten hat, steht die Uhr.

»Wozu ist das?«, fragt das Mädchen und beugt sich tief über die flache Schale.

»Das Wasser hilft mir, zu sehen.« Immerhin: Ihre Stimme funktioniert, klingt schon tiefer, beherrschter. Sie nähert sich der Rolle, hat sie schon fast.

»Haben Sie keine Kugel?«, fragt das Mädchen.

Kathi hält inne. Die Antwort klingt barsch. »Nein.« Tatsächlich hat sie eine benutzt, ganz am Anfang, aber das war ein wirklich lächerliches Requisit, höchstens für Sketche geeignet oder für Parodien. »Rück auf den Stuhl da«, sagt sie. »Wir müssen uns genau gegenübersitzen.«

»Okay.«

Kathi ist jetzt auf ihrem Platz, spürt das Licht der Lampe auf dem Gesicht. Die Augen hat sie geschlossen. Zwei Finger der rechten Hand führt sie langsam in die Mitte ihrer Stirn. Sie riecht die Kerzen, hört ein leises Rascheln, fühlt etwas Warmes in sich aufsteigen, spürt, wie sich ihr Geist fokussiert. Eines lernt man nun wirklich als Bühnenschauspielerin: dass jede Vorstellung die gleiche Hingabe erfordert, dass es völlig irrelevant ist, wie viele Leute im Publikum sitzen, um wen es sich handelt oder wie alt sie sind.

»Darf ich was vorschlagen?«, fragt das Mädchen.

Kathi öffnet erst das eine, dann das andere Auge.

»Ich habe gelesen, dass es leichter ist … mit dem Kontakt, wenn man etwas dabeihat, was dem gehört hat, mit dem man reden will.«

»Ja … das stimmt. Es kann helfen. Aber …«

Mit Schwung befördert das Mädchen die Kaufhof-Tüte auf den Tisch und breitet den Inhalt ehrfurchtsvoll vor sich aus.

Kathi legt eine Hand vor den Mund. Die ganze schöne Körperspannung hat sich in Luft aufgelöst.

Eine Jeans, zwei fleckige weiße Socken, ein dunkles T-Shirt und – sie schließt kurz die Augen – eine karierte Jungenunterhose. *Das darf doch alles nicht wahr sein.*

»Das hier ist sein Lieblingshirt«, sagt Sophie und hebt es hoch, sodass Kathi den Aufdruck sehen kann. Ein Vogel, einer dieser heimischen Allerweltsvögel mit langem, dünnem Schwanz, ist darauf als Illustration abgebildet wie in einem alten Vogelkundebuch. Darunter steht in geschwungener hellblauer Schrift: *Hello, Mr Magpie!*

»Aha«, sagt Kathi. »Wie schön. Ist das ein Eichelhäher?«

Das Mädchen lässt das T-Shirt sinken und starrt sie ausdruckslos an. »Eine *Elster.*« Sie klingt schwer enttäuscht. Als hätte sie die letzten Illusionen über Kathis Kompetenz doch noch verloren.

»Ach ja, natürlich.« Kathi nickt. »Gut, dann pack das jetzt mal alles schön wieder ein, bitte.« Sie gestikuliert über die Schale hinweg Richtung Unterhose. »Das T-Shirt lassen wir hier liegen auf dem Tisch, den Rest brauchen wir nicht.«

»Gut.«

Kathis zahlender Gast legt die Hose, die Socken und die Unterhose sorgfältig zusammen, schiebt sie in die Tüte zurück und lässt diese auf den Boden fallen. Anschließend taucht der kleine Kopf mit den großen dunklen Fliegenaugen wieder auf und fragt: »Was jetzt?«

»Ich möchte, dass du die Brille absetzt«, sagt Kathi. Es macht sie völlig verrückt, in dieses groteske blicklose Gesicht schauen zu müssen, das im verzogenen Kerzenschein noch unnatürlicher und aufmüpfiger aussieht.

»Muss das sein?«

»Nein. Aber ich kann leichter den Kontakt herstellen, wenn du dich mir mehr öffnest und dich nicht hinter der Brille versteckst.«

Das Mädchen lässt sich die Worte ausgiebig durch den Kopf gehen. Dann greift Sophie Kramer nach der Brille und zieht sie ab, langsam nur und vorsichtig, als hätte sie Angst, ein Teil ihres Gesichtes könne sich ablösen und daran hängen bleiben. Sie legt die Brille neben das Shirt und hält den Blick noch einen Augenblick gesenkt, bevor sie aufschaut.

Oh. »Danke, Sophie.« *Ich kann sie schlecht bitten, die Brille gleich wieder aufzusetzen, oder? Nein, das geht nicht.* Mit verquollenen, rot geweinten Augen hat Kathi Bechstein gerechnet, aber was sie sieht, ist etwas anderes. Das linke Auge des Mädchens ist völlig normal, es blickt sie offen an, blinzelt allerdings einige Male. Es ist kein verweintes, es ist ein immer noch sachliches Auge. Das andere, das rechte, ist auch ein Auge. Ein Auge, das alles hat, was ein Auge braucht, eine Pupille, eine Iris, sogar angedeutete Adern, nur kein Leben. Außerdem hängt das Augenlid schwerer und seltsam angewinkelt über diesem Auge, als würde es nicht wirklich dazu passen.

»Ich habe das Auge verloren, als ich acht war«, sagt Sophie Kramer. Sie ist jetzt keine Diva mehr, die inkognito bleiben will, und auch keine Stubenfliege, bloß ein kleines Mädchen auf einem zu großen Stuhl. »Es war ein Unfall.«

»Man sieht es fast gar nicht.«

»*Sie* haben es gesehen.« Das Mädchen hebt einen Finger, zeigt auf ihr Gesicht. »Das ist ein künstliches Auge. Eine Prothese.« Eine Feststellung nach der anderen, klar und einfach. Vielleicht ein bisschen zu erwachsen. »Mein Vater hat mich früher immer die Glasaugen-Sophie genannt. Es ist aus Kryolith.«

Während Kathi Bechstein interessiert nickt und ein verkrampftes Lächeln auf ihren Lippen spürt, legt sie einen inneren Schwur ab. *Wenn ich die Rolle in dieser Suppenwerbung bekomme, zahle ich dem Mädchen die achtzig Euro zurück. Ich schwöre es. Hoch und heilig. Auf Heller und Pfennig. Nein, Kathi, du zahlst es ihr so oder so zurück – das wäre ja noch schöner.*

»Fangen wir jetzt an?«

8

Ja, jetzt fangen wir an. Womit? Damit, dass sich zwei Hände berühren, eine erwachsene und eine weniger erwachsene Hand. Seit einundvierzig Jahren ist die eine auf dieser Welt. Die andere greift und zeigt und umklammert seit gerade einmal zehn Jahren und ist jetzt eiskalt. Beide Hände halten einander auf einer glatten hölzernen Tischplatte, verschränken ihre Finger und sorgen so für den nötigen Fluss der Energien. Von einem lebendigen Wesen zum anderen.

»Stell dir einen Raum vor, einen Raum, in dem du ihn oft gesehen hast. Kannst du das tun?«

»Ja.« Bloß ein Flüstern. »Sein Zimmer.«

»Wir gehen jetzt in dieses Zimmer, Sophie, wir gehen gemeinsam in sein Zimmer, du und ich.«

»Ja.«

»Das Zimmer ist leer.«

Ein kleiner Raum, direkt neben dem Zimmer des Mädchens.

»Er ist nicht in seinem Zimmer. Er ist nicht da. Niemand ist in diesem Zimmer, nur wir beide.«

Nur wir beide, die kleine und die große Hand.

»Und ganz langsam verschwinden auch alle Sachen darin, Stück für Stück, siehst du? Alles löst sich ganz langsam auf.«

»Ja.« Das Flüstern ist leise, aber es ist auch deutlich aufgeregter als zuvor. »Sie waren da und haben alles durchgewühlt«, flüstert das Mädchen. »Nach Spuren gesucht.«

»Du musst es nicht laut sagen, Sophie. Du musst es dir nur vorstellen. Wir gehen gemeinsam weiter, ja? Du brauchst keine Angst zu haben.«

Die älteren drücken die jüngeren Finger, die warmen die kalten. Sie sind im selben Raum, in derselben Dunkelheit, im selben Kerzenschein. Zwischen ihnen zittert das Wasser in der Schale, und auf der Kommode rußt und flackert eine der Kerzen.

»Komm, Sophie. Das Zimmer ist jetzt leer, und am anderen Ende ist eine Tür, durch die wir gemeinsam gehen. Wir wollen sehen, was dahinter ist. Wir wollen sehen, ob wir ihn dahinter finden können.«

Das Kind nickt, und die Bewegung setzt sich über den dünnen Arm fort in die kleine Hand und geht in den Körper der Frau über. *Ja, bitte, wir müssen ihn finden*, sagt die kleine Hand in der großen. Die Frau spürt die Hitze in ihren Wangen und einen Schmerz hinter ihrer Stirn. Sie glaubt, etwas zu hören. Was ist das?

Sie hört die Uhr ticken, die sie eigenhändig angehalten hat, schon vor Wochen. Kann ja gar nicht sein. Aber sie hört es, hört, wie das Pendel von links nach rechts schwingt und zurück. Auch das Pendel sagt: *Wir gehen weiter. Schritt für Schritt. Wir gehen durch die Tür. Ein Schritt. Noch einer. Hand in Hand.*

Hinter der Tür wartet er schon auf uns.

Das ist natürlich alles bloß Einbildung.

»Ja«, sagt die Frau. »Ich sehe. Ich sehe jetzt etwas.«

Das Mädchen schaut die Frau mit einem rasch blinzelnden Auge an, das andere bleibt ganz ruhig. Die Frau hat beide Augen geschlossen, bewegt dafür ihren Kopf hin und her, wie zu einem Rhythmus, wie zu einem Pendelschlag.

Das Mädchen blickt ins Wasser, angestrengt, versucht in der Schale etwas zu sehen, wie in einer Kugel. Eine Farbe sieht sie in dem Wasser, den Schein der Kerzen. Aber nicht gelb, nicht rot, nicht orange, es ist schwarz und bläulich und schimmert wie von weit unten herauf, wie von einer Bewegung, die aus der Tiefe nach oben dringt.

»Ich sehe etwas.«

»Was?«, fragt das Mädchen, aber so leise, dass es nicht zu hören ist.

Die freie Hand der Frau wandert zu dem T-Shirt hinüber. Ihre Finger gleiten über die rauere Oberfläche des Aufdrucks, krallen sich daran fest.

»Jetzt ist es weg. Nein, es kommt zurück. Es ist zu schnell. Es fliegt davon.«

Das Wasser in der Schale schimmert schwarz und blau und grün. Wie Federn. Das Mädchen spürt erneut die Gänsehaut, stärker als je zuvor.

Die Frau räuspert sich. Öffnet ein paarmal den Mund,

ohne, dass etwas daraus hervordringt. Dann sagt sie: »*Er* ist es.«

Ja.

»Er fliegt, er fliegt hinauf.«

Ja.

»Er fliegt mir voran, jetzt wartet er auf mich. Ich soll ihm folgen.«

Das Mädchen nickt. Sophie Kramer kann nicht hinterher, muss zurückbleiben. Sie findet sich nicht zurecht in der Welt, in der die Frau sich nun bewegt. Sie muss hier am Tisch sitzen bleiben, vor der Schale, kann diese andere Welt nicht sehen, nur spüren, dass sich der ganze Raum um sie herum verändert hat.

Und die Frau? Tastet sich voran im Dunkeln, macht Schritte in ihrem Kopf, drückt eine Klingel, öffnet Türen, eigentlich immer wieder dieselbe Tür, die sie schon so oft geöffnet hat, zu oft in fünf Wochen. Hinter dieser Tür findet sie einen Bruder.

»Er ist hier«, sagt sie, und das Mädchen fühlt, wie jedes der drei Worte mit einem kleinen Stromschlag durch ihren Körper geht, durch die eine Hand zur anderen.

»Können Sie ihn sehen?«

Die Frau schüttelt den Kopf, dann nickt sie aber doch. »Ja, ich kann ihn sehen.«

»Wie sieht er aus?«

»Dünn.«

Er steht nicht vor ihr. Er sitzt auch nicht. Er schaut sie nicht an, dieser Bruder. Er liegt bloß da. Sie hat die Tür geöffnet, schon wieder. Sie öffnet sie beinahe jeden Morgen. Beinahe jeden Morgen macht sie die Tür auf und geht hinein. Manchmal ist noch jemand da, ein Pfleger, ein Arzt, eine Schwester, meistens aber ist sie mit ihm allein. »Er ist ganz ruhig«, sagt sie leise.

Ruhig ist er, weil Menschen da sind, die auf ihn aufpassen. Die die Ströme messen, die immer noch durch seinen Körper und seinen Kopf gehen, die ihn waschen oder umbetten, damit er sich nicht wundliegt, da er nur noch liegen kann, nur noch liegen und sonst nichts. »Er rührt sich nicht«, sagt sie.

Er ist dünn, verliert seine schönen, straffen Muskeln. Aber er wird gehalten. Von Schläuchen, von Drähten, von Sonden und Kathetern, die Flüssiges in ihn hineinleiten und aus ihm heraus, von fremden Händen. Er ist dünn und stumm. Er sagt kein Wort, ganz gleich, wie nahe sie ihm kommt. Sie geht näher heran, noch näher. *Sag was, sag endlich was.*

»Er schläft nur.«

»Ja.« Das Mädchen schluckt. »Aber er wird wieder wach werden.«

»Ja.«

»Er muss.«

»Er muss.«

»Geht es ihm gut?«, fragt das Mädchen.

»Nein.«

Nein.

»Aber er ist immer noch da.«

»Ja, er ist immer noch da.«

Das Kind nickt mit dem Kopf, schaut tief in das zuckende, zitternde Wasser in der flachen Schale.

Die Frau steht vor dem Bett. Immer steht sie vor dem Bett. Dann zieht sie einen Stuhl heran und setzt sich. Der Bruder ist noch da. Die Ärzte sagen: Man soll ihn anfassen, ihm Dinge sagen. Man könnte manchmal meinen, der Bruder lächelt. Wie früher. Der Bruder lacht sie aus. Der Bruder fährt sie böse an. Spricht tagelang kein Wort mit ihr. Das ist ganz normal. Dann ruft er wieder an. Sie hört seine Stimme. Ohne eine Spur von schlechtem Gewissen. Als wäre nie etwas gewesen. So war es immer. So wird es wieder sein. Er wird anrufen und wieder sprechen. Er wird wissen wollen, was los war.

»Sagt er irgendwas?«, fragt das Mädchen.

Der Kopf der Frau geht langsam vor und zurück. Scheinbar hört sie jetzt nichts mehr. Oder doch? Nach einer viel zu langen Zeit sagt sie: »Ja, er spricht. Er spricht wieder mit mir.«

»Was sagt er?«

»Er entschuldigt sich.«

Ein blinzelndes Auge schaut vom Wasser zu ihr auf. Die Frau hat ihre Augen immer noch geschlossen.

Es ist verwirrend für das Mädchen, nicht leicht zu verstehen.

»Das heißt ... Er ist jetzt kein Vogel mehr?«

Lange Pause.

Von weit weg, irgendwo aus der Dunkelheit: »Nein.«

»Will er ...« Das Mädchen kann es nicht aussprechen. *Will er etwas von mir? Soll ich etwas tun? Muss ich etwas tun?* »Er soll es jetzt sagen! Was passiert ist.«

Die Frau schüttelt den Kopf.

Warum nicht?

Warum kann er es nicht einfach sagen? Warum gibt er sich so viel Mühe und sagt es dann nicht?

Die Frau schüttelt den Kopf immer heftiger.

Vielleicht braucht er mehr Zeit. Vielleicht ist es zu schwer.

Da ist noch etwas.

»Hat es ...«

Zu leise, Sophie, du bist zu leise. Denk daran, sie sind ja gar nicht mehr wirklich hier bei dir, in diesem Raum. Wie sollen sie dich hören auf der anderen Seite, wenn du so leise flüsterst?

»Hat es wehgetan?«, fragt das Mädchen mit lauterer Stimme, um zu ihr durchzudringen. Das muss das Mädchen wissen, auch wenn es das Schlimmste ist. Das Allerallerschlimmste.

Der Kopf der Frau ist ganz ruhig, wie erstarrt. Kathi Bechsteins Bruder war nicht wiederzuerkennen. Er hat viele Verletzungen gehabt, innere und äußere. Zu viele. Viel zu viele. Jede einzelne hat ihre eigenen Schmerzen gebracht. Sie haben ihn schlafen lassen, damit er sie nicht spüren muss. Und jetzt wacht er nicht auf. Ihre Augen sind immer noch geschlossen. Sie sagt mit einer merkwürdigen, leeren Stimme: »Ja, es hat sehr wehgetan.«

Das Mädchen zuckt zurück. Sie hat ein Stechen in der Brust und im Bauch und im Kopf. Sie lässt die Hand der Frau los und fragt: »Aber jetzt kommt er zurück, oder?«

»Er wird wieder wach«, sagt die Frau leise.

»Er wird wieder wach.«

Und dann passiert etwas. Wieder kommt es dem Mädchen vor, als würde alles kurz anders werden, als würde der ganze Raum sich umstülpen, von innen nach außen, würde seine Farben wechseln und seine Temperatur. Die Frau zuckt zusammen. Als würde sie selbst aus einem Schlaf aufschrecken. Und nun wiederholt Kathi Bechstein die Worte noch ein weiteres Mal: »Er wird wieder wach!«

Dazu reißt sie die Augen auf. Sie starrt das Mädchen an, durchdringend und fremd, sodass es vom Stuhl aufspringt und zwei, drei – nein, lieber vier Schritte rückwärts macht. Erst jetzt erkennt die Frau sie wieder, das ist offensichtlich. Sie kneift die Augen zusammen. Sie führt langsam eine Hand vor den Mund. Sie schluchzt, aber nur ein Mal. Dann weint sie, und nach einer ganzen Weile kommt das Mädchen und legt ihr eine Hand auf die Schulter.

Kathi Bechstein atmet tief ein, wischt sich die Tränen ab. *Reiß dich zusammen, oh Gott, reiß dich endlich zusammen,* denkt sie und sieht, dass das Mädchen wieder die Brille trägt.

Es steht vor ihr, berührt sie an der Schulter. Kathi Bechstein versucht zu lächeln, zieht die Lippen ein, merkt, dass ihr neue Tränen in die Augen schießen, sagt: »Es tut mir leid, es tut mir so leid«, und hat vielleicht noch nie zuvor etwas so ehrlich gemeint.

Das Mädchen mit dem Glasauge, das hinter der dunkeln Brille verborgen liegt, nickt ernst und sachlich. Dann beginnt es, das T-Shirt ordentlich zusammenzulegen, und sagt: »Sie haben mir sehr geholfen. Vielen Dank. Ich weiß jetzt: Er kommt zurück.«

9

Sie hat es rechtzeitig geschafft. Trotzdem bleibt Sophie vor dem Bus stehen, steigt nicht ein. Die Leute drängeln sich an ihr vorbei, zeigen dem Fahrer ihre BVG-Karten oder ihre Handys, wählen einen Platz. In Sekundenschnelle entscheiden sie, ob sie wirklich neben diesem oder jenem Fremden sitzen wollen, neben Menschen, von denen sie nicht wissen, wo sie herkommen oder wo sie hinwollen: Neben den Teenagern, deren Telefone scheppernde Musik ausstoßen, neben der bleichen, ungeschminkten Frau oder dem dunklen Mann mit dem Schnurrbart, neben der verwahrlost aussehenden, stark riechenden Rentnerin, neben der Mutter und ihrem vor sich hin jammernden Kind, neben Kopftüchern, Einkaufstüten, Aktentaschen und zwei Kinderwagen, neben Touristen, Studenten, Anzugträgern, einem Dobermannrüden, einigen ansteckenden Erkältungsbazillen und sehr viel Schweiß. Es ist Feierabend. Die ganze Welt drängt sich in diesem Bus zusammen, sie winkelt Ellenbogen an, schaut auf Mobiltelefone, hört in Kopfhörer hinein und starrt aus den zerkratzten Fensterscheiben, spricht Italienisch, Englisch, Türkisch, Deutsch, ein afrikanisches Französisch, greift nach den Gummischnallen, umfasst die gelben Haltestäbe, wird noch unübersichtlicher als sowieso schon, schafft es aber für den Augenblick – vielleicht sogar bis zur Endhaltestelle –, Frieden zu halten.

Nur Sophie ist heute nicht dabei.

Normalerweis macht ihr das Gedränge nichts aus. Aber heute ist alles anders. Sophie steht vor der Bustür, als sie sich zischend schließt. Sie steht immer noch da, als der Wagen sich in Bewegung gesetzt hat. Lächelt.

Nein, sie geht lieber noch ein Stück zu Fuß, geht bis zur Straßenbahn und steigt später noch mal um. Sie wird zu spät kommen, aber das ist jetzt egal. Ihr klopft das Herz, aber auf eine gute Art. Der Glaube daran, dass es von nun an endlich wieder besser wird, hüpft auf und ab in ihrer Brust und ihrem Kopf. Was sie empfindet, nennt man Zuversicht.

Es wird dunkel, und das bedeutet, dass sie ihre Brille absetzen muss, weil sie sonst nicht mehr richtig sehen kann. Sie schaut in die Welt, schaut in den Abend, sieht eine Ansammlung von Tauben und läuft mit Begeisterung auf sie zu. Die Vögel flattern auf, aber mit einiger Verzögerung, da sie nicht glauben, dass das Mädchen wirklich bis zu ihnen rennen wird. Dann erheben sie sich, alle gleichzeitig, schlagen mit den Flügeln, und für einen kurzen Augenblick steht Sophie direkt zwischen ihnen. Inmitten einer sich zu den Häuserdächern erhebenden lebenden Wolke steht sie und lacht.

Es ist jetzt alles nicht mehr ganz so schlimm. Sie hat seine Botschaft richtig gedeutet. Lange hat sie gezögert, hat sich gefragt, ob sie sich nicht bloß was vormacht. Aber im Grunde waren die Zeichen unmissverständlich. Die ganze Welt benimmt sich eigenartig im Augenblick, das stimmt schon, vor allem in ihrem unmittelbaren Umfeld, aber die Vögel verhalten sich noch viel eigenartiger. Sie kommen ihr nahe, lassen sich oft gar nicht verscheuchen. Sie kreischen lauter als sonst, singen andere Lieder. Vielleicht liegt es daran, dass Sophie früher einfach nicht auf sie geachtet hat, aber – *nein*. Das glaubt sie nicht. Es kann nicht schon immer so gewesen sein.

Morgens sitzen sie auf dem Balkon und singen, eindringlich, immer wieder, ohne nachzulassen, bis Sophie zu ihnen kommt. Winzige Augen funkeln sie an über spitzen, Angst einflößenden Schnäbeln.

Hör uns zu, singen die Vögel.

Wie denn, fragt Sophie. *Ich kann euch ja nicht verstehen.*

Dann lass dir was einfallen, sei nicht blöd.

Sie hat Finns Buch zurate gezogen, seinen Vogelalmanach. Ein langes Kapitel darin ist der Elster gewidmet, die auf Finns Lieblings-T-Shirt abgebildet ist, und die Elster hat den Ausschlag gegeben.

»Der Junge ist verrückt«, hat ihr Vater früher manchmal gesagt und den Finger im Kreis gedreht vor der Schläfe. »Der mit seinen Vögeln.« Er hat gelacht. Damals hat er oft gelacht. »Bei dir piept's«, hat er zu Finn gesagt. »Du hast selber 'nen Vogel.« Und dann hat er ihm über den Kopf gestrichen, so wie er Sophie nie über den Kopf gestrichen hat, und mit seiner wärmsten, sanftesten Stimme hinzugefügt: »Das hat er geerbt, das ist genetisch.« Und dann hat Sophies Mutter den Kopf geschüttelt, sich abgewendet und nicht mehr mitgelacht.

Sophie fährt mit der Tram durch Berlin, sitzt am Fenster, hält den Kopf zur Scheibe gedreht. Neben ihr macht sich irgendein Erwachsener breit und spielt ein Handyspiel, lässt mit eiligen Fingern pinkfarbene Bälle auf seinem Display platzen.

Sophie hält die Kaufhof-Tüte – weiß mit grüner Schrift – vor ihrem Bauch umklammert, denkt ans Jenseits und findet, dass das alles völlig nachvollziehbar ist. Es ist logisch und richtig, dass alte Menschen nicht zurückkommen, wenn sie gestorben sind. Sie haben genug Zeit gehabt, alles zu regeln. Außerdem sind sie verbraucht, sie können nicht mehr. Aber ihr Bruder war zwölf, und er war nicht mal krank. Er konnte noch. Er hat noch Dinge zu tun, Sachen zu erledigen. Es ist nicht logisch, dass er sie jetzt allein zurücklässt.

Es ist logisch, dass er zurückkommt.

Sophie steigt aus und um und wieder aus, und als sie in der Straße ankommt, in der sie zu Hause ist, brennen in der Dunkelheit bereits die Straßenlaternen, an denen keine Plakate mehr hängen.

Die Wolken darüber sind dick, sind schwer und geladen, und tief unten, zwischen den hohen Häusern, steht Sophie, steht ein kleiner Mensch im hellen Schein der Laternen und sucht den finsteren Himmel ab. Die Krähen fliegen noch in Schwärmen, sind aber weit weg. Sophie geht am Spielplatz vorbei, der nur aus platt getretenem Sand, zwei Schaukeln und einer schäbigen Rutsche besteht. Hier spielen die anderen. Dumme Kreisch- und Lachkinder. Die nichts zu tun haben wollen mit dem ernsten Mädchen, das die Brille trägt und sie von Weitem beobachtet, ohne dass man seine Augen sieht. *Die Mini-Wichser* hat Finn sie genannt. *Die Arschpickel.* Darüber haben sie gelacht. *Was haben wir mit den Arschpickeln da unten zu tun? Nichts.*

Jetzt ist alles ein bisschen anders, natürlich. Neuerdings wird sie von den Arschpickeln bemitleidet. Sie meiden sie noch mehr als früher, lachen manchmal über sie aus einigem Abstand. Das hätten sie sich nicht getraut bis vor Kurzem. Solange er noch da war, ging das nicht. Da hätte er es ihnen gezeigt.

»Der Junge ist eine Katastrophe«, hat ihre Mutter manchmal gesagt. *Finn ist schwierig, Finn hat sich nicht unter Kontrolle. Bei Finn muss man aufpassen.*

Die Glasaugen-Sophie und Finn, die Katstrophe.

Sophie findet es gut, dass Finn sich von der anderen Seite aus erst einmal entschuldigen wollte. Er hatte garantiert einen Grund. Vielleicht wollte er sich sogar für die eine Sache entschuldigen, für die er sich noch nie entschuldigt hat. Sie wird ihn danach fragen. Bei der ersten Gelegenheit.

Zehn Stockwerke und daneben noch mal zehn und dahinter zwei mal zwölf. Dazwischen Bäume, kleine Rasenflächen, der Spielplatz, die Laternen und Sophie. Winzig klein ist sie vor den hohen Häusern, die in der endlosen Stadt ihr kleines Stück Heimat bilden. Sie fischt den Schlüssel aus der Jackentasche, aber bevor sie die Haustür öffnet, schaut sie noch einmal hoch, hinauf zu den Balkonen, hinter denen gelb und behaglich die Fensterlichter scheinen. Von der Elster keine Spur. Man sieht sie nie zu dieser Tageszeit. Was machen die Elstern, wenn sie nicht im Sonnenschein von einem Balkon zum anderen fliegen, wenn sie nicht stolz über den Boden hüpfen, wenn sie keine Nachrichten überbringen? Wo schlafen sie, wo verstecken sie sich vor der Nacht und der Kälte und den Gewittern? Wohin fliegen sie?

Zurück auf die andere Seite?

Sophie weiß viel über diesen Vogel, weiß, dass er weniger harmlos ist, als er scheint. Dafür musste sie nicht mal Finns Almanach aufschlagen, ein kurzer Wikipedia-Aufruf hat genügt. Dass sie diebisch sein sollen, stimmt nicht. Dass Elstern grausam sein können, aber schon. Sophie weiß: Es sind heimtückische Schönheiten, die manchmal neugeborenen, hilflosen Lämmern die Augen auspicken. (Beim Gedanken daran fährt ein kalter Stich durch ihren ganzen Körper.) Sogar Kühe greifen sie an, weil sie es auf das rohe Fleisch ihrer Euter abgesehen haben. Aber sie schillern blau-schwarzgrün und weiß und sind treu. Elstern leben in festen Partnerschaften, wissen, dass man zusammenhalten muss (*man muss!*), wenn sie auch ihre Nahrung allein suchen. Das ist vernünftig. Ihr Gehirn ist überhaupt höher entwickelt als das der meisten anderen Singvögel.

Schon lange fliegt die Elster durch die Welt, ist schön und klug und gefährlich und trägt ihre Geheimnisse von einem Ort zum anderen. Hoch im Norden war sie die Botin der Todesgöttin Hel, und bei den Griechen gehörte sie zum Gefolge des Gottes Dionysos. Später, im Mittelalter, saß sie den Hexen als Begleiterin auf der Schulter und kreiste über den Scheiterhaufen, auf denen sie verbrannt wurden. In England glaubte man lange, die Elster könne sich in Menschen verwandeln, man ging ihr also lieber aus dem Weg. *Hello, Mr Magpie!* Es heißt, sie würde einen Tropfen von Satans Blut unter ihrer Zunge tragen, und als Christus ans Kreuz geschlagen wurde, war sie der einzige Vogel, der nicht geklagt hat, der keinen Trauergesang anstimmen wollte.

Die Elster kommt aus dem Totenreich zu uns, sie bringt die Botschaften.

Vielleicht, das kann sein, hat Sophie ein bisschen zu viel Fantasie. Aber besonders viel Fantasie ist gar nicht nötig, um zu erkennen, wie logisch das alles ist. *Es ist erstaunlich, dass Frau Juniper nicht gewusst hat, was die Elster bedeutet, denn eigentlich gehört das doch zu ihrem Beruf*, denkt Sophie, während sie im Fahrstuhl steht, in dem es schon wieder nach nassem Hund stinkt. Jemand hat einen großen Penis an die Metallwand hinter ihr gesprüht. Heute Morgen war der noch nicht da. *Vielleicht ist Frau Juniper wirklich nicht die Beste in ihrem Fach*, denkt Sophie, *aber sie ist der Elster auf die andere Seite gefolgt. Das ist die Hauptsache.*

An der Tür steht *Kramer* auf einem kleinen Messingschild unter dem Spion.

»Sophie?«

»Ja?«

Ihre Mutter kommt aus dem Wohnzimmer und hat ihr Handy in der Hand. Genau wie heute Nachmittag. Vielleicht steht die Zeit still hier oben im siebten Stock, wenn Sophie nicht da ist.

Ihre Mutter trägt Socken. Sie ist dünn und müde und nicht sehr groß. Sie hat eine spitze Nase, Sommersprossen, rotbraune Haare, die ihr ins Gesicht hängen, so, wie Sophie die Haare ins Gesicht hängen. Es sind im Grunde dieselben, so wie Mutter und Tochter auch dieselben Sommersprossen auf den Wangen haben.

Irena Kramer schaut auf ihre Armbanduhr, zieht die Stirn in Falten und blickt überrascht auf. »Du bist viel zu spät. Wo warst du denn?« Sie hat es nicht bemerkt, es fällt ihr jetzt erst auf. Das ist gut, sie hat sich keine Sorgen gemacht. Keine neuen jedenfalls.

»Du musst mich anrufen, wenn du zu spät kommst.« Es ist ein schwacher Vorwurf, eine dumpfe Aufforderung ohne echte Überzeugung. Sie ist müde.

Sophie geht auf sie zu, schlingt kurz die Arme um den Bauch ihrer Mutter, drückt sie. »Ich war nur draußen. Alles okay.« Zuversicht nennt man das.

Ihre Mutter nickt, dreht sich weg, geht in die Küche. Sophie bringt die Kaufhof-Tasche in ihr Zimmer, zögert und entschließt sich um.

Es ist verständlich, dass Sophie Kramer etwas zu viel Fantasie hat, dazu neigt, sich alles Mögliche einzubilden. So etwas kommt vor, wenn man es sich angewöhnt, abseits zu stehen, weit weg von der Rutsche, weit weg von der Schaukel. Wenn man lieber im eigenen Zimmer sitzt und liest, wenn man Geschichten sucht und keine anderen Kinder, nicht mit den Mini-Wichsern und Arschpickeln aus den Nachbarwohnungen auf dem Spielplatz spielen will, sondern nur mit dem Bruder verschwörerische Gespräche führt. Wenn man die anderen aus einigem Abstand beobachtet und seine Schlüsse zieht. Es kommt vor, dass die Fantasie mit einem durchgeht, wenn man in einer Familie aufwächst, in der die Erwachsenen laut werden und die Kinder beieinandersitzen und sich anstarren, bis eine Tür zugeschlagen wird. In einer Familie, in der die Mutter Medikamente nehmen muss, um es durch den Tag zu schaffen, und andere Medikamente, um nachts zu schlafen. In der nicht klar ist, ob der Vater abends nach Hause kommt oder nicht. In der inzwischen bloß eines klar zu sein scheint: dass der Sohn und Bruder, der eine Katastrophe war, nicht mehr da ist, nicht zurückkommt, nie mehr.

Aber wer weiß? Sophie schiebt die Tüte mit dem Elster-T-Shirt und den anderen Sachen, der Jeans, den Socken und der Unterhose, nicht unter ihr Bett, sondern unter seins. Sie ist in seinem Zimmer. Es ist furchtbar stickig, es stinkt. Hier wird nicht gelüftet im Augenblick, die Tür bleibt meistens zu. Außer Sophie geht hier niemand hinein. Sie schaut sich um. Ihr Bruder ist nicht da, aber Sophie lächelt. Vielleicht braucht er seine Sachen, sein Lieblingsshirt. Vielleicht braucht er es schon bald.

10

Es ist zu stickig in Finn Kramers Zimmer, nicht zum Aushalten. Überhaupt ist es zu stickig in Berlin an diesem Abend, und draußen, vor den geschlossenen Fenstern, knackt und knistert es in der Luft. Es braut sich was zusammen. Zeit für einen Ausflug aufs Land. Weiter im Westen, kaum zweihundert Kilometer entfernt, hat es heute Nachmittag schon geregnet, kurz, aber heftig, und abgekühlt hat es sich auch. Wieder so ein unvermittelter Wetterumschwung. Da muss man aufpassen, sich nicht zu erkälten.

Hier in den kleinen Städten, in den Dörfern, die zwischen den Feldern, zwischen Landwirtschaft und Gewerbegebieten hocken und von einer langen Bundesstraße geteilt werden, weht ein anderer Wind als drüben in der großen Stadt. Oder, nein. Es ist wohl doch derselbe, man spürt ihn manchmal einfach deutlicher, weil ihm weniger große Häuser im Weg stehen und weniger Menschen. Und weil er gefiltert wird durch die dichten Wälder, die grün und schweigend die Atmosphäre herunterkühlen. Die Wachtürme, die hier vor gar nicht langer Zeit noch standen, sind natürlich abgebaut worden, und es gehen auch keine Grenzsoldaten mehr auf Patrouille. Das zumindest ist ein Fortschritt.

Sie hat viele Veränderungen erlebt, die kleine Kreisstadt zwischen den Wäldern, und vielleicht freut sie sich deshalb so sehr an dem, was bleibt. Sagt danke. Singt es sogar. Ist man an diesem frühen Abend unterwegs in Richtung Altstadt und nimmt die Abkürzung über die Anhöhe, auf der die St.-Christopherus-Kirche mit ihrem alten Kloster steht, kann man es hören. »Nun danket alle Gott mit Herzen, Mund und Händen, der große Dinge tut an uns und allen Enden.« Ein leiser, mehrstimmiger Gesang dringt aus dem Nebengebäude der Kirche, die seit 842 Jahren als eine feste Burg auf ihrem Hügel steht. »Denn er will uns ferner schützen«, singen die Stimmen, die sich jeden Donnerstag in einem der Erdgeschossräume des früheren Klosters treffen. »Ob die Feinde Pfeile schnitzen und ein Lästerhund gleich billt.«

»Nein, nein, nein!«

Einige singen immer noch weiter, so konzentriert sind sie und so unaufmerksam zugleich.

»Leute, ich sage es euch immer wieder: Ihr müsst zu mir schauen. Guckt nicht in die Noten, guckt nach vorn!«

Noch zehn Minuten, dann ist Schluss – die Probe ist beinahe am Ende, die Propsteikantorin allerdings auch. Sie steht, erhitzt und wütend, hinter ihrem Digitalklavier. Beschwert sich: »Wir gehen bei jeder Probe zwei Schritte vor und sofort wieder einen zurück.« Sie mahnt Körperspannung an und Sprachverständlichkeit, will scharfe Konsonanten hören. Und überhaupt: »Ihr sackt immer um einen Halbton ab.«

Sie hat ja recht, denkt Elke Schüttler und räuspert sich. *Es ist wirklich wieder furchtbar heute*. Sie hebt den Blick von ihrer Armbanduhr, lässt ihn über die ausdruckslosen Blicke der anderen Sängerinnen und Sänger schweifen, die nicht wissen, wie sie die Kritik mit ihrer Würde und ihrer Gleichgültigkeit unter einen Hut bringen sollen. *Dass sie sich aber auch immer gleich so aufregt. Das ist gar nicht gut für sie*. Die Chorleiterin ist schwanger, ihr Bauch sichtbar unter einer groß karierten Bluse.

Sie setzen neu an, werden aber sofort wieder unterbrochen. »Nein, ihr seid nicht zusammen. Schaut zu mir!«

Na schön, in Gottes Namen. Es liegt auch daran, dass nie alle zur Probe kommen. Manche sind fast immer dabei, Elke Schüttler zum Beispiel, andere schaffen es einfach nicht jeden Donnerstag. Es gibt auch noch andere Dinge, die wichtig sind, nicht nur die Propsteikantorei. *Ich hätte heute auch gut zu Hause bleiben können*, denkt Elke Schüttler und verliert in der höllischen Sechzehntelpassage aufs Neue den Anschluss. Stumm und schuldbewusst starrt sie auf die rechte Hand der Kantorin, die dirigierend rauf- und runtergeht, sich öffnet und schließt, und denkt an die Arbeit, die noch auf sie wartet. Morgen kommen die Handwerker und beginnen damit, die alte Küche auseinanderzunehmen und eine neue einzubauen. Sie muss noch drei Hängeschränke ausräumen, und trotzdem ist sie heute hier und lässt sich darüber belehren, dass man mit dem ganzen Körper zu singen und die Töne übers Zwerchfell zu führen habe.

»Konsonanten!«, ruft die Kantorin in die komplizierte Fuge hinein. *Es ist ja auch bewundernswert, sich da so reinzuhängen, mit so viel Idealismus,* denkt Elke Schüttler inmitten der zwölf anderen atemlosen Altistinnen und steigt nur minimal zu spät wieder ein. *Wir sind ja alles bloß Laien und außerdem sterben wir aus.* Mit Mitte fünfzig gehört Elke Schüttler noch zu den jüngeren Chormitgliedern. Sie schaut zu den fünf Bässen hinüber. Von denen ist keiner unter sechzig. Noch trauriger sieht es bei den Tenören aus. Heute sind immerhin drei zur Probe gekommen. Das ist die gute Nachricht, die beste. Der Propst ist wieder da. Ohne seine Stimme, die genug Kraft hat für drei, kommen sie nicht aus, auf keinen Fall. Er ist lange krank gewesen, und sie hat sich ernsthafte Sorgen um ihn gemacht. Jetzt steht er da, hager wie eh und je, ragt hoch auf, über einen Meter neunzig, hat aber wieder Farbe auf den Wangen. Ja, regelrecht gerötet ist er. Man hört nicht nur, wie er singt, man sieht es auch, an seinem weit geöffneten Mund, an der Anstrengung in seinen Gesichtszügen. Mit ihm können sie es schaffen.

Es sind nur noch ein paar Wochen bis zum Reformationsjubiläum und allem, was damit zusammenhängt. Drei Tage lang wird die Christopherus-Kirche Veranstaltungen ausrichten, Sonntag, Montag und Dienstag, eine davon auch in Zusammenarbeit mit Elke Schüttlers Buchhandlung am Rathausplatz. Zum Abschluss dann das Konzert, für das sie sich jetzt so sehr ins Zeug legen. Ein Kammerorchester aus Hannover wird dabei sein und Solisten aus der Oper. Die Kantorei wird drei Stücke singen. *Jesu bleibet meine Freude* haben sie letztes Jahr schon einstudiert, da gibt es nichts zu befürchten. Das Problem sind die beiden Kantaten. Man hört es ja. »Gott der Herr ist Sonn und Schild« und dann, natürlich: »Eine feste Burg ist unser Gott«, Bachwerkeverzeichnis 80. Damit haben sie noch gar nicht richtig angefangen, das kann noch heiter werden.

Eigentlich ist Elke Schüttler das ganze Luther-Theater ziemlich suspekt. Sie hat mehrere neue Biografien im Laden, eine hat sie selbst gelesen. Reformation, schön und gut, aber da gibt es ja noch ganz andere Geschichten. Diese luthersche Abneigung gegen die anderen Religionen, dieser krankhafte Hass. Was er über Frauen gesagt hat, davon will sie lieber nicht anfangen. Der Mönch, der die Nonne geheiratet und auf die Juden geschimpft hat. Andere Zeiten, so muss man es wohl sehen. Aber sie geht davon aus, dass Propst Hein sich dazu kritisch äußern wird im Gottesdienst am 31. Oktober. Er wird die richtigen Worte finden.

Die Kantorinnenhände winken ab. »Das bringt nichts mehr heute Abend. Ihr konzentriert euch nicht.« Wo sie recht hat, hat sie recht. Immerhin, jetzt lächelt sie auch wieder. Schicksalsergeben. Wenn sie aus ihrem Musiktunnel wieder raus ist, ist sie eigentlich ein ziemlich umgänglicher Mensch.

Alle packen schnell zusammen, überall rascheln Jacken, werden Stühle zurückgeschoben, und neben Elke Schüttler verabschiedet sich Margit Wolter. Sie hat es besonders eilig, ihr Mann ist krank. Oder ihr Hund, eins von beidem, sie hat es vorhin erwähnt – ausgiebig –, aber Elke Schüttler hat nicht wirklich zugehört. Weil sie mit den Gedanken bei ihm gewesen ist, beim Propst. Sie sieht, dass er sich vorn an der Tür noch mit dem alten Schindhelm unterhält, der jetzt auch schon seit über zehn Jahren im Ruhestand sein muss. Er hat Elke Schüttlers Tochter und ihren Sohn auf dem Gymnasium jahrelang mit Mathe und Physik gequält.

Sie schraubt ihre Thermoskanne zu, bindet sich das Halstuch um, schultert die Tasche, in der das Magazin steckt und der Artikel aus der Tageszeitung.

Sie erwischt den Propst noch, draußen auf dem Gang, wo er sich beeilt, nach draußen zu kommen. Sie macht kürzere, aber schnellere Schritte als er. Dann berührt sie ihn am Arm.

»Propst Hein!«

Er lächelt, neigt den Kopf, richtet seine Augen auf sie. Augen, die blau sind, hell und eindringlich.

»Es ist so schön zu sehen, dass es Ihnen wieder besser geht«, sagt sie.

»Danke, Elke.«

»Dass Sie wieder da sind. Ohne Sie sind wir völlig aufgeschmissen.«

»Ach, was.« Ein sanftes Kopfschütteln. Das Kompliment wird anerkannt, aber belächelt. Seine Wangen sind immer noch gerötet. Vielleicht ist es ein gutes Zeichen, dass er nicht mehr so blass ist. Oder ist das ein Warnsignal bei Herzpatienten?

»Ich wollte noch kurz was mit Ihnen besprechen.« Sie greift in ihre Tasche und holt das Magazin heraus.

»Schönen Abend noch«, sagt die alte Schröder im Vorbeigehen. Elke Schüttler nickt bloß. Der Propst wendet den Kopf und sagt: »Ja, für Sie auch, Frau Schröder.«

»Haben Sie das gelesen? Den Artikel über Arvid Schönfeld?«

Er holt seine schönen, alten blauen Augen zu ihr zurück, zögert einen Augenblick. »Ja, das habe ich.«

»Das ist doch schlimm«, sagt Elke Schüttler. »Ich meine, die stellen ihn da in eine Ecke, da gehört er doch nicht hin. Das könnte man doch schon fast als Rufmord bezeichnen.«

»Wir leben in aufgeregten Zeiten«, sagt der Propst. Eine mögliche Fortsetzung des Satzes lässt er in der Luft hängen.

»Da steht, dass es inzwischen Proteste gibt bei seinen Vorträgen und Lesungen. Dass die von der Polizei gesichert werden müssen.«

»Ja. Ich hab's gelesen.«

»Und Sie wissen, dass sich auch schon Leute bei uns gemeldet haben, wegen unserer Veranstaltung am 30. Oktober. Anonym. Wie soll denn das alles vonstattengehen? Was meinen Sie?«

»Wir beobachten das noch eine Weile, und dann sehen wir weiter. Es wird ja nichts so heiß gegessen, wie es gekocht wird.« Der Propst hat nicht nur eine gute, warme Singstimme, sondern auch eine gute, warme Sprechstimme. Sie erinnert sich daran, was für schöne, schlichte Worte er gefunden hat bei der Beerdigung ihres Schwiegervaters vor zwei Jahren.

»Sie machen mir Mut.« Elke Schüttler lächelt, und er berührt kurz ihre Schulter.

Trotzdem hat sie kein gutes Gefühl, sie hat sich das anders vorgestellt. Dass Arvid Schönfeld in ihre Stadt kommt für einen Vortrag zum Reformationsjubiläum, ist ja im Grunde eine kleine Sensation. Angeblich war es sogar Schönfelds eigene Idee, das behauptet jedenfalls Propst Hein. Es wird auch kein großes Honorar fällig. Ein alter Freundschaftsdienst soll das sein, schließlich kennen sie sich von der Universität. Schönfeld und der Propst haben wohl einige Semester zusammen studiert und sind seitdem in Kontakt geblieben. Und jetzt kommt er zu ihnen, wird in Zusammenarbeit mit ihrem Laden sein Buch in der Rathaushalle vorstellen und über Luther sprechen. Aber auch über die deutsche Geschichte, die deutsche Teilung.

Weil sie hier, in der kleinen Stadt, eine besondere Bedeutung hat für die Menschen. Hier haben sich Niedersachsen und Sachsen-Anhalt zum stechenden Geruch Tausender knatternder Trabbi-Auspuffe ihren ersten Wiedervereinigungskuss gegeben. Achtundzwanzig Jahre dauert sie nun schon, diese neue Zeit, und es gibt viel darüber zu sagen. Schönfeld wird es tun. Elke Schüttler freut sich darauf und will sich diese Freude auch nicht nehmen lassen. Die Karten sind seit Monaten ausverkauft. Außerdem hat sie einen Tisch nur mit Schönfelds Büchern direkt neben ihrer Kasse aufgebaut und kommt mit dem Nachbestellen kaum hinterher.

»Vielleicht können Sie sich noch mal mit Herrn Schönfeld in Verbindung setzen. Vielleicht bringt er ja Leute mit, die da ein Auge drauf haben, damit die ganze Sache nicht eskaliert. Das wäre jedenfalls beruhigend.«

»Ja, ich wollte sowieso noch mal mit ihm telefonieren in den nächsten Tagen.«

»Fein!« Elke Schüttler strahlt, und der Propst hat kleine Lachfalten um die Augen. Er wendet sich ab, aber sie lässt ihn noch nicht gehen. Sie hat ihn so lange nicht zu fassen bekommen. Sonst war es immer mal möglich, ein bisschen zu schwatzen, zwischendurch, vor und nach den Chorproben oder auch sonst, wenn er in den Laden kam. Aber seit er seinen Rückfall hatte, war es unmöglich. Nun ist er wieder da, und sie möchte seine Meinung hören.

»Das mit dem Jungen haben Sie mitbekommen, oder?«

»Welchen Jungen meinen Sie?«

Elke Schüttler atmet scharf ein. »Ich dachten, Sie wüssten das. Es ist schlimm.«

»Was ist schlimm?«

»Man hat wieder einen toten Jungen gefunden. Diesmal in Berlin.«

Der Propst hebt fragend die Augenbrauen, während Helga Koch im Vorübergehen »Schön, dass Sie wieder da sind« sagt.

Er nickt ihr lächelnd hinterher, aber Elke Schüttler spricht konzentriert weiter: »Wieder ermordet und wieder mit einem Kreuz auf der Stirn. Genau wie unser Junge damals. Im August.«

Unser Junge ist vielleicht etwas hochgegriffen, aber sie haben ihn beide gekannt, Elke Schüttler ebenso wie der Propst. Eines der Flüchtlingskinder, die bei ihnen in der Gymnasiumturnhalle untergebracht waren, wenn auch nur wenige Wochen. Der Propst hat zusammen mit dem katholischen Kollegen von St. Andreas eine Art ökumenischen Gottesdienst mit ihnen veranstaltet. Aber dann waren die auch wieder weg. Inzwischen sind neue Leute da, hauptsächlich Afrikaner. Als man den Jungen gefunden hat, in einem Schrebergarten, auf einem Baum, war er schon seit über einem Monat nicht mehr bei ihnen in der Stadt gewesen: Aber das Bild in der Zeitung hat sie gleich erkannt. Es war so ein besonders aufgeweckter kleiner Kerl, das ist ihr in Erinnerung geblieben. Natürlich konnte er nicht mit ihnen sprechen, aber er konnte sich verständlich machen, mit Händen und Füßen. Und er hat viel gelacht. Eigentlich war er sogar ganz schön frech.

Der Propst schaut sie nicht an, schaut zu Boden. »Sie meinen …«

»Ja! Sie wissen doch, meine Schwägerin wohnt in Berlin. Da stand es in der Zeitung vor ein paar Tagen. Sie hat mir den Artikel zugeschickt. Wir haben es uns ja gleich gedacht damals, oder?«

»Was denn?«

»Dass das nicht der letzte Fall sein wird. Dieses Kreuz auf der Stirn, und überhaupt.«

»Man hat also wieder jemanden gefunden? Ein Kind, sagen Sie?« Der Propst scheint sie nicht ganz verstanden zu haben, er hat die Stirn gerunzelt, seine Stimme ist leiser. »In Berlin?«

»Ja, ganz woanders diesmal. Aber wir haben doch damals angenommen, dass es jemandem um die Flüchtlinge geht.« Sie macht eine Pause, schüttelt den Kopf. »Das ist so furchtbar alles, oder?«

»Ja, furchtbar.«

»Aber diesmal war es kein Flüchtlingsjunge. Ein Deutscher. Also, wie soll man das sagen? Er hatte jedenfalls deutsche Eltern.«

»Ah. So.« Hein macht eine Pause, dann fragt er: »Woher wissen Sie das denn?«

»Hier!« Sie holt den Zeitungsausschnitt aus ihrer Tasche, drückt ihn ihm in die Hand. »Sie können den Artikel gerne haben. Man hat den Jungen wohl schon vor einigen Tagen gefunden. Die Mutter hat sich an die Presse gewandt. Sie hofft, dass jemand irgendwas gesehen hat.« Elke Schüttler macht eine Pause, schüttelt noch einmal den Kopf. »Ich bin so froh, dass meine Kinder lange aus dem Alter raus sind. Man muss wirklich Angst haben.«

Der Propst lässt seine Hand zur Stirn hinaufwandern, und sie sieht, dass seine Finger zittern. »Es ist eine schwere Zeit«, sagt er, mehr zu sich als zu ihr. »Für so viele Menschen heute.«

Sie nickt andächtig und schaut ihn zweifelnd an. Jetzt tut es ihr leid, dass sie ihn derartig bedrängt hat. Er ist eben immer noch nicht wieder ganz der Alte, müsste sich eigentlich schonen.

»Na, wollen wir hoffen, dass sie diesen Wahnsinnigen

bald schnappen.« Sie legt kurz ihre Hand auf seinen Arm. »Erholen Sie sich noch ein bisschen, Propst Hein, damit Sie uns nicht wieder ausfallen.«

Er schaut sie an, mit leicht gebeugtem Kopf.

»Ohne Sie kriegen wir diese Kantaten niemals in den Griff.« Elke Schüttler lächelt, und der Propst lächelt zurück. Aber seine Wangen sind nicht mehr gerötet, und seine blauen Augen haben keine Wärme mehr. Sie tritt nach draußen, in die abendliche Kälte vor dem Kloster. Sein Zustand gefällt ihr gar nicht.

Es ist das Herz, denkt Elke Schüttler.

Es ist der Teufel, denkt der Propst.

11

»Das ist doch verrückt.« Kenan schüttelt den Kopf. »Ich hatte recht.« Ungläubig, noch mal leiser: »Ich hatte wirklich recht.«

Kathi Bechstein zuckt mit den Schultern und presst das zerknüllte Taschentuch in ihrer Hand zusammen. Ihre Stimme klingt leicht aggressiv, aber immer noch nach Rotz: »Wir sind alle keine perfekten Menschen, du nicht, ich nicht. Er auch nicht.«

Kenan sitzt ihr gegenüber auf der Fensterbank und sieht nicht überzeugt aus. »Kann sein. Aber es gibt schon Unterschiede.« Er ascht aus dem geöffneten Fenster in den Hof hinab und bläst Rauch hinterher. Bei Kathi darf man nur in der Küche rauchen, und nur, wenn das Fenster offen ist. »Habt ihr diese grandiose Idee gemeinsam ausgeheckt?«

»Nein.«

»Aber du hast es gewusst.«

»Wir haben darüber gesprochen.« Kathi nickt zögerlich und schiebt das leere Weinglas ein paar Zentimeter über den Küchentisch.

»Und du hast nicht versucht, es ihm auszureden?«

Kathi lacht trocken auf, schaut Kenan an. »Hast du mal versucht, Jakob was auszureden?«

Das Argument scheint ihn zu überzeugen. Er raucht und bleibt für eine Weile stumm.

Kathi weiß noch, dass Jakob ihr genauso gegenübergesessen hat wie Kenan jetzt. Nicht auf der Fensterbank, sondern auf einem Stuhl, direkt am Fenster, und die Asche seiner Zigarette ist auf einer Untertasse gelandet und nicht unten im Hof. Wie lange ist das jetzt her? Ein gutes Jahr oder doch schon anderthalb? Natürlich hat sie gesagt: »Du spinnst doch.« Natürlich hat sie gesagt: »Das geht nicht.« Und sogar: »Das ist zu riskant, viel zu riskant.«

Aber Jakob ist nun mal so ein Mensch. Einer, dessen Begeisterungsfähigkeit mitreißt, ob man will oder nicht. Einer, der mutig ist, viel mutiger als sie. Er ist ihr kleiner Bruder, aber er ist ihr immer voraus. Er hat eine Haltung, eine Meinung. Jakob denkt über Dinge nach, die Kathi viel zu anstrengend sind, und seine Augen funkeln, strahlen regelrecht, wenn er sagt: »Die müssen mal zurückzahlen, diese Arschlöcher. Die müssen mal begreifen, dass sie ihre Privilegien nur als Schutzwall benutzen können, solange alle anderen das mitmachen, solange alle anderen sie für unangreifbar halten. Einer genügt schon! *Einer, der nicht mitspielt, genügt.*« Kathi sieht sich nicken, hört sich lachen, erinnert sich, wie sehr sie ihn bewundert hat. »Angst müssen die mal kriegen, müssen mal das Gefühl haben, dass sie jeden Augenblick alles verlieren können, dass sie morgen keiner mehr höflich grüßt. Dass alle sagen: Raus mit dem, der hat hier nichts zu suchen.«

»Ich weiß überhaupt nicht, wie das funktionieren soll heutzutage«, sagt Kenan.

»Was?«

»Na, Erpressung.«

Am Anfang ist es eigentlich nur ein Zufall, eine einzige gute Gelegenheit. Jakob ist auf einer dieser Partys, irgendwo am Nollendorfplatz, mit einem Freund. Mehrere Politiker sind da, sind ziemlich high, ein Berliner Modedesigner, ein Theaterschauspieler. Und dann sehen sie einen dieser rechten Hetzer, einen der vermeintlich seriösen, zugedröhnt auf Chrystal Meth, die Pupillen irgendwo tief in den Hinterkopf hineingedreht, Sabber im Mundwinkel und mit dem Schwanz bis zum Anschlag im Hals von einem der viel zu jungen Stricher aus dem Tiergarten, deren Herkunft nicht ganz klar ist, die man im Zweifelsfall aber problemlos mit Drogen bezahlen kann. Jakobs Freund macht sogar ein Foto. Man kann kaum was drauf erkennen, aber es genügt wohl.

Erst viel später hat Kathi gefragt: »Und? Hast du das wirklich durchgezogen?«

Gegrinst hat er. Stolz ist er gewesen.

»Der Typ hat gezahlt? Wie viel?«

Beträge sind das, die man sich gar nicht vorstellen kann.

»Jakob! *Nicht dein Ernst!*«

Kenan schiebt seine Brille die Nasenspitze hinauf. »Wie viele Typen hat er denn erpresst, ich meine so insgesamt?«

»Keine Ahnung.« Sie weiß nur, es waren nicht nur Männer, und auch nicht nur Schwule. Mindestens eine Frau war darunter. Das hat er mal erwähnt. Er hat ein Netzwerk aufgebaut, Informationen gesammelt. Zu genau wollte sie das dann doch nicht wissen.

Kenan kaut an seinen Nägeln, schüttelt den Kopf, denkt nach. »Er hätte die Scheiße doch einfach an die Medien geben können.« Er hört mit dem Nägelkauen auf, zündet sich lieber eine neue Zigarette an.

»Er wollte sie eine Weile schmoren lassen«, sagt Kathi. Die Worte kommen ihr unzureichend vor. Bei Jakob hat sich immer alles so richtig angehört.

»Sie zahlen zurück«, sagt ihr Bruder. Mit Leidenschaft. »Die sitzen in Stadträten, Kathi, in Parlamenten, demnächst im Bundestag. Dafür bekommen sie Geld. Der Staat zahlt diesen Schweinen Geld dafür, dass sie ihren Hass verbreiten. Die schreiben Bücher, spielen sich in Talkshows auf, lassen sich perverse Gagen auszahlen. Wir müssen uns das Geld zurückholen. Die haben gedacht, sie kommen mit allem durch. Und das sind sie ja auch«, sagt Jakob zu ihr. »Aber jetzt merken sie, dass es ganz schnell vorbei sein kann. Gegenwind Kathi. *Wir sind der Gegenwind!* Eine einzige dreckige Geschichte, die nach außen dringt, genügt. Sie werden sich nicht mehr lange gegenseitig decken können.«

Kathi beißt sich auf die Unterlippe, wendet ihren Blick an Kenan vorbei den erleuchteten Fenstern des Hinterhauses zu. Sie weiß nicht, was Jakob mit dem Geld gemacht hat.

Kenan schaut dem Rauch hinterher, dann wieder streng in die Küche und zu ihr. »Das ist doch Wahnsinn. Er hätte doch wissen müssen, dass diese Leute sich das nicht gefallen lassen.«

»Er hat gesagt, die würden niemals rauskriegen, wer dahintersteckt. Er hat das gut geplant, er ist nie persönlich mit denen in Kontakt getreten.«

»Aha, toll. Dafür sind die jetzt *mit ihm* persönlich in Kontakt getreten.«

»Kenan …«

»Verdammte Scheiße! Die haben ihn zusammenschlagen lassen. Und jetzt liegt er im Krankenhaus und kommt nicht mehr zu sich.«

»Er kommt wieder zu sich!« Sie schlägt mit der flachen Hand auf den Tisch und funkelt ihn an. »Natürlich kommt er wieder zu sich! Außerdem weißt du nicht, ob es so war. Es können irgendwelche schwulenfeindlichen Arschlöcher gewesen sein, die euch zufällig zusammen gesehen haben und …«

»Ja, klar!« Kenans Zigarette trudelt in die Hinterhoftiefe. Er springt von der Fensterbank, macht zwei Schritte auf Kathi zu. Aus seinem Mund kommt noch Rauch wie ein Rest Trockeneisnebel. »Deshalb sind die jetzt auch hinter mir her, *ganz zufällig.*«

Kathi schüttelt den Kopf. »Mach dich nicht verrückt, das ist garantiert Quatsch.«

»Quatsch? Ich bin doch nicht blöd. Ich merke doch, dass da Leute hinter mir herlaufen. Die beobachten mich!«

»Warum sollten sie? Du hast damit doch überhaupt nichts zu tun. Du siehst Gespenster.«

Er schaut sie an, zieht die Augenbrauen hoch. »Na, wenn du meinst. Damit kennst du dich ja aus.«

»Was soll ich dazu sagen?« Sie hebt beide Hände, lässt sie wieder sinken. »Panik bringt uns jetzt auch nicht weiter.«

»Dieser eine Typ, der ist mir mehrmals über den Weg gelaufen, gleich in den ersten Tagen, nachdem es passiert ist. So einer mit ganz kurzen Haaren, keine Glatze, aber ganz kurz. In einer Lederjacke. Und heute hat er mir am Schlesi den Weg versperrt, mich gegen die Wand gedrückt …«

»Gegen die Wand?«

»Ja, keine Ahnung, der wollte, dass ich's mit der Angst zu tun kriege. Und ist dann weiter. Gestern hab ich den auch schon gesehen. Da hat er mich direkt angeglotzt.«

»Ich sehe auch ständig dieselben Leute in Berlin, das heißt gar nichts.«

Kenan lässt nicht locker, das ist eine Spezialität von ihm. Vor allem, wenn es um Jakob geht. »Kennst du die Namen der Leute, die er erpresst hat?«

»Nein!« *Wie oft denn noch?*

»Hier!« Kenan schlägt das Magazin auf, blättert es so rasch durch, dass einige Seiten einreißen, findet die richtige, knallt sie ihr hin. »Der! *Der ist es.* Jakob hat sich überhaupt nicht mehr eingekriegt, wenn's um den ging. Er war wie besessen von dem Typen, hat ständig von ihm gesprochen.«

Das feiste Gesicht, die grauen Haare, vor einem Bismarck-Bild: der Rattenfänger.

Ja, es könnte sein, dass Kenan recht hat. Kathi fällt ein, wie Jakob gesagt hat: »Alles kleine Fische, damit geb ich mich nicht mehr ab. Aber einen gibt's, ein Schwein, bei dem es sich wirklich lohnen könnte …«

»Also, wie geht's weiter, was ist der nächste Schritt?«, fragt Kenan. »Gehe ich damit jetzt zur Polizei, oder was?«

Sie legt ihre Hand auf seine. »Du bleibst erst mal ganz ruhig. Willst du was trinken?«

»Nein.« Er setzt sich an den Tisch, nimmt die Brille ab, reibt sich die Augen. »Seit vier Nächten hab ich nicht mehr richtig geschlafen. Ich dreh durch. Ich dreh echt durch. Ich schwör's.«

Wir drehen alle durch, Kenan. Aber das macht's auch nicht besser. Kathi schenkt sich noch ein Glas Rotwein ein. Sie hat sich vorgenommen, sparsam damit umzugehen, hat vorhin im Supermarkt extra eine günstige Flasche gewählt, Pinot Noir für 3,99. Schließlich musste sie mit dem Geld des Mädchens bezahlt werden. Achtzig Euro, die sie zurückzahlen will, aber nicht zurückzahlen kann. Natürlich hat sie nicht nach Sophie Kramers Adresse gefragt, dafür war sie zu aufgewühlt am Ende. Nein, aufgewühlt trifft es nicht ganz. Aufgewühlt ist sie schon lange. Aber bis heute hat sie die Zähne zusammengebissen. Wochenlang. Nicht mal besonders viel geweint hat sie, ist ins Krankenhaus gefahren, hat die schrecklichen Gespräche mit den Ärzten ausgehalten, ihre Mutter am Telefon beruhigt, hat Jakobs Anblick ertragen und ist sogar zu zwei Castings gegangen. Und nun, heute Nachmittag, mit diesem unglücklichen kleinen Mädchen vor sich, ist das Fass eben übergelaufen.

Kathi blättert um, überfliegt den Text, den Kenan unterstrichen hat. »Du meinst also … Der hier steckt dahinter?«

»Ja!« Kenan nickt. »Ganz klar. Jakob hat's mir selbst gesagt. Er würde sich was einfallen lassen. *Dass dem das Grinsen noch vergeht.*«

Ja. Kathi schließt kurz die Augen.

»Dieser Typ hat Einfluss«, sagt Kenan. »Der hat Geld, richtig viel Geld, der kann problemlos irgendwelche Leute engagieren für solche Sachen.«

Wie viel man wohl verdient, wenn man ein Buch geschrieben hat, das über ein Jahr auf Platz eins der Sachbuch-Bestsellerliste steht? Wie laut klingeln wohl die Kassen, wenn man in jeder zweiten Talkshow sitzt, wenn alle Lesungen und Vorträge restlos ausverkauft sind? Laut klingeln sie. Ohrenbetäubend geradezu. Kathi nimmt noch einen Schluck. Der Wein ist nicht gut, aber er ist warm und liegt ihr als unverdiente Belohnung auf der Zunge.

»Das ist doch eine ganz klare Sache«, sagt Kenan, immer noch streng, immer noch entschieden. »Anzeigen muss man den, aus dem Verkehr ziehen.«

Kathi schüttelt langsam den Kopf, wendet den Blick aber nicht von dem Foto des alten Mannes ab. »Das bringt doch nichts. Wir können ja schlecht zur Polizei gehen und sagen: Jakob konnte diesen Schönfeld nicht ausstehen. Das genügt wohl kaum.«

»Aber wir können sagen, dass wir davon ausgehen, dass Jakob was gegen ihn in der Hand hatte.«

»Dann würden Sie höchstens anfangen, gegen Jakob zu ermitteln. Und da *würden* sie was finden.« Sie schaut ihn an, und Kenan erwidert ihren Blick. Irgendwann nickt er und sagt: »Mannomann. Was für eine Scheiße.«

Stimmt, ja.

»Er muss es uns sagen.« Kenan nimmt die Brille ab, reibt sich die Augen. »Jakob muss wach werden.«

Wenn er aufwacht, wird es ein langsames Aufwachen sein, kein plötzliches, und es kann lange dauern, bis er dazu in der Lage ist, wieder zu sprechen und sich zu erinnern. Wenn überhaupt. Kathis Gedanken gehen jetzt langsamer, aber merkwürdigerweise alle in dieselbe Richtung. »Darauf können wir nicht warten«, sagt sie leise. »Wir müssen es selber rausfinden.«

»Was?«

»Ob es dieser Schönfeld war, den Jakob erpresst hat. Ob er was auf dem Kerbholz hat.«

»Aber an den kommen wir doch im Leben nicht ran.«

Kathi zuckt mit den Schultern, sucht den Beginn des Artikels. Den Namen des Journalisten, der ihn geschrieben hat. Morten Rheinberger. Das könnte eine Möglichkeit sein.

Kenan seufzt, greift nach Kathis Glas und nimmt doch einen Schluck. »Alter, ey.« Angewidert verzieht er das Gesicht. »Was ist das denn für ein Gesöff?«

Kathi lächelt, streckt die Hand aus und fährt Kenan durch sein dickes, dunkles Haar. Sie versteht, was Jakob in ihm gesehen hat. Die runde Brille lässt Kenan aussehen wie einen viel zu ernsten russischen Revolutionär aus dem frühen zwanzigsten Jahrhundert. Kathi könnte sich ihn hervorragend vorstellen auf der Bühne, in einem Tschechow oder einem Gorki, mit Weste und kragenlosem Leinenhemd.

Vor Birken. Aber er studiert, will Lehrer werden, was auch in Ordnung ist. Sie schaut ihn an. Die Ringe unter seinen Augen sind tief und dunkel, aber sein Gesicht ist schön. Trotz der schmächtigen Gestalt wirkt er robust, und er hat eine überraschend tiefe Stimme. Er kann den Macker geben, wenn es sein muss, und manchmal muss das sein. Seine müden Augen leuchten, und sie weiß, dass er glaubt, die Geschichte zwischen ihm und Jakob, die immerhin schon ziemlich lange dauert, sei etwas ganz Besonderes. Dabei hätte ihr Bruder gut am Tag vorher in Begleitung eines anderen Typen überfallen werden können und am Tag danach wieder mit einem anderen, mit irgendjemandem. Es war Zufall, dass Kenan es war, der ihm diesen letzten Kuss gegeben hat. Das will sie nicht sagen, daran will sie auch nicht denken. Außerdem weiß sie, dass auch Jakob anders über Kenan gesprochen hat als über die anderen, dass auch ihr Bruder gewusst hat, dass da etwas sein könnte, etwas von wirklichem Wert.

Sie sieht Kenan lange an und merkt, dass sie dankbar ist. Weil da immer noch etwas in seinen Augen leuchtet. Was ist das? Seine Liebe zu Jakob vielleicht, eine schwer enttäuschte, die aber, trotz allem, immer noch da ist. Wie bei ihr. Das macht sie zu Verbündeten.

»Du hast recht«, sagt sie.

»Womit?«

»Wir sind alle keine perfekten Menschen, aber es *gibt* Unterschiede.«

Wenn es wirklich dieser Arvid Schönfeld war, wenn er Schläger dafür bezahlt hat, dass sie ihren Bruder nicht nur zusammen-, sondern womöglich totschlagen, dann darf er damit nicht durchkommen. Vielleicht ist er unschuldig, vielleicht nicht. Das gilt es herausfinden, und wenn es zutrifft, muss es Konsequenzen haben. Auge um Auge, Zahn um Zahn. Kathi spürt den Wein und eine Wut und ein Gefühl, recht zu haben. Kathi spürt, dass sie die Schwester ihres Bruders ist. *Wir sind der Gegenwind.* Millionen hat dieser Mann womöglich verdient, und Millionen wird er noch verdienen mit seinen Reden, seinen Büchern, seiner Rattenfängerei, seinem Anstacheln zum Hass. Wenn er schuldig ist, gibt es etwas, wovor er sich fürchtet, dann gibt es etwas, das ihn verwundbar macht. Wenn Jakob es herausgefunden hat, können sie es auch.

»Also! Was machen wir jetzt?«, fragt Kenan.

Kathi lächelt ihn aufmunternd an.

»Wir machen einen Plan.«

12

Irgendwo, weit weg, bäumt sich der Himmel auf, versucht grollend, das Gewicht abzuschütteln, das auf ihm lastet. Sophies Mutter lehnt sich an den Rahmen der Küchentür und lauscht, ob der Donner näher kommt oder fortzieht, weiter nach Osten. Aber es ist nichts mehr zu hören, draußen vor dem Küchenfenster. Irena Kramer hat sich den linken Arm um den Bauch gelegt und stützt den rechten Ellbogen darauf. In der Hand hält sie ein Wasserglas, an dem sie nippt, während sie ihre Tochter beobachtet.

Sophie sitzt still und konzentriert am Küchentisch. Vor ihr das Handtuch und die kleine Glasschüssel. Darin: lauwarmes Wasser und ein Auge aus Kryolith. Es ist ein Ritual, notwendig und stumm. Einmal am Tag muss die Prothese gereinigt werden. Sophie setzt sich dafür in die Küche, denn im Bad hat sie nicht genug Platz. Ihrer Mutter erlaubt sie, dabei zuzusehen, sonst niemandem.

Sophie drückt das Unterlid herunter, schiebt den Zeigefinger unter den Rand des Auges, nur ein kleines Stück, fasst mit dem Mittelfinger darauf und drückt es nach unten, aus der Augenhöhle heraus. Die Ärztin hat es ihr gezeigt damals, und es macht ihr längst keine Mühe mehr. Dann liegt das Auge im Wasser und Sophie wartet.

Irena Kramer trinkt einen Schluck und lauscht auf das Radio, das leise im Hintergrund läuft. Sophie holt die Prothese wieder heraus, wischt sie mit einem fusselfreien Tuch ab. Manchmal bewahrt sie ihr Auge nachts in einer kleinen mit Stoff ausgeschlagenen Schachtel auf, auch wenn die Ärztin meint, es wäre besser, sie würde es rund um die Uhr tragen, auch im Schlaf. Ihre Augenhöhle verändere sich, brauche das Auge, um ihre richtige Form auszubilden. Also schiebt Sophie die Prothese unter das Oberlid, das sie vorher angehoben hat. Sie zieht das Unterlid herunter, und ihr Auge gleitet wieder an seinen Platz. Anschließend drückt sie noch einmal mit dem Finger darauf, damit die Luft entweichen kann, die sich daruntergesetzt hat. Dann steht sie auf, schüttet das Wasser in den Ausguss, faltet das Handtuch und das kleine, fusselfreie Trockentuch zusammen und schaut zu ihrer Mutter hinüber, die immer noch im Türrahmen steht.

Irena Kramer lächelt müde. Es fällt ihr schwer. Auch das Reden fällt ihr schwer, aber sie sagt: »Hast du noch Hunger?«

Sophie schüttelt den Kopf.

»Dann putz dir die Zähne.«

»Ja.«

Also geht Sophie ins Bad, und Irena Kramer stellt das Radio aus. Der Kühlschrank brummt, und sie schlägt kurz mit der flachen Hand dagegen, damit er verstummt.

Sie setzt sich auf den Stuhl, auf dem eben noch ihre Tochter gesessen hat, fährt mit der flachen Hand über den

Küchentisch, spürt das Holz. Nebenan rauscht der Wasserhahn, dann die Klospülung, dann ist es still. Unter ihr sind sechs Stockwerke voller Menschen, über ihr noch zwei weitere, und irgendwo schlägt eine Tür zu.

Sie schaut auf dem Handy nach. Es gibt nur Handys bei ihnen, kein Festnetztelefon. Sie hat eins, Robert hat eins, Sophie ebenfalls und auch der Junge hat eins gehabt. Zu Irena Kramers Vertrag gehört eine Festnetznummer, über die man sie erreichen kann, wenn sie sich in einem Fünfhundert-Meter-Radius um die Wohnung bewegt. *Home Zone* nennen sie das. Aber niemand versucht, sie zu erreichen. Sie schaut auf das Display. Schließt die Augen.

Und dann wird schleichend aus dem Abend eine neue Nacht. Irena Kramer schaltet pflichtschuldig Lampen aus. Sie wandert durch die Wohnung.

Die Wege sind kurz, und in allen Zimmern hängt dicht und undurchdringlich das schlechte Gewissen, das hier alle von früh bis spät ausdünsten, ausschwitzen, ausatmen. Selbst wenn sie nicht da sind. Erst ist Irena Kramer im Flur, betrachtet die Wohnungstür, die sich immer noch nicht öffnet, dann die geschlossene Tür zu *seinem* Zimmer, zum Zimmer des Jungen. Im Bad putzt sie sich die Zähne, hält mit der Bürste im Mund inne und lauscht. *Nein, nichts.* Die Tablette nimmt sie mit Wasser aus dem Hahn, das sie aus der flachen Hand schöpft, ohne Glas. Sie steht hinter einer nur angelehnten Tür, sieht, dass ihre Tochter schläft, gleichmäßig atmet, tief und fest. Dann dreht sie sich um. Im eigenen Schlafzimmer sitzt sie auf ihrer Seite des Bettes, eine ganze Weile, bevor sie die Beine auf die Matratze hebt, sich anlehnt und die Decke bis über die Knie zieht. *Home Zone.* Neben ihr brennt die Nachttischlampe eine ganze Weile, bevor sie sie ausschaltet. Sie schließt die Augen, denn es gibt nichts zu sehen.

Noch nicht.

13

Kenan schaut sich um.

Es ist eine eigenartige Nacht, unnatürlich still und unruhig zugleich. In der Luft fiebert knackend die Elektrizität, weiß nicht, wie sie sich entladen soll. Man könnte, wäre man überreizt und hätte eine zu rege Fantasie, Gespenster sehen in solch einer Nacht, könnte sich einbilden, sie flüstern zu hören.

Kenan bleibt stehen.

Er hat gerade erst Kathis Wohnung verlassen, ist auf dem Weg zur Tram und spürt wieder dieses Kribbeln im Nacken, das ihn dazu bringt, die Schultern hochzuziehen. Er berührt das Portemonnaie in der Innentasche seiner Jacke. Hat er genug Geld dabei? Ja. Also winkt er auf der Danziger das nächste freie Taxi heran, reißt die Tür zum Rücksitz auf, sagt zum Fahrer: »Zur Charité bitte.«

Hinter ihm, ein gutes Stück entfernt, setzt sich jemand seinen Motorradhelm auf, startet die Maschine und fährt ebenfalls los, schlägt dieselbe Richtung ein, tiefer hinein in die Nacht.

14

Der Tag ist so gut wie vorbei. Morgen ist Freitag, und in der kleinen Stadt zwischen den Wäldern ist der Propst allein auf dem Stadtwall, dreht noch eine Runde. Er ist ganz in Gedanken und blickt zwischen den Kastanien hindurch auf den Hügel, auf dem trutzig die Klosterkirche steht.

Es ist einfach keine Nacht zum Schlafen, und im Haus hat er nicht nachdenken können, keinen klaren Kopf bekommen. Also hat er sich seinen Mantel angezogen und ist zu einem seiner späten Spaziergänge aufgebrochen. Die Bewegung hilft, und das Alleinsein an der frischen Luft hilft auch. Der Mond ist so gut wie voll. Zwischen eiligen Wolken taucht er immer mal wieder hinter der Kirchturmspitze auf, und über Propst Heins Kopf fährt eine Böe rüttelnd in die Äste. Der Wind zieht an den Blättern, prüft, ob sie schon fallen wollen, aber noch halten die meisten, reiben bloß aneinander, rascheln nur. Laternen gibt es nicht viele auf dem Wall, dafür unten in der Senke, in der sich die Fachwerkhäuser der Altstadt krumm und schief aneinanderdrücken. Fahle Lichter halten Wache, an Kreuzungen, unter Fenstern, an Straßenecken, scheinbar ohne Grund, denn alle schlafen. Friedlich.

Der Propst schüttelt den Kopf. Er murmelt leise vor sich hin und lässt den Blick über die Häuser wandern. Auf dem Hügel die Kirche. Dahinter, in einigem Abstand, das Kreiskrankenhaus, ein Rechteck aus Beton mit einzelnen, verstreut leuchtenden Lichtquadraten. Im dritten Stock ist die Kardiologie untergebracht. Dorthin begibt er sich regelmäßig, um seinen Schrittmacher kontrollieren und auslesen zu lassen. Hein schaut sich weiter um, als würde er etwas suchen, oder *jemanden*. Tief atmet er ein und aus, spürt das von einer Lithium-Batterie bewachte Herz in seiner Brust. Er fragt sich, ob es durchhalten wird. Auch diesmal.

Gleich ist es zwölf. Die Nacht nimmt schon Anlauf, um sich in das zu stürzen, was als Nächstes kommt.

Hein macht ein paar schwerfällige Schritte, kommt an einer Bank vorbei und überlegt, ob er sich daraufsetzen soll. Nein, er ist zu unruhig, und die Bank ist feucht. Die Nacht hat alles mit kaltem Schweiß belegt.

Früher hat man ihn hier morgens häufig joggen sehen, aber jetzt, um diese Uhrzeit, in der klammen Dunkelheit, sieht ihn niemand, sieht niemand, wie er frierend grübelt.

Weil ihm nicht aus dem Kopf geht, was Elke Schüttler gesagt hat.

Da unten lauern die Häuser. Irgendwo fährt doch noch ein Wagen, die meisten Ampeln aber sind ausgeschaltet. Nein, die Stille ist nicht friedlich, das weiß er genau. Auch in der Propstei sind schon anonyme Briefe eingegangen, die Protest und Widerstand ankündigen. Das ist, denkt der Propst, die Zeit, in der wir leben. Unsere Zeit. Die Zeit des Hasses und die Zeit der Versuchung. Was soll man da machen?

Er nimmt es als Herausforderung, er kann nicht anders. Eine schreckliche Verantwortung lastet auf ihm, und er darf sich ihr nicht entziehen. Ein weiterer Junge wurde gefunden, wieder mit einem Kreuz auf der Stirn.

Ist jetzt schon Mitternacht, hat es schon zwölf geschlagen im Turm der Christopherus-Kirche? Er steht ganz still, wie eingefroren, unfähig, den nächsten Schritt zu machen.

Hat jemand hinter ihm leise gelacht? Hat jemand hinter ihm hämisch gekichert?

Der Propst fährt herum.

Es ist dunkel auf dem Stadtwall, aber es kommt ihm vor, als säße auf der Bank, an der er eben vorbeigegangen ist, ein Mann. Könnte noch jung sein. Hat die Beine übereinandergeschlagen. Nickt ihm anerkennend zu. Er lächelt, sieht aus, wie der Propst selbst mal ausgesehen hat. Volles Haar hat er und ist groß, sicher über eins neunzig, und während er lächelt, schiebt sich seine Oberlippe zurück, entblößt Zähne und Zahnfleisch. Nicht zu erkennen im Dunkeln, aber der Propst weiß, dass es so ist. Er kennt das Lächeln und ist darauf gefasst.

Das hast du nicht erwartet, oder? Ich habe deine Herausforderung angenommen, sagt das Lächeln, drüben auf der Bank, unter Bäumen, mit Blick auf St. Christopherus. In Heins alten Ohren wird aus dem Rauschen der Kastanienblätter schon wieder ein leises Lachen.

Die kleine Maschine, die die Chirurgen ihm in die Brust gesetzt haben, muss nun zeigen, wozu die Medizin in der Lage ist, muss das Herz dazu zwingen, gleichmäßig weiterzuschlagen, trotz allem, muss die Leerstellen füllen, muss es vor Aussetzern bewahren. Das, was der Propst jetzt fühlt, ist Wut. *Du wirst meinen Weg nicht aufhalten, den Weg zum Licht nicht in deine Finsternis tauchen, du wirst dich nicht über mich lustig machen*, denkt er und geht mit ausladenden Schritten auf die Bank zu.

Sie ist leer.

Bloß altes Holz und Eisen. Natürlich. Niemand sitzt auf ihr, als er sie erreicht. Mit nichts anderem hat er gerechnet.

15

Einige schwache Lichter zucken weit weg unter den Wolken, irgendwo im Osten. Es ist zwölf. Bis nach Berlin schafft es das Gewitter diesmal nicht. Es holt aber aus und schlägt wenigstens ein einziges Mal zu. Mit einem lauten Knall fährt es über die Häuser, wie aus dem Nichts, mit einem metallischen Einschlagsdonner, der ohne Folgen bleibt. Keine Blitze kommen und kein Regen. Als wäre, irgendwo oben, bloß eine Tür aufgerissen und sofort wieder laut zugeschlagen worden. Viele werden kurz davon wach. Auch Kathi Bechstein dreht sich auf die andere Seite. Einen Augenblick lang glaubt sie in ihrem Halbschlaf, wieder das Ticken der alten Pendeluhr im Wohnzimmer zu hören. Aber das ist selbstverständlich Quatsch, und sie schläft gleich wieder ein.

16

Es ist nicht der Donner, der Sophie Kramer weckt, es ist das Licht. Eigentlich kann das gar nicht sein. Sie bewegt sich keinen Millimeter unter ihrer Decke, hat aber das Auge, mit dem sie sehen kann, weit aufgerissen. In ihrem Fenster brennt die Lichterkette, und das, obwohl die Batterie so gut wie aufgebraucht war, als Sophie sie vor über einem Monat das letzte Mal getestet hat. Eingeschaltet hat sie offenbar der Donner. Wer weiß, wozu Gewitter fähig sind? Vielleicht ist die Elektrizität in der Luft so stark, dass sie die empfindlichen Birnen aufleuchten lässt.

Sophies Herz klopft, und sie beißt sich auf die Unterlippe. Sie wartet, weil sie weiß, dass etwas passieren wird, das etwas passieren *muss*.

Ein warmer, flackernder Schein kommt von der Lichterkette und lässt die Schatten an der Wand über Sophie tanzen wie ein Kaminfeuer, das kurz davor ist zu verlöschen.

Sie zieht ihre Knie hoch, umfasst sie mit beiden Armen und starrt zum Fenster, wo die kleinen Glühbirnen unruhig leuchten und in die Unordnung des Zimmers hineinzucken. Aber sie werden rasch schwächer, werfen ihr bisschen Licht nur noch in einzelnen Tropfen über Sophies Bücher und Hefte und Kleidungsstücke und über ihre Puppen, den Bären und die Stoffgiraffe, die aussehen, als würden sie ihren Blick heben, als würden sie, ebenfalls gerade erst aufgewacht, Hilfe suchend zu Sophie hinüberschauen. Doch dann gehen die Lichter aus, eins nach dem anderen, ziehen sich in die bläuliche Dunkelheit des Raumes zurück.

Sophie bleibt sitzen, in ihrem Bett, mit verkrampften, um die Knie geschlungenen Armen und friert trotz der Decke. Ihr funktionierendes Auge zuckt unruhig hin und her, und sie hört ihr eigenes Atmen durch den offenen Mund.

Ungewohnt laut. Und so als wäre da noch ein zweites Atmen, als würde ihr Zimmer ein Echo erzeugen oder selbst Luft holen und wieder abgeben. Sie hat kein Gefühl mehr dafür, wie lange die Zeit braucht, um zu vergehen. Sie weiß nicht, wie lange sie schon so dasitzt und atmet und lauscht. Eine ganze Weile ist es wohl inzwischen. Und schließlich hört sie, worauf sie insgeheim gewartet hat. Die ganze Zeit.

Die Wohnung ist nicht groß. Alles liegt dicht beieinander, alles ist Sophie vertraut. Jedes Geräusch kann sie von ihrer Position im Bett aus wahrnehmen und zuordnen. Sie kennt das Knacken des Holzes in den Schränken und das vibrierende Brummen des Kühlschranks, das silbrige Flüstern, das manchmal durch die Heizkörper rieselt, kennt den Klang aller Türen und alle Schritte, die durch die Wohnung gehen. Das fahrige Herumhuschen ihrer Mutter etwa kann sie sofort unterscheiden vom schweren Auftreten ihres Vaters, bei dem jeder Schritt zu überprüfen scheint, ob der Boden auch wirklich hält. Deshalb weiß sie sofort, welche Tür sich öffnet, draußen auf dem Flur. Und sie weiß genau, wessen Schritte das sind.

Sie tasten sich langsam voran, halten inne, schleichen, sind aber da. Sophie hält den Atem an. Die Kälte ist schlimm. Sie hat eine Gänsehaut am ganzen Körper. Vielleicht wird sich das als Traum herausstellen.

Nein. Sophie schläft nicht. Schlafen ist etwas anderes. Sie hat das Gefühl, hellwach zu sein, als sie die Decke zurückschlägt und wieder aufsteht. Die Wohnung ist sehr dunkel. Was zu sehen ist, sieht anders aus als bei Tag, ist verschwommen und geht ineinander über. Sophie steht in ihrem Schlafanzug mit angehaltenem Atem auf dem Flur. Seine Tür ist geschlossen. Trotzdem. Sie öffnet sie. Macht sie ganz vorsichtig auf.

Sophie schaut in sein Zimmer, sieht aber nichts und niemanden. Da. Die Schritte. Ein Berühren des Bodens, federleicht, nicht mehr. Hinter ihr, also dreht sie sich um.

Nichts.

Doch.

Doch, da ist was.

Sophie hört, dass da was ist.

Sophie weiß, dass da was ist.

Ihr Atem geht schneller, und die Kälte streicht ihr mit harten Fingerspitzen über den Nacken. Dann wendet sie den Kopf in Richtung Küche. Könnte es sein, dass die Besteckschublade aufgezogen wird? Ja, genau. Es ist die Schublade, die immer ein leichtes Klappern erzeugt, ganz gleich, wie vorsichtig man ist. Einer der Stühle wird verschoben. Freuen möchte sie sich darüber. Sie weiß, dass das etwas Gutes ist.

Trotzdem hat sie Angst.

Trotzdem ist ihr schlecht.

Es dauert eine Ewigkeit, bis sie in der Küche angekommen ist. Einer der Stühle ist abgerückt worden vom Tisch, aber niemand sitzt darauf. Sie nähert sich, vorsichtig, schaut zur Besteckschublade hinüber. Sie ist nicht offen. Hat sie sich doch geirrt? Aber auf dem Tisch liegt eines der großen Messer, und das gehört da nicht hin. Die Übelkeit wird schlimmer, und es kribbelt in ihrem Nacken wie verrückt. *Ja. Also doch.* Sie dreht sich um. Ganz, ganz langsam dreht sie sich um.

Zwischen Schrank und Küchentür ist eine Nische, dunkler als der Rest des Raumes, ganz schwarz ist sie. Als wäre sie eine tiefe, schwarze Kluft in der Wand. Sophie weiß, dass er in der Nische wartet, bevor er sich rührt.

Sie weicht zurück, muss sich am Tisch festhalten.

Es bewegt sich was.

In der Nische.

Jetzt. Ganz deutlich.

Etwas schiebt sich heraus aus der tiefen, dunklen Kluft in der Wand.

Der Junge ist dünn. Er ist bleich, soweit man das sagen kann. Er ist bloß etwas Verschwommenes, ein Teil der Dunkelheit, aber mit funkelnden, durchdringenden Augen. Sophie kann sich nicht helfen, sie hat Angst vor ihm, schreckliche Angst.

Sie kennt diesen Blick.

Den verzerrten, leicht geöffneten Mund.

Sie weiß, so sieht er aus, wenn er wütend ist. Wenn er sehr, sehr wütend ist. Dann muss man vorsichtig sein. Das gilt sogar für sie.

Bist du böse? Auch auf mich? Warum?

Sie macht noch einen Schritt. Ihre Hand ist auf dem Tisch, berührt das Messer, und als es zur Seite rutscht und scheppernd auf den Boden fällt, zuckt sie zusammen.

17

Auch Sophies Mutter schreckt auf. Irena Kramer hat das Gefühl, gerade erst eingeschlafen zu sein. Sie muss sich kurz orientieren und stellt fest, dass er wieder nicht da ist. Es versetzt ihr einen Stich. Die Decke auf der anderen Seite des Bettes ist aufgeschlagen, das Laken aber unberührt. Sie lebt zwischen Leerstellen.

Wie spät ist es? Kurz nach zwölf.

Sie reibt sich das Gesicht, drückt mit den Fingern auf ihre geschlossenen Augen und hört ihre Tochter. Ist Sophie aufgestanden? Aufs Klo gegangen? Nein, als sie sich konzentriert, hört sie, dass da etwas anderes ist. Sophie ist in der Küche.

Hat sie Hunger? Durst? Normalerweise steht ihre Tochter nachts nie auf, geht schon gar nicht in die Küche. Sophies Mutter wälzt sich auf die andere Seite, will nicht darüber nachdenken. Dann aber hört sie noch etwas.

Irena Kramer hebt den Kopf, schlägt die Decke zurück. Jetzt lauscht sie wieder.

Kann das sein?

Sophie flüstert.

Sie spricht mit jemandem.

Der erste Gedanke: Sophies Vater. Vielleicht ist Robert nach Hause gekommen, und jetzt sitzen die beiden, Vater und Tochter, zusammen in der Küche und reden. Reden leise. Worüber? Sie reden über sie.

Irena Kramer hört Sophies Stimme, aber keine andere.

Schwindlig ist ihr, als sie aufsteht. Ihr Kreislauf braucht einen Augenblick. Es ist wieder alles still.

Auf dem Flur sind beide Türen offen. Die von Sophies Zimmer. Und die andere.

Alles ist dunkel, aber Sophie ist in der Küche. Sie hat kein Licht angeschaltet. Jetzt flüstert sie wieder, murmelt vor sich hin. Irgendetwas Unverständliches sagt sie mit gepresster, aufgeregter Stimme.

Sophies Mutter spürt einen Kloß im Hals, bekommt immer schlechter Luft. Sie geht ganz langsam und leise auf die Küche zu, weil sie hören will, was Sophie sagt in ihren Selbstgesprächen.

»Ich hab dir deine Sachen aufgehoben.«

Sophies Mutter bleibt stehen, führt unwillkürlich die Hand zum Mund.

»Dein Shirt. Das kannst du anziehen.«

Irena Kramer möchte zurück in ihr Bett. Sie möchte die

Tür hinter sich zumachen, möchte das nicht hören. Aber schon in der nächsten Sekunde ist sie in der Küche, schaltet das Licht ein und macht Schluss mit dem Irrsinn. Die Helligkeit blendet. Nachdem sie die zusammengekniffenen Augen geöffnet hat, sieht sie, wie ihre Tochter zu ihr aufschaut. Sie sitzt auf einem Stuhl am Küchentisch und starrt sie schweigend an wie einen unerwünschten Eindringling. Sophies Mund ist fest geschlossen, die Lippen vorwurfsvoll aufeinandergepresst. Aber auf einer Wange sind Tränen zu sehen, die noch nicht ganz getrocknet sind. Unten auf dem Boden, vor ihren Füßen, liegt das große Brotmesser.

»Sophie!«, sagt die Mutter, greift nach dem Messer, zieht die Besteckschublade auf, verstaut es, macht sie wieder zu. Das alles geht ganz schnell und ohne Fragen. Sie müsste natürlich Fragen stellen, eine ganze Menge sogar, aber das ist unmöglich. Irena Kramers Herz schlägt stark und unangenehm. Ihr tut alles weh, sie sagt: »Gehst du bitte wieder ins Bett, Sophie?«

Ihre Strenge zittert. Die ganze mütterliche Autorität steht, wie sie selbst, auf wackeligen Beinen, aber Sophie gleitet trotzdem von ihrem Stuhl, schiebt ihn an den Tisch und schaut noch einmal zu ihr auf.

»Du hast mich fast zu Tode erschreckt, Sophie.«

Ihre Tochter kommt auf sie zu, drückt sich kurz an ihren Oberkörper, warm und fest und traurig. Sie schmiegt sich an sie, immer noch stumm, und geht dann aus der Küche, lässt sie zurück.

Irena Kramer steht da, öffnet den Kühlschrank, macht ihn wieder zu, trinkt Wasser aus dem Hahn. Alles ist ruhig, nichts rührt sich. Aber es ist sehr kalt. Nach einem langen, leeren Blick und einem kalten, prickelnden Schauer, der ihren ganzen Rücken herabläuft, macht sie das Licht aus und geht zurück ins Bett.

18

Sophie schließt hinter sich die Tür zu ihrem Zimmer, lehnt sich dagegen, macht die Augen zu und wartet einen Moment. Dann erst dreht sie sich um. Verstohlen nur und langsam. Es ist eine große Erleichterung. Sie setzt sich auf den Boden, unter das Fenster, in dem die Lichterkette nicht mehr leuchtet. Sophie lächelt jetzt, ist froh und schaut auf ihr Bett. Er sitzt dort, im äußersten Winkel, und erwidert ihren Blick. Schmal und zart und milchig bleich, aber nicht mehr wütend, nur noch vorsichtig, vorsichtiger als sonst. Seine Augen sind nicht ganz wie sie früher waren, sind geweitet, zu groß. Wohl, weil er all das, ihr Zimmer und die Wohnung, nun als etwas Fremdes betrachtet. Aber sie sieht seine Mundwinkel zucken. Er grinst. Frech. Er ist, stellt Sophie fest, eigentlich wie immer – das ist gut –, nur eben schrecklich stumm. Und auf seiner Stirn ist die Wunde, die sie nicht ansehen mag. Tief und dunkel zeichnet sie sich ab unter seinem Haaransatz und über den stieren, aufgerissenen Augen. Sie versucht, nicht hinzusehen, aber es ist da. Das eingeritzte Kreuz.

19

Hein beeilt sich. Im Laufschritt bewegt sich der Propst durch die Altstadt, und weil seine Schuhe Absätze haben, hört man sie auf dem Kopfsteinpflaster des Marktplatzes als ein langsam näher kommendes und dann wieder leiser werdendes Klopfen. Über die von dreistöckigen Neubauten gesäumten Straßen, am Chinarestaurant und dem Christopherus-Friedhof vorbei und dann den Hügel aufwärts, wo Kirche und Kloster ihre uralte Einheit bilden. Ihnen gegenüber das Gemeindehaus, der Kindergarten mit seinem von Jägerzäunen umschlossenen Spielplatz und, noch ein Stück weiter hinten, das Haus, in dem der Propst lebt. Er schwitzt jetzt, atmet schwer, holt die Schlüssel heraus. Hier oben auf dem Hügel gibt es kaum eine Tür, für die er nicht den Schlüssel hat.

Es gibt auch Türen, für die *nur er* den Schlüssel hat.

Erst einmal zieht er sich den warmen Mantel aus, greift mit der Hand in seinen Nacken, um den Schweiß wegzuwischen. Er ist wahrscheinlich zu alt – zweiundsechzig – und zu krank – das Herz –, aber er muss seine besondere Aufgabe annehmen. Wir können nicht alle nur danebenstehen, tatenlos. Es kann nicht richtig sein, sich zurückzuhalten, während die Welt Richtung Abgrund schlittert, was sie ja ganz offensichtlich tut. Zu viele, viel zu viele sind gleichgültig. An die Korinther denkt Hein, an den strengen Brief, den Paulus ihnen schreiben musste, wegen ihres katastrophalen geistlichen Zustands. Ihre Verkommenheit, ihre faule Fleischlichkeit hat der Teufel benutzt, um sie dem Bösen gegenüber gleichgültig zu machen. Unmündige in Christus. Klar ist allerdings auch: Einen Brief zu schreiben wird heute nicht genügen.

Hein nimmt den Zeitungsausschnitt von der Kommode, den Elke Schüttler ihm mitgebracht hat, liest noch einmal, was er schon gelesen hat, noch im Stehen. Das Papier ist knittrig vom Schweiß seiner Hand. Er nimmt den Ausschnitt mit in die Küche, wo er sich die Manschette des Blutdruckmessers umlegt und mit angehaltenem Atem zu pumpen beginnt, bis ihm der Arm zu platzen droht.

Man muss nicht in der Großstadt leben, um zu verstehen, dass das Gerüst der Welt ins Wanken geraten ist, weil überall Zorn herrscht. Enthemmte Bösartigkeit. Überall ist Hass in der Welt, und er zeigt sich so deutlich wie lange

Zeit nicht mehr. Er hat unterschiedliche Gesichter, aber es ist immer derselbe Hass. Hein fallen viele Beispiele ein. Vor der Sporthalle des Gymnasiums, in der die Flüchtlinge untergebracht waren, hat jemand eines nachts, als es ähnlich drückend war wie heute, einen Schweinekopf abgelegt mit Hakenkreuzen darauf. Man kann froh sein, dass nicht noch Schlimmeres passiert ist. In Hamburg hat ein Palästinenser mit einem Messer auf Kunden eines Supermarkts eingestochen. Hein hat es in der Zeitung gelesen. Ein Mann wurde getötet, sechs weitere schwer verletzt. Möglichst viele deutsche Staatsangehörige christlichen Glaubens wollte der Attentäter angeblich umbringen, so hat er es wohl selbst gesagt. Es waren Migranten, die ihn aufgehalten haben. Zum Glück.

Und jetzt das. Der Blick auf den Zeitungsausschnitt. Ein Junge mit dem Kreuz auf der Stirn. Die Provokationen nehmen zu, und sie kommen näher. Zu nahe.

Wilhelm Hein hat schon früh gewusst, dass er geprüft wird, dass es etwas Persönliches ist, dass ihm eine besondere Verantwortung zukommt und eine besondere Buße. Je höher unser geistlicher Zustand, umso mehr Interesse hat er, *der Andere*, daran, uns zu Fall zu bringen. Jetzt macht er also Ernst. »Und damit ich mich nicht durch das Übermaß der Offenbarungen überhebe, wurde mir ein Dorn für das Fleisch gegeben, ein Engel Satans, damit er mich mit Fäusten schlage, damit ich mich nicht überhebe«, murmelt Hein in seiner Küche. 2. Korinther, Kapitel 12, Vers 7.

Der erste schwere Faustschlag, der erste Infarkt, kam bereits vor Jahren. Am 27. März 2013, einem Mittwoch, und die Schmerzen begannen früh am Vormittag. Eigentlich hätte es zu Ende sein müssen damals. Hein selbst hat nicht geglaubt, dass er es überlebt. Seitdem fühlt er sich wie auferstanden. Eine Gnade ist das, diese zweite Geburt, aber auch eine Bürde. Im Krankenhaus haben sie ihm einen Stent gesetzt, haben das, was sich verschlossen hatte, aufgeblasen, wieder Platz gemacht für sein Blut und für sein Leben. Aber einiges ist abgestorben in Wilhelm Heins überbeanspruchtem Herz, damals, beim Infarkt, als er geglaubt hat, die Brust würde ihm niedergetreten von einem bösen Geist. Nicht alles lässt sich retten, und um den Schrittmacher ist er nicht herumgekommen.

»Ungewöhnlich eigentlich«, hat der Arzt damals gesagt. Kein Übergewicht. Wenig geraucht. Kein Diabetes. »Eine Veranlagung wahrscheinlich.«

Nein. *Die Gegenwehr.*

»Wer weiß?«, sagt Hein zu seinem Kardiologen, drüben im Kreiskrankenhaus, und lächelt. »Vielleicht liegt's an mir. Vielleicht habe ich mir in meinem Leben einfach zu viel zu Herzen genommen.«

Der Arzt lacht leise, mustert das EKG. »Mag sein.«

Der Körper erneuert sich, ersetzt abgestorbene Zellen, nur an zwei Stellen nicht: im Gehirn und im Herzen, da bleibt tot, was abgestorben ist. Dafür hat Hein nun die Maschine, die ihn bewacht, die mitschreibt und notiert, die Daten speichert und ihm zuverlässig kleine Stromstöße versetzt, weil die elektrischen Ladungen es nicht mehr von allein schaffen durch die abgestorbenen Bereiche seines Herzens.

In der Küche brennt die Lampe direkt über dem Tisch, und er steht auf. Unruhig. Ihm kommt es vor, als hätte er etwas gehört. Im Fenster sieht er nur sein eigenes Spiegelbild, die beunruhigten Augen seines Doppelgängers im Lampenlicht vor schwarzem Hintergrund. Er geht zur Tür, die von der Küche in den Garten führt, zur Rückseite des Hügels, wo keine anderen Häuser mehr stehen. Die Tür ist abgeschlossen, und er schließt sie auf.

Kann es sein, dass ihm jemand gefolgt ist, dass jemand da

draußen ist? Hört er Schritte? Sieht er einen Mann vor der Garage, neben dem Baum? Nein.

Hört er das Lachen?

Rasch schließt Propst Hein wieder ab. Sie haben versucht, ihn kleinzukriegen, aber er ist doch erneut mit ihnen in den Ring gestiegen, und er wird nicht aufgeben, solange Gott ihm genug Kraft gibt.

Eigentlich sollte Wilhelm Hein längst im Bett liegen, das Pensum dieses Tages hinter sich haben. Aber er kann einfach keine Ruhe finden. Morgen wird er Schönfeld anrufen und Anfang der Woche nach Berlin fahren. Das steht schon fest. Deshalb muss bis dahin erledigt werden, was eigentlich mehr Zeit gebraucht hätte. Er seufzt und nickt.

Hein holt sein Handy hervor, tippt eine Nachricht an Monika Scholz, damit sie nicht, wie eigentlich abgesprochen, morgen zum Putzen kommt. Er hat ihr oft abgesagt in letzter Zeit, aber er braucht seine Ruhe, seine Konzentration. Das Nötigste hält er auch selbst in Ordnung.

Erst einmal ist eine Stärkung vonnöten. Hein trinkt Wasser, beschmiert sich zwei Scheiben Vollkornbrot mit Quark, findet Radieschen im Kühlschrank, die er sorgsam darüberschneidet. Er isst langsam und mit Andacht, räumt Teller und Messer in die Spüle, uriniert im Bad, wäscht sich die Hände. Dann betet er, aber nur kurz.

Propst Hein geht über den Flur, öffnet eine Tür und steigt in den Keller hinab. Alte Akten und Möbel stehen hier unten, noch von seinen Amtsvorgängern. Von einem schweren, großen Regal nimmt er die Taschenlampe herunter. Dahinter gibt es einen Zwischenraum, der sehr eng ist. Aber der Propst ist schlank, und er hat den Schlüssel für die Tür. Nur tief bücken muss er sich, denn der Gang ist alt, stammt aus einer Zeit, in der Menschen nicht so groß wurden, wie er es ist. Sie hätten ihn einen Riesen genannt.

Das Licht seiner Lampe zuckt und ruckt an den unverputzten Wänden entlang, hüpft ihm voran durch die stickige Enge. Er hat die Lampen entfernt, die es früher hier gegeben hat. Nur für den Fall, dass doch mal jemand auf den Gang stoßen sollte. Denn: Wer würde sich hier hineinwagen, freiwillig, ohne Licht?

Manchmal denkt Hein, dass er nicht im Kampf sterben wird, nicht durch den Faustschlag der Teufel, sondern in dieser Enge, unten im Gemäuer. Weil er sich zu tief hinabbeugen muss, weil seine Brust eingequetscht wird und der Schrittmacher im falschen Augenblick aus seiner Verankerung springt, ihn nicht mehr mit der Elektrizität versorgt, die ihn am Leben hält.

Es gibt mehrere solcher Gänge unter der Kirche und dem Kloster. Schon während der Reformationskriege haben sich die Mönche hier unten verborgen, bei ihrem Wein und ihren Geheimnissen, und einer der größeren Räume, dicht bei der Krypta, hat den Menschen der umliegenden Straßen sehr viel später als Luftschutzbunker gedient. Hier hockten sie zusammen, mit feuchten Tüchern auf dem Gesicht, im Vertrauen darauf, dass die Alliierten die alten Gotteshäuser verschonen würden. Hier haben sie gewartet, während surrende, pfeifende Teekesseltöne vom Himmel stürzten und das falsche, das gotteslästerliche tausendjährige Reich rings um den Hügel in tiefe Schutt-und-Asche-Krater zerfiel.

Die Welt braucht diese Keller nicht mehr, zumindest redet sie es sich ein. Die Menschen fürchten sich vor ihrer Enge, ihrer stickigen Luft. Der ganze Hügel wird gemieden. Einige Kinder werden morgens früh von ihren Eltern hinaufgebracht und am Nachmittag wieder abgeholt, weil dort der Kindergarten ist. Ein paar Alte besuchen sonntags um zehn den Gottesdienst, einige Gebildete die Chorkonzerte. Das Kloster, das vor dem Dreißigjährigen Krieg einen

Augustinerorden beherbergt hat und später einen evangelischen Nonnenkonvent, dient heute bloß noch den Chorproben und hat das Zonengrenzland-Museum aufgenommen, das aber nicht an allen Wochentagen geöffnet hat. Wer die Wachtürme in den umliegenden Wäldern vermisst, kann sie sich hier auf großformatigen Fotos anschauen.

Irgendwo darunter, im Hügel, schließt der Propst eine der Türen auf, für die es offiziell keine Schlüssel mehr gibt. Seine Schritte sind wohl zu hören gewesen, natürlich auch das klackende Geräusch im Schloss.

Das Mädchen springt ihm entgegen, sofort, will an ihm vorbei, ihn umstoßen, aber damit hat er gerechnet. Er hält es fest, und es windet sich. Wenn der Herr es will, dass sie ihn überwältigt und entkommt, soll es geschehen. Sie ist gewiss schon siebzehn oder achtzehn, vielleicht älter, aber sie ist klein und dünn, und er ist stärker als sie, es ist also nicht sehr wahrscheinlich.

Hein stellt die Taschenlampe auf dem niedrigen Campingtisch ab und weicht ihr aus. Sie stößt einen gurgelnden, wimmernden Laut aus, taumelt, senkt den Kopf. Als er ihre Haare berührt, zuckt sie zurück. Sie fällt zu Boden, kommt neben der Chemietoilette auf. Die muss er später auch noch leeren.

Er lächelt sie an, streng, aber voller Liebe. Sie starrt zu ihm herauf, blinzelt, zittert, schüttelt unwillkürlich den Kopf. Er nimmt einen weiteren Schlüssel von seinem Bund, einen ganz kleinen, und öffnet damit ein Holzkabinett. Seine Stola bewahrt er darin auf und ein Buch. Außerdem ein altes, dünnes, scharfes Messer mit silbernem Griff.

»Herr Jesus Christus«, sagt Propst Hein. »Blicke gütig und barmherzig auf diesen deinen Diener, auf unsere Schwester, die sich von der List der Dämonen umgeben und von den Anfechtungen des Bösen bedrängt fühlt.«

Sie schüttelt den Kopf, schneller jetzt, immer wieder, steht auf und fällt gleich wieder auf ihren Hintern, rutscht auf dem Boden zurück, schiebt sich in ihrer fleckigen Unterwäsche auf eine Ecke zu. Ihre Knie heben sich dabei wie Kolben, auf und ab. Sie ist unruhig, sie ist laut. Der Teufel in ihr lärmt und wehrt sich. Ihr böser Geist spürt, dass es ihm heute schon an den Kragen gehen wird, schon jetzt und nicht erst später. Bei dem Jungen ist es anders gewesen. Nur ganz am Anfang war er frech und wütend, danach fast immer stumm. Sein Dämon war passiv, hat sich besser versteckt, hat versucht, Hein in falscher Sicherheit zu wiegen. Irgendwann hat er nur noch geschwiegen und alles über sich ergehen lassen, auch wenn es immer noch ein zähes Ringen gewesen ist, bis zum Schluss.

Hein betrachtet das Mädchen, atmet tief ein. Denkt an seine Bürde. Auch daran, dass er verhöhnt wird von einem der Teufel, der ihn nachäfft, sein Werk in den Schmutz zieht und es ins Gegenteil verkehrt. Da ist jemand, der über ihn lacht. Jemand, der einen Jungen getötet hat, aber aus anderen Gründen. Jemand ist da draußen, lacht nicht nur ihn aus, sondern auch das Kreuz. Er wird sich darum kümmern müssen, wird herausfinden müssen, was da vor sich geht. Aber noch nicht. Erst muss er sich konzentrieren, jetzt und hier. Ein Wochenende bleibt ihm. Er schaut auf, hebt die Stimme.

Der Teufel des Mädchens starrt ihn durch ihre aufgerissenen Augen an. Er spricht in einer Sprache, die Hein nicht versteht. Er ruft und tobt und kratzt und bäumt sich auf. Als ihm der Propst den ersten Schlag versetzt, zur Abwehr, grinst er breit und böse. Das war zu erwarten. Jetzt schiebt er die Oberlippe des Mädchens zurück, entblößt seine Zähne. Sie ist es nicht. Es ist der, der in ihr ist. Er quält sie, und sie muss befreit werden von ihm.

Propst Hein spricht, tief unter der Kirche, mit seinem

Gott. »Lass nicht zu, dass ihr der Widersacher Schaden zufüge und sie durch seine Täuschungen verwirre.« Kurz kneift er die Augen zusammen. Als er sie wieder öffnet, ist das Grinsen verschwunden. Nur noch Angst ist in den Augen des Mädchens. Das ist gut, denn es ist nicht ihre eigene Angst. Ganz im Gegenteil. Sie selbst, das weiß Hein, hofft ja auf Erlösung, fiebert ihr entgegen, fleht darum. Nein, es ist die Angst des Anderen, des unreinen Geistes. Hein nähert sich ihr, hat sie fast erreicht. Sie kann ihm jetzt nicht mehr ausweichen, kann nicht weiter zurück gegen die Wand. Das Buch hat er in der einen Hand, mit der anderen hebt er das Messer, reißt es hoch. »Dein heiliges Kreuz«, sagt er, »sei ihr Schutzwehr gegen alle Gefahren.«

20

Noch ist die Nacht nicht vorbei, noch hält sie einige dunkle Stunden bereit. Ihre Geister treiben noch ihr Unwesen, und deshalb ist es gut, an einem Ort zu sein, an dem es so etwas wie Tag und Nacht eigentlich nicht gibt, an einem Ort, an dem immer geschlafen wird. Groß ist die Berliner Charité, fast wie eine eigene Stadt. Aus vielen Häusern besteht sie, durch die man auf endlosen Wegen Betten und Rollstühle fahren kann, hinein in Röntgenkammern und Operationssäle, in Dreier- und Einzelzimmer und ja, wenn es sich nicht mehr vermeiden lässt, auch hinab in die Pathologie. In der Notaufnahme brüllt ein Betrunkener, und eine Frau erbricht sich in eine Pappschale. Hier aber, auf der neurochirurgischen Intensivstation, ist es ruhig, außer ein paar Schritten, ein paar Tönen und Maschinen, ist um diese Zeit nicht viel zu hören.

Hier sitzt Kenan auf einem Stuhl neben dem Bett und starrt vor sich hin. Dunkel sind die Ringe unter seinen Augen, und deshalb macht er sie immer wieder zu. Sonst schaut er Jakob an, berührt ihn am Arm, zupft an seiner Decke.

Die Ärzte und Pfleger haben eine Schwäche für Kenan. Sie finden ihn rührend und erlauben ihm, hier zu sein, so oft er will, auch spät am Abend. Wenn er sich leise verhält. Weil man den Tag-und-Nacht-Rhythmus wenigstens andeuten möchte für die Patienten. Aber er ist willkommen, und Besuchszeiten gibt es keine. Das hat auch therapeutische Gründe. Es ist schließlich Jakobs Körper, Jakobs Kopf, der sich dazu entscheidet, nicht aufzuwachen. Vielleicht kann man ihn dazu überreden, es doch noch zu tun – wenn man so viel Geduld hat wie Kenan. Wenn man ihn berührt, so wie Kenan es tut, wenn man mit ihm spricht, eine vertraute Stimme hat, die womöglich irgendwann durch seine Ohren in den schlimm zugerichteten Schädel dringt. Manchmal stutzt Kenan auch seinen Bart, schneidet ihm die Fingernägel und die Fußnägel, weil das Pflegepersonal das eigentlich nicht tun sollte.

Das zweite Bett ist nicht mehr im Raum. Bis gestern hat hier eine Frau gelegen, nach ihrem schweren Radunfall. Hier, wo die Patienten nichts tun, nur schlafen und nicht wach werden, herrscht keine Geschlechtertrennung. Ruhe herrscht hier.

Kenan ist selbst schon öfter über Nacht geblieben, hat auf einer Besucherliege geschlafen, aber heute sitzt er nur da und mustert Jakob in dem von Maschinen und Monitoren und digitalen Ausschlägen umlagerten Bett.

»Was machen wir denn jetzt?«, fragt er und stupst ihn an. »Na? Sag mal, was machen wir?«

Nichts. Kenan gähnt, zuckt mit den Schultern, lehnt sich auf dem Stuhl zurück.

Kennengelernt haben sie sich online. Zwei Fotos waren genug, das von Jakob und das von Kenan. Die angegebene Entfernung: 530 Meter. Das ist nicht weit. Ein *Hey* von Jakob. Ein *Hey* von Kenan. Zwei identische Sprechblasen im Chat und ein Treffen eine gute halbe Stunde später. Ungewöhnlich, dass Jakob sich wieder gemeldet hat nach dem Sex, dass es nicht bei dem einen Mal geblieben ist. Weil er was wollte. Etwas, das Kenan nicht erwartet hat.

»Dein Ernst?«

»Klar.«

»Ich bin doch kein Schauspieler.«

»Das sollst du auch nicht sein. Auf keinen Fall.«

Kenan hat sich Theater anders vorgestellt. Als etwas, das mit Rollen zu tun hat, mit einem Text, den andere schreiben, Goethe oder Shakespeare oder Max Frisch, und den man dann auswendig lernt. Faust. Biedermann und die Brandstifter. Was die Deutschen so lesen in der Schule. Götz von Berlichingen. *Leck mich im Arsch.* Das sagt Kenan, mit einem kurzen Lachen, als er nackt neben Jakob liegt, um diesen Vorschlag beiseitezuwischen. »Leck mich im Arsch.«

»Ich will reale Menschen auf der Bühne haben, die was über sich erzählen, über ihre ganz persönlichen Erfahrungen.«

Klingt nicht nach einer guten Idee, findet Kenan.

Und Jakob fügt hinzu: »Das Projekt ist finanziert.«

Ach ja? Womit?

»Du kannst über dich sprechen, über die deutschtürkische Community. Wie das für dich ist, schwul zu sein. Und für deine Familie.«

Pfff.

Community.

Kenan glaubt, dass Jakob an Dönerbuden denkt und

an den Obststand am Kottbusser Tor, an Kopftücher und Imame und Zwangsverheiratung, an die minderjährigen Möchtegern-Gangster in der U8. Nicht an ihn, nicht an seine Schwester, die schon verheiratet ist und in Hamburg lebt, nicht an seine Eltern. Nicht an seinen Vater, der bei der Berliner Sparkasse arbeitet und morgens ernst und streng mit Anzug und Krawatte aus dem Haus geht. Nicht an seine Mutter, die früher Friseurin war und jetzt, nach einer langen Zusatzausbildung, Erzieherin ist in einem Kindergarten in Schöneberg. Wir sind nicht typisch, oder nur ein bisschen oder doch manchmal zu sehr. Es gäbe da viel zu erklären, aber was käme dabei wohl heraus?

»Da kann ich dir nicht viel bieten, glaub ich.«

»Du könntest über dein Coming-out reden.«

»Coming-out? Das ist so ein Wort. So was gibt's nicht bei uns.«

»Aber deine Eltern wissen Bescheid?«

»Ja.«

»Und?«

»Wir reden da nicht so oft drüber. Ich sage doch, ich kann dir nicht weiterhelfen.«

»Ach, Quatsch. Im Zweifelsfall machen wir was über Erdogan.«

Kenan schließt die Augen.

»Ich habe schon eine fabelhafte lesbische Russin, die ist der Hammer, und einen ganz tollen Kosovo-Albaner.«

Kenan stützt sich auf einen Ellbogen. »Aha, wie schön für dich. Und ich bin jetzt dein ganz toller Türke, ja?«

»Genau.« Jakob lächelt, wie nur Jakob lächeln kann. Er streicht mit den Knöcheln seiner rechten Hand über Kenans Wange und sagt sanft: »Du bist mein *ganz toller Türke.*« Es klingt fast wie ein Heiratsantrag, und dann gibt er ihm einen Kuss.

Heiratsanträge lehnt man nicht ab heutzutage.

Sie haben mehr gehabt als bloß Theater. Sie sind viel unterwegs gewesen, in der Stadt und auch woanders, und Kenan möchte weiter mit Jakob Bechstein unterwegs sein. In England waren sie, haben an der Küste gestanden, auf Klippen, haben aufs Meer hinausgeschaut. Im Kino waren sie und tanzen, sie haben gelacht, sie haben sich gestritten. Kenan hat gesagt: *Machen wir was heute?* Und Jakob hat gesagt: *Vielleicht. Ich weiß noch nicht, was anliegt.*

Wir sind keine perfekten Menschen. Jakob Bechstein ganz sicher nicht. Und jetzt?

Das Erstaunlichste ist nicht einmal, dass Jakob so beharrlich schweigt in seinem Schlaf. Noch erstaunlicher ist seine Ruhe, seine Bewegungslosigkeit. Jakob konnte doch nie stillhalten.

Kenan denkt daran, wie er vor ihnen, vor seinem *Ensemble*, auf und ab getigert ist bei den Proben im Theaterhaus Mitte, weil ihn die Begeisterung angetrieben hat oder die Unzufriedenheit. »Ihr macht mich wahnsinnig!«, hat er geschrien. »Ich spüre euch nicht, ich sehe euch gar nicht, ihr versteckt euch, ich fühle eure Wut gar nicht!«

Sonja, die lesbische Russin, ist wirklich fabelhaft gewesen. »Wo ist eure Wut?«, hat Jakob gebrüllt, und Sonja hat sich umgedreht und ihm die fast leere Wasserflasche an den Kopf geworfen, die zufällig vor ihr auf dem Tisch stand. Sie hat perfekt gezielt, perfekt getroffen, und zum Glück hatte sie nicht gerade irgendwas Schwereres zur Hand.

Die Wasserflasche knallt gegen Jakobs Stirn, und er verstummt. Schaut so blöd aus der Wäsche wie nie zuvor, und dann lachen sie alle und können den ganzen Tag nicht mehr aufhören. Jakob lacht mit, und das ist vielleicht der allerbeste Augenblick, besser noch als die Premiere. Kenan denkt an diesen Abend, an die Aufregung, ans Publikum, denkt ans

Glücklichsein. Daran, wie sie vor der flackernden Projektionsleinwand gestanden haben, vor Erdogan-Bildern und Merkel-Bildern und Putin-Bildern, daran, wie er etwas darüber erzählt hat, wie es war, mit achtzehn Jahren das Verfahren zu durchlaufen, ein deutscher Staatsbürger zu werden, obwohl er hier in Berlin geboren worden ist, genau wie seine Eltern.

Jakob ist Regisseur. Er inszeniert. Er inszeniert auch Kenans Gefühle.

»Sei wütend, du hast ein Recht darauf, wütend zu sein.«

Ja, es stimmt wohl. Man müsste viel wütender sein.

Sonja hat das gut hinbekommen mit der Wut, mit der Wut über Putin und die deutschen Rassisten und Kolonialisten. Sie ist überhaupt großartig, wenn sie redet. Schwer ist sie und hat starke Arme. Sie lacht lauter als alle anderen, wirft Wasserflaschen zielgenau wie keine Zweite und trägt viel Schmuck. Sie spricht ein völlig akzentfreies Deutsch, kann aber den russischen Akzent nachmachen, dass man sich biegt vor Lachen. Das können sie alle. Auch Kenan könnte das, könnte seinen Klischee-Akzent sprechen. Aber er tut es nicht, schon gar nicht vor Scheinwerfern, im Theater. Stattdessen steht er bei der Premiere auf der Bühne und singt am E-Piano eins der türkischen Lieder, die seine Mutter immer in zwei Sprachen mit den Kindergartenkindern singt. Ein Wiegenlied. Dazu öffnen sich Vorrichtungen im Bühnenhimmel, und jede Menge Konfetti fällt herab. Langsam trudelt es auf ihn herunter in einem bläulichen Licht. Es fällt und fällt, hört gar nicht mehr auf, ein Regen aus Glück, und die glitzernden, großen metallischen Schnipsel bleiben auf seinen Haaren und auf den Tasten und seiner Nasenspitze liegen. Manche flirren, wirbeln, rieseln bis ins Publikum, und das ist tatsächlich sehr traurig und sehr schön.

Anschließend haben sie sich alle lange in den Armen gelegen, vor allem Jakob und er. Kenan ist glücklich, Jakob ist stolz. Es ist Jakobs Erfolg, Jakobs Durchbruch.

Herzlichen Glückwunsch, Jakob.

In einer Online-Kritik steht, Kenans Lied sei das Beste gewesen am ganzen Premieren-Abend in dem kleinen Kreuzberger Off-Theater, der wahrhaftigste Moment.

Na gut. Kenan singt leise das Lied.

Ak koyun meler gelir,
ak koyun meler gelir,
daglari deler gelir,
daglari deler gelir,
oy.

Das ist die erste Strophe. Es kommt noch eine zweite.

»Das ist wirklich sehr traurig«, sagt Sonja, als er es ihnen bei der Probe zum ersten Mal vorsingt.

Kenan zuckt mit den Achseln. Verlegen.

»Du musst uns das übersetzen«, sagt Sonja. »Was heißt das denn?«

Lämmlein weiß, du kommst klagend.
Durch die Berge hoch aufragend,
wärst du mir treu ergeben,
wagtest du für mich dein Leben.
Oy.

Kenan sitzt an einem Bett, in der Berliner Charité, die fast so groß ist wie eine kleine Stadt, in einem Zimmer, in dem Tag und Nacht eigentlich nicht existieren, und singt:

Hakikatli yar olsa,
geceyi böler gelir,

geceyi böler gelir,
oy.

Aber es fällt ihm schwer, noch wach zu bleiben.

»Wir tauschen, okay?«, sagt Kenan leise. »Ich schlafe jetzt ein paar Stunden, und du wirst zur Abwechslung mal wieder wach.«

Keine Reaktion. War ja klar. Wenn er nicht will, will er nicht.

Kenan rückt näher, sodass er seinen Kopf neben Jakobs Kopf legen kann, neben sein Kissen. *Ich habe ein Recht darauf, wütend zu sein*, denkt Kenan, *auch auf dich.*

Wenn das hier nicht in der Katastrophe enden soll, musst du wach werden und reden. Mach die Augen auf und vor allem den Mund.

Was soll er tun?

Seine Hand greift nach Jakobs Hand, die fühllos ist und schwer, aber warm.

Kenan Akyüz ist ein Prinz, und er kommt von weit her. Er ist schon lange unterwegs, seine Suche nach dem Glück dauert schon Jahre und Jahre. Er weiß nicht, was es ist, dieses Glück, das erschwert die Sache. Erheblich. Aber es könnte hier liegen, abgeschirmt von der Welt hinter einer Dornenhecke aus Schläuchen und Sonden und inneren Verletzungen, in einem tausendjährigen Schlaf. Da die Blutergüsse abgeheilt sind, ist es so schön wie eh und je. Nur dünn. Zu dünn. Kenan hebt den Kopf.

Der Prinz beugt sich über das schlafende Glück, um es wach zu küssen, um es aus seinem Schlaf zu wecken.

Dann sitzt er noch eine Weile da.

Enttäuscht.

Wer soll denn jetzt die Ausgebeuteten und Nicht-Privilegierten vor den ganzen Arschlöchern da draußen retten?, fragt

Kenan und schaut Jakob herausfordernd an. *Etwa wir selbst? Das hast du uns nie zugetraut, oder?*

Jakob ist still und stumm, und Kenan zuckt mit den Achseln. *Na gut, dann machen wir's selbst.*

21

Vor dem schwarzen Himmel über der Charité ziehen graue Wolken vorbei, vom Wind ausgefranste Watte, und drüben im Osten, wo vorhin noch das Wetterleuchten zu sehen war, hellen sich die Schemen bereits auf. Ja, es stimmt: Das Schlimmste ist überstanden.

Die Geister ziehen sich zurück aus den Zimmern der Schlafenden, aus ihrer Einbildung und ihren Träumen. Das Wasser in der flachen Schale, die auf Kathi Bechsteins Wohnzimmertisch steht, ist still und unergründlich. Die Uhr an der Wand schlägt nicht, genauso wenig wie die Lichterkette in Sophie Kramers Zimmer leuchtet. Das Mädchen liegt unten auf dem Boden, hat seine Stoffgiraffe im Arm, schläft tief und fest. Sein Bruder sitzt nicht mehr auf dem Bett, und es ist fraglich, ob er jemals dort gesessen hat. Unter Dachvorsprüngen und Regenrinnen kommen die ersten Laute der Vögel hervor. Ihr Keckern, Schnattern, ihr schrilles Zwitschern vertreibt den letzten abergläubischen Spuk. Auch die Frau, die neben Sophies Vater sitzt, ist kaum noch zu erkennen, als er die Augen aufschlägt.

Robert Kramer hat die letzten Stunden der Nacht auf dem Parkplatz verbracht, schlafend, hinter dem Steuer. Jetzt wird er wach und muss sich zurechtfinden, muss verstehen, wo er sich befindet. Nur noch zwei weitere Wagen stehen hier, aber andere rauschen vorbei auf der Stadtautobahn, ganz in der Nähe. Das Haus hinter dem Wagen ist groß, es heißt Haus Rose.

Jeder Mensch trauert anders. Sophies Vater trauert hier, legt Geld auf den Tisch, trinkt und geht mit einer der Frauen aufs Zimmer. Er trauert, indem er sich das Hemd aufknöpft und den Reißverschluss der Hose aufzieht in einem Zimmer, in dem es nach Rauch riecht und nach Putzmitteln, nach Gummi und nach dem Sperma anderer Männer. Zumindest glaubt er, das zu riechen. Er trauert, indem er sich an einen Ort begibt, wo die Regeln einfach zu befolgen sind und man davon ausgeht, dass er Bedürfnisse hat, die befriedigt werden können, wo er eine Kondompackung aufreißt mit betrunkenen Fingern und zum vierten Mal nach dem Namen der Frau fragt, den er zum vierten Mal sofort wieder vergisst. Sie hat schwarze Haare und ist sehr dünn. Sie hat zu lange rote Fingernägel und geschwollene Drüsen. Sophies Vater, der auch Finns Vater war, trauert, indem er ein bisschen lacht mit der Frau, irgendwas Versautes sagt, was keine Rolle spielt. Trauert, indem er sich von ihr den Rücken und den Hintern streicheln lässt, während er in sie eindringt, wieder und wieder und dann irgendwann damit aufhört.

Er trauert, indem er hört, wie sie aufsteht und sich wäscht und nichts mehr sagt und auch nicht mehr mit ihm lacht. Indem er anschließend nicht nach Hause fährt, weil er zu betrunken ist. Indem er den Wagen anlässt und wieder abwürgt, die Augen schließt und ausnüchtert, indem er einschläft und jetzt aufwacht.

Er hat Kopfschmerzen, fährt sich mit der Hand übers Gesicht, das ledrig ist und kratzt. Seine Finger riechen noch nach Gummi. Als würde er an einem Fahrradschlauch schnuppern. Aber geweckt hat ihn die Blase.

Er steigt aus, hört seine Schritte auf dem Kies. Eigentlich könnte er gleich zur Arbeit fahren. Aber er muss sich umziehen. Er muss auch was essen und dringend duschen, den Gestank loswerden. Er öffnet seine Hose, lehnt sich möglichst breitbeinig an die Wand vom Haus Rose, die Stirn am rissigen Putz, und pisst dagegen. Es ist keine sonderlich koordinierte Aktion, und als sie beendet ist, sind auch seine Schuhe feucht und die Finger seiner rechten Hand. Er wischt sie an der Hose ab und schaut zurück zum Wagen.

Die Fahrertür ist offen, und auf dem Beifahrersitz sieht er undeutlich den letzten Geist in dieser Nacht. Da sitzt die Frau. Ganz deutlich sieht er sie dort sitzen, obwohl sie sich schon auflöst im ersten bleichen Morgenlicht.

Es ist nicht Sophies Mutter, die in der gemeinsamen Wohnung womöglich noch immer auf ihn wartet. Es ist auch nicht die Dünne mit den schwarzen Haaren, die sich von ihm hat ficken lassen. Es ist Finns Mutter.

Er macht einen Schritt auf sie zu, hört, wie etwas sich aus seiner Kehle löst, das heiser klingt und ein bisschen wie ihr Name. Sarah. Bevor er blinzeln kann und sie endgültig verschwindet, schaut sie ihn an, vielleicht besorgt, vielleicht auch nur sehr traurig, und schüttelt ganz langsam den Kopf.

Dann sitzt er am Steuer, allein, hat den Gurt umgelegt und startet den Wagen. Während er ihn vom Parkplatz steuert, schieben sich am Himmel Farben in die Höhe, wachsen im Osten rosa und blau und gelb über die Ränder der Stadt. Ein neuer Tag.

III
Der Riese im Fluss

Und wenn die Welt voll Teufel wär
und wollt uns gar verschlingen,
so fürchten wir uns nicht so sehr,
es soll uns doch gelingen.

Martin Luther: Eine feste Burg ist unser Gott

Montag, 9. Oktober 2017

1

Knapp vier Wochen liegen zwischen dem Fund der ersten und der zweiten Jungenleiche, außerdem einhundertsiebzehn Kilometer. Der Flüchtlingsjunge, dessen Identität sich bis heute nicht klären lässt, dürfte elf Jahre alt gewesen sein zum Zeitpunkt seines Todes, Finn Kramer ist zwölf, als man seinen leblosen Körper entdeckt. Beide wurden nicht sexuell missbraucht. Die Polizei sperrt das Gelände ab, Kriminaltechniker in durchsichtigen Schutzanzügen sammeln Spuren. Uniformierte Beamte sind anwesend, aber auch andere, in Zivil. Die Angehörigen werden befragt, mit leisen, vorsichtigen Stimmen, erst in ihrer Wohnung, später auch am Fundort. Sie sind jetzt keine Angehörigen mehr, sie sind Hinterbliebene. Opfer.

Mord ist keine Seltenheit, aber meistens doch ganz anders als das, was sich hier zugetragen hat. In der Regel ist Mord nur etwas mehr als Totschlag, nur ein klein wenig bösartiger, gieriger. Im Tiergarten wird eine Frau ermordet, als sie aus einer Gaststätte kommt. Für ein ortbares Handy, für fünfzig Euro. Ihre Leiche findet man am übernächsten Tag im Wasser. Der Täter hat sich ins Ausland abgesetzt, aber man erwischt ihn trotzdem, Tage später. Mord ist ein Messer im Bauch, ein Schlag auf den Kopf. Mord ist sehr oft dumm. Er findet auf Straßen statt und in Hauseingängen, in der Dunkelheit und seltener bei Licht. Meistens kommt er immer noch in Familien, in Beziehungen vor. Mord ist ein häusliches Drama. Da ist der Enkel, der, irgendwo, in einem Dorf, seine Großmutter tötet, weil er Geld braucht für die Drogen, von denen er abhängig ist. Der Mann, der seine Ex-

Frau und ihren zwanzig Jahre jüngeren Liebhaber umbringt, weil sie ein Leben ohne ihn führt, das besser ist, als es ein Leben mit ihm gewesen wäre. Manchmal ist Mord ein glühender fanatischer Hass, der sich Erleichterung verschafft, indem ein betrunkener Obdachloser in einem U-Bahnhof angezündet wird oder ein Haus, in dem Menschen leben, die nicht dieselbe Sprache sprechen wie man selbst. Mord steigt in Autos und überfährt mutwillig Passanten. Mord baut Bomben und sprengt Dönerläden in die Luft.

Manchmal wird Mord zu einer Sucht, zu einer Aufgabe, die Fortsetzungen braucht, die sich nicht mit einer einzigen Tat bewältigen lässt. Auch das kommt vor, aber selten so wie es in den Fernsehkrimis abläuft, in denen Kathi Bechstein eine traumatisierte Kommissarin spielen möchte, die sich gerade scheiden lässt. Selten legen die Täter absichtlich Spuren. Das Katz-und-Maus-Spiel mit Ermittlern ist Fiktion. Kathi Bechstein stellt sich das so vor: Verkatert kommt sie an den Tatort, in den frühen Morgenstunden. Der Pathologe ist schon da, und jemand hebt das Absperrband für sie. Sie schaut sich um, zerknittert und zerknautscht, und ein Kollege hält sie kurz zurück, flüstert ihr besorgt zu: »Schon wieder. Sehen Sie mal, was wir neben der Leiche gefunden haben. Der hat es auf Sie persönlich abgesehen, Frau Hauptkommissarin.«

Nein. Die Mörder schreiben keine Botschaften mit Blut an die Wand, haben keine persönliche Rechnung offen mit den Ermittlern von der Mordkommission, nur mit sich und ihrem Leben. Sie nageln keine Körperteile an die Wand, schicken keine Briefe, um ihre Taten anzukündigen. Nur einige wenige tun es. Dieser Täter scheint dazuzugehören. Dieser Täter will, dass man die Taten zuordnen, ein System, eine Bedeutung in ihnen finden kann. Zumindest sieht es so aus.

Die Übereinstimmungen mit dem ersten Fall sind überdeutlich. Beide Jungen sind in Kleingartenkolonien aufgefunden worden, beide hatten eine Art Kreuz in die Stirn geritzt. Doch sind sie nicht auf dieselbe Weise gestorben, und nur der erste Junge ist nach der Tat ausgiebig gebadet worden. Man hat ihn lange irgendwo festgehalten, bevor er getötet wurde. Finn Kramer dagegen war nur einige Stunden lang verschwunden.

Man weiß nicht, was für die Familie schlimmer wäre. Die Vorstellung, dass er einem Serientäter zum Opfer gefallen ist oder einem Trittbrettfahrer. Die Polizei muss sich wohl oder übel fragen, ob die zweite Tat hätte verhindert werden können, wenn man die Details der ersten noch länger aus der Presse herausgehalten hätte. Aber das ist eine müßige Diskussion, da jeder Bericht eines Amoklaufs, jeder Bericht über einen Anschlag zwangsläufig Nachahmungen stimuliert. Mord steckt an.

Die Mordkommission ist sich längst klar darüber, dass die beiden Taten nicht vom selben Täter verübt wurden. Es werden Gutachten geschrieben über zwei mögliche Täterprofile, und in alle Richtungen wird ermittelt. Viele Spuren gibt es nicht. Auch die Eltern können nur wenig beitragen zur Klärung, geben vor allem ihren Schmerz zu Protokoll. Das Vorgehen ist ausdauernd, fleißig, undramatisch und gerät schon bald ins Stocken. Hat man erst alle befragt, das Umfeld, die Familie, erst alles untersucht und ausgewertet, die Spuren unter den Fingernägeln, die Kleidungsrückstände, die Wunden, die zum Tod geführt haben, und den Mageninhalt, gibt es nicht mehr viel zu tun. »Es ist hoffnungslos, es bringt nichts«, sagt Finns Vater, und Sophie sitzt nebenan in ihrem Zimmer und hört ihn genau. Die Polizei arbeitet professionell, es ist *ihre* Aufgabe, den Fall zu lösen, nicht die eines zehnjährigen Mädchens mit nur einem Auge, auch nicht die einer arbeitslosen Schauspielerin. Schon gar nicht ist es die des Propstes, der als Allererstes ein Interesse daran haben sollte, dass die Geschichte ungelöst bleibt. Aber er kann sich nicht zurückhalten, er ärgert sich einfach zu sehr darüber, dass ihn jemand nachahmt in Berlin.

Deshalb wendet er sich an die Polizei. Die hat Verständnis und ruft bei Sophies Mutter an, früh am Morgen.

Wegen der Tabletten ist Irena Kramer noch nicht wirklich wach, fährt sich mit der Hand über die Stirn, räuspert sich.

»Ich versteh nicht ganz.«

»Wir wahren selbstverständlich Ihre Persönlichkeitsrechte, deshalb geben wir weder Ihre Nummer noch Ihre Adresse heraus«, sagt die Beamtin am anderen Ende. Es kann gut sein, dass Sophies Mutter schon mal mit ihr gesprochen hat. Sie kann sich nicht erinnern und hat das Gefühl, irgendetwas nicht mitbekommen zu haben.

»Muss ich … wollen Sie, dass ich vorbeikomme?« *Bitte nicht.* Auf keinen Fall möchte sie noch einmal zur Polizei.

»Nein, nein, Frau Kramer, Sie haben mich falsch verstanden.«

Irena hört etwas, tritt auf den Flur. Ein kurzes, silbriges Klirren. Sie sieht eine Bewegung, vorn an der Garderobe, vor der Wohnungstür. Jemand läuft an ihr vorbei, es geht sehr schnell. Es muss Sophie gewesen sein. Sie dreht sich um, sieht, dass die Tür schon wieder offen steht. Die Tür zu *seinem* Zimmer.

»Er hat uns gefragt, ob er sich mit Ihnen in Verbindung setzen dürfe. Ich war mir nicht sicher, ob das das Richtige für Sie ist. Aber ich wollte Ihnen wenigstens seine Nummer durchgeben, nur für den Fall. Es könnte ja sein, dass Ihnen so ein Gespräch guttut, dass Ihnen das hilft.«

Irena versucht, die unzusammenhängenden Sätze in eine Ordnung zu bringen. »Von der Kirche, sagen Sie? Das ist ein Pastor?«

»Ja, ich glaube. Ich bin mir nicht sicher, wie man das nennt. Seine Gemeinde ist nicht hier in Berlin, aber er hat den Jungen gekannt, den man Ende August gefunden hat. Das erste Opfer.«

»Aber was hat denn das mit mir zu tun? Sie haben uns doch gesagt, dass es da wahrscheinlich gar keinen Zusammenhang …«

»Ja, ich weiß, Frau Kramer. Dieser Herr Hein möchte etwas für Familien tun, die von vergleichbaren Fällen betroffen sind. Wenn ich ihn richtig verstanden habe, soll ein Netzwerk gebildet werden, er möchte Spenden sammeln und Gesprächsangebote herstellen. Ich hätte Sie damit nicht belästigt, aber der Mann hat sich sehr nett angehört am Telefon. Ich habe gedacht, vielleicht ist es eine Hilfe für Sie, mit jemandem zu sprechen.« Irena Kramer nimmt Mitleid wahr am anderen Ende der Leitung, und das erleichtert sie. Sie hat die anderen Angebote abgelehnt. Nur ein einziges Gespräch mit einem Polizeipsychologen hat sie zugelassen, noch am selben Tag, am Tag, an dem man ihn gefunden hat. An dieses Gespräch, das ihr passiert ist wie alles andere auch, kann sie sich kaum mehr erinnern, sie weiß nur, dass es schrecklich gewesen ist. Jedes einzelne Wort eine Qual.

»Das heißt, es gibt nichts Neues?« Das ist doch das einzig Entscheidende. Sind sie weitergekommen in ihren Ermittlungen?

»Es tut mir leid. Ich würde Ihnen gern etwas anderes sagen, glauben Sie mir. Wir arbeiten daran. Und wir verständigen Sie sofort, wenn sich etwas ergibt. Ich gebe Ihnen mal die Telefonnummer von diesem Herrn Hein.«

Irena steht neben der Garderobe, greift in ihre Handtasche, die auf der Kommode steht, holt ihren Taschenkalender heraus, an dem auch ein Kugelschreiber steckt. Trotzdem sagt sie: »Nein, das ist nicht das Richtige für mich, ich möchte das nicht.« Sie hört Sophie hinter sich, irgendwo in der Wohnung. Ihre Tochter murmelt vor sich hin, führt Selbstgespräche und bricht dann plötzlich ab. Irena schreibt die Handynummer auf, als folge sie einem Befehl, als könne sie nicht ablehnen. Eine Ziffer nach der anderen, die die Polizeibeamtin am Ende noch einmal wiederholt. Irena wird sie nicht benutzen. Das kommt gar nicht infrage.

Sie beendet den Anruf, schließt die Tür zu seinem Zimmer, ohne einen Gedanken zuzulassen, aber mit einem unangenehmen Kribbeln in den Fingern. Dann bleibt sie mit dem Handy in der Hand auf der Schwelle zur Küche stehen.

Herrje.

Heute ist es noch schlimmer als in den letzten Tagen. Diesmal sind nicht bloß alle Schubladen aufgezogen und alle Stühle abgerückt worden. Diesmal stehen Teller und Töpfe und Pfannen auf dem Boden und auf dem Tisch und der Ablage. Auf der Sitzfläche eines Stuhls liegt der Stabmixer, der Nudeltopf versperrt ihr den Weg, die Porzellansauciere ihrer Mutter thront auf dem Küchenradio. Im Spülbecken liegt ein großer Teil des Bestecks. Irena lehnt sich gegen den Türrahmen, schließt die Augen, atmet mehrmals ein und aus und überlegt, ob sie schreien oder wenigstens rufen soll: *Komm her und räum das auf, räum das sofort wieder auf!*

Sie tut es selbst. Irena bückt sich. Sie greift zu, schiebt zurück und sortiert. Es geht ganz schnell. Nur für das Besteck braucht sie eine Weile. Als sie die Schublade schließt, fühlt sie einen Blick im Nacken und dreht sich langsam um.

Sophies Kopf lugt hinter dem Türrahmen hervor, und

kleine Finger halten sich daran fest. Ihre Tochter sagt nichts, schaut nur stumm und eingeschüchtert zu ihr herauf.

Irena setzt sich auf einen Stuhl und erwidert ihren Blick. Sie schauen sich eine ganze Weile an, und keiner spricht ein Wort, die Mutter nicht und die Tochter schon gar nicht.

»Warum machst du das?«, fragt Irena schließlich.

Sophie blinzelt, schaut zu Boden.

»Sag es mir bitte. Warum machst du das?«

Sophie murmelt etwas vor sich hin, zu leise, um es wirklich zu verstehen. *»Wie bitte?«*

Sophie zuckt mit den Schultern.

»Sprich mit mir!« Schon ein kleines bisschen lauter.

Also wiederholt Sophie: »Ich war das nicht.«

Irena schaut sie an, spürt Hitze an ihrem Hals. Die sinnvolle Nachfrage wäre: *Wer dann?* Aber selbst diese Frage ist bloß absurd.

»Das muss aufhören, Sophie.«

Sophie nickt, schaut wieder auf.

Irena stützt den Ellenbogen auf den Tisch, reibt sich die Stirn. Niemand weiß, wie man solche Gespräche führen soll, also weiß es auch Irena nicht. Sie ist müde, eigentlich immer, aber morgens ist es am schlimmsten. Nach einiger Zeit stellt sie fest, dass Sophie immer noch in der Tür steht, dass immer noch kaum etwas von ihr zu sehen ist, und dann streckt sie eine Hand aus. Sie bewegt die Finger – *na, komm schon her* –, holt sie zu sich. Ohne zu lächeln, ohne etwas zu sagen.

Sophie kommt.

Sie legt den Kopf an die Brust ihrer Mutter, stumm und warm, und Irena küsst sie auf den Scheitel. Dann drückt sie Sophie an sich, eine ganze stumme Weile lang. Irena sieht, dass die Sauciere noch auf dem Radio steht. Die hat sie vergessen. »Ich mache uns Frühstück«, sagt sie, ohne sich zu bewegen.

»Ja«, flüstert Sophie. »Ich hab Hunger.«

»Gut. Ich auch.« Sie drückt ihre Tochter noch einmal fest. Flüstert eine Frage in ihr Ohr: »Wirst du aufhören damit?«

Keine Reaktion.

»Versprich mir, dass du das lässt.«

Das Mädchen versteift sich, sagt nichts.

»Sophie.«

»Kann ich nicht.« Kaum zu verstehen, ihr Mund ist gegen Irenas Brustbein gepresst, die Worte sind ein Brummen, das sich über Irenas Körper verteilt.

Sie greift ihre Tochter an den Schultern, drückt sie von sich weg, schaut ihr direkt in die Augen.

»Sophie!«

»Ich war das nicht. Hab ich dir doch gesagt.«

»Sophie ...«

»Er wird es wieder machen. Ich habe ihm schon gesagt, dass er das lassen soll, aber er hört nicht auf mich! Er ist wütend auf uns.«

Irena Kramer erhebt sich ruckartig von ihrem Stuhl, blickt jetzt auf Sophie hinab, die den Kopf gesenkt hält und angestrengt ein- und ausatmet. Ist denn nicht alles schon furchtbar genug? Kurz kommt Irena der Gedanke, dass Sophie ihren Vater meinen könnte, aber sie weiß, dass das nicht der Fall ist. »Du musst aufhören damit, Sophie«, sagt sie leise. »Ich weiß nicht, was ich mit dir machen soll.«

Sophie zuckt mit den Schultern.

»Glaubst du, für uns ist das nicht schwer? Für deinen Vater und mich? Du weißt doch, wie sehr wir alle hier zu kämpfen haben, wie es uns geht. Du bist doch alt genug, du verstehst das doch.«

Ja, alt genug ist sie. Sie nickt.

»Na also! Und trotzdem veranstaltest du hier diesen Terror.«

»Ich hab nichts gemacht«, flüstert ihre Tochter.

Irena stützt beide Hände auf die Tischplatte, beugt sich vor, wird laut: »Du hörst damit auf, hast du mich verstanden? Ich möchte so etwas hier nicht noch mal sehen.«

»Das musst du *ihm* sagen und nicht mir!« Sophies Stimme ist hoch und schrill und schrecklich.

»Hör auf damit, verdammt noch mal! Er ist nicht mehr da, Sophie. Du musst das akzeptieren, wir müssen das auch.« Jedes Wort ist laut, und hinter jedem Wort stecken zu viel Wut und zu viele verschluckte Tränen: *»Finn ist nicht mehr da.«*

»Jetzt ist er aber wieder da!«

Irena dreht sich um, schaut zum Fenster, sieht Wolken. Der Himmel ist fast blau heute Morgen.

»Er ist da, ich kann ihn sehen«, sagt Sophie. »Nachts. Er kommt zu mir ins Zimmer.«

Irena hat die Augen geschlossen. »Das bildest du dir ein. So etwas gibt es nicht, Sophie.«

»Doch!« Sophie brüllt in ihren Rücken. »Ihr macht ja nichts, aber ich, ich hab was gemacht! Ich hab ihn zurückgeholt.«

Ihre Mutter schüttelt den Kopf. »Was hast du gemacht?« Sie will die Antwort gar nicht hören. Sie ist sehr müde und sehr allein und schaut immer noch aus dem Fenster.

»Ich bin zu einer Frau gegangen, und die hat mit ihm Kontakt aufgenommen.« Die gesamte Küche besteht nur noch aus der Stimme des zehnjährigen Mädchens. Aufgeregt, empört ist die Stimme, und zwischen den Worten wird schnappend eingeatmet. Das Mädchen muss sich rechtfertigen, es redet dummes Zeug. »Sie hat mit ihm gesprochen«, sagt Sophie. »Auf der anderen Seite, und sie hat ihn zurückgeholt, und jetzt ist er wieder hier.«

Es vergeht Zeit. In der Küche ist alles still, und dann dreht sich Irena Kramer endlich um. »Was?«

Sophie beißt sich auf die Lippe, hat zornige Falten auf der Stirn.

»Was soll das heißen?«

»Ihr macht ja nichts!«, fährt es aus Sophie heraus. »Ihr tut nichts, ihr streitet euch bloß! Ihr schreit rum, aber ihr macht nichts!« Sophie hat ein rotes Gesicht, geballte Fäuste und ein sehr weit aufgerissenes Auge. Ihr anderes Auge ist träge, es regt sich nicht auf, aber auch nur, weil Kryolith-Glas sich nicht aufregen kann. »Er will uns etwas sagen, aber es geht nicht. Mit ihr hat er gesprochen, aber mit mir redet er nicht. Dafür macht er diese Sachen!«

»Moment, Moment, langsam … was hast du gemacht? Du warst bei einer Frau? Wann?«

»Donnerstag. Letzten Donnerstag.«

»Das … Wo warst du? Sophie?«

Das Mädchen weicht vor ihr zurück, bis in den Flur, geht rückwärts.

»Sie kann mit ihnen sprechen. Auf der anderen Seite.«

»Von wem redest du? Was ist das für eine Frau? Mit wem hast du über uns gesprochen?«

»Sie heißt Clara Juniper, und sie hat mit ihm Kontakt aufgenommen!«

»Ich will das jetzt ganz genau wissen, Sophie, was hast du gemacht?«

Ihre Tochter schüttelt den Kopf. Sie rennt in ihr Zimmer und kommt gleich wieder heraus. Irena steht in der Küchentür und sieht sie an. Sophie trägt ihre dunkle Brille. Es sind keine Tränen zu sehen, aber ihre Enttäuschung und ihre Wut sind umso besser zu erkennen: daran, wie sie ihre Jacke vom Haken an der Garderobe zieht und ihre Arme in die Ärmel schiebt. »Sophie«, sagt ihre Mutter.

Das Mädchen geht zur Wohnungstür, macht sie auf, dreht sich nicht um.

»Sophie!« Ihre Mutter ruft noch einmal laut hinter ihr her und ist dann allein in der Wohnung.

Sie hat noch nicht geduscht, ist noch nicht angezogen. Sie hat auch noch nicht gefrühstückt. Aber sie könnte sowieso nicht hinter ihr herlaufen. Sie ist zu müde, zu erschöpft. Ins Bett legen möchte sie sich, weiß aber, dass das nicht geht. Irena Kramer fährt sich mit den Händen übers Gesicht und durch die Haare, und dann sieht sie die Münzen auf dem Boden vor der Kommode.

Sie macht zwei Schritte, hebt sie auf, will sie in ihr Portemonnaie stecken. Die müssen ihr herausgefallen sein. Eben hat sie Teller und Töpfe und Besteck aufgehoben und an ihren Platz zurückgestellt, jetzt hebt sie das Kleingeld auf und greift in ihre Handtasche. Sie kann sich nicht erinnern, wann genau sie ihr Portemonnaie gestern dort hineingetan hat. Auf jeden Fall ist sie am Nachmittag wieder bei der Bank gewesen. Das Geld rinnt ihr durch die Finger. Sie kann es gar nicht mehr halten in letzter Zeit, und nun landet es schon auf dem Fußboden. Ihre Geldbörse ist offen, und das gesamte Kleingeld hat sich im Inneren der Handtasche verteilt. Das sieht sie jetzt und begreift, dass sie das Portemonnaie wohl achtlos und offen hineingeworfen haben muss. *Nein. Moment.*

Sie weiß, dass das nicht der Fall war.

Jetzt erinnert sie sich an das Klirren, an das silbrige Geräusch, als sie vorhin mit dem Telefon auf den Flur getreten ist. Das war der Moment, in dem das Geld zu Boden gefallen ist. Wie sagen die Deutschen? *Der Groschen ist gefallen.* Das, ja, genau das war der Moment, in dem Sophie von der Garderobe aus an ihr vorbeigelaufen ist.

Ein kaltes Ziehen fasst Irena Kramer am Hinterkopf, reißt sie ein Stück zurück. Ja, es stimmt: Sie ist müde, sie ist benebelt, ihr Gedächtnis arbeitet nicht, wie es soll, aber trotzdem weiß sie jetzt, was passiert ist, weiß es, weil sie es selbst gesehen hat, vorhin, ohne es zu begreifen. Sie schaut nach. Es fehlen mindestens fünfzig Euro von dem Geld, das sie gestern abgehoben hat.

Das ist doch alles ein bisschen zu viel. Zu viel, um es allein zu schultern. Sie sucht das Telefon. Wo hat sie es abgelegt vorhin? Da ist es. Sie wählt die Handynummer ihres Mannes. Er nimmt nicht ab, natürlich nicht. Also schreibt sie ihm.

Kannst du bitte heute Abend zum Essen kommen? Wir müssen reden. Es geht um Sophie.

Irena Kramer sitzt auf einem Stuhl, hat ihr Handy in der Hand. Sie sieht, dass er die Nachricht gelesen hat, das wird angezeigt, als kurze Bestätigung unter dem Text. Die genaue Zeit steht da. Aber es kommt keine Antwort. *Keine Angst, es geht nicht um mich. Es geht um Sophie.* Sie streicht sich Haare aus der Stirn, schaut die Raufasertapete an, eine ganze Weile. Manchmal tut es gut, allein zu sein. Jetzt tut es weh. Es tut zu weh. Das Handy in ihrer Hand ist warm und schwer. Ihre Schwester in Warschau. Sie beginnt zu wählen, tippt die Vorwahl ein, zwei Nullen, eine Vier und eine Acht, und weiß schon, was sie hören wird, wenn Anja abnimmt. *Du musst da weg*, wird sie hören. *Du bist selbst schuld*. Das sagt ihre Schwester immer häufiger. *Komm zurück*, sagt sie. *Nimm die Kleine und komm zu uns, das geht doch nicht.*

Niemand ist auf meiner Seite, denkt Irena Kramer nach dem zweiten Signalton und legt wieder auf.

Sie öffnet die Balkontür und schaut hinunter. Es ist kühl heute Morgen, aber die Sonne scheint. Sie macht die Tür wieder zu, geht auf den Flur, sucht die Nummer, die sie vorhin aufgeschrieben hat.

Sie wählt.

Eine Männerstimme meldet sich am anderen Ende. Die Polizeibeamtin hatte recht. Die Stimme klingt weich und warm und höflich. Eine Stimme, der man vertrauen möchte. »Hein?«, sagt die Stimme, und Irena antwortet.

2

Es tut gut, aus dem Fahrstuhl heraus zu sein, an den Briefkästen vorbeizugehen, über die grauen Fliesen, durch die Tür und ins Freie zu treten. Sophies Hände sind noch immer zu Fäusten geballt. Dass ihre Mutter nicht ihre Komplizin sein kann in dieser Sache, ist ihr klar gewesen, aber sie hat doch gehofft, ein bisschen wenigstens, dass sie ihr zuhören und Verständnis haben würde. Immerhin hat Sophie es geschafft, vorhin noch, bevor ihre Mutter alles wieder eingeräumt hat in die Schränke und Schubladen, etwas aus der Küche zu holen und in den Rucksack zu stecken, den sie nun auf dem Rücken trägt.

Es ist Montagvormittag. Alle sind in der Schule, all die kleinen Wichser und Arschpickel sitzen in Klassenräumen, nur Sophie Kramer nicht. Sie ist befreit. Unterricht ist ihr nicht zumutbar, vielleicht nächste oder übernächste Woche wieder. Dabei ist das im Grunde Quatsch. Wenn die Lehrer und ihre Mutter und ihr Vater wüssten, was ihr alles zuzumuten ist! Was sie alles aushalten kann. Die Glasaugen-Sophie ist ein bisschen stolz auf sich, darauf, dass sie so viel mutiger ist als ihre eigene Mutter.

Sie bleibt stehen, schaut zum Spielplatz hinüber. Er liegt noch im Schatten um diese Zeit, aber auf die Hauswände dahinter fällt Licht. Die Sonne hat heute am Himmel ausnahmsweise Platz, steht aber noch nicht besonders hoch.

Der Sand ist feucht, klebt am unteren Ende der silbrigen Rutsche fest. Der Spielplatz sollte menschenleer sein, ist es aber nicht. Sophies Herz klopft.

Sie muss zweimal hinschauen.

Kurz glaubt sie, es tatsächlich geschafft zu haben.

Hat sie den Geist ans Tageslicht gelockt?

Finn steht im Sand, mit dem Rücken zu ihr, hat einen Holzstock in der Hand und malt damit auf dem Boden herum, mit irgendeinem abgefallenen Ast. In ihrem gesunden Auge spürt sie ein kaltes Ziehen. Ist es wirklich wahr? Nein, wahrscheinlich nicht. Die Haare des Jungen sind dunkel, so wie es Finns Haare waren. Ebenholzhaar, wie ihr Vater immer gesagt hat. Der Junge hat Finns Größe und wahrscheinlich auch sein Gewicht, womöglich dieselbe Schuhgröße. Aber die Kleidung, die er trägt, hätte Finn wohl nicht getragen.

Finn kommt nachts zu ihr, und dann ist er grau und weiß und bläulich, nie gut zu erkennen. Erst spukt er durch ihre Träume, und wenn sie erwacht, hört sie ihn in der Dunkelheit, folgt seinen Schritten durch die Wohnung. Das hier ist nicht Finn, aber beinahe könnte er es sein. Der Junge ist nicht verschwommen, er ist aus Fleisch und Blut und droht nicht, sich aufzulösen, wenn die Sonne durch das Laub der Bäume bricht und einzelne Lichtflecken über den Spielplatz wirft.

Er hat sich umgedreht und schaut sie an. Sie bleibt stehen.

Nein, das ist er nicht.

Der Junge schleudert den Stock weg und stapft über den Spielplatz, hält Abstand zu ihr, wischt sich die Hände an der bleichen, hellblauen Jeans ab. Er schaut noch einmal zu ihr herüber, ausdruckslos und ohne zu lächeln.

Sie versteht, dass er ihr Platz machen will, dass er glaubt, sie habe sich seinetwegen nicht auf den Spielplatz getraut.

»Hey«, sagt sie, aber zu leise. »Schon gut. Bleib. Ich will sowieso woandershin.«

Der Junge geht über einen der Bürgersteige zwischen den großen Häusern und Parkplätzen und schaut nicht auf. Er wiegt sich ein bisschen beim Gehen, ganz anders als Finn. Seine Füße weisen auseinander, er hat O-Beine, das kennt sie von anderen Kindern, und die Schultern sind leicht gebeugt. Sophie will eigentlich zur Bushaltestelle, aber sie geht erst einmal dem Jungen hinterher. Sie muss ans weiße Kaninchen denken. Sophie fragt sich, ob sie ihm hinterher in ein tiefes Loch im Boden springen würde, bloß weil er sie an Finn erinnert.

Der Junge geht an der Backsteinkirche vorbei, auf den neuen Aldi-Markt zu, vorbei an der DHL-Packstation mit ihren übereinandergestapelten gelben Fächern, und zu einem Haus, das irgendwann einmal eine Schule gewesen ist. Es stehen Buchstaben an der einen Seite des Gebäudes. Sophie hält Abstand. Sie sieht, dass jemand Graffiti vorne neben den Eingang gesprüht hat. DANKEMERKEL steht da, was sie nicht versteht, und VERPISST EUCH, was leichter zu verstehen ist. Der Junge geht die Stufen hinauf und redet mit einem älteren Mann. Sophie macht noch ein paar Schritte, sieht, wie der Junge und der Mann sich unterhalten. Der Mann ist älter als Sophies Vater und sieht ganz anders aus, ist kleiner, hat viele Falten im Gesicht und Haare, die zum Teil sehr dunkel sind und zum Teil ganz weiß. Er atmet Rauch aus. In einer Hand hält er den winzigen Rest einer selbst gedrehten Zigarette, und diese Hand legt er dem Jungen, dem Sophie gefolgt ist, als wäre er ein weißes Kaninchen aus einer Geschichte, auf die Schulter. Dann schaut er direkt zu ihr herüber. Er mustert sie, und Sophie denkt daran, was Finn gemacht hätte. Sie weiß es genau, aber sie ist nicht Finn. Sie ist auf der Suche nach

Finn, will ihn zurückholen, will ihm helfen, aber *Finn sein* – das kann sie nicht. Der Junge wendet sich ab, aber der ältere Mann schaut weiter zu ihr. Er hebt eine Hand und winkt ihr zu.

Das Haus hinter ihm wirkt nicht wie ein Haus, in dem man wohnt. Es ist auch kein Wunderland, ganz sicher nicht. In einigen Fenstern hängen bunte Laken, ein blaues und ein rotes, und ganz oben schauen mehrere Jungen heraus, die älter sind als Finn. Das sieht sie erst jetzt.

Sophie weiß nicht weiter. Sie ist viele Meter entfernt, mindestens fünfzig, und nimmt sich ganz fest vor: *Ich komme später wieder.* Sie schaut nicht noch mal hin, sie dreht sich bloß um und läuft den ganzen Weg zurück. Sie muss zum Bus.

3

Der Wagen parkt vorne, zwischen den Bäumen, und die Kollegen haben bereits begonnen, sich um die Sturmschäden von letzter Woche zu kümmern. Robert Kramer hört sie in einiger Entfernung, hört die Motorsägen, steigt aber immer noch nicht aus. Er hat sein Telefon in der Hand, starrt darauf, beginnt eine Nachricht zu tippen und wieder zu löschen. Beides fällt ihm schwer. Er sitzt schon zu lange hier.

»Kommst du?«, fragt Claus, der an der offenen Beifahrertür steht. Nicht ungeduldig, aber besorgt.

»Ja, ich komme.« Robert Kramer ist froh, einen Grund zu haben, das Handy auszuschalten, es in seine Hosentasche zu stecken und es, zusammen mit allem, was hinter der nicht geschriebenen SMS steht, für eine Weile zu vergessen.

Claus nickt, und Kramer steigt aus. Mit einem dumpfen, erlösenden Knall schlägt er die Tür hinter sich zu.

»Du weißt, dass Sebastian übermorgen aus dem Urlaub zurückkommt, oder?«

Kramer nickt. »Ich hab unterschrieben letzte Woche. Ich hab 'ne eigene Wohnung jetzt.«

Claus hebt die Augenbrauen, sagt nichts, was aber auch nicht nötig ist. Es ist angenehm, sich so zu verständigen: indem man mit den Schultern zuckt oder die Augen weiter aufmacht oder wegguckt oder die Brauen hochzieht oder jemandem eine Hand auf die Schulter legt, indem man ein Glas hebt oder einfach nur nickt.

Sie gehen ein Stück auf die Kollegen in ihrer leuchtenden orangefarbenen Schutzkleidung zu, nähern sich dem Lärm der Sägen und den fliegenden Spänen, aber nur langsam. »Ich werde es ihr sagen.« Kramer meint seine Frau, die schöne kleine Polin mit den Sommersprossen.

Claus versteht ihn, klar, aber er runzelt die Stirn und seufzt, um auszudrücken, dass es schon verdammt schade ist.

Mit Claus hat Robert Kramer über seine Situation gesprochen in den letzten Tagen, immer mal wieder, zwischendurch, nur kurz und knapp, aber so, dass er es verstanden hat. Claus will sich nicht einmischen, er ist eher ein Kollege als ein Freund, hat aber gesagt: »Wenn du was brauchst …«

Ein Nicken. *Danke.*

»Wenn du reden willst oder mal ein Bier trinken oder so …«

Noch ein Nicken, ein Schulterzucken, Wegschauen. *Klar. Gute Idee, machen wir.*

Die Kollegen, fast nur Männer, zeigen ihr Mitgefühl so, wie sie es am besten können, auf kollegiale Weise. Sie drängen es Robert Kramer nicht auf und bleiben auch zurückhaltend, wenn sie beunruhigt sind. Sie machen sich

Sorgen, dass er zu viel trinken könnte, wissen aber, dass es normal ist, in so einer Situation zu viel zu trinken. Sie verstehen, dass er nicht bei seiner Frau sein kann, obwohl sie fest davon ausgehen, dass sie sich an seiner Stelle anders verhalten würden. *Besser.* Er sieht ihnen das an, aber sie haben Respekt vor dem, was er aushalten muss, und deshalb ist es gut, nicht bloß mit ihnen zu arbeiten, sondern nach der Arbeit mit ihnen irgendwo zu sitzen und zu trinken. Aber nicht zu viel, das würden sie nicht wollen. Sie fürchten sich vor dem, was aus ihm herausbrechen könnte, obwohl in letzter Zeit gar nichts mehr herausbricht aus Robert Kramer, auch nicht, wenn er voll ist bis zum Anschlag. Unangenehm wäre es ihnen trotzdem, wenn sie ihn in ein Taxi setzen müssten und nicht wüssten, wohin es gehen soll: in Sebastians Wohnung oder doch lieber zu ihm nach Hause, zu seiner Familie, seiner Frau und seiner kleinen Tochter. Oder in eine neue Wohnung. Deshalb ist es besser, sich früh zu verabschieden, *bis morgen dann, ja, bis morgen*, damit er allein weitertrinken kann. Das tut Robert Kramer nicht jeden Abend, nein, weiß Gott nicht, er hält sich noch fest. Noch stürzt er sich nicht hinab in diesen Abgrund, aber er schaut hinein, zu oft. Sitzt, wenn es erst halb zehn ist oder zehn – zu früh, um sich hinzulegen –, in einer Ecke, neben einem Spielautomaten, und macht mit der Hand ein Zeichen. Eine stumme Fingerbewegung über einem Glas, an dessen Innenseite langsam der letzte Schaum hinunterrutscht. Eine Bewegung, die dem Mann hinter der Theke zu verstehen gibt: *Dasselbe noch mal.*

Sebastian ist nicht bloß ein Kollege, Sebastian ist ein Freund, oder war es früher, als Robert Kramer noch öfter mit den Jungs feiern gegangen ist. Manchmal war auch Irena dabei. Sebastian hat ihm den Schlüssel zu seiner Wohnung gegeben. Seit einer guten Woche ist er auf Teneriffa mit seiner Freundin und hat verstanden, dass Robert nicht immer in seiner eigenen Wohnung schlafen kann im Moment. »Aber sau mir nicht alles ein. Bring keine Weiber mit«, hat er gesagt und sich anschließend sofort entschuldigt.

Robert Kramer hat ihm auf die Schulter geklopft und genickt und weggeschaut und leise »Danke« gesagt und: »Nein, ich brauch nur ein bisschen Abstand.«

»Klar.«

»Und was ist das für eine Wohnung?«, fragt Claus.

Robert Kramer zuckt mit den Schultern. »Was Möbliertes, für den Übergang. Ein Zimmer, das reicht. Nichts Teures, in Lichtenberg.«

»Okay.« Sie bleiben beide stehen, schauen zu ihren Kollegen hinüber. Claus tritt von einem Fuß auf den anderen, und Robert Kramer streift seine Handschuhe über. Zum Glück ist Montag. Zum Glück ist das Wochenende vorbei. Zum Glück gibt es reichlich zu tun.

4

Besonders gut geschlafen hat Kenan wieder nicht, ist gegen vier wach geworden. Darauf folgten zwei oder drei schlaflose Stunden. Immerhin: Es ist ein vergleichsweise heller Montagmorgen, ein freundlicher mit Sonnenschein. Er hat sich vorgenommen, sich nicht mehr ganz so viele Sorgen zu machen. Jetzt schwänzt er. Wie Sophie Kramer nicht zur Schule geht und ihre Mutter nicht zur Arbeit, geht Kenan Akyüz heute nicht zur Uni. Er hat anderes zu tun und braucht einen freien Kopf. In seinem Pulli und mit der dünnen Wollmütze auf dem Kopf schlendert er die

Warschauer Straße entlang, auf die die Sonntagnacht ihren Ausschuss erbrochen hat. Ein eingetretener Fernseher wartet darauf, fortgeräumt zu werden. Eine gelbfleckige Matratze ist halb über den Fußweg gerutscht, neben einen Bürostuhl mit zerfetzter Sitzfläche, und auf einen Pappkarton hat jemand ZUM MITNEHMEN geschrieben. Darin: Videokaufkassetten. *Feuerzangenbowle. Heißer Sommer. Ich denke oft an Piroschka. Tratsch im Treppenhaus.*

Kenan denkt an seine Eltern. Was würden sie ihm raten, wie soll man einen besonders schwierigen Tag am besten angehen? Zuerst einmal muss man was essen, was Gutes, nicht irgendwelchen Dreck, ein anständiges Frühstück, das den Magen füllt und kräftigt. *Aber wird uns das nicht müde machen?*, wendet Kenan im Stillen ein und beugt sich über die Auslagen des Spätkaufs, der jeden Tag, vierundzwanzig wache Stunden lang, sein Obst und Gemüse anbietet. *Unsinn*, sagt Kenans Mutter in seinem Kopf. *Lass dir nicht so einen Blödsinn einreden. Nichts geht über ein anständiges Frühstück. Iss was, Kenan, du bist sowieso viel zu dünn, schau dich doch mal an!* Dabei ist seine Mutter selbst ein bisschen zu dünn, außerdem seit zwei Monaten Vegetarierin. Aus moralischen Gründen.

Kenan kann sich in etwa vorstellen, was Kathi ihm anbieten wird, also greift er zu und ist noch ein Stück zufriedener, als er in der Tram sitzt. Auch, weil er die beiden Karten bekommen hat für den heutigen Abend. Allerdings wird wohl nur eine davon genutzt werden. Kenan hat beschlossen, auf seine zu verzichten, auch heute Abend zu schwänzen. Diesen Teil des Irrsinns wird er sich ersparen.

Und dann, als er wenig später seine halb aufgerauchte Zigarette auf die Danziger Straße geschleudert hat und gerade auf den Klingelknopf drücken will, macht Kenan eine Bekanntschaft.

»Darf ich mit rein?«, fragt das Mädchen mit der Sonnenbrille, das neben der Tür steht.

Kenan schaut hinunter und zuckt mit den Schultern. »Zu wem willst du denn?«

»Zu Clara Juniper.«

Er braucht einen Augenblick, bis er versteht.

»Dein Ernst?«

Das Mädchen zeigt auf die Klingeln. »Katharina Bechstein. Clara Juniper ist ihr Künstlername.«

Kenan lacht. »Trifft sich gut. Ich will auch zu Kathi.«

»Haben Sie einen Termin? Sind Sie ein Kunde?«

Eine Frage, wie sie eine strenge Arzthelferin stellen würde. Kenan lehnt sich gegen die Tür und mustert das Mädchen mit einem breiter werdenden Lächeln. »Nein, bin ich nicht.«

»Ich aber.«

Er verzieht anerkennend die Mundwinkel. »Und du hast einen Termin bei ihr? Jetzt?«

Sie schüttelt ernst den Kopf. »Es ist sehr schwer, bei Frau Juniper einen Termin zu bekommen.«

Kenan lacht. »Ja, das hab ich auch schon gehört.«

»Sie ist sowieso nicht da im Moment.«

»Doch, doch, sie ist garantiert da.«

»Nein, ich habe angerufen, sie geht nicht ans Telefon. Und geklingelt hab ich auch. Aber vielleicht ist die Klingel kaputt. Ich würde lieber drinnen warten als draußen.«

»Wie lange stehst du denn schon hier vor der Tür?«

Die Kleine holt ein Handy aus ihrer Jackentasche, schaut darauf und sagt: »Seit siebzehn Minuten.«

Kenan grinst und schüttelt kaum merklich den Kopf. Kathis Klingel ist laut und scheppernd, ein analoges, schrilles Ding, nicht zu überhören. Aber man muss sie dreimal hintereinander drücken, wie er es jetzt tut. Sonst reagiert sie nicht. Das ist die Verabredung.

Er merkt, dass die Kleine ihn genau beobachtet, und als es knackt und knistert in der Gegensprechanlage, hüpfen ihre Brauen überrascht in die Höhe, tauchen kurz hinter den großen Brillengläsern auf.

»Ja?«, fragt Kathi Bechstein, und Kenan zwinkert dem Mädchen zu, das nun auch lächelt, zum ersten Mal. »Ich bin's«, sagt er. Schon im nächsten Augenblick kann er die Tür aufdrücken, und beide gehen hindurch.

Unten im Treppenhaus gibt er ihr die Hand. »Ich heiße Kenan, Kenan Akyüz. Freut mich, dich kennenzulernen.«

Ihre Hand ist klein und kalt und unsicher, aber sie sagt mit fester Stimme: »Sophie Kramer.«

»Hallo, Sophie Kramer.«

Sie beginnen den Aufstieg, und Kenan sagt: »Es ist ziemlich weit oben.«

»Ich weiß. Und es gibt keinen Fahrstuhl. Wir haben einen Fahrstuhl. Aber wir wohnen auch im siebten Stock.«

»Dann warst du schon mal hier?«

»Ja, ich hatte schon eine Sitzung mit Frau Juniper.«

Kenan bleibt stehen, runzelt die Stirn. Sie sind gerade mal im zweiten Stock angekommen. »Ist nicht wahr.«

»Doch.«

Damit hat er nicht gerechnet. Er weiß nicht, was er davon halten soll. Dann lächelt er aber wieder, schaut erst am Treppengeländer hinauf, auf das er eine Hand gelegt hat, und beugt sich dann zu dem Mädchen hinunter. Mit leiser Stimme fragt er, verschwörerisch, aber nicht allzu ernst: »Und? Wie ist sie so? Ich meine, wenn sie eine Sitzung abhält?«

Sophie Kramer zögert. Sie muss darüber nachdenken und sagt schließlich: »Sie ist sehr gut. Sie hat mir geholfen.«

Kenan nickt beeindruckt. *Na, immerhin.*

»Aber«, sagt das Mädchen, jetzt noch leiser und auch verschwörerisch, dicht bei ihm: »Ich glaube, sie macht das noch nicht sehr lange. Sie ist sehr nervös. Das merkt man.«

Kenan schaut sie groß an und muss sich beherrschen, um im Treppenhaus nicht laut loszulachen. Nur seine Augen lachen. »Du hast eine gute Menschenkenntnis, Sophie Kramer.«

Das Mädchen nickt. »Ich glaube, die meisten, die das machen, sind viel älter. Sie ist noch jung. Sie wird bestimmt noch besser.«

»Na, wollen wir's hoffen.«

Sie steigen hinauf, Altbaustufe für Altbaustufe. Kenan grinst, schaut auf das Mädchen neben sich und sagt: »'Ne ziemlich coole Brille hast du. Ich mag deinen Style.«

»Danke schön. Ich mag Ihre Brille auch.«

»Ich würde vorschlagen, wir duzen uns, Sophie Kramer, ist dir das recht?«

»Ja, ist mir recht.«

»Gut. Dann können wir der Kathi nämlich sagen, dass wir alte Freunde sind. Da wird sie vielleicht Augen machen.«

Sophie Kramer lächelt. Sie lächelt, während sie die letzten Stufen nimmt, so breit, dass ihre Augen durch die dunkle Brille zu leuchten scheinen. Kenan lächelt auch.

»Schau mal, ich hab eine alte Freundin mitgebracht«, sagt er.

Frau Juniper steht in der Tür, trägt einen weiß-blau gestreiften Pyjama. Kenan hatte recht: Sie macht große Augen. Sehr große sogar.

5

Kenan klatscht in die Hände, und Kathi schaut ihn fragend an. Sie hat sich schnell einen Pulli und eine Jogginghose angezogen, und als er sie fragt, was es zum Frühstück gibt, weiß sie nicht, was sie sagen soll.

»Ähm … es muss noch Toast da sein.«

»Toast? Na ja.« Kenan verzieht das Gesicht und beugt sich ein Stück zu Sophie Kramer hinunter, die nicht von seiner Seite weicht. »Hast du schon gefrühstückt, Sophie?«

Sie nickt langsam.

»Was gab's denn zum Frühstück bei dir?«

»Ich habe mir einen Schokoriegel gekauft.«

»Aber das ist doch kein Frühstück!« Große Empörung. »Und total ungesund! Du hast doch bestimmt Hunger, oder?«

Sophie schaut kurz von ihm zu Kathi hinüber. »Ja, schon …«

»Hervorragend. Ich hab nämlich auch Hunger. Ich hatte nur eine Tasse Kaffee und zwei Zigaretten. Das ist auch kein richtiges Frühstück!«

»Und noch ungesünder«, fällt Sophie ein. »Davon bekommt man Krebs.«

»Ja, da hörst du's, davon bekommt man Krebs«, sagt Kathi Bechstein und verschränkt die Arme.

»Wie alt bist du?«, fragt Sophie an Kenans Seite.

»Vierundzwanzig«, antwortet er.

»Das geht noch.«

»Ja?«

»Ja. Mein Vater hat aufgehört zu rauchen, als er dreißig war. Er sagt, wenn man bis dreißig aufhört, baut der Körper den ganzen Rauch wieder ab, und dann bekommt man keinen Krebs.«

»Puh, da hab ich ja noch Glück.« Kenan wischt sich den nicht vorhandenen Schweiß von der Stirn und grinst. »Und *euer* Glück ist, dass ich extra noch eingekauft habe für unser Frühstück, und zwar so viel, dass es locker für eine dritte Person reicht.«

Sie gehen in die Küche, und Kenan holt Paprika und Eier und Tomaten und vier Saftorangen aus seinem Rucksack und schließlich noch ein Bund Petersilie. »Hast du einen Entsafter?«

»Ähm …« Kathi öffnet einen Hängeschrank und kramt darin herum. Sie murmelt irgendwas und findet ein kleines Plastikschälchen mit Entsafterspitze. Schicksalsergeben setzt sie sich an den Tisch, schneidet die Orangen auf und drückt sie aus, während Sophie und Kenan ihren Kühlschrank durchstöbern. »Ist die Milche noch gut?«

»Müsste eigentlich.«

Kathi braucht Kraft beim Entsaften, und es kommt nicht viel heraus aus dem Obst. Sie schaut auf und sieht, dass das Mädchen die flache Séancen-Schale mustert, die neben dem Herd steht. Natürlich ist sie nicht mit Wasser gefüllt, wird lediglich dazu verwendet, den Herdanzünder und einige Teelichte, ein paar Kekse und zwei Tomaten aufzubewahren. Sophie schaut zu ihr herüber, durch die Brille. Kathi senkt den Blick und presst.

Kenan riecht an der billigen Supermarktsalami und verzieht den Mund. »Was du für einen Mist kaufst. Sucuk hab ich nicht erwartet – aber *so was* … Das lassen wir weg.«

Er setzt Wasser auf und räumt mehrere Teesorten aus dem Hängeschrank, und dann reicht ihm Sophie einen Holzlöffel und folgt jeder seiner Bewegungen, während er in der großen Pfanne das Omelett zubereitet. Kathi schaut sich das an und muss gegen ihren Willen lächeln. Die beiden sehen aus wie ein seit Langem eingespieltes Team.

Kathi hat etwas gutzumachen an dem kleinen Mädchen, sie steht in Sophie Kramers Schuld. Kathi muss das klären, dringend sogar, und nun hilft ihr der Zufall. Und Kenan. Eigentlich hilft ihr vor allem Kenan, weil er so gut zurechtkommt mit Kindern, was man von ihr nun wirklich nicht behaupten kann. Erst einmal aber füllt der Geruch des Omeletts die ganze Küche, und das Mädchen sagt: »Riecht toll.«

»Danke, Sophie Kramer, zum Glück hast du einen so guten Geschmack«, entgegnet Kenan, und dann sitzen sie am Küchentisch und essen. Dazu trinken sie Kaffee und frisch gepressten Orangensaft und Tee, und Kathi toastet ihnen noch die letzten drei Scheiben Vollkorntoast und bestreicht sie mit den Resten einer dünnflüssigen Erdbeermarmelade. Auch ein paar schwarze Oliven holt sie aus dem Kühlschrank, füllt sie in ein kleines Schälchen und kaut genussvoll auf einer herum. Ein Festmahl ist das und eine völlige Überraschung.

Sophie mustert sie hinter ihrer dunklen Brille und streckt unvermittelt die Hand aus. Sie greift nach einer Olive, steckt sie in den Mund und verzieht sofort das Gesicht. Sie spuckt sie auf den Teller.

Kenan nimmt sich ebenfalls eine Olive, kaut, schluckt sie herunter. Dann schneidet auch er eine angewiderte Grimasse. Kathi weiß genau, wie sehr er Oliven liebt. »Ekelhaft, oder?«, sagt er zu Sophie Kramer, und sie nickt und gibt ihm recht: »Ekelhaft!«

Kathi verdreht die Augen, und Kenan zeigt seine Zähne und lacht leise. So unbeschwert hat sie ihn schon lange nicht mehr gesehen. Sie ist froh darüber.

Er greift lässig hinter sich, macht das Fenster auf und zündet sich eine Zigarette an. »Was?«, sagt er mit großen Augen. »Ich darf noch sechs Jahre rauchen, und zwar von früh bis spät, Sophie hat's gesagt.«

»Stimmt.« Sophie nickt, und Kathi sagt: »Nur zu. Viel Spaß.«

»Danke.«

»Mein Bruder hat auch so dunkle Haare, genau wie du«, sagt Sophie und betrachtet Kenan eindringlich. Nein, es ist mehr, sie himmelt ihn an. Kathi sieht es genau und rutscht auf ihrem Stuhl hin und her. Vielleicht sollte sie …

»Einmal hat ihn einer in der Schule gefragt, ob er ein Türke ist wegen seinen Haaren.«

Kenan lächelt. »Und? Ist er ein Türke, dein Bruder?«

»Nein«, sagt Sophie mit Nachdruck und beißt sich dann auf die Lippen. Fragt sich wohl, ob sie was Falsches gesagt hat oder was Richtiges auf die falsche Weise. Aber Kenan zieht an seiner Zigarette und fragt sie kein bisschen weniger fröhlich: »Was ist denn dein Bruder?«

Kathi räuspert sich, schaut Kenan vielsagend an, aber er beachtet sie nicht. Dieses Gespräch führt in keine gute Richtung.

»Ich weiß nicht«, sagt Sophie mit leiserer Stimme. »Meine Mutter ist aus Polen. Und mein Vater aus Thüringen.«

»Dann bist du ja eine thüringische Polenberlinerin, Sophie Kramer.«

Sie schaut ihn an und grinst und kichert. »Ja«, sagt sie.

»Und ich«, sagt Kenan, »bin ein Schwarz-Meer-Friedrichshainer mit Westberliner Migrationshintergrund. Meine Eltern kommen nämlich aus Schöneberg. Wie hört sich das an?«

»Gut!« Sophie kichert.

»Und du?« Kenan schickt sein Grinsen quer über den Frühstückstisch zu Kathi hinüber. »Was bist du?«

»Kenan …« Sie schüttelt den Kopf und verschränkt schon wieder die Arme. Sie schaut ihn nur an.

Er beugt sich zu Sophie hinüber und legt erneut den verschwörerischen Tonfall in seine Stimme. »Kathi will es nicht sagen. Weil sie bloß eine zugezogene hessische Prenzlauer-Berg-Deutsche ist. Wie finden wir das?«

Das Mädchen schaut verlegen zwischen Kenan und ihr hin und her, und Kathi bleibt nichts anderes übrig, als beide Arme zu heben und theatralisch die Augen zu verdrehen.

»Stinklangweilig finden wir das!«, sagt Kenan, und Sophie Kramer blickt auf die Krümel auf ihrem Teller und kichert.

Der Rauch zieht blau und grau über Kenans Kopf zum Fenster, aber nicht wirklich hinaus. Auch der Rauch findet es zu gemütlich hier, möchte noch bleiben. Kenan lächelt, streicht kurz über Sophies Kopf und sagt: »Dann bestell deinem Bruder mal einen schönen Gruß von Kenan Akyüz und sag ihm, er soll stolz sein auf seine guten, festen türkischen Haare. Er kann froh sein, dass ihm kein hessisches Kartoffelstroh auf dem Kopf wächst.«

»Kenan!« Kathi fährt ihm über den Mund, aber es ist zu spät. Es ist wie bei einem Unfall. Sie hat es die ganze Zeit kommen sehen und nicht gewusst, wie sie den Aufprall verhindern soll.

Er schaut sie verständnislos an. *Was geht denn bei dir ab?*, fragt sein Blick? *Spinnst du?* Er merkt erst nach einer Weile, dass auch Sophie nicht über seine Bemerkung lacht, sondern den Kopf noch tiefer senkt. »Was ist denn los?«

Kathi greift nach Sophies Hand, drückt sie ein bisschen. Sie ist wieder kalt, die kleine in der großen Hand.

Kathi schüttelt langsam den Kopf und sagt zu Kenan: »Sophies Bruder ist gestorben.«

»Ach, du Scheiße.« Kenan atmet den letzten Rauch aus, steht auf und wirft die Kippe aus dem Fenster, bevor er es schließt. »Das tut mir leid, Sophie, das hab ich nicht gewusst. Ich dachte …«

Sophie zieht ihre Hand aus Kathis und schaut auf. Ihre Stimme ist fest, trotzig. »Er ist aber wieder da.«

Kenan öffnet den Mund, sagt jedoch nichts. Er lehnt an der Arbeitsplatte, und Kathi rutscht auf ihrem Stuhl zurück. »Sophie …«

»Deshalb bin ich doch hier«, erklärt das Mädchen, aufgeregter jetzt. »Frau Juniper hat ihn zurückgeholt.« Sie schaut Kenan an, aber der sieht bloß verdutzt aus.

Kathi berührt das Mädchen am Arm. »Sophie, ich muss mit dir darüber reden. Wir hätten das nicht machen sollen. Nein, *ich* hätte das nicht machen sollen.«

»Was genau hast du denn gemacht?«, fragt Kenan.

Sophie schüttelt den Kopf. »Warum? Es hat total gut funktioniert.« Sie wendet sich wieder an Kenan. »Frau Juniper hat ihn gerufen, auf der anderen Seite. Sie hat mit ihm gesprochen bei der Sitzung.«

»Bei der *Sitzung?*«

»Ja.«

Kathi räuspert sich, ihre Finger wandern unwillkürlich zu ihrem Mund, tippen nervös gegen ihre Lippen.

»Er war ein Vogel und wollte mir etwas sagen, und ich konnte ihn nicht verstehen, aber Frau Juniper hat mit ihm gesprochen und ihn zurückgeholt.«

Kenan setzt sich wieder an den Tisch, fährt sich mit den Händen durch die Haare und stößt einen tiefen, unzufriedenen Seufzer aus.

»Hör zu, Sophie«, sagt Kathi Bechstein, »ich wollte dir helfen, aber das war nicht richtig. Ich bin zu weit gegangen. Das tut mir sehr leid.«

Das Mädchen schüttelt den Kopf. »Aber …«

»Hör zu. Du musst mit deinen Eltern darüber sprechen. Du musst ihnen sagen, wie sehr du deinen Bruder vermisst. Ihnen geht es ganz genauso. Sie werden verstehen, wie schwer es für dich ist. Sie wissen das. Und wenn ihr euch zusammen an ihn erinnert …« Sie wünschte, sie hätte einen Text für solch einen Moment, etwas Auswendiggelerntes. Stattdessen improvisiert sie mit schleppender Stimme diese fahlen, falschen Sätze, die über ihren Tellern und Tassen und Köpfen hängen wie der nicht abgezogene Rauch, Sätze, die nicht zu Ende gesprochen werden können, weil Sophie Kramer sagt: »Ich hab's meiner Mutter erzählt, heute Morgen. Aber sie versteht das nicht. Sie ist bloß sauer gewesen.«

»Kann ich mir lebhaft vorstellen«, sagt Kenan und schaut Kathi streng an.

»Ich weiß, dass ich das nicht hätte machen sollen«, sagt sie in seine Richtung. »Aber, *Entschuldigung*, ich war auch sehr, sehr überfordert mit der Situation!«

»Nein, nein, nein!« Sophie schüttelt den Kopf immer heftiger. »Es war gut! Wir müssen es noch mal machen!«

»Was?« Kathi atmet tief ein, hat zur Abwehr schon eine Hand erhoben.

»Er ist nachts bei uns in der Wohnung. Meine Mutter kann ihn nicht sehen. Aber ich. Ich sehe ihn. Manchmal ist er in seinem Zimmer und manchmal in meinem. Aber er spricht nicht. Er macht nur Sachen.«

»Was denn für Sachen?«, fragt Kathi.

»Unordnung. Und manchmal bringt er mich dazu, Unordnung zu machen.«

»Na, herzlichen Glückwunsch, Frau Bechstein«, sagt Kenan leise.

»Moment!«, Sophie schiebt ihren Stuhl zurück, huscht aus der Küche hinaus, und kaum, dass Kathi und Kenan große, ratlose Blicke gewechselt haben, kommt sie mit ihrem Rucksack zurück. »Das mit dem Shirt hat funktioniert«, sagt Sophie. Dann erklärt sie Kenan: »Wir haben sein Lieblingsshirt benutzt für den Kontakt. Das war sehr gut.«

»Aha.«

»Ich hab es wieder dabei.« Sie zieht eine grün-weiße Tüte aus dem Rucksack, diesmal ist nur das Shirt darin, keine Jeans, keine Unterhose. »Ich dachte, er will es vielleicht wiederhaben. Aber anscheinend doch nicht. Er will irgendwas anderes. Er geht immer in die Küche nachts, und dann will er, dass das Besteck rausgeräumt wird aus der Schublade. Ich glaube, das liegt daran, wie er gestorben ist.«

»Wie …?«, fragt Kenan, aber Kathi winkt hastig ab. »Schon gut«, sagt sie. »Sophie, ich glaube nicht …« Dann saugt sie scharf Luft ein. Kenan rückt ein Stück mit seinem Stuhl zurück und stößt einen überraschten Laut aus.

»Das ist unser Brotmesser«, sagt Sophie nicht ohne Stolz.

»Pack das wieder ein, bitte!« Kathi schaut ungläubig die gezackte Klinge an, die vor ihren Augen hin- und hergeschwenkt wird.

»Meinen Sie nicht, dass es was nutzen könnte bei unserer Sitzung?«

»Nein, meine ich nicht.«

»Aber mit mir redet er nicht, mit Ihnen schon. Sie müssen ihn fragen, was er will und was ich tun soll. Wie ich ihm helfen kann.«

»Nein.« Kathi schüttelt hilflos den Kopf, und Kenan starrt das Mädchen mit dem Messer fassungslos an. »Wir machen keine Sitzung, Sophie, das geht nicht.«

»Ich habe allerdings nur fünfzig Euro diesmal.« Sie zögert. »Vielleicht können wir es ein bisschen kürzer machen?«

Kenan schaut auf, Kathi gestikuliert fahrig mit beiden Händen. »Nein, nein, nein.«

»Aber warum denn nicht? Wir sind doch jetzt Freunde!« Sie schaut Kenan an hinter ihrer Brille, und er nickt.

»Klar sind wir Freunde«, sagt er.

»Und wer soll mir sonst helfen?« Sie ist aufgeregt, aber

ihre Stimme ist nach wie vor fest. »Meine Mutter versteht das nicht, und mein Vater ist nie da, und ich habe doch sonst keinen.« Eine Feststellung. Sie wird nicht weinen. Sophie Kramer ist immer noch ein sachliches Kind, genau wie letzte Woche, und das ist eine kleine Erleichterung für Kathi. Deshalb muss man auch sachlich mit ihr reden. »Pass auf, Sophie, wir machen keine Sitzung, das geht nicht so kurz hintereinander. Und du versuchst noch mal, mit deinen Eltern über alles zu sprechen.«

Sophie atmet tief ein und aus. Niedergeschlagen, aber noch nicht besiegt. »Und wenn das nichts bringt, machen wir dann die Sitzung?«

Kathi schaut Kenan an und der zuckt mit den Schultern.

»Dann reden wir noch mal in Ruhe«, sagt Kathi.

»Okay.« Sie ist nicht zufrieden.

»Soll *ich* vielleicht mal mit deinen Eltern sprechen?«, fragt Kenan.

Sie schüttelt den Kopf, langsam, nachdenklich. »Ich glaube, ich muss nach Hause. Danke für das Frühstück. Das war sehr gut.«

Kenan steht auf und kniet sich vor Sophie. »Hat mich sehr gefreut, dich kennenzulernen, Sophie Kramer«, sagt er und lächelt. »Was hältst du davon, wenn wir unsere Adressen austauschen, für alle Fälle?«

Er zückt sein Handy, öffnet einen neuen Kontakt und beginnt zu tippen. »Meine neue alte Freundin, Nachname Kramer, Vorname Sophie. Straße?«

Sie nennt ihm Straße und Hausnummer und ihre Handynummer und holt auch ihr eigenes Telefon heraus. Kenan überprüft, dass sie alles richtig aufschreibt. Er buchstabiert und sagt: »Meine Mutter arbeitet mit vielen Kindern. Vielleicht bringe ich euch beide mal zusammen. Meine Mutter weiß lauter kluge Sachen. Sie ist überhaupt viel klüger als ich. Vielleicht hat sie eine Idee, wie wir die Sache klären können.«

Sophie schaut zu Kathi hinüber. »Ich glaube, wir müssen eine Sitzung machen.«

Kenan spricht einfach weiter. »Und wenn dein Bruder wieder auftaucht nachts, dann bestell ihm ruhig trotzdem mal den schönen Gruß von mir.«

Sie schaut ihn an, beißt sich auf die Lippen.

»Sag ihm, dass ich gesagt habe, er soll dich nicht ärgern, sondern mal in Ruhe lassen. Vor allem nachts, da musst du nämlich schlafen und sollst dir nicht so viel Sorgen machen um ihn.« Er drückt kurz ihren Arm, fügt hinzu: »Das ist nämlich ein bisschen viel verlangt.«

Kathi schaut die beiden an und spürt, wie ihr Tränen in die Augen schießen. Das fehlt gerade noch. Wenn Jakob jemals aus diesem gottverdammten Koma aufwachen sollte, wird sie ihm befehlen, Kenan Akyüz mindestens zu heiraten und bis an sein Lebensende nicht mehr zu verlassen. Weil er wirklich zu gut ist für diese Welt.

Sophie lächelt ein bisschen. »Ich werd's ihm sagen.«

»Schön!«

6

Die Sonne scheint, aber im Park ist es frisch. Ein guter Morgen, um spazieren zu gehen. Allerdings zieht man besser die Reißverschlüsse der Jacken hoch und knöpft die Mäntel zu. Die Bäume sind bunt, gelbe, rote, braune Blätter liegen auf den feuchten Wegen und um die Stämme herum. Noch sind es nicht sehr viele, aber es werden immer mehr. Die Wolken lauern weiter weg, am Horizont, und die Zeit läuft ab. Vielleicht wird der Herbst schöner, als der Sommer war. Mützen und Handschuhe sind noch unvorstellbar, aber wärmer anziehen müssen sich jetzt alle. Sogar die Skulpturen. Vorne, am großen Brunnen, sind Mitarbeiter vom Straßen- und Grünflächenamt damit beschäftigt, die Muschelkalkfiguren in Holzkästen mit spitzen Metalldächern einzupacken, damit sie den Winter überstehen. »Schade«, sagt Irena. »Ich mag den Brunnen gern.« Sie hat die Hände in den Taschen ihrer Jacke vergraben, das Kinn auf ihr Halstuch gelegt und schaut sich um. Wie bei einer Inspektion. Ihre rotbraunen Haare hat sie zum Pferdeschwanz gebunden. Auf der blassen Haut ihrer Wangen heben sich die Sommersprossen ab, jede einzelne. Dann nickt sie dem Brunnen zu und sagt: »Ich muss an meinen Mann denken, wenn ich die Leute da arbeiten sehe. Er ist beim Forstamt.«

»Ihr Mann ist Förster?«

»Forstwirt.«

»Was für ein schöner Beruf. Finden Sie nicht?«

Sie zuckt mit den Schultern, dann nickt sie mit Verspätung.

»Und? Arbeitet er im Moment?«

»Ja, er ist jetzt draußen. In Treptow. Kennen Sie den Plänterwald?«

»Ich habe davon gehört.«

Sie nickt.

»Aber Sie selbst arbeiten nicht im Augenblick?«

»Nein«, sagt Irena. »Das ist mir zu viel.«

»Das verstehe ich.«

Sie gehen ein paar Schritte auf den kleineren Rundbrunnen zu, der seinen eigenen Platz hat vor den Arkaden, die den großen Hauptbrunnen an der Westseite des Volksparks einrahmen. Auch dieses Bassin ist leer, aus den steinernen

Fischmäulern sprudelt kein Wasser. Aber die Figuren stehen rundherum noch uneingepackt auf ihren Sockeln. Es sind steinerne Kinder, kleine Mädchen und Jungs. Sie tragen Gewehre und Weintrauben und Blumenkränze, manche haben Tiere bei sich, einen großen, fetten Truthahn zum Beispiel. Sie stehen zu zweit beieinander oder allein. Manche sind alt, haben fast das ganze zwanzigste Jahrhundert überlebt, andere mussten später nachgebaut werden, weil die Originale schwer beschädigt wurden, als man nach '45 die Flakbunker im Park gesprengt hat. Man sieht es ihnen nicht an. Auf ihrer erhöhten Position zwischen den Büschen sehen sie wach aus und wohlgenährt und aufmerksam.

Irena und der große schlanke Mann mit dem schütteren weißen Haar und den hellen blauen Augen setzen sich nebeneinander auf eine Bank. Propst Hein atmet tief durch und mustert die Muschelkalkjungs links und rechts von ihnen. Der eine schaut böse, hat einen Fuß gehoben und scheint dem Pelikan neben sich einen Fisch aus dem Schnabel zu ziehen. Vielleicht füttert er ihn auch, aber er sieht eher aus, als wolle er sich mit Gewalt etwas nehmen, das ihm nicht gehört. Der andere Junge steht oben auf dem Postament in Mütze und Stiefeln neben einem Ziegenbock. Vermutlich lächelt er, aber weil seine Augen leer sind, ohne Pupillen, kann man es nicht mit Sicherheit sagen. Er fasst das Tier an einem Ohr, und in der anderen Hand hält er einen länglichen Gegenstand, der nicht gut zu erkennen ist. Es könnte ein Messer sein.

»Meine Chefin sagt, ich kann mir die Zeit nehmen, die ich brauche. Und ich glaube«, Irena Kramer lächelt bitter vor sich hin, »eine Weile brauche ich wohl noch.«

»Sie müssen sich Zeit lassen, das stimmt«, sagt der alte Mann. »Wo arbeiten Sie denn?«

»In einer Gärtnerei.«

»Oh.«

»Ich bin Floristin.«

»Ihre ganze Familie ist offenbar sehr naturverbunden.«

»Ja, kann schon sein.«

»Ich freue mich, dass Sie mir das hier zeigen. Das ist ein sehr schöner Ort. Kommen Sie oft hierher?«

»Nein.«

Hein schaut sie an. Sie windet sich ein bisschen, weicht seinem Blick aus und betrachtet zu angestrengt, was sich um sie herum abspielt. Dabei spielt sich gar nicht viel ab. Ein schwarzer Labrador taucht vor ihnen auf, das ist schon alles. Er schnüffelt am Brunnenrand herum, hechelt, blickt zu ihnen herüber. Ein Stück entfernt steht eine Frau mit Leine und Kinderwagen auf dem Weg und wartet stumm, bis das schöne schwarze Tier genug hat und zu ihr zurückgelaufen kommt.

»Ich habe das nicht wirklich verstanden vorhin, es tut mir leid«, sagt Irena Kramer schließlich. »Ich dachte, Sie wären Priester.«

Hein lächelt sie an. »Ich bin Pfarrer. Und Propst. Aber das heißt nur, dass meine Gemeinde aus mehreren Gemeinden besteht. Sozusagen.«

Sie nickt. »Ja, aber Sie sind *Protestant.*«

Er lächelt erneut. »Das ist wahr.«

Sie zuckt mit den Schultern, schon wieder entschuldigend. »Ich bin katholisch, wissen Sie.«

»Spielt das eine Rolle? So groß sind unsere Unterschiede schließlich nicht, wir sind doch Geschwister im Glauben.«

Ihre Augen schauen ihn groß an und sagen: *Sie sind aber nicht zuständig für mich.*

»Besuchen Sie Gottesdienste hier in Berlin?«

Sie schüttelt den Kopf. »Nein.«

»Wenn Menschen schwere Zeiten durchmachen, ist die

Konfession unerheblich«, sagt Hein. »Es kommt nur darauf an, dass wir füreinander da sind, dass wir einander helfen.«

Hein weiß, dass er Geduld haben muss, er kennt solche Situationen zur Genüge. Sie würde nicht hier sitzen mit ihm, wenn sie nicht das Bedürfnis hätte, sich jemandem anzuvertrauen. Aber sie scheut sich noch, also gibt er ihr Zeit. »In der Stadt, aus der ich komme, haben wir viele gemeinsame Veranstaltungen, auch Gottesdienste. Die protestantischen und die katholischen Gemeinden arbeiten zusammen. Das ist wichtig.«

»Wir sind keine religiöse Familie. Mein Mann ist Atheist.« Das genügt noch nicht. Es fehlt noch was. »Mein Mann glaubt an nichts.« Irena Kramer schaut ihn direkt an.

»Ich bin sicher, dass das nicht stimmt. Ihr Mann glaubt an Sie. Er glaubt an Ihre Familie, denn er möchte, dass es Ihnen gut geht. Manchmal ist es wichtiger zu lieben als zu glauben.«

»Ach ja?«

Er nickt.

»Aber das ist auch schwerer«, sagt sie. »*Zu lieben.*«

»Hätte ich den Glauben und könnte Berge versetzen und hätte die Liebe nicht, wäre ich nichts.«

»Aus der Bibel?«

»Ja.«

Sie schaut auf den leeren Brunnen. Dann sagt sie: »Ich bin mir nicht sicher. Vielleicht haben Sie recht.«

Hein atmet tief ein, lässt seinen Blick durch den Park wandern.

Sie seufzt, reibt sich das Gesicht, sagt: »Ich muss mich um die Beerdigung kümmern. Wir brauchen einen Termin. Das ist alles sehr …«

»Ja, ich verstehe.«

»Die Polizei hat ihn jetzt freigegeben. Sie hatten ihn beschlagnahmt. Das ist so ein deutsches Wort.« Sie wiederholt es leise, mit einem ungläubigen, kleinen Lachen. »*Beschlagnahmt.*«

Das muss man so stehen lassen, bestimmt eine Minute lang. Dann fügt sie hinzu: »Was haben Sie mit der Sache überhaupt zu tun? Sie kannten den anderen Jungen, den … ersten Jungen?«

Hein befeuchtet seine Lippen, atmet ein, denkt kurz nach. »Ja und nein. Er kam in unsere Stadt, zusammen mit vielen anderen. Eine Zeit lang war er bei uns. Wir haben in unserer Gemeinde großen Anteil genommen am Schicksal dieser armen Menschen.«

»Ja.« Irena Kramer seufzt leise, aber Hein spürt, dass sie an sich denkt und nicht an die anderen.

»Wie war er?«, fragt sie plötzlich.

»Wer?«

»Dieser Junge?«

»Er hatte eine gute Seele«, sagt Hein. Seine Stimme verlangsamt sich, trotzdem hört er nicht auf zu lächeln. »Aber er war belastet, wie sie alle. Er war wild, wilder als die anderen vielleicht. Er hatte keine Ruhe, etwas hat ihn getrieben, das habe ich sofort gesehen.«

Er spürt ihren Blick auf sich, betrachtet das fahle Graublau über den Bäumen, hört, wie sie leise wiederholt: »*Wild* war er.«

Hein wechselt das Thema, er muss zum Punkt kommen. Es geht heute nicht um ihn, es geht nicht um das, was er getan hat, es geht darum, was hier vorgefallen ist, weit weg von ihm und ihm zum Trotz. »Finden Sie nicht«, sagt er, »dass es eine gute Idee wäre, sich mit anderen zusammenzutun und über das zu reden, was Ihnen passiert ist? Mit Menschen, denen Ähnliches wiederfahren ist?«

Sie wendet ihren Blick nicht vom Brunnen ab. »Warum ist das so? Warum glauben immer alle, dass man reden muss? Ich verstehe das nicht.«

»Es ist schwer, ich weiß. Aber es hilft. Glauben Sie mir, ich habe so viele Gespräche dieser Art geführt, und fast immer ging es den Menschen in ihrem Kummer besser, wenn sie ausgesprochen hatten, was sie bedrückt. Wenn sie über ihre Zweifel, ihre Ängste gesprochen haben.«

»Was gibt es zu sagen? Es ist passiert. Und jetzt geht alles kaputt.«

»Was geht kaputt?«

Irena Kramer schüttelt den Kopf, schließt die Augen, macht sie wieder auf. »Er kann mir das nicht verzeihen.«

Hein atmet langsam ein, wartet einen Augenblick mit der Nachfrage.

»Ihr Mann?«

Ihre Augen sind feucht, aber hart, kalte Steine mit einem dünnen Tränenfilm darüber. »Was haben Sie vorhin gesagt? *Wenn ich die Liebe nicht hätte?* Ich hab sie nicht, die Liebe.« Ein Schulterzucken, bitter jetzt. »Tja«, sagt sie noch.

Er berührt ihren Arm. »Vielleicht sieht es so aus. In diesem Augenblick, in diesen Tagen. Es ist noch zu früh. Es wird wieder anders werden.«

Sie nickt, aber nicht, um ihm recht zu geben, sondern um zu sagen: *Natürlich kommt jetzt so was von Ihnen, das war klar.*

»Sie fühlen sich schuldig.« Hein lässt seine Stimme autoritär klingen, streng.

Sie lacht kurz und trocken auf, fährt sich mit der Hand über den Mund.

»Fast immer ist das so«, erklärt der Propst. »Man denkt nicht an die guten Momente. Man denkt an die Fehler, die man glaubt, gemacht zu haben, an die lauten Worte, daran, dass man ungerecht gewesen ist.«

»Ich bin nicht ungerecht gewesen«, sagt sie. »Ich glaube nicht.«

»Aber Sie haben Ihren Sohn …«

Sie schneidet ihm sofort das Wort ab. »Er war nicht mein Sohn.«

»Aber Sie haben ihn doch großgezogen.«

»Wir haben uns nicht gut verstanden. Er hat mich nicht akzeptiert. Als Mutter.«

Hein nickt. »So ist das manchmal. Sie dürfen sich nicht quälen deshalb.«

»Ich weiß nicht, was Ihnen die Polizei gesagt hat …«

»Gar nichts, die Polizei darf mir nichts sagen. Das ist auch nicht wichtig.«

»Wir hatten einen Streit an diesem Tag.«

Ja, sie will reden, sie will es erzählen. Wahrscheinlich will sie sich rechtfertigen. Wäre er ein Priester, sie würde womöglich beichten, seine Absolution erbitten. »Ich bin mir sicher, es war etwas ganz Belangloses. Nicht der Rede wert. Sie machen sich Vorwürfe ohne wirklichen Grund.« Er sagt das fast abfällig, um sie zu provozieren, um sie anzustacheln.

Sie steht auf, legt das Kinn auf ihren Schal, schaut sich um. »Ich würde gerne ein paar Schritte gehen. Es ist zu kalt auf der Bank. Wollen Sie mit hochkommen auf den Hügel? Da gibt es eine gute Aussicht.«

Hein erhebt sich. »Sehr gern.«

7

Es gibt vieles zu klären, bevor der Abend kommt. Zuerst einmal muss der Brief geschrieben werden. Auf die richtigen Formulierungen zu kommen ist gar nicht so schwer. Man hat so was ja oft genug gelesen oder gesehen, in Büchern und Filmen. Welches Ausgangsmaterial man benutzt, ist schon eine kompliziertere Frage. Kathi Bechstein hat eine Tageszeitung gekauft, außerdem haben sie noch das Wochenmagazin von Kenan. Die Wörter, die sie brauchen, könnten sie also ausschneiden und zusammenkleben.

Kenan schüttelt den Kopf. »Das ist doch vorletztes Jahrhundert. Das macht doch kein Mensch mehr.«

»Aha.« Kathi muss kurz darüber lachen, dass er sich so aufregt. »Kein Mensch?«

»Nein, kein Mensch.«

Sie zuckt mit den Schultern, nickt aber. Sie hat sowieso keine Lust dazu gehabt. Es hätte wahrscheinlich zu lange gedauert, die passenden Wörter zu finden.

»Also Filzstift?« Sie hält einen Edding hoch. »Große Druckbuchstaben?«

»Du schreibst das einfach am Rechner und druckst es aus.«

»Irgendwie denke ich immer, dass man Spuren hinterlässt, wenn man was in den Rechner tippt«, sagt sie.

»Quatsch. Wenn du was abspeicherst irgendwo vielleicht. Aber du druckst es aus und speicherst es nicht ab. Was soll's da für Spuren geben?«

»Okay.«

»Außerdem«, er mustert sie durch seine runden Brillengläser, »ist es doch sowieso egal, oder? Es ist ja keine echte Erpressung. Wir tun ja bloß so.«

»Natürlich ist es keine echte Erpressung.« Sie zieht die

Stirn in Falten, schaut ihn groß an. »Trotzdem.« Sie ist Schauspielerin. Sie tun vielleicht nur so, aber während sie so tun, muss Kathi wenigstens das Gefühl haben, dass es echt sein *könnte*.

Am Tisch im Wohnzimmer sitzen sie, tief über weiße Blätter gebeugt, und probieren Sätze aus. Der Laptop ist schon mit dem Drucker verbunden. Mit ihm hat Kathi eine der beiden Eintrittskarten für die Lesung heute Abend ausgedruckt, die Kenan bei Ebay ersteigert und als E-Ticket zugemailt bekommen hat. Es wollten wohl einige Leute ihre Karten zurückgeben, sie waren relativ günstig. Trotzdem: Für die zweite Karte muss jemand anderes gefunden werden.

»Ich wollte von Anfang an nicht mit.«

»Du schickst mich da allein hin«, sagt Kathi. »Du drückst dich.«

»Das Risiko ist zu groß. Für mich auf jeden Fall. Ich zeige mich da nicht. Bin ja nicht bescheuert. Und dir würde ich das auch nicht raten.«

»Wir haben auf jeden Fall die zweite Karte. Vielleicht kann ich jemand anderen mitnehmen. Irgendwen, der gar nichts mit der Sache zu tun hat, jemanden, der unauffällig ist. Unverdächtig.«

»Unverdächtig? *Alter.* Du müsstest dich mal hören.«

Sie zuckt mit den Schultern.

»Und wer könnte das sein? *Unverdächtig?*«

»Keine Ahnung. Vielleicht kann ich eine Freundin überreden. Eine Kollegin wäre auch gut.«

Eine Mitwisserin. Sollte man so was nicht vermeiden?

Kenan schaut Kathi mit hochgezogener Augenbraue an. »Wir könnten das auch anders machen. Per Post zum Beispiel.«

»Blödsinn. Dann sehe ich ja nicht, wie er reagiert.«

Sie hält die Farbkopie von Jakobs Foto hoch. So hat er

ausgesehen, kurz bevor es passiert ist. Genau so. Das Foto war für die Presse gedacht. Headshot. Jakob schaut direkt in die Kamera, offen, ein bisschen ironisch. Gesund und munter lächelt er Kathi und Kenan an, ist aufrecht und mitten im Leben und nicht im Koma. Seine Schwester nimmt eine Schere und schneidet ihn aus.

»Hast du eigentlich wirklich Geld genommen von dem Mädchen?«, fragt Kenan, während er ihr dabei zuschaut.

Sie atmet tief ein, sieht ihn an. »Ich dachte, wir hätten uns darauf geeinigt, dieses Thema erst mal fallen zu lassen. Wir müssen uns hierauf konzentrieren.« Sie zeigt mit der Schere auf die Briefentwürfe auf dem Tisch.

Kenan schüttelt den Kopf. Er ist unzufrieden. Nicht einverstanden.

Sie nimmt die Kappe vom Klebestift. »Es ist schon verrückt mit diesem Mädchen.« Sie fährt mit der weißen, schmierigen Klebespitze über die Ränder des Fotos. »Sophie Kramer. Mit ihrer Brille.« Kathi schüttelt den Kopf. »Sie hat so eine Art. Ich weiß auch nicht. Es ist schwer, ihr was abzuschlagen. Ich dachte, ich muss ihr was bieten. Ihr *helfen*. Ihr irgendwas sagen, was ihr das Leben vielleicht ein bisschen leichter machen könnte. Ging dir doch auch so.«

Er nickt. »Also. Was soll ich schreiben?«

Sie sitzen am Tisch und denken nach. Sie sind zwei Verschwörer, aber neu im Erpressungsgeschäft und probieren es mit: HERZLICHE GRÜSSE VON EINEM ALTEN BEKANNTEN. Sie löschen den Satz wieder, versuchen es neu: VON JAKOB BECHSTEIN. WIR WISSEN, DASS SIE ES GEWESEN SIND. Und vielleicht: WIR WISSEN, WARUM SIE DAS GETAN HABEN. Kenan kratzt sich am Kopf. Er steht auf, tigert im Raum herum, hebt fragend das Zigarettenpäckchen. »Nein. Wenn du rauchen willst, musst du in die Küche gehen.«

DIESMAL IST ES ERNST. WIR LASSEN UNS NICHT EINSCHÜCHTERN. Nicht? Kenan kaut an einem Fingernagel, Kathi auf ihrer Unterlippe.

HALTEN SIE SICH BEREIT. WIR GEBEN UNSERE INFORMATIONEN

Welche Informationen? Egal.

AN DIE PRESSE UND AN DIE POLIZEI, WENN SIE NICHT

Wenn Sie nicht *was?*

»Keine Ahnung«, sagt Kenan. »Wir müssen uns absichern.«

»Er muss es mit der Angst zu tun bekommen.«

Aber wozu ist er imstande, wenn er Angst bekommt?

»Und wenn er es doch nicht war?«, fragt Kenan.

»Dann reagiert er gar nicht, und es spielt keine Rolle. Aber du hast doch gesagt, er war's.«

Kenan nickt, langsam. »Ja. Ich glaube schon.« Grübelt noch einen Augenblick. »Ganz bestimmt.«

»Na, also.«

HALTEN SIE ABSTAND. WIR BEOBACHTEN SIE. EIN FALSCHER SCHRITT UND UNSER MATERIAL GEHT UNVERZÜGLICH AN

Noch nicht ganz.

»Ich hab's«, sagt Kathi Bechstein und schreibt und nickt. »So könnte es gehen.«

Kenan schaut auf seinem Handy nach, wie spät es ist. Der kritische Zeitpunkt rückt näher. Der Brief allein genügt ja nicht. »Dann musst du jetzt nur noch jemanden finden, der den Kopf hinhält …«

»Für *uns*.«

»Für uns.«

»Und für Jakob.«

Kenan lehnt sich in seinem Stuhl zurück, streckt die

Beine aus, nimmt die Arme hinter den Kopf, sodass sich sein Pullover ein Stück hinaufschiebt und seinen Bauchnabel freilegt. Er schaut zur Decke hinauf und zum Fenster hinüber, dann zurück zu Jakobs Bild auf dem Briefumschlag.

»Es muss jemand sein, der im richtigen Moment cool bleiben kann.« Kathi klopft mit der Schere leise auf dem Tisch herum. »Ich überlege … meine Freundinnen. Barbara vielleicht. Wir sind auch in derselben Agentur. Zeit hat die bestimmt. Sie arbeitet nicht im Augenblick. Aber ich weiß nicht …«

»Was willst du der denn erzählen? Warum wir das machen?«

Kathi nickt. »Barbara würde das nicht kapieren. Es muss jemand sein, dem wir sagen können, dass es um Jakob geht. Jemand, dem Jakob auch was bedeutet.«

Kenan beugt sich wieder vor auf seinem Stuhl, stützt das Kinn auf die Hand, den Ellenbogen auf die Tischkante, schließt kurz die Augen.

Kathi klopft weiter mit der Schere, klopft sich leise durch ihre Gedanken. »Jemand, der sich nicht so leicht einschüchtern lässt. Jemand, der resolut genug ist, der sich aber auch dumm stellen kann, wenn's nötig ist. Jemand, mit dem man sich nicht unbedingt anlegen möchte.«

Kenan sieht Jakobs Gesicht vor sich, sieht, wie er verdutzt innehält, weil etwas passiert ist, plötzlich und unerwartet, was seine ganze schöne Wut im Keim erstickt.

Kenan grinst. Hat immer noch das Kinn in seiner Hand, öffnet die Augen und sagt: »Ich glaube, ich wüsste jemanden.«

»Ach ja?«

»Einschüchtern lässt sie sich jedenfalls nicht so leicht. Aber wir müssten ihr sagen, dass sie nichts werfen soll.«

8

Sie gehen die Anhöhe hinauf, Irena Kramer und der Propst. Der Weg ist nicht besonders steil, und er verläuft in immer schmaler werdenden Kreisen. Weitere Hunde kommen ihnen entgegen, hinter denen Frauen und Männer herspazieren. Kindergelächter wird leiser und lauter und wieder leiser, und bald überholt sie ein schwer atmender Läufer in schwarzer Radlerhose.

Es ist der höhere der beiden Hügel, den sie, ohne viel zu sprechen, hinaufsteigen. Beide Erhebungen sehen aus, als hätten sie schon immer im Volkspark ihre sanften Buckel in die Höhe gereckt wie sich sträubende Katzen. Dabei hat man hier nach dem Krieg lediglich die angefallenen Trümmer und den Schutt in die zerbombten Bunker geworfen und zu Bergen aufgetürmt. Unrat wurde hier entsorgt, alles, was zerfetzt und angeschlagen war, was man loswerden und vergessen wollte. Dann wurden die Berge im Park mit einer Erdschicht belegt und mit Pappeln und Robinien bepflanzt, die zuverlässig in die Höhe geschossen sind auf der aufgebahrten Geschichte der Stadt. Aber auch Götterbäume haben sich angesiedelt, wie von selbst, haben mit ihren aggressiven Wurzeln anderen Arten den Lebensraum genommen und müssen demnächst gefällt werden. Die Trümmerberge brauchen eine neue Begrünung, um weiterhin so aussehen zu können, als habe es sie immer schon gegeben. Unten packt das Grünflächenamt die Steinkinder ein, oben wird es bald die ersten Bäume ausreißen müssen. Es braucht harte Arbeit, damit alles so bleiben kann, wie es scheinbar immer war.

Irena legt ihre Arme auf die Steinmauer und schaut sich um. Sie hat die Aussicht hier oben anders in Erinnerung gehabt. Sie ist enttäuscht. Bloß Häuserdächer, ein bisschen

Friedrichshain, auf der anderen Seite ein bisschen Prenzlauer Berg. Zu viele Bäume dazwischen. Und den Fernsehturm sieht man von überall, dafür muss man nicht bis hier hochsteigen.

Der Läufer verschnauft auf dem Plateau, aber nur kurz, dann joggt er mit harten, ausgebeulten Waden den Hügel hinunter, und die beiden sind allein. »Ich bin früher auch viel gelaufen«, sagt der alte Mann und schaut ihm hinterher. »Das ist gut, verscheucht schlimme Gedanken.«

Soll das eine Empfehlung sein? Sport?

Er glaubt, dass es gut für sie wäre, die Geschichte zu erzählen, und Irena fragt sich, ob sie sie überhaupt schon mal zusammenhängend erzählt hat. Die Polizei hat sich immer nur für bestimmte Dinge interessiert. Wann waren Sie wo? Wann waren Sie wieder zu Hause? Wann haben Sie angefangen, sich Sorgen zu machen? Wo war Ihr Mann zu der Zeit? Haben Sie diesen Fremden noch einmal gesehen? Im Garten? Wann war das? Wie sah er aus?

Sie hat eigentlich immer nur »Ich weiß nicht mehr genau« gesagt, weil das am einfachsten war und am wenigsten wehgetan hat.

»Ich will nicht mehr daran denken müssen.«

Sie betrachtet die enttäuschende Aussicht, schaut hinunter auf die Dächer und auf die gelb und braun werdenden Baumwipfel. Ein Windstoß weht ihr Strähnen in die Stirn, und sie streicht sie weg.

»Ich möchte diesen Tag vergessen, einfach nur vergessen«, sagt sie zu Propst Hein, und der nickt verständnisvoll.

Das wirst du nicht. Niemals.

Der alte Mann sieht sie blauäugig an. Geduldig. Wird sie nicht unterbrechen. Zuhören wird er ihr und anschließend versuchen, sie zu trösten. Er erwartet, dass sie weint. Er erwartet, davon ist sie überzeugt, dass sie sagt: *Warum ist uns das passiert? Warum mir?* Aber das wird sie nicht sagen, weil sie weiß, warum. Weil alles von Anfang an darauf hinausgelaufen ist. Sie hat das Unglück in Kauf genommen, sie hat es um sich herum wachsen sehen. Sie hat zugelassen, dass es wuchert, wild und ungestutzt, hat zugelassen, dass es alles unter sich begräbt.

»Es war ein Samstag.«

Irena erzählt die Geschichte.

»Wir waren im Garten. Im Schrebergarten. In der Kleingartenkolonie.«

Jetzt erzählt sie, fängt irgendwo an und wird irgendwo aufhören, vermutlich nicht am Schluss, sondern schon vorher, und vielleicht wird es dadurch tatsächlich leichter. Weil es sich dann auch für sie so anhören könnte, als wäre es jemand anderem passiert.

9

Der Garten, der verdammte Garten. Er war schon vor ihr da. Der Garten hat ältere Rechte als sie in dieser Familie, genau wie Finn, der hat die ältesten. Dabei haben sie doch wirklich schon genug zu tun: Irena, die tagein, tagaus, oft auch sonntagsvormittags für zwei Stunden, im Blumengeschäft der Gärtnerei steht und Kränze und Sträuße bindet. Die ihre Finger gar nicht mehr sauber bekommt, weil sie immer voller Erde sind und voller Harz und sich im Frühjahr entzünden vom beißenden Saft der Narzissen. Sie hat Schwerstarbeiterhände, die sie eincremt und hässlich findet und hasst. Und er, draußen im Wald, mit seinen Handschuhen und seinem schweren Gerät, mit Kettensägen und Farben, die zum Bäumemarkieren da sind, sollte doch auch mal genug haben von Erde und Pflanzen, sich nicht noch nach einem Garten sehnen.

Sie sind eine sehr naturverbundene Familie, sagt der alte Mann. Aber das stimmt nicht. Irena weiß es genau: Verbunden ist diese Familie nicht mit der Natur, sondern mit der Vergangenheit.

Den Garten hat Robert schon mit *ihr* gehabt, mit Finns Mutter, und aufgeben wollte er ihn nicht. Sie ernten hier ihr eigenes Obst, ihr eigenes Gemüse, Äpfel und Kohl und kümmerliche Tomaten, ein paar Erdbeeren. Brombeeren – die wachsen ja wie von selbst. Aber davon abgesehen macht alles Arbeit. *Für die Kinder*, sagt er, meint aber: *Für mich, zur Erinnerung*. Weil er rauswill aus ihrer gemeinsamen Wohnung. Weil er jede Gelegenheit sucht, um nicht in ihrem Zuhause zu sein, lieber an einem Ort sein will, der etwas mit früher zu tun hat und nicht mit heute. Das sagt Irena nicht. Irena sagt: »Wir waren im Garten an diesem Samstag, die Kinder zuerst. Finn hatte den Schlüssel für die Laube. Er ist mit dem Bus gefahren, zusammen mit seiner Schwester. Ich kam erst später dazu.«

Die Kolonien sind überall in Berlin, nicht nur an den Rändern der Stadt. Viele schmiegen sich in langen Streifen in die Lücken zwischen den S-Bahn-Gleisen und den Wohnhäusern. So ist es auch bei ihnen. Schöne und sehr gepflegte Parzellen gibt es, hinter Hecken und Zäunen, aber auch andere, die langsam verwahrlosen. Ihr Garten ist ein Mittelding, und sie würde ihn lieber heute als morgen aufgeben. An diesem Samstag muss sie das Fallobst einsammeln, und sie weiß bereits, dass etwas nicht stimmt, als sie die Pforte öffnet. Die letzten Sonnenblumen sind riesig, mannshoch mit tellergroßen, dunklen Gesichtern, an denen sich die verdammten Vögel mästen. Sie würde gern eine Vogelscheuche aufstellen, aber der Junge ist verrückt nach den Viechern. Vögel sind seine Leidenschaft, obwohl sie ans Obst gehen und alles vollkoten. Noch mit der Pforte in der Hand fragt sie sich, was er wohl diesmal angestellt hat.

Sophie sitzt hinter den Sonnenblumen im Gras und schaut verängstigt zu ihr herüber. Aus der Laube kommt eine fremde Stimme, und Irenas Hals rötet sich sofort. Sie ist mit wenigen Schritten an der Tür, hat ihre Handtasche umklammert und sieht, dass Finn es schon wieder getan hat. Es ist nicht das erste Mal.

»Immer wieder hat er fremde Leute in den Garten geholt«, erklärt Irena dem Propst.

In dem kleinen Häuschen, das nur aus einem einzigen winzigen Zimmer besteht, sitzt ein fremder Mann auf ihrer alten Couch, und Finn hockt vor ihm auf dem Boden. Der Mann isst einen Apfel. Seine Haare sind dunkel, die Stoppeln auf seinen Wangen grau und weiß und ungepflegt. Er sagt nichts, isst bloß, beißt vor ihr noch einmal in den Apfel. Der Junge wiederum sieht ganz zufrieden aus mit sich und der Welt. Der Mann könnte ein Obdachloser sein oder ein Flüchtling oder was auch immer. Es hängt ein starker Geruch in dem kleinen Raum, ein fremder Geruch, fremder Schweiß vielleicht. Billige Kleidung, ein gegerbtes, dunkles Gesicht, das sie mit schmalen, überraschten Augen ansieht, weil der Mann natürlich schon weiß, dass es jetzt vorbei ist, dass er weiterziehen muss. *Wäre auch zu schön gewesen.* Später findet sie seine Spuren auf dem Klo, das eine separate Tür hat. Die Pisse des fremden Mannes, die sie vom Boden und vom Rand der Klobrille wischen muss. Noch später wird sie versuchen, den Mann zu beschreiben, der Polizei zu erklären, wie er ausgesehen hat.

Erst einmal aber hat sie einen roten Hals und starrt in die Laube. Sie hat Angst, und sie denkt an das, was sie in der

Zeitung gelesen hat, vorhin erst. Man muss auf seine Kinder aufpassen. Es passieren schlimme Sachen, jeden Tag. Es ist nicht immer leicht für sie, eine Mutter zu sein, besonders für Finn, aber als Mutter kann sie das nicht zulassen. Am liebsten würde sie davonlaufen, so wie ihr Mann immer davonläuft, aber sie steht nur in der Tür. Sie fragt gar nicht erst: *Was ist hier los, wer sind Sie, was wollen Sie*? Sie informiert sich über nichts, streckt bloß den Zeigefinger zur Tür und sagt: »Raus!«

Noch mal lauter: »Raus!«

Und dann, zitternd, aber mit großer Kraft: »Ganz schnell!«

Es ist noch früh am Nachmittag, die Sonnenblumen leuchten, und die Äpfel liegen angefressen im Gras unter dem Baum. Es dauert noch eine Weile, bis aus der Schrebergartenanlage ein Tatort und ein Fundort wird, aber eigentlich fängt jetzt schon alles an. Der fremde Mann hat sich stumm verzogen, und Irena Kramer steht in dem kleinen, engen Raum, neben dem Rasenmäher und vor der alten Sperrmöbelcouch und schreit Finn an. Hinter ihr steht Sophie in der Tür und hört zu. Was alles passieren kann! Er kann doch nicht einfach jeden verdreckten Penner von der Straße mit hierher bringen! Das darf er nicht tun!

Finn verteidigt sich, aber sie schneidet ihm das Wort ab. *Du tust das nicht, weil du anderen helfen willst, du tust das, um mich zu ärgern, damit ich mich verrückt mache. Du bringst dich in Gefahr, und du bringst deine Schwester in Gefahr.*

Das kann sie nicht zulassen. Sie muss verhindern, dass Sophie etwas passiert. Nicht noch einmal. Das geht nicht. Irena ist eine Mutter.

»Ich habe ihm gesagt, dass das nicht geht«, erklärt Irena dem Propst, und er schaut sie lange an.

Sie kann sich vorstellen, was der alte Mann denkt, aber

es stimmt nicht. Dieser Propst Hein kommt aus einer Kirche, er hat keine Ahnung, er fällt auf das Theater des Jungen herein. Finn ist kein barmherziger Samariter gewesen. Bloß neugierig war er, eine gemeine, gierige, unnatürliche Neugier hat er gehabt. Auf andere Kinder hat er eingeprügelt, und zu den verkommenen, verdreckten Erwachsenen ist er hingelaufen. Er hat Sophie an die Hand genommen und in Gefahr gebracht, immer wieder. Einmal hat Irena morgens eine schlafende Frau gefunden, die sich in ihrer Laube eine Spritze gesetzt hatte. Eine von Finns kleinen Überraschungen. Eigens für sie, das weiß sie genau.

»Gib mir den Schlüssel!«, sagt Irena, aber Finn weigert sich.

Sie fasst ihn an, hart.

»Du sollst mir den Schlüssel geben!«

Er tritt nach ihr, er macht sich los, er lacht. Später sieht sie den blauen Fleck an ihrer Wade.

Sie sammelt die Äpfel ein, wirft sie in einen Korb. Dann wartet sie auf ihren Mann. Sie ruft ihn an, aber Robert nimmt nicht ab. Sie schreibt ihm eine SMS, aber Robert antwortet nicht.

»Vergiss es. Der kommt sowieso nicht«, sagt Finn. Er steht plötzlich neben ihr. Seine Schwester ist nirgends zu sehen.

»Er würde gar nicht mehr kommen, wenn wir nicht da wären, ich und Sophie.«

Sie schaut ihn nicht an, versucht, ihn zu ignorieren, blinzelt in die Sonne.

»Er kann dich nicht ab«, sagt Finn. »Er findet dich zum Kotzen. Wie ich.«

Irena schließt die Augen, oben auf dem Hügel über dem Park. »Es war sehr, sehr schwer mit ihm«, sagt sie leise.

Der Propst nickt. Er sieht blass aus, sagt: »Der Junge hatte einen bösen Geist in sich.«

Sie zuckt mit den Schultern.

An jenem Samstagnachmittag im Schrebergarten stürzt sie sich auf ihn, stürzt sich auf den zwölfjährigen Jungen, der Kraft hat in seinen dünnen Armen, aber erst mal doch zu überrascht ist davon, dass sie sich mit ihrem ganzen Gewicht auf ihn wirft und ihn zu Boden ringt. Ihre Hände greifen nach seinen Haaren. Sie schlägt ihn nicht, aber sie stößt seinen Oberkörper hinunter, drückt ihn ins Gras, so fest sie kann. Das sagt sie später auch der Polizei. »Es war eine handfeste Auseinandersetzung.« So könnte man es ausdrücken. Aber als er seine Überraschung überwunden hat, schafft er es doch. Er kommt frei. Kurz bleibt er schwer atmend vor ihr stehen, ist über ihr und schaut sie an. Das muss Hass sein, was sie in seinen Augen sieht, während ihre Brust sich hebt und senkt und sie sich die Strähnen aus der Stirn wischt, sich auf die Ellenbogen stützt, um wieder hochzukommen. Es ist jedenfalls mehr als Wut. Dann läuft er davon, läuft zur Gartenpforte hinaus und in die Kolonie.

»Das war das letzte Mal. Da habe ich ihn zum letzten Mal gesehen«, sagt Irena.

Sie ruft Sophie und fährt mit ihr davon, ohne Finn. Vorher aber bleibt sie noch einmal stehen. Schaut zu der Parzelle, die ihrem Garten direkt gegenüberliegt. Verwildert ist sie, aufgegeben. Sie steht leer, schon über ein Jahr, und die Laube ist immer offen. Letztens hat sie sich jemand angeschaut, endlich. Alle hier wünschen sich, dass sie wieder vermietet wird. Sie ist ein Schandfleck. Nichts ist da zu sehen. Und doch. In diesem Moment hat sie das Gefühl, von dort beobachtet zu werden, vom Fenster aus. Ihr wird kalt und dann sehr warm. Sie ist sich ganz sicher. Finn sitzt in der Laube und glotzt heraus und grinst. Vielleicht auch der

Mann, vielleicht ist es auch der Fremde. Oder die beiden zusammen. Sie wendet den Kopf ab, nimmt Sophie an die Hand. Sie beeilt sich, von hier wegzukommen.

»Später, am Abend, als es dunkel geworden war, bin ich noch mal hingefahren, aber er war nicht mehr da. Ich dachte, er wird schon nach Hause kommen irgendwann. Er hatte den Schlüssel und ist manchmal lange draußen geblieben. Hat sich rumgetrieben. Zwölf Jahre alt. Viel zu jung. Aber er war nicht zu halten. Ich habe auf ihn gewartet, habe gedacht, er kommt zurück. Ich war ja ganz allein mit Sophie.«

»Wo war denn Ihr Mann?«

»Nicht zu erreichen.«

»Wieso das?«

»Mein Mann kommt auch manchmal nicht nach Hause nachts. Dann schläft er woanders. Bei einem Kollegen.« Sie macht eine Pause. Lächelt ein bisschen, mit dünnen, aufeinandergepressten Lippen. Versucht, es so klingen zu lassen, als wäre es eigentlich egal. »Oder bei anderen Frauen. Ich weiß nie, wo. Unsere Ehe ist nicht glücklich.« Das ist ein schöner, klarer Satz, der alles gut zusammenfasst. Ihr fällt etwas ein, sie mustert ihn. »Sie sind nicht katholisch, Sie dürfen auch heiraten.«

»Stimmt.«

»Und? Sind Sie verheiratet? Haben Sie Kinder?«

»Nein, ich habe keine Kinder. Aber ich war mal verheiratet.«

Sie hebt beide Augenbrauen.

»Wie ging es weiter?«, fragt er in die Stille ihrer unausgesprochenen Frage.

»Gegen Morgen hab ich die Polizei gerufen.« Sie erinnert sich daran, wie sie geschluchzt hat am Hörer, wie sie in vollkommener Panik gewesen ist, um Hilfe gefleht und immer nur gedacht hat: *Das wird er mir niemals verzeihen.*

Propst Hein fragt behutsam nach: »Und dann hat man ihn gefunden, in Ihrem Garten?«

Sie schüttelt den Kopf. »Nein, nicht in unserem Garten. Gegenüber, in einem der anderen Gärten, in einem, der zurzeit nicht vermietet ist. In einer offenen Laube.«

Hier hört sie auf, Irena Kramers Geschichte. Hier geht sie nicht weiter. Sie hat sie logisch und klar erzählt, und jetzt ist sie vorbei.

»Und Sie glauben, dass es dieser fremde Mann gewesen sein könnte?«, fragt der Propst.

Sie sieht ihn an. »Es ist möglich.« Sie zuckt mit den Schultern, verzieht den Mund. »Jemand ist bei ihm gewesen, das haben sie rausgefunden. Jemand hat ihm Alkohol gegeben.«

Zwölf Jahre.

»Hat die Polizei den Mann ausfindig gemacht?«

»Nein, wir konnten ihn nicht gut genug beschreiben.« Auch Sophie haben sie nach ihm gefragt. Sophie hat geweint, Sophie hat sich nicht erinnern können, sie hat ihn jedes Mal anders beschrieben.

»Ich habe in der Zeitung gelesen, dass es ein Flüchtling gewesen sein könnte.«

Sie kneift die Augen ein wenig zusammen. »Die Polizei hat gar nichts gesagt dazu, aber ich habe mit einem der Journalisten gesprochen. Dieser fremde Mann sah für mich so aus. Ich dachte, vielleicht hat ihn jemand gesehen, vielleicht hat jemand eine Idee, der es in der Zeitung liest. Aber die Leute drehen ja bloß durch. Ich hätte es … Vielleicht hätte ich das nicht sagen sollen, die armen Menschen haben ja schon genug Probleme, aber … ich weiß auch nicht.« Sie schaut ihn an. »Dadurch sind Sie auf mich gekommen? Durch den Artikel?«

»Ja.«

Sein Tonfall ist anders als vorhin. Fast scheint es, als wolle er mit einer Befragung beginnen, mit einem Verhör. Was geht ihn das an, warum interessiert er sich für diese Details?

»Und jetzt sind Sie meinetwegen hierhergekommen?«

»Nein, ich musste sowieso nach Berlin.«

»Es war also Zufall.«

»Zufälle gibt es nicht. Manche Menschen müssen einander begegnen, es ist ihnen vorbestimmt.«

Sie zuckt mit den Schultern.

»Ich verstehe, dass es Ihnen nicht gut geht. Ich verstehe, dass es besonders schwer ist für Sie«, sagt Hein.

»Schön und gut. Aber was soll ich machen? Was soll ich jetzt machen?« Sie stellt die Frage trotzig, gereizt, sie möchte sagen: *Jetzt hab ich Ihnen all das erzählt, was raten Sie mir nun? Was haben Sie dazu zu sagen? Geben Sie sich Mühe!*

»Ich könnte Ihnen sagen, vertrauen Sie auf Gott, aber Sie werden Hilfe brauchen dabei. Sie und Ihre Familie.«

Irena schüttelt den Kopf. »Meine Familie ist nicht zu retten, glauben Sie mir.«

»Das dürfen Sie nicht sagen.«

»Meine Schwester meint, ich solle Sophie mitnehmen und zu ihr nach Polen kommen. Zu meinen Eltern. Weg von hier. Und weg von ihm.« Man geht nicht nach Polen zurück in diesen Zeiten, denkt sie. Das sagt sie auch ihrer Schwester, wenn sie sie fragt: *Wie kannst du es da überhaupt aushalten? Mit den Deutschen?* Nein, so einfach ist es leider nicht. Ist ja nirgendwo mehr einfach. Alle laufen weg aus Warschau, alle, die etwas Verstand haben. Wenn sie in Polen ist, zu Besuch bei der Familie, hört sie nur Geschrei. Es ist dort jetzt noch viel schlimmer als hier. Man muss nur den Fernseher anstellen oder das Radio. Alle schreien sich gegenseitig an. So viel Zorn.

»Wie lange sind Sie schon hier?«

»Mit siebzehn bin ich hergekommen.« Eine Ewigkeit. »Man hört es noch, oder?«

»Nein. Kaum.«

»Vielleicht muss ich das hier aufgeben. Vielleicht war es überhaupt falsch, es zu versuchen.«

»Sie dürfen nicht aufgeben. Denken Sie an Ihre kleine Tochter.«

Sie atmet tief ein. »Das tue ich.« Sophie. »Sie kommt nicht zurecht mit der Situation.« Irena erklärt ihm, was sie selbst nicht versteht. »Sophie glaubt, ihr Bruder wäre noch da.«

»Wie meinen Sie das?«

»Sie sieht ihn, sie redet mit ihm. Es ist verrückt.« All das fügt sie ohne jede Aufregung in der Stimme hinzu. Sie ist wieder müde jetzt, und deshalb verblüfft es sie, dass der Propst weit die Augen öffnet, dass er nun zum ersten Mal wirklich beunruhigt aussieht.

»Das ist nicht gut, Frau Kramer. Das ist gefährlich.«

Aufmunterung will sie hören, Trost. Nicht so was.

»Sie hat ihren Bruder vergöttert. Fragen Sie mich nicht, warum. Sie ist hinter ihm hergelaufen und hat ihn bewundert. Ich nehme an, sie will sein wie er.«

Der große alte Mann nickt, senkt die Stirn.

Jetzt ist sie in Fahrt. »Wissen Sie, was ich glaube? Ich glaube, Sophie stiehlt. Ich glaube, sie hat mir Geld gestohlen heute Morgen. Und sie hat behauptet, sie würde zu einer Frau gehen, die … ich weiß auch nicht, die ihren Bruder zurückgeholt hätte, eine Wahrsagerin, was weiß ich.« Jetzt wieder ruhiger. Sie zuckt mit den Schultern, fährt sich mit einer Hand übers Gesicht.

»Sie müssen Sie davon abbringen, Sie dürfen sie nicht auf diesem Weg weitergehen lassen.« Er sagt es, ohne sie anzuschauen.

»Sie wird darüber hinwegkommen. Irgendwann. Sophie braucht einfach noch Zeit.«

»Vielleicht …« Seine Stimme verliert sich kurz. »Vielleicht sollte ich mir Ihre Tochter einmal anschauen, mit ihr reden.« Er sieht sie wieder an. Seine Augen sind blau und kalt. »Manchmal springen diese Teufel über von einem Menschen auf den anderen, wissen Sie.«

»Was?«

Irena tritt einen Schritt zurück, blickt ihn verständnislos an.

»Oh, bitte, entschuldigen Sie.« Er lächelt, aber angestrengt, dann kneift er kurz die Augen zusammen.

»Geht es Ihnen nicht gut?«

»Doch, doch, danke, es geht schon wieder. Ich habe ein paar Probleme mit dem Herzen. Es ist nicht weiter schlimm.«

Sie holt ihr Handy aus der Tasche. Wie spät ist es denn überhaupt? Sie muss zweimal hinschauen. Das hat sie nicht erwartet. Robert hat ihr eine Nachricht geschrieben. Er wird am Abend zum Essen kommen. Das behauptet er jedenfalls.

»Würde es Ihnen etwas ausmachen, mich nach Hause zu fahren? Sie sind doch mit dem Wagen da, oder?«

»Selbstverständlich. Gern.«

Sie gehen den Weg zurück, gehen in breiter werdenden Kreisen hinab bis zum Brunnen, wo Hunde bellen und Kinder lachen.

10

»Hier links«, sagt Irena Kramer. Und: »Die nächste rechts.« Das wiederholt sie noch mal und schaut aus dem Fenster. Sie hat eine Hand zwischen den Sicherheitsgurt und ihre Brust gelegt und betrachtet durch die Scheibe die Stadt, abgedämpft und abgerückt, das Gedränge aus Stoßstangen und Radfahrern und Ampeln und Baustellen und Bussen und Taxis, durch das sie nicht hindurchkäme, wenn sie selbst am Steuer säße. Sie kann nicht fahren im Moment, wegen der Tabletten. Davon abgesehen ist ihr Mann mit dem Auto unterwegs. Er überlässt es ihr nicht mehr. Sie hat sein Vertrauen verloren. Sie hat seinen Sohn davonlaufen lassen.

»Hier, auf dem Parkplatz können Sie mich absetzen.« Er hält, aber redet noch weiter. Sie schnallt sich ab, hat ihre Handtasche in der Hand, aus der Sophie das Geld gestohlen hat, und sie denkt an die Textnachricht, die sie von ihrem Mann bekommen hat. Sie ist ungeduldig geworden.

»Ich danke Ihnen, dass Sie mir so viel anvertraut haben, ich weiß das sehr zu schätzen.«

Sie lächelt fast. Mit schmalen Lippen. »Es hat gutgetan, mit Ihnen zu reden.«

»Das freut mich. Ich würde Sie gerne noch mal sehen, solange ich in Berlin bin. Könnten Sie sich vorstellen, auch mit anderen Betroffenen zu sprechen?«

»Ich glaube, eher nicht.« Es fällt ihr leicht, das zu sagen, es ist ihr nicht einmal besonders unangenehm. Aber sie schaut aus dem Fenster. Sie sieht den Spielplatz hinter den Bäumen, auf dem keine Kinder spielen, sieht einen Mann, der sein Fahrrad auf eines der Nachbarhäuser zuschiebt. Drüben an der Hecke hüpft ein schöner, großer Vogel über den Boden. Eine Elster. Schon im nächsten Augenblick breitet der Vogel seine Flügel aus und fliegt hinauf zu einem der Balkone.

»Vielleicht überlegen Sie es sich noch anders. Ich weiß, dass es noch sehr viel ist im Moment. Ich habe Hochachtung davor, was Sie alles bewältigen, und ich weiß, dass Sie nicht aufgeben werden.«

Sie sieht ihn wieder an. Für diesen Satz ist sie ihm dankbar. Aber sie glaubt nicht, dass er recht hat. »Es ist zu viel für einen Menschen, es ist zu viel für mich.«

»Ich weiß, was Sie meinen. Aber Gott sucht sich diejenigen gut aus, denen er die schwersten Lasten auflädt, und das nicht ohne Grund. Er weiß, dass Sie stark genug sind.«

»In meinem Fall hat er sich wohl geirrt.«

Ihre Hand hat sich schon um den Türgriff gelegt, aber der alte Mann will noch weitersprechen. »Sie sind katholisch, Frau Kramer. Sie kennen die Geschichten der Heiligen?«

Sie zuckt mit den Schultern, schüttelt den Kopf.

»Meine Gemeinde ist die Christopherus-Gemeinde, vielleicht ist Ihnen die Sage vom heiligen Christopherus ein Begriff? Wie er zu seinem Namen gekommen ist?«

Sie löst ihre Finger von der Wagentür.

»Ich muss oft daran denken, obwohl wir Protestanten uns mit diesen Geschichten ja in der Regel nicht groß befassen. Es sind Geschichten aus der Welt und nicht aus der Heiligen Schrift, aber manche von ihnen sind interessant. Als Gleichnisse, versteht sich.«

Irena lässt sich in ihrem Sitz zurücksinken. Sie schließt kurz die Augen. Er wird es ihr erzählen, und dann wird sie gehen.

»Er hieß Offerus, bevor er zu Christopherus wurde, und er war ein Riese. Schauderhaft sah er aus. Furcht einflößend.« So beginnt der Propst. »Die Menschen hatten Angst vor ihm und seinem Volk, und der Riese Offerus war es leid, gefürchtet zu werden. Er war sehr stark, aber auch das hatte er satt. Jeden konnte er besiegen, und deshalb sehnte er sich danach, zu dienen. Nicht irgendwem, versteht sich, nur dem mächtigsten Herrscher. Er brach auf, machte sich auf den Weg und auf die Suche. Aber ganz gleich, welchen Fürsten oder König er traf, immer musste er feststellen, dass dessen Macht begrenzt war. Und so lief der Riese weiter durch die

Welt, bis ihm eines Tages ein frommer Mann begegnete und ihm einen Rat gab. Er müsse eben Gott dienen, sagte der fromme Mann, da niemand mächtiger sei als er.«

Natürlich, was sonst, denkt Irena, schaut aus dem Fenster und glaubt, auf dem Weg, der zwischen den großen Häusern hindurchführt, etwas Vertrautes auftauchen zu sehen.

»Der Riese Offerus musste Demut lernen, sich Gottes Willen aussetzen. Er musste aufhören, durch die Welt zu ziehen, um sich zu messen und seine Stärke zu beweisen. Als er das begriffen hatte, fand er seine Aufgabe. Er stieg in eine tiefe Furt, durch die ein gewaltiger Fluss führte, ein Gewässer, das niemand außer ihm hätte durchqueren können. Hier begann er seinen Dienst und trug von nun an die Menschen von einem Ufer zum anderen. Eines Tages aber stand ein Kind am Ufer, ein Knabe, ein kleiner, schmächtiger Junge, und bat ihn, dass er ihn hinüberbringe. Kennen Sie die Geschichte nicht doch?«

Sie schüttelt den Kopf, starrt aus dem Fenster.

»Der Riese war groß und stark und das Kind auf seiner Schulter leicht wie eine Feder. Aber mit jedem Schritt in die Furt und in das dunkle, tiefe Wasser hinein wurde der Junge schwerer, eine immer größere Last. Auf der Mitte des Weges konnte sich der Riese fast nicht mehr aufrecht halten. Er schwankte und stöhnte unter dem unerträglichen Gewicht des federleichten Jungen, der auf seiner Schulter saß. Du bist zu schwer für mich, sagte der Riese Offerus. Beugen musste er sich und die Zähne zusammenbeißen. Der Schweiß rann ihm über die Stirn, und jeder einzelne Schritt war ihm schwer wie Blei. Aber er schaffte es doch, kämpfte sich ans andere Ufer und setzte den Jungen dort ab.«

Du bist zu schwer für mich. Irena schiebt sich eine Haarsträhne hinters Ohr.

»Du bist so schwer, sagte der Riese Offerus zu dem Knaben am anderen Ufer, wo er sich hinsetzen, nach Atem ringen und neue Kräfte sammeln musste. Und der Knabe nickte und sagte: Ich bin der Heiland, ich bin Jesus Christus. Und du weißt doch, Riese Offerus, der Heiland trägt die Last der ganzen Welt. Mit mir zusammen hast auch du sie getragen. Indem du mich hochgehoben hast, hast du sie auf dem Weg von einem Ufer zum anderen auch auf deine Schultern genommen.«

Von einem Ufer zum anderen. Irena hat einen Kloß im Hals. Ihre Hände kribbeln.

»Du hast Christus getragen und die Last der ganzen Welt, von nun an also wirst du Christofferus heißen.«

Irena Kramer beißt sich auf die Unterlippe.

»Manchmal«, sagt der Propst mit leiser Stimme, »bilde ich mir selbst ein, in diesem Fluss zu stehen, mit dem Wasser bis zum Hals. Auch wenn das natürlich eine Anmaßung ist. Vielleicht sind wir beide darin, und es wird noch eine Weile dauern, bis wir es hindurch geschafft haben. Es ist schwer, aber Sie werden ankommen, Sie werden stark genug sein.«

»Sophie!« Sie hat die Wagentür geöffnet, nach nur einem kurzen Blick, ist aus dem Auto gesprungen. »Da ist meine Tochter«, sagt sie und ruft: »Sophie!«

11

Hein muss sich erst einmal abschnallen, dann steigt auch er aus seinem roten Renault. Er sieht noch, dass das Mädchen weiter hinten auf dem Weg mit einem Mann und einem anderen Jungen zusammensteht. Sie schauen überrascht zu ihnen herüber. »Komm her, Sophie, komm sofort her!« Die

Mutter ruft das Mädchen wie einen Hund zu sich, denkt Hein. Sie hat Angst.

Der Mann und der Junge stehen noch einen Augenblick da, dann drehen sie sich langsam um und gehen davon. Der ältere hat eine weiß-grüne Plastiktüte in der Hand.

»Was habe ich Ihnen gesagt? Sophie fängt jetzt auch damit an. Genau wie er«, sagt Irena Kramer neben ihm, und dann ist das Mädchen da, und die Mutter geht auf die Knie und schlingt ihre Arme um die Kleine. Etwas stimmt nicht mit dem Mädchen. Etwas an der Art, wie es sich bewegt. Oder … nein. Es ist die Brille, vielleicht ist es die seltsame Brille.

»Du sollst nicht mit Fremden reden, Sophie, ich habe es dir so oft gesagt. Wer war das, wer waren diese Leute?«

»Ich weiß nicht«, sagt das Mädchen, »aber sie waren nett. Sie sprechen kein Deutsch.«

»Haben Sie dich angesprochen?«

Sie schüttelt den Kopf.

»Sind Sie auf dich zugekommen, was wollten die denn von dir, haben sie gebettelt?«

»Nein. Ich weiß nicht. Ich habe sie heute Morgen schon gesehen.«

Irena schaut hilfesuchend zu Hein auf, und er tritt einen Schritt zurück.

»Was soll ich nur mit ihr machen?« Irena Kramer nimmt ihrer Tochter die Brille von der Nase und schaut sie direkt an. »Du redest nicht mehr mit Fremden, ist das klar? Du gehst ihnen aus dem Weg. Wenn jemand was von dir will, gehst du auf die andere Straßenseite oder du rufst mich auf dem Handy an. Oder du gehst in ein Geschäft. Du weißt, was mit Finn passiert ist. Du musst es mir versprechen, hörst du? Nicht mit Fremden reden.«

Das Mädchen nickt unwillig und schaut weg von der Mutter, schaut zu Hein auf.

»Entschuldigen Sie«, sagt Irena Kramer. »Das ist meine Tochter Sophie. Sophie, das ist Herr Hein, sag guten Tag.«

Sophie blickt ihn stumm an und dreht sich wieder zu ihrer Mutter, sagt trotzig und leise: »Ich soll doch nicht mit Fremden reden.« Irena sieht zu ihm auf, entschuldigend, verzweifelt, ratlos, atmet tief ein.

»Das ist schon in Ordnung.« Hein fühlt einen neuen Stich in seiner Brust. Das Mädchen blickt ihn an, und er sieht den bösen Geist sofort. Ein Auge ist offen und freundlich. Aus dem anderen jedoch, das halb beschattet ist von einem trägen, kranken Lid, blickt ihn ein anderer an, stier und böse und durchdringend. Das Mädchen hebt und senkt den Kopf, mustert ihn von oben bis unten und verändert den Gesichtsausdruck. Langsam, ganz langsam zieht sich die Oberlippe des Kindes zurück, entblößt die obere Reihe der Zähne, und Hein kneift rasch die Augen zusammen.

Als er sie wieder öffnet, hat das Mädchen die zu große Sonnenbrille auf und eine Hand in der Hand seiner Mutter. »Papa kommt heute zum Abendessen, und wir gehen noch einkaufen«, sagt Irena Kramer.

Sophie drückt sich an sie, wendet sich ab von ihm, und Wilhelm Hein sagt mit belegter Stimme: »Rufen Sie mich gerne an, Frau Kramer, jederzeit. Wenn Sie etwas brauchen.«

Sie nickt nur, hat eine Hand auf den Hinterkopf ihrer Tochter gelegt, lächelt flüchtig. »Haben Sie vielen Dank.« Hein steigt in den Wagen. Er legt den Gurt um und bemüht sich zu atmen, ein und aus. Sie sind überall, aber er kann sich nicht um alles kümmern. Er müsste, aber er kann nicht. Er sitzt hinter dem Lenkrad, ein gebeugter, weißer Riese, lässt den Motor an und ist mitten im Fluss.

12

Am Spätnachmittag ist Kathi Bechstein nicht mehr blond. Sie hat sich eine schwarze Perücke aufgesetzt und geschminkt. Sie trägt eine unmögliche Kombination aus Jeans und einem viel zu weiten Pulli, der sie unförmig macht, der den Eindruck erweckt, sie hätte einige Kilos zu viel auf den Hüften. Das Mädchen fällt ihr ein. Kathi überlegt ernsthaft, ob sie sich von Sophie Kramer inspirieren lassen und eine Sonnenbrille tragen soll. Vielleicht für den Eingangsbereich, später nicht. Das wäre zu auffällig. Kurz legt sie sich vorm Spiegel eine Hand vors rechte Auge. Nur um mal zu sehen, wie das ist, wenn die Hälfte der Welt verschwindet. *Nicht gut, gar nicht gut.*

Sie hat noch falsche Zähne aus einer älteren Produktion, die sie probeweise anlegt. Sie verändern ihr Gesicht, behindern sie aber auch etwas beim Sprechen. Sie hat sie getragen, als sie vor drei Jahren bei den *39 Stufen* im Sommertheater alle drei weiblichen Rollen gespielt hat: die Geheimagentin (mit der schwarzen Perücke), die junge Bäuerin (mit den Zähnen) und die blonde Unschuld. Für die hat sie keine große Maske gebraucht, aber was braucht sie heute? Kathi Bechstein dreht skeptisch den Kopf, öffnet den Mund. Vielleicht ist das zu viel, gar nicht nötig. Nein, völlig übertrieben. Sie nimmt die Zähne wieder raus.

Dann läuft sie mit dem Telefon in ihrer Wohnung auf und ab und fragt Sonja, die fabelhafte Russin, ob alles klar ist so weit.

»Hast du die Karte?«

»Ja, hab ich bekommen. Muss sie nur noch ausdrucken.«

Kathi hat Sonja an dem Abend kennengelernt, an dem Jakobs Stück zum ersten Mal aufgeführt wurde, bei der Premierenparty. Sie hat ihr gratuliert, sich aber hauptsächlich für Kenan interessiert. »Was für ein Glück, dass du Zeit hast heute Abend. Und bereit bist, das zu machen. Vielen Dank.«

»Ich finde das sehr aufregend.«

»Ich auch.«

»Hey, wir zeigen's dem Wichser! Dem wird der Arsch auf Grundeis gehen, das versprech ich dir.«

Kathi Bechstein legt auf und bleibt vor den beiden Umschlägen stehen. Sie hat den Brief zweimal ausgedruckt, das Foto zweimal kopiert und ausgeschnitten und auf die Umschläge geklebt. Für den Fall, dass die Übergabe nicht klappt, so wie sie es sich vorstellt, und sie schnell eine Alternative braucht. Aber ganz zufrieden ist sie immer noch nicht, holt die Briefe aus den Umschlägen, liest sie noch mal durch. Vielleicht, denkt sie, ist das alles noch nicht deutlich genug.

Wie viel man wohl verdient, wenn man mit seinem Buch eine Ewigkeit in der Bestsellerliste steht, und zwar ganz oben? Unsummen. Ist doch klar.

Kathi setzt sich an den Computer, probiert es mit einem Zusatz. Es muss alles zusammenpassen, findet sie. Es muss zu der Rolle passen, die sie jetzt spielt. Halbheiten verzeiht kein Publikum. Das geht so nicht.

Kathi Bechstein schreibt einen neuen Erpresserbrief, und Kenan Akyüz lenkt sich ab. Er ist in Schöneberg, in der Wohnung seiner Eltern, in der es nach Tee riecht und nach japanischem Heilöl, und während Kathi löscht und korrigiert und noch mal von vorne anfängt, gibt ihm seine Mutter einen Kuss.

»Du steckst mich an«, sagt er.

»Ach was.«

Es hat sie erwischt, heftig. Sie hustet und schnäuzt sich und trinkt literweise Tee, und auf dem Tisch im Wohnzimmer stehen säuberlich aufgereiht mehrere Medikamente:

Lemocin-Halstabletten, Mucosolvan-Hustenlöser, Aspirin plus C. Trotzdem ist sie es, die zu ihm sagt: »Du siehst nicht gut aus, Kenan. Was ist los mit dir?«

»Du siehst auch nicht gut aus.«

»Na, ist doch kein Wunder.« Sie hustet.

Kenan denkt an das Mädchen und wechselt das Thema. Er erzählt seiner Mutter von Sophie.

»Da muss man doch was machen.« Sie schüttelt den Kopf. »Zustände sind das.«

»Brauchst du noch was, soll ich dir was holen?«

»Dein Vater bringt nachher Ingwer und Zitronen mit. Wir kriegen mich schon wieder auf die Beine. Und was ist mit dir?«

»Mit mir? Nichts.«

»Nichts! Von wegen! Du hast Ringe unter den Augen und bist noch dünner als sonst. Du rauchst zu viel. Wie dein Vater. Und du bist ganz nervös, das merke ich doch. So unruhig. Woran liegt das?«

»Keine Ahnung. Ich schlaf nicht gut im Moment.«

»Schlaf ist das Wichtigste.«

»Ich weiß.«

»Zeig mir mal deine Hände.«

»Was?«

»Los.«

»Nee.«

Sie nimmt eine seiner Hände.

»Du kaust an den Nägeln.«

»Oh Mann.« Er nimmt die Hand weg.

»Wenn was ist, dann redest du mit mir«, sagt Kenans Mutter. »Oder mit deinem Vater. Nein, lieber mit mir. Du sagst es mir, wenn irgendwas nicht stimmt.« Sie steht immer noch direkt vor ihm, ist genauso groß wie er.

»Ja, klar.«

»In unserer Familie spricht man miteinander. Auch über schwierige Dinge.« Nicht wie bei dem Mädchen, das zur Wahrsagerin gehen muss, wenn es Kummer hat. Das denkt seine Mutter, und er denkt dasselbe.

»Jaja«, sagt Kenan mit schiefem Grinsen. »Wir sind eine Vorzeigefamilie.«

»Ja!« Sie schaut ihn streng an, legt beide Hände auf seine Wangen. »Das sind wir auch! Eine Vorzeigefamilie.«

Sie können reden miteinander, das stimmt, aber nicht über alles. Alles geht dann doch nicht. Man kann über Jakob reden, darüber, dass er ein Freund ist, ein besonderer Freund. Aber man sollte doch nicht zu sehr in die Details gehen. Muss man auch nicht. Seine Mutter will deutscher sein als die Deutschen manchmal, aber es hat seine Grenzen, denn wenn man zu deutsch ist, kann man keine richtige Familie mehr haben, mit Kindern und Enkelkindern, und dann kann man auch nicht wirklich glücklich sein. Ein bisschen vielleicht, aber nicht so richtig. Es ist okay, findet Kenan. Man muss Welten trennen können, Theater und Wirklichkeit, Schöneberg und Friedrichshain, und man muss sich auch nicht dauernd streiten. Sich nicht dauernd alles noch schwerer machen, als es ist. Er grinst. »Komm mir nicht zu nahe. Du steckst mich an.«

»Ich hab dich noch nie angesteckt, und du mich auch nicht.«

»Weil wir eine Vorzeigefamilie sind.«

»Çok yaramazsin!« Sie gibt ihm einen kurzen, zornigen Klaps auf die Wange. Dann dreht sie sich weg, um einen weiteren Schub Krankheitserreger in ihre Faust zu husten, während Kathi Bechstein in der Danziger Straße eine Gänsehaut hat und die neuen Briefe ausdruckt. Sie haben jetzt einen Zusatz. WIR WOLLEN 10.000. ALS ERSTES ZEICHEN, DASS SIE GESCHÄFTSBEREIT SIND. Kenan

muss das nicht wissen. Kenan sitzt in einem Sessel, trinkt Tee und schaut auf sein Handy. Er hat die Beine übereinandergeschlagen und wackelt mit dem Fuß. Als er merkt, dass seine Mutter schon wieder misstrauisch wird, dass sie seinem wackelnden Fuß einen ihrer durchdringenden Ich-sehe-alles-Blicke zuwirft, hört er damit auf. *Mann, Mann, Mann*. Es ist bald so weit. Er schickt Kathi eine SMS, die sie erst später lesen und vorerst nicht beantworten wird: ICH FINDE, schreibt Kenan, WIR SOLLTEN DAS LASSEN.

13

Der kritische Zeitpunkt kommt näher, ist fast schon da. Das Blau wird intensiver, tiefer, wird dunkle Tinte, mit der sich der Himmel vollsaugt wie Löschpapier, und vor Kathi Bechsteins Küchenfenster seilt sich, wie jeden Abend um diese Zeit, eine feingliedrige, wohlgenährte Hausspinne ab. Falls sie hineinschaut in die Wohnung, kann sie vielleicht das Frühstücksgeschirr an der Spüle sehen – immer noch nicht abgewaschen –, Kathi Bechstein aber sieht sie nicht. Sie ist nicht mehr da. Kathi Bechstein sitzt schon im Bus.

Weil Abend ist, fliegen die Krähen in die Höhe. Den ganzen Tag sind sie zu zweit oder in kleinen Gruppen durch die Stadt spaziert und haben in allem herumgepickt, was weggeworfen wurde. Jetzt geben sie die Bürgersteige auf, sammeln sich in Schwärmen, ziehen ihre Kreise um die hohen Häuser und den Fernsehturm. Sie lassen sich auf Ästen nieder, sitzen wie schwarze Misteln auf den Bäumen vor der Marienkirche. Andere suchen sich ihren Platz auf den zahllosen Simsen und Vorsprüngen und Ornamenten, zwischen den Aposteln und Engeln des Doms, schräg gegenüber. Und weil zahlreiche Scheinwerfer ihn beleuchten und sie direkt vor ihnen herumflattern, sind ihre Schatten groß und dunkel. Sie fliegen auch hinüber in den Park, wo Marx und Engels stehen und zum Humboldtforum hinübersehen, über die Spree hinweg zum immer noch nicht fertig gebauten Schloss: zwei alte Männer, würdig, aber ratlos, in angelaufener Bronze. Die Krähen stoßen über ihnen ihr Geschrei aus, ihr heiseres Krächzen, das im Chor immer am eindrucksvollsten klingt. Hoch hinaus wollen sie, wenn der Abend finster wird. Sie fliegen bis zu den Baukränen, die sich nicht mehr drehen. Auch auf ihnen sind Scheinwerfer angebracht. Sie leuchten in der Dunkelheit, aber niemand schaut zu ihnen und den dicht beieinanderhockenden Vögeln hinauf. Schließlich gibt es unten auf der Straße genug zu sehen. Auch Kathi Bechstein, die direkt an ihnen vorbeifährt, hebt nicht den Blick. Sie ist an der Danziger Straße in den 200er Bus gestiegen und fährt, wie eine Touristin, quer durch die Mitte, an der Neuen Wache vorbei und über die Behrensstraße. Dann Potsdamer Platz und hinüber in den Westen, was man gar nicht merkt, da die Mauer, die früher hier stand, in wenigen Monaten genauso lang weg wie da gewesen sein wird. Es geht ziemlich langsam voran, zu langsam. Nicht nur Kathi Bechstein ist nervös, das merkt sie, alle wollen endlich ankommen. Aber hier stauen sich der Feierabend, die Touristen und die Taxis, klemmen den Bus an der Haltestelle ein, und auch das Ein- und Aussteigen nimmt kein Ende: Varian-Fry-Straße, Philharmonie, die Nordischen Botschaften und endlich die Budapester Straße. Kathi Bechstein hat eine gefühlte Ewigkeit im 200er-Bus gesessen, aber jetzt steigt sie aus.

Sonja steht schon vorm Aquarium des Zoos und nimmt das Buch entgegen, das Kathi aus ihrer Handtasche holt. Sie schütteln sich die Hand, fest und kräftig. Sonja zwinkert und sieht kein bisschen besorgt aus. Sie ist wirklich fabelhaft, Kenan hatte recht. Zum Glück. Alles Weitere später, dafür ist keine Zeit jetzt. Kathi muss sich beeilen, einen Schritt zulegen, vor ihr da sein. Aber es ist ja nur die Straße runter.

Es füllt sich auch schon langsam auf dem Platz vor dem Veranstaltungszentrum, das als hoher Kasten mit Spiegelfassade an einer Kreuzung aufragt, auf halbem Weg zwischen dem Kaufhaus des Westens und der Regenbogenkuppel des U-Bahnhofs Nollendorfplatz. Taxis fahren vor, und einige wenige Demonstranten halten Schilder in die Höhe, werden von Journalistenkameras fotografiert. Ein Kindermusical soll hier demnächst aufgeführt werden *(Der gestiefelte Kater)* und diverse Vorträge und Filmvorführungen finden statt, jeden Tag, in verschiedenen Sälen zu verschiedenen Zeiten. Ein Ort der Diskussion, an dem man nachfragen darf. In Sachen Schulmedizin zum Beispiel, in Sachen Homöopathie, in theologischen, politischen Streitigkeiten. Hier wird, im regen Austausch mit den Universitäten der Stadt, die Fahne der wissenschaftlichen Bildung hochgehalten und die des interkulturellen Austausches. Heute Abend, im größten Saal: Arvid Schönfeld mit seinem neuen Buch. Erst letzte Woche wurde die Veranstaltung hierher verlegt, weil das Kino, in dem sie eigentlich stattfinden sollte, kurzfristig abgesprungen ist.

Auf dem Bürgersteig brechen vereinzelte Sprechchöre aus, und einige Besucher schütteln empört die Köpfe. Sie möchten sich nicht als Faschisten und Rassisten beschimpfen lassen, weil sie zur Lesung eines Bestsellerautors gehen, der bis vor Kurzem noch eine allseits bewunderte Geistesgröße gewesen ist, eine intellektuelle Institution. Einige fangen sogar an, lautstark mit den zehn, zwölf Demonstranten zu diskutieren, über Demokratieverständnis und Rechtsstaat und Meinungsfreiheit und darüber, was das überhaupt ist: Faschismus.

Die Sicherheitskontrollen am Eingang fallen gründlich aus und dauern lange. Kathi Bechstein öffnet ihre Handtasche, zieht gleich die Jacke aus.

Was ist das?

»Ein Opernglas«, sagt Kathi. »Ich will ja was sehen.«

Alles klar.

Sie lächelt und tritt, nachdem sie ihre ausgedruckte Eintrittskarte vorgezeigt hat und durchgewunken wurde, ins Steinbodenfoyer. Sie nimmt sich einen Prospekt, der die nächsten Veranstaltungen ankündigt, überfliegt ihn kurz.

Dann steht sie vor den bodentiefen Fenstern und schaut hinaus. Neben den Taxis parken mehrere Polizeiwagen. Sie nimmt die Sonnenbrille ab, schaut sich um.

Kathi Bechstein trägt einen schwarzen Bob, ihre Zähne sehen nicht so aus wie sonst, und im Bauch hat sie ein gutes, kribbelndes Lampenfiebergefühl. Dabei wird sie sich im Hintergrund halten, gar nicht an die Rampe treten. Sie denkt an den Anfang der *39 Stufen*, sieht sich mit komischer Übertreibung auf die Bühne kommen, hört, wie sie zum Hauptdarsteller sagt: »Ziehen Sie die Vorhänge zu, ich werde verfolgt.«

Sie hat Sonja bereits gesehen. Sie macht große, energische Schritte. Ihre Haare sind kurz und hell. Sonja ist kräftig, sie ist forsch. Sie hat den ganzen Tag Designermöbel in einem Laden auf der Kantstraße verkauft, aber jetzt ist sie eine Mitverschwörerin. Eine, die nicht sehr viel weiß, aber doch genug, um ihre Rolle kompetent zu spielen. Hier, in diesem Augenblick, kennen sie einander nicht. Kathi trägt die Perücke der Geheimagentin und die Zähne der jungen Bäuerin und stellt erleichtert fest, dass die Türen zum Saal bereits geöffnet sind. *Jetzt aber schnell, ich will einen guten, einen passen-*

den Platz. Sie schließt sich einer Besuchertraube an, tritt in den Saal, der erst kürzlich renoviert wurde. Eigentlich auch bloß ein großes Kino: rote Plüschsitze, Reihen, die nach obenhin ansteigen, vorn die Bühne, Vorhang, Leinwand, Tisch und Stühle, noch unbesetzt. Die Leute treibt es zu den vorderen Plätzen, und mit sich nehmen sie murmelnde, aufgekratzte, kopfschüttelnde Gespräche. Kathi bleibt hinten. Dritte Reihe von oben, ganz außen. Die Handtasche stellt sie auf dem Boden ab. Jetzt dauert es nicht mehr lange.

14

In der Wohnung, oben im siebten Stock, riecht es nach angebratenem Fleisch. Sophie läuft schon die ganze Zeit zwischen der Küche und dem Wohnzimmer hin und her. Eben deckt sie noch den Tisch, dann huscht sie zurück ins Wohnzimmer und schaut nach, ob ihr Vater tatsächlich vor dem Fernseher sitzt. Ja, er sitzt immer noch da, trinkt Bier aus dem Glas – die Flasche steht daneben, auf einem Untersetzer – und schaut sich eine Sendung an, in der ebenfalls gekocht wird. Als er merkt, dass Sophie in der Tür auftaucht, blickt er auf, um sie anzulächeln. Er fragt nicht, wie sonst: »Was hast du heute gemacht?«

Weder stellt er Sophie die Frage noch ihrer Mutter, er sitzt bloß da, trinkt Bier und schaut zum Fernseher hinüber. Aber das ist schon mal viel wert, schließlich hat er seit Langem nicht mehr so ruhig in dieser Wohnung gesessen. Er war hier, alle zwei Tage etwa, aber nur kurz, für eine halbe Stunde oder eine Stunde, nicht länger. Am Samstag hat er mit Sophie sogar einen Spaziergang gemacht, aber ruhig dagesessen, als gehöre er auf dieses Sofa, in dieses Wohnzimmer, hat er schon ewig nicht mehr. Er ist zurück, glaubt Sophie. Und ihre Mutter, denkt Sophie, glaubt das auch.

»Was kochen die da?«

Ihr Vater hebt den Kopf und wendet seinen Blick wieder dem Fernseher zu. Ist überrascht. Als würde er sich selbst erst jetzt fragen, was er sich da eigentlich anschaut.

»Ich weiß gar nicht genau.«

Sophie muss ein bisschen lachen, aber nicht, weil sie seine Antwort lustig findet, sondern weil sie schrecklich nervös ist. Ihr Vater lächelt schuldbewusst, zuckt mit den Schultern.

»Sophie«, ruft ihre Mutter, »stellst du die Gläser hin?«

Sie läuft zurück in die Küche, und ihr Vater steht auf, kommt langsam hinterher. Seine Schritte sind weniger fest als sonst. »Ich hab mein Glas«, sagt er mit leiser Stimme.

»Gut«, sagt ihre Mutter. »Ich bin so weit fertig, setzt euch hin.«

Sie essen abends normalerweise bloß Brot und Aufschnitt, Käse und Fleischsalat, aber nichts Warmes. Abends wird nicht gekocht, höchstens mittags manchmal, am Wochenende. Sophie sieht, dass ihre Mutter Schweißflecken unter den Achseln hat und angespannt die Zähne zusammenbeißt, während sie die Rumpsteaks aus der Pfanne holt und auf die Teller legt, die Sophie ihr reicht, einen nach dem anderen. »Ich hoffe, sie sind nicht zu durch.«

»Bestimmt nicht«, murmelt ihr Vater.

Sophie weiß, dass er so was normalerweise nicht sagen würde. Früher hätte er in die Runde gegrinst oder einen Witz gemacht, und dann hätten sie alle gelacht. Ihre Mutter, Sophie, Finn und ihr Vater.

Was sich neckt, das liebt sich. Das hat er gesagt. Früher. Was sich nicht neckt, liebt sich aber vielleicht auch noch. Vielleicht aber auch nicht.

Ihre Mutter wischt sich die feuchten Haare aus der Stirn, und vor dem Küchenfenster wird es dunkel. Die Krähen umkreisen die hohen Häuser, setzen sich auf die Bäume und auf die Baukräne über dem Schloss. Unten brennen die Laternen, und hier oben, im Wohnzimmer, läuft noch der Fernseher. Sophie ist froh, dass da Stimmen und Musik sind, leise im Hintergrund.

»Nehmt euch Salat«, sagt ihre Mutter.

Kartoffeln hat sie keine gekocht, dafür beim Bäcker im Supermarkteingang ein Vollkornbaguette gekauft. Sie legt es auf ein Brettchen, öffnet die Besteckschublade und kramt darin herum. *Oh.*

Sophie sieht, wie die Finger ihrer Mutter tasten, wie sie Messer und Kellen anheben. Dann ziehen die Finger die Schublade weiter auf, und im nächsten Augenblick spannen sich die Schultern ihrer Mutter an. Ihr Vater hievt mit zwei Löffeln Salatblätter auf einen Teller. Sophie spürt die Röte auf ihren Wangen, als ihre Mutter zu ihr herüberblickt.

»Sophie.«

Hhm?

Ihr Vater schaut auf. »Was ist los?«

Ihre Mutter räuspert sich, lehnt sich gegen die Arbeitsplatte. »Wo ist es?«

»Was denn?« Sophies Haaransatz kribbelt, und dann die ganze Kopfhaut.

»Ich würde uns gern Brot aufschneiden.«

Sophies Vater zieht die Stirn in Falten, schaut zwischen ihnen hin und her und lässt die beiden Löffel in die Salatschüssel rutschen, wo sie zwischen den Blättern und Tomaten und Gurkenscheiben in Essig und Öl versinken.

»Ich hol's.« Sophie springt auf. Sie huscht in ihr Zimmer, hat in Windeseile den Rucksack geöffnet und das Brotmesser herausgeholt.

»Und mach den Fernseher aus im Wohnzimmer!«, ruft ihre Mutter.

Gut. Aber dann müsst ihr anfangen, euch zu unterhalten, denkt Sophie, *dann müsst ihr was sagen und reden und vielleicht lachen, denn so ohne alles, ohne Ton, kann man nicht zusammensitzen und essen.* Schon hat sie sowohl Messer als auch Fernbedienung in der Hand. Sie steht vor der Couch, auf der eben noch ihr Vater gesessen hat. Sie sieht fröhliche Leute an einem Tisch, die anerkennend die Mundwinkel verziehen, sieht Großaufnahmen von irgendwas mit Fisch und Gemüse und drückt auf den Knopf. Dann ist es still im Wohnzimmer und kalt. Sophie merkt, dass sie keinen Hunger hat. Ihr ist ein bisschen übel. In ihrem Bauch rumort es, es gluckert und drückt ein bisschen, und sie dreht sich langsam zur Tür. Tatsächlich: Sie hört, wie ihre Eltern in der Küche leise miteinander sprechen. Sie hört, wie ihre Mutter, mitten in einem schnellen, besorgten Satz, ihren Namen sagt: *Sophie.*

Dann wendet sie sich noch einmal zum Fernseher um. Sieht *ihn*.

Sie sieht Finn in der Spiegelung, schaut starr auf den Bildschirm, in dem sie sich selbst erkennt und etwas hinter sich. Da ist er, hinter ihr, auf dem Sofa, und dreht die Kissen um. Er sucht. Er sucht etwas. Ungeduldig. Wütend. Wie ein Verrückter. Dann schaut er sie vorwurfsvoll an.

Sophie denkt an Kenan.

»Du sollst mich nicht ärgern«, flüstert sie.

Sie hat das Messer in der Hand, es zeigt zitternd zum Fernseher. Sie schluckt.

»Was willst du?«, flüstert sie.

Er hat aufgehört zu suchen. Der Fernseher geht wieder an. Sophie zuckt zusammen. Sie hat immer noch die Fernbedienung in der Hand.

»Sophie!«, ruft ihr Vater.

Leise Musik, Stimmen von Menschen. Es ist so kalt jetzt, und ihr ist so übel, und diesmal geht sie bis zum Apparat – ein Schritt, noch ein Schritt –, nimmt nicht die Fernbedienung, sondern schaltet das Gerät am Knopf aus, sodass auch das kleine rote Licht verlöscht.

Aus. Das reicht.

Lass mich in Ruhe heute Abend.

Papa ist zurück.

In der Küche legt sie das Messer auf den Tisch, und ihre Eltern tauschen einen Blick. Ihr Vater nimmt es, sagt: »Ich mach das«, und Sophie setzt sich auf ihren Platz. »Ich hab irgendwie gar keinen Hunger«, sagt sie leise.

Ihre Mutter betrachtet sie misstrauisch. »Ein kleines Stück Fleisch kannst du essen.« *Du musst*, sagt ihr Blick. *Dieses Essen ist wichtig für uns, also iss.*

Dann ist es sehr still, und Sophies Kopfhaut kribbelt weiter. Die Familie ist wieder vollständig am Tisch versammelt, ihre Eltern wissen es bloß nicht. Nur Sophie weiß es, glaubt es zumindest, schaut sich zögerlich um. Wo ist er jetzt?

Ihr Vater hat das Messer in der Hand. Die Kälte sitzt Sophie im Nacken, sie möchte sie abschütteln, schaut aber bloß, wie das gezackte Messer am Brot ansetzt und zu schneiden beginnt, vor und zurück. Ihr Vater sägt, sägt eine Scheibe nach der anderen ab. Das Brot knackt. Krustenkrümel springen ab. Sophies funktionierendes Auge öffnet sich weiter, und dann macht sie es schnell zu. Sie hört das Knacken, das Eindringen des Messers. In ihrem Kopf hört sich das an, als würde die gezackte Klinge Haut und Knochen aufbrechen, aber dann liegt doch nur eine Scheibe Baguette auf ihrem Teller, und sie greift schnell danach.

»Ich schneide dir ein Stück Fleisch durch, das kleine hier«, sagt ihr Vater. Sophie nickt und beißt sich auf die Zunge.

Das Baguette ist vollständig zerteilt, also kann er das Sägemesser auch für das Rumpsteak benutzen. Damit sie ihre Portion bekommt, die, die sie essen kann. Nein. *Muss.* Sie weiß, dass der dunkelrote Saft herausfließen wird, bevor sie es sieht. Dann hat sie eine kleine, dunkle Pfütze davon auf ihrem Teller. Ihr ist jetzt wirklich sehr schlecht.

»Iss.«

Ihre Eltern sagen nichts, sie sprechen kein Wort. Sie schneiden, kauen, schlucken, essen. Sophie schaut auf ihren Teller. Es kribbelt in ihrem Nacken, den ganzen Rücken hinunter. Es kribbelt, weil sie an Finn denkt.

Sie sieht, wie ihr Vater sein Steak aufschneidet. Es ist das dickste, das schwerste Steak und deshalb auch das blutigste. Sophie weiß: Das ist kein Blut. Ihr Vater hat ihr das schon vor Jahren erklärt. Fleischsaft ist das, kein Blut, und es ist fast das Beste am Steakessen.

Aber Finn.

Finn steht hinter ihrem Vater. Er steht hinter ihm mit aufgerissenen, entsetzten Augen, mit Panik-Augen. Das sieht niemand, das sieht nur Sophie auf ihrem Platz, ihrem Vater direkt gegenüber. Und nur Sophie sieht, dass ihrem Bruder Blut über die Stirn läuft, da, wo geschnitten wurde, wo das Kreuz hineingeritzt worden ist. Nein, das ist kein Fleischsaft. Das ist Blut, Blut, das wehtut, wenn es austritt, Blut, das Schmerzen verursacht, die man sich gar nicht vorstellen kann. Aber Sophie kann es. Sie hat selbst schon schlimme Schmerzen gehabt und Blut in ihrem Gesicht und an ihren Fingern. Sie weiß, wie weh es tun kann, wenn einem Blut über das Gesicht läuft. Sie erinnert sich an den Schmerz, er ist fast wieder da. Sie schaut nicht hin, hat Besteck in der Hand, sticht die Gabel in ihr kleines Stück Fleisch, und dann sind auch schon die ersten Tränen auf ihrer linken Wange. Sie zittert und traut sich nicht aufzuschauen. Sie glaubt, Finn jetzt auch zu hören, glaubt, dass er, obwohl er ja nicht sprechen kann, hohe, schrille Laute ausstößt, weil er seinen eigenen Schmerz spürt und ihren. Finn ist ganz nah, und doch nicht nah genug. Irgendwo weit in der Ferne schreit er wie am Spieß. *Auf der anderen Seite.* Sie hört, dass er Schmerzen hat und furchtbar, furchtbar wütend ist, und sie sieht, jetzt, wo sie aufschaut, dass ihr Vater mit Heißhunger das Steak in sich hineinstopft, dass er das Blut auf seinem Teller auftunkt. Kein Fleischsaft. Es ist das Blut aus Finns Stirn, das er mit einer Scheibe Baguette an den Tellerrand schiebt, es aufsagt, in den Mund steckt. Weiter. Immer weiter. Kauen, schlucken.

Schluck, Sophie!

Iss, schluck runter. Blut und Knochen. Fleisch. *Schluck schon.*

Noch mehr blutiges Fleisch nimmt ihr Vater zwischen seine Zähne, kaut darauf herum und auf dem Blut, *Finn-Blut* ist das. Und dann kann sie nicht mehr. Sie würde ihrer Mutter gern den Gefallen tun und essen und so still sein wie ihre Eltern, weil das ja jetzt ein neuer Anfang für sie ist, ein stummer Abendessen-Anfang. Sie versteht das, versteht, dass es darauf ankommt, keinen Fehler zu machen, aber es geht einfach nicht. Der Druck in ihrem Kopf ist zu groß. Sie fängt an zu schluchzen. Laut und deutlich kommen die Schluchzer aus ihrer Kehle. Es ist ein Zitterschluchzen, so laut, dass sie sogar Finn übertönt, so laut, dass seine Schreie aus der Ferne verstummen, dass er keinen Mucks mehr von sich geben kann und endgültig verschwindet, endlich weg ist, und dann hört sie, wie ein Stuhl zurückgeschoben wird. Ihre Mutter ist bei ihr, legt beide Arme um sie und presst sie an sich, an ihren warmen, festen Oberkörper.

So an sie gedrückt, beruhigt sich Sophie. Sie bewegt zögerlich den Kopf, späht unsicher zwischen den Armen ihrer Mutter zu ihrem Vater und seinem leeren Teller hinüber.

Sie zieht Rotz hoch, der aber bereits über ihre Oberlippe gelaufen ist. Sie schmeckt Salz. »Ich kann ja nachher noch was essen vielleicht«, sagt sie nach einer Weile leise, und ihr Vater, dessen Augen nun ebenfalls gerötet sind, lächelt sie an. »Klar.« Er streckt seine Hand aus und stupst sanft mit zwei Fingern gegen ihre feuchte Nasenspitze. »Du isst, wenn du Hunger hast.«

15

Immer mehr Plätze werden belegt. Die meisten Leute sind eher um die fünfzig als um die dreißig. Sie sind weiß und grau und grimmig – kein Wunder, wenn das vor der Tür schon so losgeht –, und nun stehen sie am Rand, recken die Hälse, schauen, wo sie noch zwei zusammenhängende Sitze finden können, zeigen mit ausgestrecktem Finger und nicken ihren Begleitern zu. *Ach, nein, zu spät. Schon besetzt.* Fragen mit aufgerissenen Augen und stummen Lippenbewegungen: *Ist da neben Ihnen noch frei?* Kathi Bechstein muss die Beine zur Seite nehmen, damit die Leute in der Reihe Platz nehmen können. Die höflicheren Besucher nicken, schauen sie an. Die weniger höflichen halten den Blick zur Bühne gerichtet und strecken ihr den Hintern entgegen, während sie sich durchschieben.

Vorne, in der dritten Reihe, steht auch Hein auf, ragt über einen Meter neunzig hoch ins Publikum, lässt ein älteres Ehepaar durch. Die Frau sagt leise »Guten Abend«. Er lächelt ihr kurz zu, setzt sich wieder, dreht sich im Sitzen noch mal um, verschränkt die Hände, lässt die Knöchel knacken.

Kathi Bechstein schlägt die Beine übereinander – die Reihe ist voll – und beugt sich vor. Das Licht wird gedimmt, aber Sonjas hellblond gefärbter Hinterkopf ist in der Mitte des Saales immer noch gut zu erkennen. Achte Reihe?

Eine Moderatorin tritt auf, die wohl für irgendein Kulturradio arbeitet. Sie kommt, noch jung, mit lockigem Pferdeschwanz und energischen Schritten auf die Bühne, begrüßt das Publikum. Man sieht ihr an, dass sie fest entschlossen ist, die Ankündigung des Veranstalters wahr zu machen und kritisch nachzufragen. Sie hält sich an Moderationskarten fest, sagt mit lauterer Stimme seinen Namen, streckt die Hand aus. Und als er schließlich ins Scheinwerferlicht spaziert, entspannt, erfahren, freundlich, aber ernst, mit einem Buch in der Hand, und in den Saal hinaufblickt, ist der Applaus erst zögerlich, vorsichtig, skeptisch, und dann doch überraschend laut und ausdauernd. Er schüttelt die Hand der Moderatorin, er nickt ins Publikum, lächelt. Und während immer noch geklatscht wird, setzt er sich an den Tisch und greift zum bereitgelegten Mikrofon.

16

»Na, dann wollen wir jetzt aber auch mal was hören aus Ihrem Buch«, sagt die Moderatorin irgendwann, und Schönfeld beginnt zu lesen. Seine Stimme ist sonor und tief und beeindruckend. Er schaut oft genug auf, bewegt eine Hand ein Stück nach oben, macht Gesten, die etwas unterstreichen. Es geht um die Brüder Grimm, um ihre Suche nach dem sogenannten Volksgeist. Wie Wilhelm Grimm im Elisabethhospiz in Marburg eine Greisin aufsuchte, die berühmt war für ihre Märchen. Wie er sie dazu überreden wollte, ihm welche zu erzählen, sich an der alten Frau aber die Zähne ausbiss, weil sie sich hartnäckig weigerte. Schönfeld liest mit Hingabe. Zwischendurch lächelt er ins Publikum, holt sich Reaktionen, ein kleines Lachen hier, ein Kopfnicken dort, und beantwortet anschließend Fragen.

»Sie haben kürzlich in einem Interview gesagt, dass die Märchen uns zu unseren Wurzeln zurückführen können und dass Sie deshalb dieses Buch schreiben wollten«, beginnt die Moderatorin. »Was für Wurzeln sind denn das Ihrer Meinung nach?«

»Uns Erwachsene bringen die Märchen zu unseren kindlichen Wurzeln zurück, zu unserer frühesten Vorstellung von der Welt, von ihren Gefahren und ihren Möglichkeiten. Aber ganz konkret führen sie uns Deutsche auch zu unseren kulturellen Wurzeln. Die Welt wird unübersichtlicher, da wollen wir doch wissen, wer wir sind.«

»Sie ziehen Parallelen vom Deutschland der Romantik zu dem Deutschland von heute. Wir sprechen da von einer Zeit, in der Teile Deutschlands unter französischer Besatzung standen. Wann war das … 1810, 1812?«

»Ja, in etwa. Man fürchtete sich vor einer Überfremdung durch die französische Kultur. Durch den Erbfeind.«

»*Überfremdung*«, wiederholt die Moderatorin mit hochgezogenen Augenbrauen, lässt das Wort nachhallen. »Sie stellen das ja sehr anschaulich dar, wie die Brüder Grimm eine Märchensammlung anlegen wollten, um der französischen Dominanz etwas entgegenzusetzen, also, sozusagen *urdeutsches* Kulturgut.«

Schönfeld nickt und lächelt.

»Der Witz ist dann aber doch, dass die Grimms am Ende die Märchen aus dem französischen Barock benutzen mussten, weil sie nicht genug deutsche finden konnten. Ich meine, *Aschenputtel, Dornröschen, Rotkäppchen* … das sind alles französische Märchen, keine deutschen. Was kaum jemand weiß.

Das ist doch eine große Ironie, oder nicht? Und auch Etikettenschwindel.«

»Ja, sicher.« Schönfeld nickt eifrig. »Natürlich sind nicht *alle* deutschen Märchen eigentlich französisch, aber einige der wichtigsten, das stimmt. Es geht allerdings noch weiter. Das wird Sie freuen, glaube ich: Schauen wir genauer hin, sehen wir, dass es Versionen dieser Geschichten fast überall auf der Welt gibt. So ist das ja immer. Kulturelle Identität ist ein Konstrukt, das ist klar. Aber eben ein notwendiges. Und die Grimms haben ihr Ziel erreicht. Darauf kommt es an.«

»Worauf kommt es an? Auf einen Nationalstolz, der auf Schwindel basiert?«

»Die Menschen brauchen etwas, womit sie sich identifizieren können. Und es gibt wahrlich Schlimmeres, als sich dabei auf einen derartig reichen Schatz an Volksmärchen zu beziehen, seien sie ursprünglich französisch oder deutsch oder spanisch oder was auch immer.«

»Aber Sie beziehen das ja, wie gesagt, auch auf die Gegenwart. Sie wollen diesen Nationalstolz heute wieder zurückhaben.«

Schönfeld zuckt kokett mit den Schultern. »Warum denn nicht? Sehen Sie, wir reden so wahnsinnig gern über die kulturelle Identität der anderen, über die Identität der Migranten, der Minderheiten in unserer Gesellschaft. Nur über unsere eigene nicht. Über die Identität der Mehrheit wollen wir nichts sagen, die wollen wir auch nicht gut finden. Darin steckt ein großer Widerspruch. Das Fremde ist doch nicht automatisch das Interessantere. Es kann sehr aufschlussreich sein, den eigenen Heimatgefühlen, den eigenen Traditionen nachzugehen, auch einmal etwas über sich zu lernen, nicht immer nur über die anderen.«

»Etwas lernen, ja, natürlich. Aber, Herr Schönfeld, Sie können die Erfahrungen von Minderheiten doch nicht gleichsetzen mit der Erfahrung von Menschen, die es sehr leicht haben in ihrem Alltag, weil sie von der Mehrheitsgesellschaft nie infrage gestellt worden sind. Es ist doch selbstverständlich, dass da eine andere Sensibilität vonnöten ist, dass es da auch einen größeren Informationsbedarf gibt.«

Mehrere Menschen klatschen im Publikum, aber nicht allzu viele.

»Ich setze gar nichts gleich, genau darum geht es ja. Wissen Sie, das ist die schizophrene Grundsituation, die so viele Menschen irritiert. Einerseits wird die Differenz betont zwischen den Randgruppen und der Mehrheitsgesellschaft, andererseits aber wird permanent Vermischung eingefordert, das Hinwegsehen über eindeutige Unterschiede. Wenn ich mich mit unserer Kultur- und Kunstgeschichte beschäftige, ganz konkret jetzt mit unseren Märchen, dann deshalb, weil sie uns sagen, wer wir sind, auch *im Gegensatz zu anderen*. Die Menschen wollen sich abgrenzen können. Das ist eine psychologische Grundnotwendigkeit. Schauen Sie sich um in der Welt: Regionen besinnen sich auf ihre eigene Identität, grenzen sich ab, weil sie um ihr kulturelles Überleben fürchten, genauso machen es Staaten und Religionen. Wir haben lange geglaubt, all das auflösen und immer unwichtiger machen zu können. Aber Sie sehen doch, wozu das die Menschen bringt. Die schönen Illusionen vom Weltfrieden und der Völkerverständigung sind nicht Wirklichkeit geworden. Niemand fällt sich in die Arme, im Gegenteil, alle sehnen sich wieder nach Abgrenzung.«

»Nein, nicht alle, Herr Schönfeld.« Die Moderatorin wirft einen Blick ins Publikum. »Sie haben großen Wirbel verursacht, gerade in letzter Zeit, mit einigen ihrer Äußerungen. Weil Sie nicht nur von Abgrenzung sprechen, sondern auch von Stolz, Nationalstolz … *Kulturstolz* ist so einer Ihrer

Lieblingsbegriffe. Sie meinen damit, dass es eine Überlegenheit des Westens gegenüber anderen Kulturen gibt.«

Jemand ruft etwas, was nicht deutlich zu verstehen ist. Schönfeld kneift die Augen zusammen, schaut ins Publikum.

»Was soll es bringen, darum herumzureden«, sagt er und führt sein Mikrofon dichter an den Mund. »Wir haben im Westen, gerade in Deutschland, einen steinigen, konfliktreichen Weg hinter uns gebracht. Wir mussten unsere Lektionen lernen. Aber bitte, wir können doch froh sein, uns dabei so fortschrittlich entwickelt zu haben. Stolz sein, warum denn nicht? Natürlich können wir auch den Kopf in den Sand stecken, uns klein machen. Wir können uns auch kasteien und immer auf den Fehlern vergangener Generationen herumreiten.«

Sie hebt eine Hand. »Wenn Sie von Fehlern sprechen, was meinen Sie damit genau?«

»Sie wissen, was ich …«

»Sie reden vom Dritten Reich. Dann sagen wir das doch bitte auch. Sie finden, wir sollten nicht auf den Verbrechen der Deutschen während der Nazizeit herumreiten, *das* meinen Sie.«

»Ganz langsam. Sie wollen mich hier in eine Ecke stellen, in die ich nicht gehöre. Das haben schon andere versucht. Das ist vollkommen albern. Ich bin Historiker, wie Sie wissen. Ich bin nicht dafür, über die Vergangenheit zu schweigen, ganz im Gegenteil. Wir sollten daran erinnern, unsere Geschichte nicht vergessen, auch nicht die Verantwortung, die daraus erwächst. Da sind wir uns ganz einig, Sie und ich.«

Sie hebt die Brauen, schiebt eine Moderationskarte hinter die andere.

»Aber das hat auch eine andere Seite«, sagt Schönfeld, »eine Gefahr des Überdrusses. Wir sollten nicht Menschen, die heute in Deutschland leben und sich mit diesem Land identifizieren ... diesen Menschen sollten wir nicht das Gefühl geben, sich für Dinge entschuldigen zu müssen, die mit ihnen selbst nichts zu tun haben.«

»Aber, Herr Schönfeld, mit Verlaub, das ist doch Unsinn. Niemand verlangt, dass Deutsche sich heute entschuldigen ...«

»Nein? Es wird mit zweierlei Maß gemessen, das ist deutlich, und das macht die Menschen zu Recht wütend. Wenn Deutsche heute von ihren gewählten Politikern oder auch von den Medien fordern, dass erst einmal ihre eigenen Belange ernst genommen, dass ihr eigenen Probleme gelöst werden, bevor man sich in vorauseilendem Gehorsam um die Probleme von Zugezogenen kümmert, schlägt ihnen eine völlig irrationale Wut entgegen. Vieles darf ja öffentlich überhaupt nicht mehr ausgesprochen werden, und das hat auch damit zu tun, dass die eigene Identität permanent heruntergespielt, ja, letztlich negiert werden muss. Ich bin ja nicht der Einzige, dem das auffällt. Die Sorgen der einen Gruppe, die der Migranten, werden permanent überhöht und sentimentalisiert, die der anderen Gruppe, der deutschen Mehrheitsgesellschaft, dagegen abgewertet, lächerlich gemacht. Selbstverleugnung ist die einzig akzeptierte Haltung. Alles andere verzeiht die Öffentlichkeit nicht mehr. Die linksdominierten Medien, na ja, Sie wissen natürlich sehr gut, was ich meine ...« Er schaut die Moderatorin vielsagend an, aber sie schüttelt bloß den Kopf. »Ich gebe Ihnen ein Beispiel. Die Sexismus-Debatten, die wir führen.«

»Oh, ich bitte Sie, Herr Schönfeld.«

»Wenn deutsche Männer Frauen auf eine Weise behandeln, die wir abstoßend finden und unangemessen, dann sind wir empört, wir artikulieren das auch. Wenn Menschen mit anderer Herkunftsgeschichte dasselbe tun, ist das aus kulturellen Gründen selbstverständlich völlig in Ordnung, muss akzeptiert oder, noch besser, vollkommen ignoriert werden. Da wird nicht gefragt, was der wachsende Einfluss des Islam in Deutschland für Veränderungen mit sich bringt …«

Und dann wird es laut. Kathi Bechstein zuckt zurück, obwohl sie, dort oben, wahrlich genug Abstand hat. Auch Hein, vorne in der dritten Reihe, springt beinahe auf von seinem Sitz.

Es sind drei, nein, vier Personen, jünger, jünger als dreißig, und sie kommen rufend, schreiend nach vorn. Sie müssen sich ihre Oberteile, ihre Pullover ausgezogen haben, denn auf ihren Shirts stehen Botschaften. Der ganze Saal scheint zu erzittern, von jetzt auf gleich. Sie haben die Bühne betreten, mit starren Gesichtern, offenen Mündern, darauf konzentriert, ihre kurze Zeit so laut und deutlich zu nutzen wie möglich. Einer von ihnen reißt Schönfeld das Mikrofon aus der Hand, aber irgendwer in der Technik dreht es schon nach den ersten Silben ab, sodass die Stimme mitten im Wort knickt und abstürzt. Den Rest versteht man aber gut genug. Kathi greift zu ihrem Opernglas, richtet es auf den alten, schwergewichtigen Mann, der ganz ruhig zu bleiben scheint. Er verzieht den Mund nicht, aber sie sieht in seinen Augen etwas aufblitzen. Abscheu vielleicht? Die Demonstranten brüllen im Chor, brauchen keine Technik. In den Stuhlreihen im Saal drehen sich Köpfe. Stimmen gehen rauf und runter, werden lauter und leiser. Zuschauer erstarren, andere werden ebenfalls laut. Türen öffnen sich, Lichter blitzen, die Fotografen sind längst vor der Bühne. Eine Frau ruft: »Unanständig ist das!«, und Kathi Bechstein weiß nicht, wen sie meint: Schönfeld oder die Demonstranten.

17

Kenan ist zu nervös, um stillzusitzen. Auch zu nervös, um auf eine neue SMS zu warten. Er kaut an den Nägeln, wippt mit dem Fuß und weiß, dass er sich ablenken muss. Zur Charité wird er nicht fahren heute Abend. Jakob da liegen zu sehen, stumm in seinem Bett, würde gar nichts bringen. Kenan muss sich ablenken. An was anderes denken. Also beschließt er, sich durch die Stadt treiben zu lassen. Das kann er tun, indem er erst einmal auf der Couch sitzen bleibt. Draußen ist es schon dunkel, und er hat sämtliche Dating-Apps auf seinem Handy geöffnet. Er sammelt »Heys«. Schreibt auch ein paar. Versuchsweise. Er klickt sich durch Fotos. Er beantwortet Fragen, nur so. Fängt sich ein paar Matches ein.

Torsos und Gesichter schicken Nachrichten, und das Handy surrt, stößt Glocken- und Harfentöne aus.

Hi, wie geht's.

Na?

Hallo, der Herr.

Hey, guten Abend.

Hübscher Kerl. Feines Profil.

Hey.

How are you handsome man?

Grüß dich.

Fun?

Hey.

Was machst?

Kenan atmet tief ein, bearbeitet weiter seine Fingernägel. Er schaut sich das alles an, kann sich nicht so recht entscheiden. Aber immerhin: Es lenkt ab, das ist ja immer so. Ein Mann mit Glatze, dreiundzwanzig Jahre älter als Kenan, schickt ihm Fotos von seinem Ständer. Er betrachtet sie eine Weile, antwortet aber nicht darauf. Ein anderer schreibt: *Hey.*

Kenan schreibt: *Hey.*

Er ist nicht so naiv, wie Kathi vielleicht glaubt. Er weiß, dass Jakob andere getroffen hat. Jetzt wäre es sinnlos, es selbst nicht auch zu tun. Es muss ja weitergehen irgendwie. Zumindest muss er durch den Abend kommen. Er will gar nicht wissen, was bei der Lesung passiert. Vielleicht will er stattdessen lieber wissen, was es über den Jurastudenten zu erfahren gibt, mit dem er gestern schon gechattet hat. Wer weiß, wozu das noch gut ist. Juristischer Beistand könnte schließlich irgendwann vonnöten sein.

Na, wie geht's?, fragt der Jurastudent. Er hat Fotos von sich an Stränden in seinem Profil und eins mit Rucksack beim Wandern, irgendwo zwischen Bäumen, und zwei in Bars und eins mit nacktem Oberkörper. Er sieht nicht schlecht aus und nicht wie ein Arschloch. Er fragt: *Was machst du noch Schönes an so einem öden Montagabend?*

Kenan denkt: *Ich warte. Ich warte auf eine SMS. Weil ich erfahren will, wie meine Erpressungsgeschichte ausgeht.* Aber er schreibt:

Ich geh mit dir was trinken. Was sonst?

Der Jurastudent schickt ihm mehrere Emojis, und Kenan sitzt in der Stille des Zimmers, starrt auf das Display. Dann nickt er und seufzt und geht duschen.

18

Es ist schnell vorbei, und Schönfeld verzieht noch immer kaum eine Miene. Kathi sieht, wie er auf seinem Stuhl sitzt und bloß die Stirn in Falten legt, während andere sich darum kümmern, die Ruhestörung schnellstmöglich zu beenden. Die Moderatorin ist nicht auf ihrem Platz geblieben.

Sie ist einige Schritte zurückgetreten und hat die Arme leicht erhoben, wie zur Abwehr, obwohl die vier jungen Leute, die im Chor »Den Faschisten keine Chance« brüllen, bereits von mehreren Sicherheitsleuten zur Tür hinausbefördert werden. Hinter ihnen verlassen auch weitere Zuschauer den Saal. Mindestens ein Drittel des Publikums beendet die Teilnahme an dieser Veranstaltung. »Wehret den Anfängen!«, ruft jemand. Um Kathi herum lichten sich die Reihen, sie rückt also lieber ein bisschen weiter nach vorn, um sich weniger sichtbar zu fühlen.

Sonja schaut zu ihr herauf, sieht aber ganz amüsiert aus. Beeindruckt. *Wow, hier geht's ja richtig zur Sache!*

Das sollte sie nicht tun, sie sollte nicht zu ihr schauen. Wir kennen uns doch gar nicht. *Was machen wir jetzt? Ziehen wir es trotzdem durch?* Kathi sieht sie nicht an, richtet den Blick auf die Bühne. *Wir müssen abwarten.*

Schönfeld trinkt einen Schluck aus seinem Wasserglas, und die Moderatorin setzt sich ihm wieder gegenüber, fährt sich mit einer Hand über die Stirn. Sie betrachtet ihre Moderationskarten, als würde sie sie zum ersten Mal sehen, legt sie ab, spricht wieder ins Mikrofon. »Also, ich weiß auch nicht, wie wir da jetzt anschließen sollen.«

»Ich würde vorschlagen, wir machen einfach weiter. Unsere Gäste haben schließlich dafür bezahlt, dass wir hier miteinander reden. Über mein Buch übrigens«, sagt Schönfeld lächelnd, und mehrere Leute klatschen.

»Sie sind solche Reaktionen inzwischen gewohnt, oder?«, fragt die Moderatorin.

»Leider ja.« Er scheint sich zu entspannen. Er weiß, dass diejenigen, die etwas gegen ihn haben, gegangen sind. Geblieben sind die, die ihm zustimmen. Jetzt wird es leichter für ihn.

»Haben Sie Verständnis dafür, dass Menschen so auf Ihre

Aussagen reagieren, dass Sie Ihre Aussagen empörend finden?«

»Verständnis? Ja, Verständnis ist doch nicht schwer aufzubringen. Verständnis können wir doch heutzutage für alles haben, nicht wahr?« Er öffnet die Handflächen, schaut ins Publikum. »Was ich persönlich davon halte, von so einem Benehmen, ist etwas anderes. Ich glaube, dass das ein problematischer Weg ist. Sich niederzubrüllen, sich nicht zu Wort kommen zu lassen.«

Die Moderatorin räuspert sich, sucht Blickkontakt mit jemandem, der an der Seite steht und ihr irgendwelche Zeichen gibt. »Also …«

»Die Welt«, sagt Schönfeld, »versinkt in Aggression. Das ist es, was wir täglich erleben.«

Die Moderatorin hat noch nicht aufgegeben, aber keine Chance mehr. Sie sagt ins Mikrofon: »Und was glauben Sie, ist Ihre Rolle dabei? Warum lösen Sie solche Aggressionen aus, warum provozieren Sie sie?«

»Ich hoffe nicht, dass ich das tue. Es ist jedenfalls nicht meine Absicht.«

»Warum spielen Sie dann verschiedene Gruppen der Gesellschaft gegeneinander aus? Sie verallgemeinern, treffen Pauschalurteile und bedienen damit die populistischen Ressentiments. Sie sprechen von *den* Migranten, *den* Flüchtlingen, *dem* Islam, als ginge es nicht um einzelne Menschen. So was wie *den Islam* gibt es doch gar nicht.«

Schönfeld senkt kurz den Blick über seinem Mikrofon, bevor er unbeeindruckt fortfährt: »Das ist alles schön und gut. Sehr ehrenwert. Aber, bitte, wir können nicht nur über Einzelne sprechen, wir müssen auch über Strukturen, über größere Zusammenhänge reden. Sie haben natürlich recht, damit tun wir Einzelnen oft unrecht. Der Mensch ist nicht gut darin, jeden seiner Mitmenschen ganz individuell zu betrachten, und schon gar nicht, nur das Gute im anderen zu sehen.«

»Aber warum ist das so – und warum soll sich daran nichts ändern?«

»Wir fürchten immer noch um unser Rudel. Wir haben immer noch den Instinkt, den anderen wegzubeißen, den fremden Wolf nicht zu nah an uns heranzulassen. Es ist menschlich, nicht wahr?« Er lächelt. Kathi sieht in ihrem Opernglas seine Zähne zwischen den Lippen.

Menschlich ist, ein Wolf zu sein.

»Es klingt, als wären Sie ganz einverstanden damit.«

»Oh nein. Keineswegs. Ich mag mich nur nicht auf so ein hohes Ross setzen und von den Menschen fordern, dass sie besser sind, als sie es von Natur aus sein können. Wir alle sind den unangenehmen Gefühlen, der Missgunst, der Angst auch der Wut und der Aggression in uns ausgeliefert. Das müssen Sie zugeben: Es ist ja alles in uns, in den Besten von uns.«

Die Moderatorin schaut auf ihre Armbanduhr. »Das nehme ich mal als Eingeständnis, Herr Schönfeld.«

Er lächelt. »Bitte.«

»Sie haben bestimmt auch das passende Märchen parat. Das Märchen, das uns dabei hilft, zu verstehen, warum wir Menschen so sind.«

Er nickt. Vielleicht haben die beiden das vorher abgesprochen, vielleicht wussten sie, dass sie an diesem Punkt anlangen würden. Kathi Bechstein kommt es so vor.

»Das Böse«, sagt Schönfeld. »Wie kommt es in die Welt? Die älteste Frage vielleicht. Wieso tun die Menschen Böses? Warum sind wir nicht alle anständig und großmütig und edel?«

»Eine gute Frage, ja«, sagt die Moderatorin. »Erklären Sie es uns. Woran liegt es?«

»Es ist doch klar«, sagt er und lächelt breiter. »Der Teufel. In solchen Fällen hat immer der Teufel seine Hände im Spiel.«

19

Hein schwitzt. Seine Wangen sind gerötet, sein Puls beschleunigt. Er wischt sich die Finger unauffällig am Stoff der Hose ab, an den Oberschenkeln. Er hat den Eindruck, dass Schönfeld ganz bewusst zu ihm herüberschaut. Er sitzt ja weit genug vorn, in der dritten Reihe. Es ist auch nicht allzu dunkel, sie können einen flüchtigen Blick tauschen. Heins Mund ist trocken, er verschränkt die feuchten Finger, hört, wie Schönfeld sagt: »Es ist kein deutsches Märchen, aber ein nordisches. Ich will es Ihnen nicht vorlesen, ich will es Ihnen erzählen. Es verrät uns, wie das Böse in die Welt kam und wie das Mitgefühl aus ihr verschwand. Der Teufel kommt darin vor, aber er lässt andere für sich arbeiten, wie er das meistens tut. Er taucht in den alten Märchen öfter auf, als man denkt. Erinnern Sie sich an seine Großmutter? Und an seine drei goldenen Haare? Aber ich will Ihnen ein anderes erzählen. Es ist die Geschichte vom Spiegel, in dem alles Schöne verschwand und alles Hässliche und Schlechte hervortrat. Diesen Spiegel hat der Teufel selbst gefertigt. Es hat ihm eine diebische Freude bereitet, und das Ergebnis war eines seiner besten Werke. Jeder friedliche, liebevolle Gedanke erschien in ihm als verzerrtes, böses Grinsen, jede schöne Landschaft als verdorrte Einöde, alles Gute schlecht, alles Fromme verderbt, jede Liebe als stumpfe fleischliche Lust. Weil der Spiegel sein Meisterstück war, brachte er ihn in die Schule, um ihn seinen Schülern zu zeigen. Denn er hat eine Schule, der Teufel, in der er seine Abgesandten lehrt, wie sie die Menschen am besten verführen und verderben können. Die Schüler des Teufels, seine kleinen Unterteufel und Dämonen, all diese obszönen, bösen gehörnten Wesen waren begeistert von seinem Spiegel. Er war das Beste, was sie bisher bekommen hatten von ihrem Meister. Also nahmen sie ihn. Sie flogen mit dem Spiegel über die Erde und konnten ihr Glück kaum fassen. Endlich sahen sie die Welt und die Menschen, wie sie sie sehen wollten, auch die, die sie noch nicht verdorben hatten. Sie sahen sie so, wie sie selbst waren, und sie hielten dieses Bild für wahr. Ihr Lachen schallte über den Himmel hinab zur Erde, so laut wie nie. Die Menschen hielten inne in ihrem Tagwerk, schauten auf und sahen leuchtende Blitze zwischen den Wolken. Aber nun, da die Teufel tollkühn wurden und immer hämischer lachten, wollten sie höher in den Himmel hinauf. Sie setzten sich ein ehrgeizigeres Ziel. Sie wollten sehen, wie Gott und seine Engel *in Wirklichkeit* aussahen, wie sie sich zeigen würden in der Wahrheit ihres Teufelsspiegels. *Hinauf*, sagten sie und lachten und feuerten sich gegenseitig an. *Höher, noch höher hinauf!* Und je näher sie dem Himmel entgegenflogen, je näher sie dem Herrgott kamen, desto breiter wurde das hämische Grinsen des Spiegels und desto mehr verbog er sich. Weiter flogen sie mit ihren löchrigen, stinkenden, graugrünen Fledermausflügeln. Immer lauter lachten die Teufel und stemmten den riesigen Spiegel mit ihren spitzen Krallenklauen. Er bog sich und bog sich, schnitt seine allerfurchtbarste Fratze. Die Teufel staunten über ihren Erfolg, bis sie die Himmelspforte fast erreicht hatten. Dann wurde der Druck zu groß und der Spiegel zerbarst mit einem lauten Knall, lauter als der lauteste Donner. Die Scherben flogen über die ganze Welt, verteilten sich glitzernd und klirrend in alle Winde. Die meisten von ihnen waren nicht größer als ein winziges Sandkorn, und mit Wind und Wetter regneten und schneiten sie hinab. Unten auf der

Erde aber drangen die Spiegelscherben den Menschen in die Augen, und wen ein solches Spiegelkorn traf, der sah fortan nur noch das Schlechte in allem. Manchen wanderten die winzigen Scherben auch hinab bis ins Herz und löschten dort alles Mitgefühl aus. Und der Teufel sah es und war stolz auf den Mut seiner Schüler und lachte laut und lauter. Er lacht noch heute, weil die kleinen Scherben des Spiegels nach wie vor über unsere Welt fliegen. Es sind so viele! Noch jahrhunderte- und jahrtausendelang werden sie fliegen und den Menschen in die Augen dringen.«

Schönfeld lächelt, und im Publikum ist es sehr still.

Hein schluckt trocken und spürt sein Herz.

»Vielleicht stehen die Winde schlecht zurzeit«, sagt Schönfeld. »Vielleicht, wer weiß, hat es mit dem Klimawandel zu tun – aber Sie haben recht.« Er wendet sich der Moderatorin zu, in einer fließenden, sanften Bewegung und mit der Andeutung einer kleinen Verbeugung am Schluss. »Es gehen scheinbar viele Scherben auf uns nieder zurzeit.«

20

Kathi Bechstein studiert das Faltblatt mit dem Monatsprogramm. *Volkskrankheit Gefäßverschluss. Vom ewigen Krieg und ewigen Frieden – Kapital und Christentum. Die Reflexzonen des Menschen. Gutes Leben? Wie geht das? Goethe und die Physik seiner Zeit.* Ab und zu schaut sie auf. Schönfeld sitzt an seinem Tisch, hat vor sich eine Schlange von Menschen und signiert die Bücher, die man ihm unter die Nase hält. Jetzt ist er wieder der Großvater, ist jovial, gemütlich. Einer nach dem anderen werden die Zuschauer das kleine Treppchen zur Bühne hochgelassen und dann über die Bühnenseite wieder zurück in den Saal geleitet. Die Moderatorin steht an einer der Türen, spricht mit einem nickenden Mann im Anzug, deutet mit der Hand auf ihre Brust und schüttelt vehement den Kopf.

Sonja, mit der Kathi eben geredet hat, als wäre sie eine Fremde, der sie den Brief gegeben hat, als wäre ihr die Idee völlig spontan in den Sinn gekommen, steht in der Schlange, die weniger lang ist als gedacht. Kathi sieht ihren Hinterkopf, die kurzen Haare. Noch vier Leute sind vor ihr dran, aber Schönfeld macht den Eindruck, als würde er die Unterschreiberei jeden Augenblick abbrechen wollen. *Nicht jetzt bitte, nicht so kurz vorm Ziel*, denkt Kathi und wendet das Faltblatt.

Er unterschreibt, führt seinen Stift über hingehaltene Seiten, sagt »Bitte schön«. Einen guten Meter hinter ihm steht ein Security-Mann, ein grimmiger Schrank mit muskulösen Armen. Kathi kneift die Augen enger zusammen. Sonja geht das Treppchen hoch, ist endlich an der Reihe. Sie lässt sich ihr Buch signieren, bedankt sich. Und dann reicht sie ihm den Umschlag.

Kathi weiß, was Sonja sagt, zumindest in etwa. »Eine Frau hat mich eben gebeten, Ihnen das zu überreichen. Sie konnte nicht mehr bleiben. Probleme mit dem Babysitter oder so. Sie meinte, Sie würden sich bestimmt freuen. Es ist von einem Freund, Sie wüssten schon.«

Der Umschlag liegt vor ihm auf dem Tisch, und Kathi kann nicht widerstehen. Sie führt das Opernglas an die Augen, sieht Schönfelds Gesichtsausdruck, als er das Foto von Jakob auf dem Umschlag bemerkt.

Der Security-Mann greift nach dem Brief, aber Schönfeld reißt ihn zurück. *Weil er es weiß.* Weil er weiß, dass es keine Bombe ist. Weil er weiß, was drinsteht.

Kathi schluckt, beißt sich auf die Lippen, unterdrückt ein

Grinsen. Wo ist Sonja? Nicht mehr in der Schlange. Nirgends zu sehen, auch nicht im Saal. Hoffentlich beeilt sie sich.

Schönfeld spricht mit seinem Bodyguard, und Kathi macht ein paar Schritte Richtung Tür. Sie sieht, wie Schönfeld den Anzugträger zu sich winkt, der sich immer noch im Gespräch mit der Moderatorin befindet. Er wird das jetzt abbrechen, nicht weiter signieren. Die Show ist vorbei. Kathi Bechstein geht mit großen Schritten durch das Foyer Richtung Ausgang.

21

Hinter der Bühne, in einem Raum mit grünstichiger Neonbeleuchtung, stehen Wasserkaraffen, Gläser und eine Schale mit Obst sowie ein Espressovollautomat und mehrere Menschen, die sich rechtfertigen und entschuldigen wollen. Schönfeld ist wütend. Er hat große Augen. Und, wie so viele alte Männer, große Ohren und große Hände. Er sieht ganz anders aus als eben noch auf der Bühne. Der Großvater hat die Fassung verloren, und alle ziehen die Köpfe ein. Nur seine eigenen Leute nicht. In einer Ecke sitzt ein noch junger Mann auf einem Stuhl, mit fahlem Gesicht und trüben Augen, hat eine flache Aktentasche aus grünem Leder auf den Knien und blickt gleichgültig in den Raum. Einer der Verlagsangestellten tritt von einem Bein aufs andere, und irgendjemand sagt: »Wir haben uns das auch anders vorgestellt.«

»Und wo haben Sie überhaupt diese Moderatorin aufgegabelt? Eine Unverschämtheit war das, eine Zumutung!« Schönfeld ist laut und heftig. Dann macht er ein paar Schritte durch den Raum, winkt den Personenschützer zu sich, den er selbst mitgebracht hat. Hinter ihm werden Schultern gezuckt, ratlos und peinlich berührt, und Schönfeld packt in der Zimmerecke den kräftigen Arm seines Angestellten. »War er hier? Der Türke?«

Der Sicherheitsmann schüttelt den Kopf. »Aber die Schwester.«

»Die Schauspielerin?«

»Ja. Sie hatte sich verkleidet, dadurch ist sie mir sofort aufgefallen. Schwarze Perücke.«

»Wer war die Dicke? Ist sie mit der zusammen hergekommen?«

»Ich glaube nicht. Hab ich vorher nie gesehen. Wahrscheinlich stimmt die Geschichte. Metzer hat sie am Ausgang abgefangen, und sie hat sich tierisch aufgeregt. Scheint 'ne Russin zu sein. Die Bechstein hat ihr den Brief gegeben, irgendwann bevor sie sich in der Schlange angestellt hat.«

Schönfeld beißt sich auf die Lippe, atmet schwer, starrt vor sich hin, überlegt.

»Herr Schönfeld?« Von der Tür her, eine dieser entschuldigenden Stimmen.

»*Was?*« Keine Frage, ein *Donner*. Man meint, die umgedreht auf dem Tablett stehenden Wassergläser klirren zu hören.

»Hier möchte jemand zu Ihnen. Hat das seine Richtigkeit? Der Herr sagt, er wäre ein Freund von Ihnen.«

Schönfeld erstarrt, spürt Kathi Bechsteins Erpresserbrief wie einen Pfeil, der sich durch die Sakkoinnentasche in seine Brust bohrt. Und dann sieht er den Mann, der den Kopf einziehen muss, um in das Hinterzimmer zu treten.

Ach Gott, den hatte ich ja ganz vergessen.

»Guten Abend«, sagt Propst Hein. Er ist verlegen, hat

Schönfeld gewiss brüllen hören. Nun durchquert er den Raum, nickt mit dem Kopf, zieht ihn aber auch immer noch ein Stück weit ein. Bei über eins neunzig wahrscheinlich eine Angewohnheit.

»Du sagtest, ich sollte einfach hinter die Bühne kommen. Und ich wusste nicht ... es ist ja schon spät.«

Schönfeld schüttelt ihm die Hand. »Ja, ja, natürlich. Schön, dass du da bist.«

Hein nickt und lächelt, und Schönfeld lässt seinen Blick von einem zum anderen wandern. Immer noch kocht hinter seinen schmal gewordenen Augen die Wut. Er tritt auf den jungen Mann zu, der auf dem Stuhl in der Ecke sitzt, und reicht ihm wortlos den Brief aus seinem Sakko. Kathi Bechsteins Schreiben verschwindet in der Aktentasche aus grünem Leder, deren Reißverschluss sorgfältig zugezogen wird.

»Wir gehen jetzt erst mal was essen«, sagt Schönfeld zu Hein. »Ich habe furchtbaren Hunger.«

»Soll ich mich um einen Tisch kümmern?«, fragt einer der Verlagsleute, aber Schönfeld schüttelt schon wieder den Kopf. »Sie können sich jetzt alle noch einen schönen Abend machen.« Das ist kein freundliches Angebot, im Gegenteil. »Ich gehe jetzt mit meinem alten Freund etwas essen, nur wir zwei. Wir haben viel zu bereden.«

Hein lächelt, möchte sich entschuldigen, aber Schönfeld führt ihn zurück zu der Tür, durch die er eben gekommen ist. Der Schrank mit den muskulösen Armen geht ihnen voran, durch einen Gang, durch noch ein Zimmer und zu einem hinteren Ausgang, vor dem ein Wagen wartet.

»Bitte, nach dir.«

Sie nehmen hinten Platz, nebeneinander. Schönfelds Kiefer malmen. Er schaut aus dem Fenster auf die Straße, und Hein redet: »Mich hat das sehr beeindruckt, wie du das gemacht hast heute.«

Schönfeld zuckt nur mit den Schultern, runzelt die Stirn, stiert aus dem Fenster.

»Diese Geschichten, die Geschichte vom Spiegel … von den Teufeln.« Hein unterbricht sich, schaut in Schönfelds abgewandtes, strenges, unfreundliches Gesicht. »Ich muss dir etwas Wichtiges sagen, Arvid.«

Schönfeld schüttelt den Kopf, winkt ab. »Später, dazu ist später noch Zeit.«

»Ich weiß nicht.« Hein faltet die Hände im Schoß, um die Nervosität in den Griff zu bekommen. Er schaut auch auf die Straße, aber er sieht nur Häuser und Lichter und andere Wagen und kann sich nicht beherrschen. »Ich brauche deinen Rat, Arvid.«

»Ja, ja, *später*.«

Der Wagen hält an einer Ampel, und Hein zählt Sekunden. Er rückt noch ein Stück näher. Als der Wagen weiterfährt, sagt er leise: »Ich habe wieder angefangen.«

Schönfeld rührt sich nicht. Sein Blick geht auf die Straße, hinaus auf den Savignyplatz. Dann erst richtet er ihn auf Hein, der ihn groß anstarrt, mit hochgezogenen Brauen und wässrigen blauen Augen. Schönfeld räuspert sich. Dann sagt er: »Ich weiß.«

22

Das Mädchen liegt im Dunkeln, unter der Decke, dreht den Kopf, kneift die Lippen fest zusammen, und nur die Stoffgiraffe beobachtet es dabei. Sophie schläft, sie träumt von Finn. Er ist zurück. Blass, bläulich, kaum zu erkennen. Als sie ihn ruft, reagiert er nicht. Finn streift durch die Wohnung, und sie kommt kaum hinterher. Sie folgt der Kälte, die er in jedem Raum hinterlässt und die sich nur langsam wieder auflöst. Er hebt Sofakissen, öffnet Schränke. Er schaut sie an. Finn sagt: *Hilf mir suchen.* Und gerade als sie nachfragen und etwas einwenden will, ist da etwas anderes, etwas Lautes, etwas, das nicht passt. Etwas Fremdes. Finn hebt den Kopf, er verschwindet, und Sophie schlägt ihr linkes Auge auf. In ihrem Bett liegt sie und wacht auf, weil die Stimmen ihrer Eltern lauter werden, drüben im Schlafzimmer.

Was ist da los?

Alles geht immer noch durcheinander.

Es ist dunkel.

Aber …

Jetzt, ja, jetzt.

Jetzt fällt ihr etwas ein.

Etwas, was sie gesehen hat in jener Nacht. Etwas, was sie vergessen hatte.

Etwas Wichtiges.

23

Noch sind sie leise. Das Kind schläft, und darauf nehmen sie Rücksicht. Irena macht das Deckenlicht an und schließt die Tür. Robert hat lange nicht mehr in diesem Bett geschlafen, das sich hell und groß vor ihm ausbreitet. Schon über eine Woche ist es her.

Irena geht zum Fenster, zieht die Vorhänge zu, schaltet die Nachttischlampen ein, erst ihre, dann seine. Sie nickt ihm zu, damit er das große Licht ausmacht. Na schön.

Sie lächelt nicht, ist sehr ernst. Sie hat ein Glas Wein getrunken, um ihm bei seinem Bier Gesellschaft zu leisten.

Aber ihre Medikamente hat sie trotzdem genommen. Das verträgt sich nicht gut miteinander.

»Du wolltest mit mir reden«, sagt er.

»Lass uns morgen reden, ich kann nicht mehr.«

Er schüttelt den Kopf. Er will nicht bleiben, und das sieht sie ihm bestimmt an. Sie sind wie der Alkohol und die Tabletten, sie vertragen sich nicht gut, machen einander in kürzester Zeit müde und gereizt.

Er schaut sich im zu engen Schlafzimmer um. Irena hat die Tür hinter ihm zugemacht, hat sich auf die Bettkante gesetzt und mustert ihn von Kopf bis Fuß. Sie hat diesen strengen, erwartungsvollen Blick, die großen Augen, den dünnen, zusammengepressten Mund. Sie hat ihn in eine Zelle gesperrt und erwartet, dass er das akzeptiert. Er seufzt, fährt sich mit der Hand über Stirn und Augen.

Er sollte nicht hier sein, hätte es nie sein sollen, von Anfang an nicht. Nicht mit ihr. Früher, vor Irena, haben sie in einer anderen Wohnung gelebt, haben ein anderes Leben gehabt, er und Sarah und Finn. Es ist nicht Irenas Schuld, es ist seine.

Robert Kramer setzt sich auf den Stuhl in der Ecke, neben dem Kleiderschrank, und betrachtet seine Füße in den dunklen Socken. Von oben betrachtet sehen sie zu klein aus und fehl am Platz. Er wird sich Schuhe anziehen und weggehen.

Irena hat ihre Bluse hochgekrempelt, schon vorhin, und er bemerkt die Sommersprossen auf ihren angespannten Armen, dunkle, auf der Haut ausgeschüttete Flecken. Ihre Wangen sind gerötet.

Robert Kramer senkt schon wieder den Blick, dann macht er kurz die Augen zu.

Sie alle würden die Geschichte ihrer Familie anders erzählen, mit anderen Worten. Sie würden sich an andere

Dinge erinnern, einen anderen Anfang wählen und ein anderes Ende. Robert Kramer weiß genau: Irenas Geschichte ist nicht seine, und Sophie würde etwas anderes erzählen als der Junge, wäre er noch hier.

Robert Kramers Geschichte beginnt in einer anderen Zeit. In diese Zeit führen ihn seine Gedanken, immerzu und ständig, obwohl sie schon so lange zurückliegt. Würde man ihm sagen, hundert – ach was, *zweitausend Jahre* – ist das schon her, er würde es glauben. Er ist noch so jung gewesen damals, und nun hat er das Gefühl, von Tag zu Tag zu altern, in Rekordgeschwindigkeit. Er betrachtet sich im Spiegel und glaubt nicht, was er vor sich sieht. Fahl ist er, alt und müde, mit schütterem Haar. Wenn alles so weitergeht, ist er Ende nächster Woche ein Greis, geht an Krücken, kommt keinen Schritt mehr voran.

Mit Sarah ist es leicht gewesen, glücklich zu sein, wenn auch nur für eine kurze Zeit. Er war ein anderer damals. Mit ihr zusammen hat er sich stark gefühlt. Es war einmal. Sie steht ihm vor Augen, dunkelhaarig und ausgelassen, sie tanzt. Sarah ist jung, sie lacht viel und ist manchmal zu laut. Sie läuft davon, lässt sich von ihm einfangen. Wenn sie sich küssen, ist es die schönste und selbstverständlichste Sache der Welt. »Wir halten zusammen«, hat er gesagt, als es schwierig wurde. Als es schwierig wurde, ist er nicht gegangen. Damals ist er geblieben, obwohl es wehgetan hat.

Er sieht sich mit Sarah in ihrem gemeinsamen Garten sitzen, eng umschlungen, am Abend. Sie beobachten, wie die Vögel in den Bäumen hocken, wie sie davonfliegen, und dann küssen sie sich. Trotz all der Parzellen um sie herum ist der Garten eine Welt nur für sie beide, mit einem großen, offenen Himmel darüber, der immer dunkler wird, aber nirgendwo endet. Sie sitzen zwischen den Sonnenblumen, den Obstbäumen, sie liegen auf der Wiese, sie gehen in die

Laube und ziehen sich aus. Unbeschwert, heftig, fast rücksichtslos dringt er in sie ein. Sie sind wieder mal zu laut. Er drückt sie an sich, als es schon dunkel ist, ganz, ganz fest, sagt in der Mulde zwischen ihrem Ohr und ihrer Schulter: »Ich lass dich nie mehr los.« Sie lacht, als würde sie ihn nicht ernst nehmen. Aber er hält sein Versprechen. Er lässt sie nie mehr los. Er hat sie immer noch nicht losgelassen.

Sie wollen nicht heiraten, müssen es auch nicht. Sie wollen aber eine Familie sein. Sarah wird lange nicht schwanger, obwohl sie es darauf anlegen. Sie möchte gern ein Kind, unbedingt sogar. Sie ist unruhig, hat dieses komische Gefühl, das einen manchmal überfällt, wenn man glücklich ist: Wer weiß, wie lange noch? *Wir sollten uns beeilen. Komm, wir versuchen es noch mal.* Endlich sitzt sie vorm Klo am Morgen, die Knie auf den Fliesen und kotzt in die Schüssel. Er ist besorgt und angewidert, sie aber sieht zufrieden aus, nachdem sie sich Wasser ins Gesicht gespritzt und sich abgetrocknet hat. Hoffnungsvoll. Na also.

Der Arzt sagt: *Sie sind schwanger*. Pause. *Und da ist noch was. Ich fürchte*, sagt der Arzt, *ich habe schlechte Nachrichten.*

Man muss sich entscheiden. Es gibt Therapien, und die sind durchaus Erfolg versprechend, aber nicht alle sind harmlos. Sie greifen den Organismus an, manche werden das Kind gefährden. Dass Sarah sagt, *im Zweifelsfall für das Kind*, kann Robert nicht nachvollziehen, denn er kennt das Kind noch nicht. Sarah kennt er, und es ist wichtig, dass sie ihm nicht verloren geht. Aber er nickt. »Wir halten zusammen.« Er verspricht es ihr, er sagt: »Ich lasse dich nicht los« und »Wie du willst«, und am Ende muss er die Rechnung dafür zahlen.

Er hat einen Sohn, einen gesunden, mit dunklem Flaum auf dem Kopf, der kräftig weint und schreit und das Gesicht verzieht und instinktiv zupackt, einen Sohn, der essen will und trinken und groß werden und leben. Einen Sohn, der seiner Mutter immer ähnlich sehen wird. Nicht ihm, sondern ihr. Sarahs Sohn nimmt zu, und Sarah nimmt ab. Sarah hält nicht mehr lange durch. Finn bleibt, Sarah geht, und Robert Kramer stellt in ihrem Garten ein kleines Holzkreuz unter einen der Bäume. Heiliger Boden.

Niemand kann von ihm erwarten, dass er aus dieser Traurigkeit alleine herausfindet. Robert Kramer hat die eine Hälfte einer Familie, hat Sarahs Sohn und all seine Erinnerungen, die ihn anspringen und zu Boden drücken von früh bis spät.

Irena hat auch viele Erinnerungen an Sarah, hat sie gut gekannt und ist in dieser ersten Zeit ein großer Trost. Irena redet mit ihm über Sarah, sie hilft ihm mit dem Kind, das in die Windeln scheißt und schreit, ihm auf die Schultern kotzt und ihn hilflos und wütend anschaut, weil er nicht genügt.

Robert Kramer ist ein Egoist, vielleicht, vielleicht aber auch nur ausreichend verzweifelt. Überfordert ist er, zu jung, hat Kraft, die er nicht gebrauchen kann. Außerdem: Was weiß er schon von kleinen Kindern? Irena ist Sarahs Kollegin, sie haben beide in der Gärtnerei gearbeitet, sind viel ausgegangen zusammen, und irgendwann sagt Irena: »Sie hätte das gewollt. Sie hat es mir einmal gesagt. Sie hat gesagt: Kümmere dich um ihn, kümmere dich um Robert.« Das Schlimme ist: Er weiß, dass sie lügt.

Was Sarah in Wirklichkeit gesagt hat, was sie zu ihm gesagt hat: *Erzähl meinem Sohn von mir. Zeig meinem Sohn Bilder von mir. Ich will, dass er an mich denkt.* Robert Kramer weiß, wie Sarah früher über die hübsche kleine Polin geredet hat, wie abfällig manchmal, wie gehässig, sie weiß auch, wie eifersüchtig Sarah war bis zum Schluss. Sie hätte niemals zu Irena gesagt: *Kümmere dich um ihn.* Aber es ist eine bequeme

Lüge, eine, die sie erzählen können, immer weiter. Sie erzählen sich diese Lüge gegenseitig, und sie erzählen sie allen anderen, die vorsichtig und mitfühlend nachfragen.

Irena ist schön, schöner als Sarah. Aber anders natürlich. Sie springt und tanzt nicht, sie ist ernster, hält sich zurück und am Rand. Sie albert nicht herum, macht keine Witze und feiert nicht. Sie beobachtet und grübelt, schützt ihre Zerbrechlichkeit vor der Welt und hat einen ernsten Mund mit dünnen Lippen, die nicht oft lächeln. Aber wenn sie es tun, sehen sie kostbar aus und etwas spöttisch und umwerfend. Sie spricht sehr schnell, spricht in fehlerlosem Deutsch über ihren Akzent hinweg, den er gerne hört, und sie ist bereit, die Verantwortung zu übernehmen für sein Leben und das seines Sohnes. Sie kann dafür sorgen, dass Robert und Finn durchkommen, nicht vor die Hunde gehen. Sie kann dafür sorgen, dass er das Kind nicht abgeben muss, dass sich nicht das Jugendamt um Finn kümmern muss und, ganz nebenbei, auch er selbst nicht allzu viel. Sie gibt ihm die Chance, dabei zuzusehen, wie der Kleine aufwächst und beginnt, seiner Mutter immer ähnlicher zu sehen. Das ist gut.

»Ich liebe dich«, sagt Irena. Robert antwortet: »Ich liebe dich auch.«

Sie möchte heiraten, und das tun sie. Irena schwanger. Was ist das für ein schöner Gedanke: die zweite Chance! Diesmal wird es gut gehen.

Er weiß, dass sie ihn benutzt, und er benutzt sie auch.

Und mehr, denkt er damals, hat das Leben jetzt sowieso nicht mehr zu bieten. Mehr, denkt er, wäre zu viel verlangt.

Ein Fehler ist das gewesen, ein furchtbarer Fehler, und wenn er sich nun daran erinnert, in der Schlafzimmerecke, neben dem Kleiderschrank, in diesem Gefängnis, hasst er sich, weil ihm einfällt, wie schnell er einen Ersatz akzeptiert hat für einen Menschen, dem er versprochen hat, niemals loszulassen. Er hasst sich dafür, nicht stark genug gewesen zu sein, um allein mit seinem Sohn zu verzweifeln. Dafür hätte er nicht noch zwei weitere Menschen gebraucht.

Es ist in Ordnung, sich selbst zu hassen. Es ist nicht in Ordnung, Irena zu hassen. Es ist nicht in Ordnung, so wütend zu sein, nicht nur auf sich selbst, sondern auch auf sie.

»Was ist denn los mit Sophie?«, fragt er. Lieber reden jetzt, es hinter sich bringen.

Irena schaut zu ihm herüber und massiert sich eine Wade: »Was mit ihr los ist? Meinst du das ernst?«

»Was wolltest du mir erzählen?«

Sie braucht einen Augenblick, in dem sie stumm auf der Bettkante sitzt, mit der Hand noch auf der Wade. »Sie geistert nachts durch die Wohnung, führt Selbstgespräche, räumt die Küchenschränke aus. Sie läuft mit dem Brotmesser in der Gegend herum. Du hast es doch gesehen.«

Er nickt. Wartet auf die Fortsetzung. Das ist noch nicht alles.

»Sie hat Geld aus meinem Portemonnaie gestohlen heute Morgen. Nicht zum ersten Mal.«

Er schüttelt den Kopf. »Das glaube ich nicht.«

Sie schaut ihn bloß an. *Das dachte ich mir*, sagen ihre Augen.

Er fragt: »Warum sollte Sophie Geld stehlen? Was soll sie denn damit machen?«

»Sag du es mir.«

Er seufzt. Die Wut rumort in seinem Inneren, er will aus dem Stuhl aufstehen. Seine Füße wollen Schuhe. Sie wollen gehen. Wollen weg.

»Angeblich war sie bei so einer Frau, bei einer Wahrsagerin.«

Er schaut nur, groß und fragend.

»Ja, angeblich hat diese Frau mit …«

Nein, nein. Was ist das für eine Geschichte?

»Diese Frau hat angeblich mit Finn gesprochen. Mit seinem *Geist.*«

»Hör auf«, sagt er.

»Du bist ihr Vater. Was meinst du? Was sollen wir da machen?«

Keine Antwort, dazu kann er jetzt nichts sagen.

»Es wäre besser, Sophie würde nicht mit fremden Leuten reden. Sondern mit *mir*«, sagt Irena. »Oder …«

Nein, nein. Hör auf.

»Mit dir.«

»Kann sie doch.«

Ach ja?

Irena steht auf. Auch wenn sie steht, ist sie nicht groß, vor allem, wenn sie keine Schuhe trägt. Sie ist zart, noch zerbrechlicher als früher. Auch sie wird jetzt jeden Tag um viele Monate älter. Es kommt ihm jedenfalls so vor. Aber er schaut lieber nicht zu genau hin.

»Du hast doch gesehen vorhin, wie sie reagiert. Und wie gut es ihr getan hat, dass du da warst, dass du geblieben bist. Sie weiß, dass das so nicht richtig ist.«

Irena steht vor ihm, und fast lächelt sie. Als würde sie ihn verstehen. Ihm ein Angebot machen. Was? *Vergebung etwa?*

Er schaut sie an und sieht, dass sie sich irrt. Sie glaubt, er sei hier mit ihr ins Schlafzimmer gekommen, weil er es sich anders überlegt hat. Sie glaubt, er wolle es noch mal probieren. Aber das will er nicht. Er will bloß seine Schuhe anziehen. Er will seine Sachen holen aus dem Schlafzimmerschrank, die letzten, die noch hier sind, will raus aus dem Gefängnis. Er hat eine neue Wohnung. Ein kleines Zimmer, das ihm aber viel, viel größer vorkommt als dieses hier. Irena hat die Gardinen zugezogen, und er bekommt keine Luft.

Sie steht vor ihm und legt ihm eine Hand auf die Stirn, als hätte er Fieber. Ihre Finger fahren an seinem Gesicht hinab, und er spürt an ihrer Hand, wie rau seine Haut ist, Haare, Stoppeln. Leder. Sie legt ihm die Hand um den Hals, zieht ihn an sich, zieht sein Gesicht an ihren Bauch.

»Sophie braucht ihren Vater«, sagt Irena.

Sie hält ihn, wie sie vorhin ihre Tochter gehalten hat. Sie ist eine Mutter. Wäre er ihr Kind, wäre es einfacher. Natürlich hat sie recht. Sophie braucht ihn, und Irena braucht ihn, und er braucht Irena und Sophie. Robert Kramer versucht, mutig zu sein, aber auf die falsche Art. Mutig ist er, indem er versucht, etwas zu tun, was er nicht will, was ihm aber anständig und richtig vorkommt, obwohl es unanständig ist und falsch. Er greift unter ihre Bluse, berührt ihre Brüste und geht mit ihr zum Bett hinüber. Das sind Bewegungen, die man machen kann, weil man sie oft gemacht hat, immer wieder. Er öffnet seine Hose und fragt sich, ob er es hinbekommen wird. Es kann nicht funktionieren, wenn er sich das fragen muss, ganz gleich, wie oft sie es getan haben in all den Jahren. Die kleine Frau mit den schmalen, ernsten Lippen knöpft ihre Bluse auf. Sie lächelt nicht. Was hier passiert, ist etwas Ernstes. Sie hat überall Sommersprossen, ihr ganzes Dekolleté ist voll von diesen braunen und rötlichen Punkten, vielleicht, denkt er, sind es inzwischen Altersflecken oder Hautkrebs. Irenas Körper wird aufgezehrt von diesen Flecken, und Robert fallen die Haare aus. Sie werden Greise sein. Bald. Er zieht seine Hose herunter und ihre auch, und er greift, bevor sie es tun kann, in seine Boxershorts, weil er sich nicht sicher ist, ob sich da was tut. Es tut sich was, aber nicht genug. Er riecht sie, riecht ihren vertrauten Geruch. Haut auf Haut funktioniert. Fast immer. Nein, sie sind noch keine Greise, sie sind jung und haben eine Zukunft.

Sie zieht ihn an sich.

Sie atmet schwer.

Sie sagt: »Du bleibst hier heute Nacht.«

»Irena.«

»Was?«

Ungeduld. Ganz oder gar nicht. *Los jetzt!* Ihre Augen stechen, sind hell und nahe an seinen.

Böse.

Sie schaut ihn an mit bösen Augen. *Was ist denn jetzt, wird's bald?*

Er kann ihr diesen Gefallen nicht tun. Auch nicht ein letztes Mal.

Er sagt es nicht, aber sie versteht es, und das merkt er. Irena verkrampft sich von einer Sekunde auf die andere, wendet das Gesicht ab. Sie ist nicht bloß gekränkt, es ist mehr als das. Sie will nicht, dass er ihr einen Gefallen tut, sie will, dass er es will.

Das geht nicht.

»Okay«, sagt sie und knöpft sich die Bluse wieder zu. Einen Knopf nach dem anderen. Die Knöchel ihrer Hände treten weiß und spitz hervor, und man sieht ihre Kieferknochen arbeiten.

Er steht auf, zieht die Hose wieder hoch, schaut auf sie hinunter. Ihre Wangen sind sehr, sehr rot, und ihre Augen stechen.

»Was willst du hier denn eigentlich, wieso bist du überhaupt gekommen?« Leise Fragen, wie zu sich selbst, nicht zu ihm.

»Ich habe mir eine Wohnung genommen«, sagt er.

Sie schaut zu ihm auf. »Ich denke, du schläfst bei Sebastian?«

»Das geht jetzt bald nicht mehr.«

»Du hast eine andere. Eine andere Frau.«

Was für ein blödsinniger Satz. Er wünschte, sie würde so was nicht sagen.

»Nein, hab ich nicht.«

»Okay, also nicht *eine* andere. *Viele* andere.«

Die Wut. Er atmet mehrmals. Sagt: »Kommt der Sache schon näher.«

»Dir ist das alles egal.«

»Nein.«

Sie ist auf den Beinen, trägt die knittrige Bluse über ihrem Slip, kommt auf ihn zu. Viele Schritte braucht sie nicht. Das Schlafzimmer ist eine Einzelzelle. Viel zu eng für zwei Gefangene.

»Es ist deine Schuld, das ist alles *deine* Schuld«, sagt sie, immer noch leise, aber mit einer heiseren Stimme, die ihm Angst macht. Sie hält ihn am Arm fest. »Es ist deine Schuld, dass der Junge so geworden ist. Es ist deine Schuld, dass Sophie stiehlt und Gespenster sieht. Dass sie mit Fremden über uns redet.«

»Klar.« Die Wut stülpt sich über die Angst, seine Stimme stockt, jedes Wort wird nickend herausgepresst. »Natürlich. *Ich* bin schuld.«

»Weil du nicht da bist.«

»Ja. Klar.«

»Weil's dich einen Scheißdreck interessiert, wie es uns geht.«

»Genau.« Immer mehr Wut. »Interessiert mich einen Scheiß, natürlich, so ist das.« Er nickt, nickt noch mal, kann sich schwer beherrschen, spürt seinen Körper, seine Arme, seine Schultern. »Du weißt, was in mir vorgeht, immer. *Du* weißt alles, ganz genau.«

»Ja, ganz genau. Weil du denkst, das ist alles nur dir passiert und nicht uns.«

Halt den Mund jetzt.

»Ich hab heute übrigens auch mit jemandem gesprochen. Über dich«, sagt sie, dichter bei ihm.

Halt den Mund, Irena, halt deinen Mund, verdammte Scheiße. Halt den Mund, Irena.

»Mit einem Pastor habe ich gesprochen.«

»Was?«

»Mit wem denn sonst? Mit wem soll ich denn sprechen? Der hat mir zugehört. Und schöne Reden hat der gehalten! Das hättest du mal hören sollen, was der alles gesagt hat. Wie rührend das war! Ach was, Ihr Mann, dem sind Sie doch wichtig, der wird sie doch nicht im Stich lassen, meinte der.« Sie lacht ihm ins Gesicht, heiser, und dann ist ihre Stimme hoch und schnell und überstürzt sich. »Ich musste ihm sagen: Das hat er schon, mein Mann, das hat er schon vor langer, langer Zeit.«

»Hör auf, Irena!« Diesmal sagt er es, und er sagt es laut. Er sagt es so laut, dass es auch im Rest der Wohnung zu hören sein muss, aber anders geht es jetzt nicht mehr.

»Weil mein Mann«, sagt Irena jetzt auch sehr laut und immer noch zu nah an ihm und mit aufgerissen Augen, »weil mein Mann sich nur für sich selbst interessiert.«

»Irena …«

»Nein, stimmt, vielleicht auch noch für irgendwelche Weiber, die ihm keine Fragen stellen und die Beine breitmachen. Aber nicht für mich!« Lauter: »Und nicht für seine Kinder.«

Nein.

»Lass mich los.« Seine Muskeln sind angespannt. Er hat, immer noch, zu viel Kraft.

»Wo willst du hin?«

Sie zerrt an seinem Arm. Nur um zu zerren, nicht um etwas damit zu bewegen, schon gar nicht ihn.

»Lass mich los, Irena.«

»Glaubst du, ich will so einen wie dich, glaubst du das wirklich?«

Sie ist am Schrank, das geht jetzt alles ungeheuer schnell. Sie reißt ihn auf. »Nimm deine ganze Scheiße, nimm das alles mit, ich will das nicht hierhaben!« Sie greift in den Schrank, und er kommt hinter ihr her. Sie ist wild geworden, und er packt sie an den Ellenbogen. Auf eine Bewegung folgt die nächste, wie abgesprochen. Als wüssten sie, was sie tun. Sie reißt sich los, er packt sie, sie macht einen Schritt zurück, und er holt aus. Und dann schlägt er ihr mit der flachen Hand ins Gesicht, und

24

das kommt so überraschend, mitten im Sturm, mitten im Streit, der ja so nie stattfinden sollte, dass sie den Halt verliert und zu Boden fällt, nicht weil der Schlag so heftig gewesen wäre, sondern weil die Überraschung ihr alle Bodenhaftung nimmt, und im Fall zieht sie die Arme zurück, instinktiv, stößt mit dem Ellenbogen gegen irgendwas, reißt die Nachttischlampe herunter, und das Licht verändert sich.

25

Sophie kneift die Augen zusammen, als der Krach losgeht. »Nimm deine ganze Scheiße, nimm das alles mit, ich will das nicht hierhaben!« Sie hört Holzkleiderbügel aufgeregt und durcheinander gegen die Schrankwand klappern, hört nicht den Schlag, aber den Sturz, und in der Stille danach bildet sie sich ein, die Lichterkette am Fenster würde knistern wie ein fettes Insekt, das in eine Lampe fliegt.

26

Die Nacht schickt ihre Schläge und Kathi Bechstein eine SMS an Kenan. Kaum ist sie wieder in ihrer Wohnung angekommen, drückt Kathi Bechstein auf dem Display ihres Handys herum. Robert Kramers Hand trifft Irena Kramers Gesicht, und Kathi Bechstein sendet: VOLLTREFFER! DU HATTEST RECHT, ER WAR ES.

27

Kenan achtet nicht auf den Volltreffer, achtet nicht auf das Brummen des Telefons in seiner Hosentasche, nur auf die zweite Zunge in seinem Mund, die dem Jurastudenten gehört. Sie sind in eine sterile Kellerbar in Mitte hinabgestiegen – *Was machst du noch Schönes an so einem öden Montagabend?* –, und während Irena Kramer zu Boden fällt und die Nachttischlampe mit sich reißt, hat Kenan Akyüz einen Gin and Tonic neben sich, halb ausgetrunken, mit einer Gurkenscheibe zwischen den Eiswürfeln, hat Musik im Ohr, Beats aus einem Lautsprecher über ihren Köpfen, hat eine fremde Hand in seinem Nacken und eine fremde Zunge im Mund und ist froh, dass sich das jetzt richtig anfühlt und unproblematisch und man nicht nachdenken muss, über fast nichts mehr.

28

Irena Kramer spürt den Schlag auf ihrer Wange, seine Finger, die sich nicht wie Finger anfühlen, sondern bloß wie etwas Hartes, Schnelles, das Erinnerungen in ihr wachruft und ein dumpfes, hässliches Geräusch aus ihrer Brust holt. Ihr Kopf schnellt zur Seite, und ihre Arme sind hinter ihr und ihre Füße nicht da, wo sie sein sollen. Das Licht ist eben noch an der Decke, und dann nicht mehr.

Das Blut rauscht in ihren Ohren, während sie sich halb aufrichtet. Sie kauert neben dem Lampenschirm, neben dem umgestürzten Licht, schaut aber endlich zu ihm hoch.

Ihre Augen sind starr und nicht mehr erschrocken.

So ist das jetzt also.

Und er? Er hat Abscheu in seinem Blick. Er hat den Blick des Jungen. Es ist haargenau derselbe. Und dann wird etwas anderes daraus. Mitleid vielleicht. Ein ekelhaftes Mitleid, das vielleicht ihr gilt, wahrscheinlich aber wieder nur ihm selbst.

Glaubst du vielleicht, denkt sie, *ich habe das nötig? Glaubst du das wirklich? Glaubst du, ich bin so schwach, noch schwächer als du? Glaubst du, ich werde mich weiter mit euch prügeln? Keine Ahnung hast du von mir, hast nie eine Ahnung gehabt. Soll ich es dir sagen, soll ich dir jetzt die Wahrheit sagen über dich und deinen Sohn?*

Sie atmet tief ein, öffnet vielleicht gleich den Mund, wird womöglich lachen, schreien, spucken.

Er wartet es nicht ab. »Irena«, sagt er noch, und dann läuft er davon.

29

Robert Kramer zieht sich die Schuhe an, und schon sehen seine Füße nicht mehr klein aus und verloren. Er reißt seine Jacke von der Garderobe. Anziehen muss er sie gar nicht, das hält bloß auf. Davonlaufen kann er, darin ist er gut, sehen kann er nichts. Sehen ist nicht seine Stärke. Er sieht nicht, dass seine Tochter ihn beobachtet, dass sie hinter der Tür zu ihrem Zimmer steht, durch den Spalt späht. Er sieht auch nicht den Geist seines Sohnes, der fahl und großäugig an der Tür seines Kinderzimmers lehnt. Aber das wundert Sophie nicht, denn ihr Vater will nur weg, und sie kann ihn verstehen, nach allem, was ihre Mutter zu ihm gesagt hat. Wie kann sie so sein? Wie kann sie ihm solche Sachen an den Kopf werfen? Wo man doch zusammenhalten muss. *Man muss.*

Sophies Mutter kommt aus dem Schlafzimmer, hinter ihm her, stumm, sieht die Kinder ebenfalls nicht, weder das lebendige noch das tote. Sie bleibt vor der sich schließenden Wohnungstür stehen, die Hände zu Fäusten geballt, steht da, stumm, regungslos und geht dann in die Küche. Sophie hört, wie sie eine Wasserflasche aufdreht, wie sie etwas in ein Glas einschenkt, also öffnet sie ihre Tür ein weiteres Stück.

Sie erinnert sich jetzt. *Jetzt weiß ich es wieder, es ist mir wieder eingefallen!* Ihr Bruder, ein blaugraues, unscharfes Gespenst im Flur, nickt ihr eindringlich zu. *Na endlich.*

Ihre Mutter zieht in der Küche einen Stuhl unter dem Tisch hervor. Sie wird sich also setzen. Sie wird das Glas Wasser im Sitzen austrinken, wird nicht sofort zurückgehen ins Schlafzimmer, in dem sie sich gestritten haben. Also tritt Sophie hinaus auf den Flur.

Wie damals. *Es ist wie damals.*

Sie geht lautlos auf die Schlafzimmertür der Eltern zu, und niemand achtet auf sie. Sie schlüpft hinein.

Die Betten sind aufgeschlagen, beide sogar, die Decken leicht eingedrückt, die Kleiderschranktür nicht geschlossen. Hemden sind von Bügeln gerutscht, wohl heruntergerissen worden, eins hängt mit einem Ärmel halb auf dem Boden, ein kariertes, das ihr Vater bei der Arbeit trägt. Sophie Kramer steht allein und mit einem zu laut pochenden Herzen im Raum, betrachtet die umgestürzte Lampe, den Lampenschirm und die strahlende Glühbirne auf dem Teppich neben dem Nachtschrank ihrer Mutter. Das Licht schlägt einen hellen, warmen Bogen über das Schränkchen, auf dem es vorhin noch gestanden hat, leuchtet wie ein Scheinwerfer von unten herauf. Es zeigt den Schrank, sagt: Hier.

Sophie erinnert sich und beißt sich auf die Zunge.

Hier.

Sie richtet die Lampe auf. Dann berührt sie den weiß lackierten Nachtschrank und zieht, langsam und so leise wie möglich, die unterste Schublade auf.

30

Sophie erinnert sich, und Irena Kramer erinnert sich auch. Auch sie denkt zurück an die Nacht, in der sie Finn verloren haben, an die Nacht, in der Finn, da draußen im Garten, umgebracht worden ist. Sie sitzt in der Küche, ohne Licht, trinkt Wasser und schaut zum Fenster hinaus in die Dunkelheit vor dem siebten Stock, die niemals ganz und gar schwarz ist, weil die Lichter der Stadt sie immer einfärben, wenigstens ein bisschen.

So hat sie damals auch gesessen, vor sich das Telefon. Sie hat Finn am Nachmittag zurückgelassen, draußen in der

Kolonie, ist nach Hause gefahren mit Sophie, hat Robert nicht erreicht.

Er geht nicht ans Telefon, es ist einer dieser Abende, an denen ihr Mann nicht nach Hause kommen wird. Das ist jetzt, um halb elf, schon klar. Sophie steht in der Tür, schaut sie groß und erwartungsvoll an.

»Finn ist immer noch nicht da.«

Irena schüttelt den Kopf. »Er kommt bestimmt bald. Wenn er keine Lust mehr hat, beleidigt zu sein. Er hat doch den Schlüssel.«

»Und wenn nicht?«

»Er hat schon mal draußen im Garten geschlafen, als er bockig war. In der Laube. Weißt du noch?«

Sophie nickt, bleibt aber im Türrahmen stehen, wiegt sich hin und her in ihrem Pyjama und schaut schließlich noch mal zu ihr auf.

»Du musst längst schlafen. Leg dich ins Bett«, sagt Irena und schaut wieder zum Fenster.

Sophie geht in ihr Zimmer, und Irena sitzt am Küchentisch. Sie denkt an das, was sie in der Zeitung gelesen hat, erst vor ein paar Tagen. Daran, was heutzutage alles passiert. Was Kindern, was Familien passiert. Der Junge, der ermordet wurde, wo hat man den gefunden? *In einem Schrebergarten, ja genau.* Sie bekommt einen trockenen Mund, obwohl sie gerade erst getrunken hat. Irgendein Psychopath hat ihn umgebracht, hat ihm ein Kreuz in die Stirn geschnitten. Was sind das für Menschen, die sich nachts in solchen Anlagen herumtreiben? Was sind das für Menschen, die so etwas tun? Sie denkt nach, wird nervös und immer nervöser, steht auf. Sie schlägt mit der flachen Hand gegen den Kühlschrank, damit das verdammte Ding endlich aufhört zu brummen. Sie denkt an Robert, der nicht hier ist, und an Finn, der auch nicht hier ist. Irena ist wütend und hat Angst.

Sie nimmt den Autoschlüssel, sagt zu Sophie, die in ihrem Bett liegt: »Ich fahre noch mal in den Garten. Wenn er da ist, bringe ich ihn mit!« Und dann hat sie ihren hellgrünen Parka an, und ihre Tochter ist allein in der Wohnung. Irena sitzt im Auto, das Robert vor dem Haus hat stehen lassen. Sie sitzt am Steuer und fährt durch die Nacht.

Jetzt, in der Küche, erinnert sie sich an diese Fahrt, erinnert sich an ihre Angst, erinnert sich an alles. Auch daran, dass sie gelogen hat. Sie hat Robert angelogen und Sophie, sie hat den fremden Propst angelogen heute Mittag und auch die Polizei. Denn es war nicht der Nachmittag, an dem sie Finn zum letzten Mal gesehen hat, bei ihrem Streit. Das letzte Mal war später, am Abend. Nach elf.

31

Der Garten, der verdammte Garten. Nachts ist hier alles ruhig. Übernachten darf man nicht in der Laube, das sieht die Gartenordnung so vor, und wenn es nicht mehr hell ist und nicht mehr wirklich warm, hält sich in der Regel niemand hier auf. Es ist erstaunlich, findet Irena Kramer, dass Robert der Garten immer noch so viel bedeutet. Während sie den Wagen auf den Parkplatz steuert, auf dem nur noch zwei weitere Autos stehen, denkt sie an den Sommer vor zwei Jahren, an einen Vormittag, an dem die Sonne schien und die Kinder miteinander gespielt haben. Sie denkt an das Taschenmesser, an das Geschenk, das Robert seinem Sohn gemacht hat und mit dem er sich Stöcke und Äste zurechtgeschnitzt hat.

Sophie spielt im Gras, Irena gießt, und Finn schnitzt sich aus einem Stock einen Speer oder einen Pfeil. Eine Waffe.

Finn bläst zum Angriff und Sophie lacht. Der Junge ist schnell und wendig.

Finn stürmt voran, und Irena füllt die Gießkanne in der Regentonne auf. Sophie kreischt und lacht und läuft davon, während Finn seinen Schlachtruf brüllt. Irena stellt die Gießkanne ab, beschattet ihre Augen mit der Hand.

Was ist denn nun los?

Jetzt brüllt Sophie, aber es ist ein anderes Brüllen.

Irina Kramers Tochter verliert ein Auge an diesem Vormittag, wird noch am Nachmittag operiert. Vater und Sohn sitzen im Klinikwartezimmer, wie versteinert, ganz ernst, und Irena läuft auf und ab, immer auf und ab, bleibt keine Sekunde lang stehen.

In der Nacht, auf dem Parkplatz vor der Kolonie, fragt sich Irena, wie das alles sein kann: dass es immer noch den verdammten Garten gibt, dass sie immer noch dorthin fahren an Wochenenden, dass sie immer noch dort sitzen und Unkraut jäten und Obst essen und sich ärgern und sich streiten, obwohl es hier passiert ist, *im Garten*. Vor allem aber wundert sie sich darüber, dass Sophie ihrem Bruder noch immer nicht von der Seite weicht, dass sie zu ihm aufschaut, mehr denn je, aber jetzt nur noch mit einem Auge. Dass Sophie ihm nachläuft, ihn nicht von sich stößt, ihm keine Schuld gibt, obwohl er einem Stock eine Spitze geschnitzt und ihr diese Spitze ins Auge getrieben hat. *Ein Unfall. Er hat es nicht mit Absicht gemacht.* Sagt Sophie. Aber der Stock ist durch das instinktiv zusammengekniffene Lid gedrungen. Die Spitze hat das Lid perforiert und den Glaskörper des Auges, hat nicht die Augenmuskeln verletzt, aber die Nerven und die Tränendrüse. Niemals hat Irena einen Menschen so schreien gehört. Sie hat das Blut gesehen, unter der Hand, mit dem sich Sophie das Auge zugehalten hat. Finn daneben, stumm, zitternd, mit dem Stock. Die Fahrt ins Krankenhaus. Das Schreien, das Schluchzen ihrer Tochter. Das vergisst man niemals wieder. Es ist nicht zu retten gewesen, das Auge. Die Ärzte sagen: Es ist ein Glück, das die Muskeln noch funktionieren, denn so kann sich die Prothese bewegen, kann natürlicher aussehen, kann die Bewegungen des gesunden Auges nachvollziehen. Aber das Lid hängt, ist taub und schwer. Vorläufig ist dagegen nichts zu machen. Und keine Tränen kommen mehr aus dem rechten Auge ihrer Tochter.

Sophie gibt Finn keine Schuld, ist ihrem Bruder treu, treuer denn je.

Irena schließt den Wagen ab und fragt sich, ob sie es nicht genauso macht, genauso treu ist und genauso dumm. Auch sie läuft Robert hinterher, sie wartet auf ihn, versucht ihn zu erreichen, hält an ihm fest, will ihn zurückgewinnen. Aber es ist doch anders. *Ich will wenigstens gewonnen haben am Ende. Ich will, dass es nicht umsonst gewesen ist. Ich will nicht, dass das alles nichts genutzt hat.*

Sie geht durch den Garten. Möglichst zügig. Am Hauptweg gibt es Laternen, und in einigen Parzellen haben die Leute Nachtlichter angebracht. Aber dazwischen ist die Dunkelheit dicht und dick und gefährlich. Wind geht durch die Bäume, die Blätter flüstern, und irgendwo bellt ein Hund. Die Ringbahn rauscht über den Damm, ein helles Schmuckstück aus gelbem Licht, das schimmernd um den Hals der Stadt gleitet. Irena bleibt stehen. Hat sie Schritte gehört oder irgendetwas anderes?

Nein?

Wirklich nicht?

Es ist nicht richtig, dass sie hierherkommen muss, allein. Es ist nicht richtig, dass sie sich allein um all das kümmern muss.

Sie geht zwischen den Hecken entlang, dahinter Häuschen und Hütten, Zwerge mit roten Mützen, die immer grinsen, immer die Augen offen haben, auch im Dunkeln, die Schubkarren schieben oder Spaten schwingen. Dann, zwischen den Büschen, am Rand von Beeten, steinerne Putten. Sogar einige aufblasbare Schwimmbassins auf den Rasenstücken, Sonnenblumen und Baumstämme, Fahnen und Dächer und Fallobst, Äpfel und Pflaumen und Kirschen, ein manchmal quietschender Wetterhahn aus Messing und schließlich Irena, die sich ihrem Garten nähert, ohne es wirklich zu wollen. Sie bleibt stehen, beißt sich auf die Lippen, schaut zu dem verwahrlosten Grundstück hinüber, zu der leeren Laube. Sie ist sich jetzt sicher, dass Finn dort drin war, heute Nachmittag, dass er sie von dort aus beobachtet hat bei ihrem Aufbruch. Vielleicht allein, vielleicht zusammen mit dem fremden Mann. Ihr ist kalt, obwohl sie den Parka trägt. Irena zittert ein bisschen unter dem festen Stoff.

Sie öffnet die kleine Pforte zu ihrem Garten und sieht einen flackernden bläulichen Schein hinter dem Fenster. Eine richtige Lampe haben sie nicht, bloß eine Taschenlampe, die immer auf dem Fensterbrett steht. In der einzigen kleinen Steckdose im Inneren der Laube steckt meistens die Kaffeemaschine, und an der Steckdose der Außenwand können sie den Rasenmäher anschließen. Das bläuliche Licht stammt vielleicht von Finn, von seinem Handy. Oder von jemand anderem. Ein kleines blaues Irrlicht, das Irena Kramer vom Weg abbringen, in eine Falle locken will.

Erst jetzt wird aus ihrer Angst eine richtige Panik, die sie in Schauern überläuft und ihr die Kehle zuschließt. Wer weiß, wen er hierher gebracht, wen er in die Laube geholt hat? Womöglich den Mann von heute Nachmittag, womöglich jemand anderen? Wer sagt denn, dass er selbst nicht doch bei einem Schulfreund untergeschlüpft ist? Wem läuft sie hier gleich in die Arme? Sie ist eine Frau, allein, gerade einmal einen Meter zweiundsechzig groß, schmal und nicht besonders kräftig. Sie kann sich hier, mitten in der Nacht und ohne Hilfe, nicht wirklich zur Wehr setzen. Sie schaut von einer Laube zur anderen, zu der verlassenen, direkt gegenüber, und zu ihrer eigenen. Weiß nicht, was sie tun soll. Am liebsten zurücklaufen, zum Auto, und sich nicht mehr umdrehen. Sie kann jedem sagen, dass sie hier war und Finn nicht angetroffen hat. Das zu sagen ist ganz leicht.

Aber sie geht auf die Laube zu, vorbei an dem kleinen Holzkreuz unter dem Apfelbaum. Sie kann nichts hören, nichts erkennen, nur den schwachen, bläulichen Schein des Irrlichts hinter der fast durchsichtigen Stoffgardine, die im Laubenfenster hängt. Sie kann nicht einfach so da rein, es ist zu gefährlich. Sie schleicht in Turnschuhen über den Kies, fragt sich, ob man ihre Schritte im Inneren der Laube hört. Um sie herum bleibt alles ruhig. Dieser Ort ist verlassen, von allen guten und von allen bösen Geistern. Oder doch nicht ganz. Ein paar Füchse gibt es hier, die lautlos von einem Garten zum anderen huschen, und auf einem Ast sitzt ein Käuzchen.

Es ruft.

Warnt.

Irena geht zur Rückwand der Laube, wo der Rechen neben dem Spaten lehnt. Sie packt den Spaten am Griff, fest. Sie muss sich verteidigen können, falls hinter der Tür ein Fremder auf sie wartet, einer, der womöglich noch immer wütend ist auf sie, weil sie ihn mit ausgestrecktem Finger vertrieben hat vorhin.

Sie zieht an der Klinke, reißt an ihr, mit Schwung, denn sie will wenigstens das Überraschungsmoment auf ihrer Seite haben. Das gelingt. Sie steht im Eingang der Laube als eine kleine, dunkle Gestalt mit hochgerissenem Spaten.

Gut.

Sie ist sofort erleichtert, und der Junge erschrickt. Er zuckt zusammen, gibt aber keinen Mucks von sich.

Das ist er also, der Moment, von dem sie später niemandem erzählt, das letzte Mal, dass Irena Kramer ihren Stiefsohn sieht, das letzte Mal, dass sie ihn *lebendig* sieht.

Er sitzt mit hochgezogenen Beinen auf der alten Couch neben dem Fenster. Vor sich auf dem Tisch liegen mehrere Kerngehäuse und einige weitere Äpfel. In einem von ihnen steckt sein Taschenmesser. Der Griff ragt in die Höhe. Daneben zwei Flaschen Bier und eine größere, durchsichtige Flasche, wahrscheinlich Korn, noch fast voll, aber nicht ganz. Später, als man versucht, zu verstehen, was sich abgespielt hat in dieser Nacht, wird es das sein, was man in seinem Magen findet: Äpfel, kaum verdaut, und Alkohol.

»Los, komm. Nach Hause«, sagt Irena bloß. Kalt und schnell.

Er schüttelt den Kopf.

»Los, steh auf«, wiederholt sie. Sie flüstert nicht, aber ihre Stimme ist leise. Sie traut sich nicht, laut zu sprechen. Als wolle sie sich nicht eingestehen, überhaupt hier zu sein. Sie will nur weg.

»Lass mich«, sagt Finn und schaut auf sein Handy.

Sie lehnt den Spaten gegen die Wand. »Was ist das?«

»Was?«

Sie zeigt auf die Flaschen, er zuckt mit den Schultern. »Siehst du doch.«

»Das ist Schnaps«, sagt sie. Irena riecht den Alkohol, scharf und durchdringend, wie Spiritus beinahe. Der Geruch kommt von dem Jungen. »Wo hast du die her?«

»Keine Ahnung.«

»Wo du die herhast, hab ich gefragt.«

Er grinst, nuschelt. »Gefunden.« Seine Augen sind stumpf.

»Hast du die geklaut?«

Er zuckt schon wieder mit den Schultern. Finn Kramer ist betrunken.

»Los!« Sie will ihn an der Schuler packen, er weicht zurück, schüttelt sie ab, obwohl sie ihn noch nicht mal berührt hat, und stößt einen wütenden Laut aus. »Ey!«

»Es reicht jetzt, Finn.«

Er zieht das Taschenmesser aus dem Apfel. »Alter …«, murmelt er. Es ist das Taschenmesser, mit dem er den Stock angespitzt hat damals, immer noch dasselbe Messer. Er hat es, trotz allem, immer behalten, hat es nicht abgeben wollen, auf keinen Fall. Jetzt fängt er an, den Apfel damit in der Mitte aufzuschneiden. Seelenruhig. »Ich bleib hier.«

»Du kommst mit nach Hause. Los!«

»Ich bleib hier!« Er hat das Messer in einer Hand und den halben Apfel in der anderen. »Ich komm nicht mehr nach Hause. Lass uns einfach in Ruhe.«

Sie hat es versucht. Sie dreht sich um, zur Tür. Na gut, dann nicht. Sie wird ihn seinem Schicksal überlassen.

»*Wie er*«, nuschelt Finn vor sich hin. »Genau wie er.«

Sie schließt die Augen. Irena spürt die Gänsehaut am ganzen Körper. Er sieht aus wie sein Vater manchmal, aber noch mehr wie seine Mutter. Jetzt sieht er wie Sarah aus. Irena hat Sarahs Gesicht vor Augen, hört, wie sie zu ihr sagt: »Lass ja deine Finger von ihm, hörst du? Ich merke, wie du Robert anglotzt. Aber das kannst du vergessen.«

Der Junge nickt vor sich hin. Langsam, betrunken nickt er mit dem Kopf und schaut mit schiefem Mund zu ihr auf. »Mein Vater kommt nicht mehr nach Hause. Und ich auch nicht.«

Irena betrachtet ihn, betrachtet, wie er dasitzt, auf dem Sofa. Er legt das Messer auf den Tisch, mustert die eine Hälfte des Apfels.

»Scheiß Fotze«, sagt er leise und steckt sich den Apfel in den Mund.

Finn Kramer ist zwölf Jahre alt, und älter wird er nicht. Er ist nicht sechzehn, schon gar nicht achtzehn, nein, zwölf Jahre alt. Er hat zwei Flaschen Bier und einige winzige, brennende Schlucke Korn getrunken, Alkohol, den er vermutlich in einem Supermarkt oder in einem Spätkauf gestohlen hat. Vielleicht hat er sich ihn auch kaufen lassen von jemandem. Zwölf Jahre alt ist Finn Kramer, sitzt betrunken auf dem Sofa, sitzt in der Dunkelheit der Schrebergartenlaube mit dem bösen Gesicht seiner Mutter, kaut auf einem halben Apfel herum und sagt: »Scheiß Fotze.«

Sie hat ihn einmal überrascht, sie überrascht ihn ein zweites Mal. Der Schlag trifft ihn am Kopf und er fällt vom Sofa wie ein nasser Sack. Sie hat mit dem Stiel des Spatens zugeschlagen, und er ist direkt aufs Gesicht gefallen. Er macht ein würgendes Geräusch. Es könnte sein, dass er erstickt. Es könnte auch sein, dass er Blut am Hinterkopf hat, aber es ist zu dunkel, um das zu erkennen.

Irena stellt den Spaten weg. Sie zittert, kniet sich neben ihn, dreht ihn um. Er hat die Augen geschlossen. Er atmet, aber nicht, wie er sollte.

Ihr schießen die Tränen in die Augen, sofort. Aber es sind nicht viele, und kurz darauf starrt sie bloß noch vor sich hin. Dann vergeht Zeit, und später denkt sie: viel zu viel Zeit. *Was mache ich jetzt?* Es gibt ja nur zwei Möglichkeiten. Sie braucht lange, um sich zu entscheiden, und später glaubt sie, in den nächsten Minuten alles falsch gemacht zu haben.

Sie erinnert sich daran, sinnlos hin- und hergelaufen zu sein, keinen klaren Gedanken gefasst zu haben, dabei stimmt das nicht. Sie denkt klar, und sie handelt auch so. Die eine Möglichkeit wäre, Hilfe zu holen. Es zuzugeben. Die andere: es nicht zu tun.

Irena Kramer kommt es vor, als würden Stunden vergehen, aber es sind nur wenige Minuten. Vielleicht nur zwei. Sie will nicht, dass er seinem Vater davon erzählt. Sie will, dass sie und ihr Mann auf derselben Seite stehen. Sie will auch nicht, dass man den Jungen hier findet. Sie wird sagen, er war nicht hier. Sie öffnet die Tür der Laube noch ein Stück, schaut hinaus und lauscht. Sie hört sich selbst, hört ihren Körper, ihr Blut, ihre Ohren, ihren Atem, aber sonst hört sie nichts. Sie trägt ihn, schleift ihn über den Kies. Beide Arme hat sie um seinen Oberkörper gelegt, und sie hält mitten auf dem Weg inne. Er ist schlaff und schwer. Jeder könnte sie hier so sehen mit ihm, aber niemand ist da.

In ihrem Kopf sticht und kribbelt das Wissen, dass es ihr bereits vorhin in den Sinn gekommen ist, noch zu Hause, am Küchentisch. Die Geschichte in der Zeitung. *Was alles passieren kann, wer so etwas tut, wer so etwas einer Familie antut.* Dass es eine Lösung wäre, hat sie gedacht, eine Erleichterung, wenn jemand in den Garten käme bei Nacht, ein Wahnsinniger, der ihn fortholen und sie von ihm befreien würde. Das hat sie gedacht.

Sie spürt, dass er, schlaff und schwer in ihren Armen, wieder zu sich kommt, und schleift ihn weiter, zur Pforte hinaus und auf das andere, das verlassene Grundstück. Sie öffnet die Tür der Laube. Dort hat er sich heute Nachmittag versteckt, und dort wird man ihn finden. Sie setzt ihn ab, und er bewegt sich auf dem Boden. Zuckt. Sie läuft zurück in ihre Laube. Sie holt das Taschenmesser und den Spaten und sein Handy. Sie wischt das Handy ab an ihrem Pullover, fasst es nicht mehr an, lässt es fallen. Sie nimmt den Spaten, packt wieder am Stiel zu und schlägt auf ihn ein. Mehrere Male. Nicht auf den Hinterkopf, weil sie glaubt, dass es bluten wird. Sie fürchtet sich vor dem Blut. Sie schlägt auf den Nacken ein, bis er bricht. Und dann noch weiter, noch einige Male. Jeder Schlag ist etwas Hartes, Schnelles, etwas, das der Spatenstiel erledigt und nicht sie selbst. Anschließend vergeht wieder Zeit, die ihr zu lang vorkommt. Sie hat das Gefühl, dass ihr schwarz vor Augen wird. Sie geht in die Hocke. Sein Blut bildet unsichtbar im Dunkeln einen tiefen, purpurnen Fleck unter der Haut, in seinem Nacken. Irenas Blut dagegen pulsiert in ihren Schläfen, pulst schwer und dick hinter ihrer Stirn. Sterne tanzen in der Dunkelheit.

Dann packt sie Finn an den Schultern, zieht ihn hoch. Auf dem Boden sieht sie Spuren, Apfelbrocken, die aus seinem Mund gefallen sein müssen. Sie nimmt das Taschenmesser. Der Kopf will nicht oben bleiben, sie muss ihn mit Gewalt hochhalten. Sie weiß nicht, wie stark, wie tief sie ansetzen muss. Sie versucht, ihm ein Kreuz in die Stirn zu ritzen, und es gelingt. Am Taschenmesser ist sein Blut, das immer noch fließt. Sie steckt es in die Tasche ihres Parkas. Wenn es nicht drüben passiert ist, nicht in ihrer Laube, sondern woanders, dann hat es auch jemand anders getan. Ein Wahnsinniger, einer, der so etwas tut. So muss es sein. Schließlich geht sie hinaus, endgültig, und verwischt mit ihren Turnschuhen die Spuren auf den Kieswegen. Man wird das später sehen, dass Spuren verwischt wurden, aber das kann sie sich nicht vorstellen in diesem Augenblick, und es wird auch keine Rolle spielen. Man wird die Apfelreste und die Flaschen finden in ihrer Laube, und man wird sich fragen, warum der Täter ihn hinübergebracht hat auf die andere Parzelle.

Irena Kramer bleibt nicht stehen, schaut nicht mehr zurück, geht zum Parkplatz. Wenn man sie hier sieht, mit dem Spaten in der Hand, wird man es wissen, das ist ihr klar. Aber niemand sieht sie. Eins scheint ihr unabdingbar: Dass sie den Spaten nicht zurücklassen darf. Man wird sie später fragen, ob etwas fehlt in ihrer Laube. Die Polizei wird sich erkundigen, ob vielleicht ein Rechen nicht mehr da ist oder eine Harke oder ein Spaten, und sie wird mit ihnen durch die Laube gehen und dann zur Rückseite. Fassungslos, aufgelöst wird sie mit den Schultern zucken und sagen: *Nein, soweit ich das sehe, ist alles noch da. Aber ich weiß es nicht. Ich weiß es wirklich nicht.* Das wird man ihr glauben. Alle möglichen stumpfen Gegenstände könnte der Täter benutzt haben. Was auch immer es für eine Waffe war, er hat sie mitgenommen, als er nach der Tat abgehauen ist.

Irena startet den Motor, und das Radio geht an. Sie schaltet es schnell wieder aus. Sie fährt. Der Spaten liegt im Kofferraum, und eine gute Stunde lang fährt sie mit ihm durch die Stadt. Schließlich wirft sie ihn, gute zwölf Kilometer entfernt, in einen Kanal. Es geht schnell, niemand ist da, und als jemand kommt, einer mit hochgeschlagener Kapuze, sitzt sie schon wieder im Wagen. Der Spaten sinkt währenddessen auf den Grund. Niemand wird ihn je finden, niemand wird ihn jemals mit Finn Kramers Tod in Verbindung bringen.

Es ist wohl ihr Unterbewusstsein, das die Steuerung übernimmt, weil es erkannt hat, dass es sich hier um eine Ausnahmesituation handelt. Deshalb mobilisiert es Kraft und in sich schlüssige, folgerichtige Gedanken. Irena Kramer macht keinen Fehler. Bis auf einen.

Das merkt sie erst später, aber zu spät ist es noch nicht. Unten schließt sie den Wagen ab und steckt das Schlüsselbund, wie immer, in die Tasche ihres Parkas. Als sie es oben vor der Wohnung wieder hervorholt, sieht sie und spürt sie das Blut an ihren Fingern. Das Messer. In derselben Tasche. Das hat sie vergessen, hätte es mit dem Spaten entsorgen müssen. Später. Später muss sie das nachholen. Es sollte da unten liegen, klein und winzig im trüben Wasser des Kanals, unten auf dem Grund, neben dem Spaten. Stattdessen ist es jetzt hier, in der Wohnung.

Irena geht ins Badezimmer, legt das Messer und die Schlüssel ins Waschbecken, dreht den Hahn auf und wäscht sich. Wäscht die Hände, das Messer, die Schlüssel. Das Blut rinnt in den Ausguss, wird heller, rosa, wird harmloser, löst sich auf. Dann zieht sie den Parka aus und hält ihn von allen Seiten ins Licht. Äußerlich ist da kein Blut zu sehen, nur in der rechten Tasche. Aus der linken holt sie ihr Portemonnaie und ein gebrauchtes Taschentuch. Dann stopft sie die Jacke in die Waschmaschine, zusammen mit drei Handtüchern. Sie schaltet sie nicht ein, das wird sie morgen früh tun. Sie nimmt das Messer, weiß aber nicht, wohin damit.

Jetzt funktioniert es nicht mehr so gut, das Denken. Sie ist zu Hause. Sie weiß, dass Sophie da ist, in ihrem Zimmer, hinter ihrer Tür. Irena geht ins Schlafzimmer, kniet sich vor ihr Bett, legt das Messer in die unterste Schublade, unter zwei Fotoalben. Sie wird es irgendwann wegwerfen, denkt sie. Aber später wagt sie es nicht mehr. Und noch später denkt sie: Wenn es jemand findet, werde ich sagen, dass ich es ihm weggenommen habe. Es war zu gefährlich. Er hat sich zu oft geprügelt mit anderen Kindern. Ich wollte nicht, dass er ein Messer mit sich herumträgt. Was ein Fehler war, denn vielleicht hätte er sich damit verteidigen können, als es passiert ist.

Aber niemand wird es finden, niemand wird sie fragen. Jetzt scheint es vorbei, jetzt hat sie es geschafft, ist zurück, ist nicht mehr im Garten, und das ist die Hauptsache. Jetzt dreht sie sich um, atmet tief ein, tritt wieder auf den Flur.

Sophies Stimme kommt aus Sophies Zimmer. »Mama?«

Irena Kramer zuckt zusammen, erstarrt, dann öffnet sie die Tür zum Zimmer ihrer Tochter. Sophie liegt mit einem weit geöffneten Auge im Bett. »War er nicht da?«, fragt sie.

Irena schüttelt den Kopf. »Schlaf, Sophie, schlaf jetzt.« Und dann macht sie die Tür wieder zu.

32

Sie ist noch gar nicht lange her, diese furchtbare Nacht. Jetzt sitzt Irena Kramer wieder in der Küche, hat vor sich ein ausgetrunkenes Glas und die Dunkelheit vor dem Küchenfenster, in deren Mitte ein dicker, heller Mond hängt. Sie trägt eine nicht ganz zugeknöpfte Bluse, einen Slip und Socken. Sie friert. Sie denkt daran, wie dumm sie gewesen ist, weil sie es *seinetwegen* getan hat, obwohl er es nicht wert gewesen ist, von Anfang an nicht.

Sie steht auf, geht ins Schlafzimmer und braucht einen Augenblick, um etwas Seltsames zu verstehen. Die Lampe, die sie vorhin heruntergerissen hat, liegt nicht mehr auf dem Boden. Sie steht wieder auf dem Nachtschrank, und auch der Schirm ist wieder da, wo er sein soll, bedeckt die Birne, leitet ihr Licht an die Decke von Irena Kramers Einzelzelle.

Sie schließt die Tür vom Kleiderschrank und drückt auf den Schalter, löscht das Licht. Sie setzt sich aufs Bett. Die Nacht hat gerade erst angefangen. Ihre Lippen sind schmal und aufeinandergepresst. Ihre tränenlosen Augen leuchten. Sie legt bloß die Stirn in Falten. Sie sitzt im Bett und denkt nach, schaut sich um. Etwas später, in der Stille, fragt sie sich, ob Finns Geist bei ihr sein könnte. Ob er in der Wohnung umgeht, wie Sophie glaubt.

»Bist du hier?«, flüstert sie.

»Bist du immer noch hier?«

Keine Antwort.

Ist er es gewesen, der hierhergekommen ist und die Lampe aufgerichtet hat? Oder war es Sophie? Unsinn. Natürlich war es Sophie.

Irena Kramer glaubt nicht an Geister. Warum sollte sie auch? Es dauert noch eine Weile, bis sie ihren ersten Geist zu Gesicht bekommen wird, und auch das wird keiner sein. Vorerst sitzt sie nur in ihrem Bett und denkt. Sie denkt an die Nacht, in der Finn Kramer gestorben ist, und sie denkt an die heutige Nacht, die noch nicht vorüber ist, die den Morgen noch einige Stunden lang vor sich herschiebt. Sie ist sehr allein, aber zum ersten Mal seit Langem scheint das richtig zu sein und gut so. Sie glaubt, nein, sie ist sich sicher, dass sie das Schlimmste überstanden hat. Sie weiß nicht, dass das Schlimmste noch kommt.

IV
Mondscheinsonate

Noch ist die Nacht nicht vorbei, noch hält sie mehrere bequeme Stunden bereit, in denen zwei alte Freunde auf dunkelbraunen Ledersofas einander gegenübersitzen. Die Wände der Charlottenburger Altbauwohnung um sie herum sind über drei Meter hoch, von Stuckornamenten gesäumt, und die Beethoven-Sonaten, die irgendwo im Hintergrund in einer älteren Maurizio-Pollini-Einspielung zu hören sind, stören ihr Gespräch kein bisschen. Beide Männer haben die sechzig überschritten. Der eine ist groß und dünn, hat ein zu rotes Gesicht und weißes Haar, der andere ist kleiner, schwerer und hat einen vorstehenden Bauch, der sein Hemd strafft und die Knopflöcher in die Länge zieht. Sie sitzen einvernehmlich beieinander, stoßen an mit einem Rotwein, der eine angenehme mineralische Note hat und nicht zu schwer ist, und sie sprechen – kundig, sorgenvoll, verständig – über den schlimmen Zustand dieser Welt.

»Es ist regelrecht erschreckend«, sagt Hein mit seinen großen fragenden Augen. »Glaubst du, dass etwas Ähnliches passieren kann, wenn du bei uns liest? Ich habe mit unserer Buchhändlerin gesprochen letzte Woche, und sie macht sich Sorgen.«

»Es ist immer möglich, aber ich glaube es nicht. In der Großstadt ist es anders. Das Erregungspotenzial ist hier deutlich höher. Aber wir müssen natürlich damit rechnen.«

»Aber, ich meine … das ist doch ein Skandal.«

»Nein, nein, es ist völlig normal. Keine Angst, ich bringe meine Leute mit.«

»Deine Leute?«

»Personenschützer. Die verstehen ihren Job. Du hast es ja gesehen.«

»*Personenschützer.*« Hein schüttelt langsam den Kopf. »Ich finde sie beunruhigend, diese Männer. Ich möchte sie nicht im Nacken haben bei einer Veranstaltung.«

»Sie sind sehr nützlich.«

»Wie kommst du an diese Leute heran?«

Schönfeld zuckt mit den Schultern. »Man hat so seine Verbindungen. Es sind brave Kerle. Gut ausgebildet. Militärisches Training.« Er lächelt breiter. »Echte *Patrioten.*«

»Du musst Leibwächter mitnehmen auf deine Lesungen, du musst Leute dafür bezahlen, dass sie dafür sorgen, dass nicht irgendwelche Randalierer kommen und … ich weiß auch nicht. Was ist das? Ich meine, was sagt uns das über unsere Zeit?«

»Es sagt uns, dass es nicht mehr *unsere* Zeit ist, ganz einfach.« Schönfeld schwenkt das Glas in der Hand, spricht ruhig und ohne Bitterkeit. »*Unsere* Zeit ist vorbei, und eine neue Zeit beginnt. Das weißt du doch selbst.«

Hein hebt die Hände. »Mag sein. Du hast wohl recht. Es ist bestimmt richtig, es muss ja weitergehen. Fortschritt.«

Schönfeld verzieht den Mund. Grinst und trinkt.

»Das Alte muss weichen irgendwann, das ist ja immer so gewesen«, sagt Hein. »Aber«, er hebt einen Finger, »ich bin mir nicht sicher, ob diese neue Zeit eine bessere Zeit sein wird, wirklich nicht. Es sieht mir nicht so aus.«

Schönfeld lacht und stellt das Glas vor sich auf den Tisch. »Du bist ein Pessimist, das bist du immer gewesen, auch früher schon.«

»Nein, ich glaube nicht.«

»Du gehst davon aus, dass *sie* es sein werden, die am Ende die Nase vorn haben, dass es blindwütige Krakeeler sein werden, die den Ton angeben in der Zukunft. Linke Demonstranten.« Er lächelt, spitzt genießerisch die Lippen. »*Heiden.*«

Hein schüttelt den Kopf, seine blauen Augen sind wässrig vom Alkohol.

Schönfeld aber winkt ab. »Siehst du, und ich – *der Optimist* – bin mir da eben nicht so sicher. Im Gegenteil. Ich glaube, dass unsere lauten, krakeelenden Fortschrittsgläubigen über ihre eigenen Füße stolpern werden. Sie liefern ihren Gegnern Futter, jeden Tag. Je lauter sie werden, je nachdrücklicher sie fordern, dass wir von der Bühne abtreten – du und ich –, desto unbeliebter machen sie sich. Und es bilden sich ja bereits neue Allianzen, neue Solidaritäten.«

»Ich begreife die Menschen nicht mehr.«

»Warum? Sie sind doch so einfach zu verstehen. Alle wollen etwas von sich halten. Die Menschen wollen sich wichtig und gut fühlen. *Du* willst das …«

Hein macht fahrige Bewegungen mit dem Kopf und den Händen, möchte widersprechen, aber er ist jetzt nicht an der Reihe. »… und ich will es auch. Aber wir sind alt, und die meisten da draußen sind jung. Das hat übrigens gar nichts mit dem biologischen Alter zu tun!« Er kommt in Fahrt, gerät sogar in Rage, ist dabei aber scheinbar ganz zufrieden. »Recht haben wollen sie, aber nicht wie Alte, die ihre Erfahrungen gemacht haben, sondern wie Kinder, die das Gefühl haben, dass man ihnen irgendwas vorenthält, und sich deswegen beschweren. *Recht haben* – wie wichtig das geworden ist! Man hätte es sich nicht träumen lassen. Recht haben allein ist ihnen dann aber längst noch nicht genug.«

»Nein?«

»Nein! Aufmerksamkeit wollen sie. Die Besten wollen sie sein und dafür gelobt werden. Was man ist, ist man ja immer nur im Vergleich mit anderen. Im Vergleich mit uns zum Beispiel.« Seine Hand fährt auf. »*Abgrenzung.* Ich sage es doch! Immer müssen sie besser und schöner und anständiger sein als die anderen. Aber zufrieden … wirklich *zufrieden* sind sie erst, wenn sie jemandem das Spielzeug zerschlagen, wenn sie jemanden beschuldigt und vertrieben haben. Wenn ihnen der Spielplatz alleine gehört. Wenn garantiert niemand mehr da ist, der besser ist oder schöner oder der womöglich etwas besser wissen könnte als sie.«

Hein schaut Schönfeld an. Schönfeld tut, was er gut kann. Schönfeld erklärt. »Im Grunde dürfen wir uns gar nicht beschweren. Ganz im Ernst! Wir haben unseren Kindern doch immer vorgebetet, dass sie bloß nicht auf die da oben hören sollen. Dass sie hinterfragen sollen, was die alten Männer sagen. Und das aus voller Überzeugung. *Aufklärung*, mein Lieber!« Noch so ein Wort, das er hörbar genießt, das er nachklingen lässt, bevor er fortfährt. »Wir haben ihnen gesagt: Hört nicht auf eure Lehrer, bildet euch ein eignes Urteil, hört nicht auf die, die Politik machen, nicht auf die, die die Macht haben und das Geld. Hört nicht auf die Klugen, die Bücher gelesen haben, denn es sind bestimmt die falschen Bücher gewesen, hört nicht … hört nicht auf die Pfaffen, schon gar nicht auf die.« Lachend prostet er ihm zu.

Hein rutscht unbehaglich auf seinem Platz hin und her.

»Was haben wir uns darauf eingebildet, auf unsere Kritik an den Autoritäten. Was waren wir stolz auf uns«, sagt Schönfeld. »Eine Generation später, bei unseren Enkeln, war es schon die größte Selbstverständlichkeit. Da hat schon niemand mehr einem Politiker ernsthaft geglaubt oder einem sogenannten Intellektuellen. Warum auch? Man glaubt sich selbst, und nur sich selbst. Man glaubt, selbst der Klügste und der Wichtigste zu sein und dass alle, die oben sind, nach unten gehören, um Platz zu machen. Schließlich muss es eine Ungerechtigkeit sein, dass jemand etwas hat, das ich selbst nicht habe. Und weil es egoistisch sein könnte, das zu sagen, hole ich mir einen Ausländer an meine Seite, einen Schwulen, einen Transsexuellen, einen Behinderten. Was weiß ich. Ich nehme irgendeinen bedauernswerten Tropf und sage: Solange ihr da oben seid und mein armer, trauriger Ausgebeuteter hier unten sein Dasein fristen muss, ist die Welt nicht gerecht und gehört geändert. Punkt!« Schönfelds Hand, schwere Finger, die abfällig abwinken. »Alles Kinder! Sie schreien, sie kreischen, und ihre Eltern stehen hilflos daneben, bis sie ihnen irgendwann geben, was sie wollen. Damit endlich Ruhe ist. Diese Kinder haben das Internet erfunden, um schreien und ihren Willen bekommen zu können, und es funktioniert wunderbar. Sie wollen nicht mehr diskutieren, das ist etwas, was zu einer älteren Zeit gehört, zu *unserer* Zeit. Sie wollen recht haben, keine Argumente hören, denn Argumente, besonders die guten, sind ein *Machtinstrument.*« Er kichert. Über das Wort. »Ein gegnerisches Argument auszuhalten hieße, die Macht der anderen und die eigene Ohnmacht auszuhalten. Das aber haben sie nicht gelernt in ihren Kinderzimmern, in denen man ihnen eingeredet hat, dass Kinder klüger sind als Erwachsene. Dass sie nicht hören sollen auf sogenannte kluge Leute, sondern nur aufs innere Gefühl. Auf das innere Gerechtigkeitsempfinden. Und dieses Empfinden sagt eben jetzt zu uns: Ihr müsst weg, es darf euch nie gegeben haben, nicht eure Sprache, nicht eure Fehler, nicht eure Argumente, nicht eure Worte, nicht euer Geschlecht. Ihr sollt weg. Weg mit eurem Kapitalismus, weg mit eurem Christentum und eurer weißen Haut, weg mit eurer Philosophie und euren Büchern, weg mit eurer Kunst, die eine weiße, heterosexuelle Männerkunst ist, die ihre Objekte ausbeutet und ihre Abhängigkeit vom weißen Mann verlängert.« Schönfeld legt sich beide Hände auf den Bauch, zuckt mit den Schultern und lächelt. »Weg mit eurer Toleranz, weg mit euren Werten, die nur für euch da sind und nicht für die anderen. Weg mit eurem Einverstandensein, weg mit eurer Demokratie. Denn die ermöglicht ja auch den unanständigen Menschen eine Wahl. Weg mit eurem falschen Frieden.« Sein Lächeln zeigt Zähne. »Sie bauen neue Scheiterhaufen, sie sind schon dabei. Sie wollen das eine Regime gegen das andere ersetzen«, sagt Schönfeld mit Genuss. »Meinetwegen. Aber es wird am Ende doch nur wieder eines sein, das seine eigenen Machtstrukturen festigt, seine eigenen Ausschlussmechanismen, seine eigenen unüberwindlichen Hierarchien. Es ist, wie man's dreht und wie man's wendet, eigentlich bloß immer alles dasselbe.«

»Ich muss sagen, ich bewundere es, dass du dich damit so reflektiert auseinandersetzt, dass du einen, wie soll ich sagen … analytischen Abstand hast zu all diesen furchtbaren Entwicklungen, aber …«

Schönfeld zuckt mit den Schultern, hebt eine Hand vom Bauch und öffnet sie. Die Hand sagt: »Tja.«

»Aber man muss doch etwas tun. Ich möchte nicht, dass die Welt dem Bösen anheimfällt, dass der Widersacher triumphiert am Ende.«

»Wer sagt denn, dass es so kommen wird? *Der Widersacher!*« Schönfeld lacht. »Ich will mal den Advokaten deines Teufels spielen und sagen: Wahrscheinlich müssen wir nur Geduld haben, müssen den Satan einige seiner Schlachten gewinnen lassen.«

»Nein, wirklich nicht. Nein, nein.«

Schönfeld trinkt das Glas aus, schenkt sich nach, lässt

den Wein in seinem Mund hin und her schaukeln. Eine tiefe, dunkle, bittere Welle, in die er seine Zunge taucht.

»Die Menschen werden es erkennen, mach dir nicht zu viele Sorgen«, sagt er nachschmeckend. »Aber erst einmal müssen sie aufwachen. Du weißt doch, nicht nur der Leibhaftige hat seine Schüler, die er auf die Erde schickt, auch dein Gott. Er hat seine Engel, aber die sind eben immer etwas dumm gewesen.«

Auch Hein trinkt sein Glas aus. Er lacht, schüttelt den Kopf.

»Doch, das waren sie! Sind es immer noch, werden es immer sein«, sagt Schönfeld. »Ihr ganzer Effekt beruht nur darauf, dass sie irgendwo auftauchen, mit Licht und Blitz, und dann raunen sie irgendwas und sind auch schon wieder verschwunden. Bloß passiv. Sie kommen nicht wie die Teufel auf uns herab. Sie prügeln sich nicht mit uns, dazu sind sie sich zu fein.«

»Das stimmt so nicht.« Auch Hein lächelt breiter, kann endlich eigene Argumente einstreuen. »Denk an Jakob!«

Jakob?

»Der hat eine ganze Nacht lang gerungen mit einem Engel, und gehinkt hat er anschließend, weil der Engel so stark gewesen ist.«

»Na ja …«

»Doch, doch! Erstes Buch Mose, mein Lieber.«

Schönfeld winkt ab, räuspert sich, muss sich einen Augenblick sammeln, während Hein sich zufrieden und mit roten Wangen auf dem Ledersofa zurücklehnt.

»Erstens: Ob das ein Engel war, ist nicht ganz sicher«, sagt Schönfeld. »Und zweitens, selbst wenn: eine Ausnahme. Die Engel haben für gewöhnlich nicht gekämpft, das war unter ihrer Würde. Sie bringen Botschaften. Und die will keiner hören.«

»Aber sie werden kämpfen, müssen kämpfen. Der Erzengel Michael wird sie anführen mit seinem Schwert. Die himmlischen Heerscharen. Es ist eben nur noch nicht so weit.«

»Mag sein, ja. Vorerst aber sind sie plump und weit weg und unerträglich arrogant. Sie lassen die Menschen in Ruhe, schauen bloß beleidigt zu, wie sie sich dem Teufel in die Arme werfen.«

Hein schüttelt den Kopf, und Schönfeld berührt ihn am Arm, stupst ihn an: »Du solltest dich freuen! Es ist nur eine Frage der Geduld. Wenn die Macht des Teufels stärker wird, wird auch Gott stärker. Dialektik! Merkst du es noch nicht? Deine Kirche profitiert bereits.«

»Ist mir neu.«

»Es gibt Statistiken, ich hab das erst letzte Woche irgendwo gelesen. Umfragen. Seit die Islamisten ihr Unwesen treiben bei uns, geben die Deutschen wieder an, das Christentum sei ihnen wichtig. Na also! Vor ein paar Jahren war es ihnen noch egal. Ach was, *peinlich* war es ihnen. Jetzt aber kommen sie zurück. Zu ihrer Identität. Zur Heimat. Zu Gott. Zum Kreuz. Sie haben genug vom Regenbogen und den offenen Türen und den Minaretten, die uns jetzt überall in die Städte gebaut werden, glaub mir. Sie machen die Türen wieder zu, sie schließen ab. Warte nur. Eh du dichs versiehst, sitzen sie sonntags bei dir im Gottesdienst und beten mit Tränen in den Augen das Vaterunser. Als wären sie nie weg gewesen.« Er schenkt nach, und Hein schaut erst ihn fragend an und dann den Wein. »Danke.«

»Ich mache uns noch eine Flasche auf.«

»Ich glaube, wir sollten nicht …«

»Ach! Was *du* glaubst!«

Vielleicht war das zu barsch. Schönfeld ist schon aufgestanden, ächzend, hat bloß abgewunken. Beinahe hört er sich wieder an wie vorhin im Zimmer hinter der Bühne. Auch die Füße hebt er nicht mehr richtig, schlurft über das von einer dezenten Fußbodenheizung angewärmte Parkett zur offenen Küche hinüber, wo er missmutig eine der beiden noch übrigen Flaschen betrachtet. Ein bisschen benebelt ist er. Gut so.

Schönfeld hat den Weinschrank nicht aufgefüllt in letzter Zeit, und er wird es auch nicht mehr tun. Draußen im Flur stehen schon Kartons. In einige davon hat er Bücher gepackt, ein paar Andenken, Unterlagen. Er wird die Wohnung aufgeben. Seine Frau lebt schon seit einiger Zeit in der Schweiz. Als der ganze Ärger losgegangen ist, hat sie einige sehr unhöfliche Dinge zu ihm gesagt und die Koffer gepackt. Sie hat sich, ohne lang abzuwarten, ins Flugzeug gesetzt, und jetzt wird er ihr wohl oder übel folgen. Sein Verleger wird nächste Woche bekannt geben, dass sie ihre langjährige Zusammenarbeit nicht fortsetzen. Fürchtet sich vor unerfreulichen Szenen auf der Buchmesse.

Deutschland mag Schönfelds Thema sein, leben aber wird er hier bald nicht mehr können, das ist ihm klar. Im Grunde, denkt er, ist es ja auch ein unerträgliches Land, borniert und furchtbar. Ohne Rückgrat. Sein Sohn unterrichtet schon seit einiger Zeit in England, lebt dort mit einer Engländerin und Schönfelds Enkeln. Seine Tochter studiert in Spanien, und auch Schönfelds Geld ist bereits zum großen Teil im Ausland. Da kommt so schnell niemand heran. Das ist wichtig, aber es sind auch noch andere Dinge wichtig. Auch im Ausland möchte man sagen können: Ich bin immer noch ich, und was ich geleistet habe, über Jahrzehnte, ist immer noch etwas wert.

Sein Blick fällt auf den weißen Lautsprecher auf der Arbeitsplatte. Er hört gern Musik beim Kochen. Wenn er sich mal richtig entspannen möchte, steht er stundenlang hier, schmort und brät, schneidet und sautiert und wartet darauf, dass aus Knochen und Gemüse und Fleisch dicke, sämige Soßen werden.

Er lauscht auf die Musik, versucht, sie wenigstens kurz zu genießen. Pollini spielt ausgewählte Sonaten auf einer älteren Aufnahme der Deutschen Grammophon, zwei CDs, digital zusammengefasst zu etwas mehr als zwei Stunden: *Pathétique* und *Appassionata*, *Sturm* und *Waldstein* und am Ende *Les Adieux*. Dazwischen, Schönfelds liebste: Nummer 14, cis-Moll. *Mondschein*. Gedankenmusik, klar und beherrscht und vollkommen angstfrei. Wo ist der Korkenzieher? Er hat den Pollini letztes Jahr noch mal live gesehen, drüben in der Philharmonie. Ist zu alt geworden für das, was er da versucht, interpretiert fahrig. Eine Enttäuschung, findet Schönfeld während sich der Korken mit einem länglichen, widerwilligen Quietschen aus der Flasche ziehen lässt.

Pollini spielt, von der Arbeitsplatte aus, die Nummer 25 – erster Satz: *presto alla tedesca* –, und Schönfeld grinst abfällig vor sich hin. Er schaut sich seine Berliner Wohnung noch mal an, denkt daran, dass er letztes Jahr eigentlich den alten Kamin wieder in Betrieb nehmen wollte. Aber der Aufwand wäre zu hoch gewesen, und jetzt ist es sowieso egal. Aber, zugegeben, mit einem echten Feuer wäre es noch erheblich behaglicher.

Draußen vor dem Fenster hängt ein fast voller Mond. Künstlich sieht er aus, als wäre er in einer Theaterwerkstatt hergestellt worden. Als würde er vom Schnürboden aus an dünnen Fäden über den Berliner Himmel gezogen, bloß ein kitschiges Operetten-Requisit über einer dunklen Bühne. Das alles da draußen, denkt Schönfeld, ist doch gar nicht echt. Was hat das da draußen mit ihm zu tun? Nichts. Es hält ihn nichts. Warum soll er hierbleiben? Warum sollte er dieses Land nicht einfach verlassen, in irgendein anderes gehen, das er sich aussucht, das ihm besser gefällt, in dem er sich wohler fühlt? Wer könnte es ihm verbieten? Niemand.

Hein hüstelt verlegen auf dem Sofa, und Schönfeld schreckt aus seinen Gedanken. Er muss sich zusammenreißen, noch einmal seinen Charme spielen lassen, vor seinem endgültigen Aufbruch versuchen, zu retten, was zu retten ist. Er mustert den Propst, seinen alten Freund, der überfordert und irritiert zu ihm aufschaut. So hat er damals auch ausgesehen. Schönfeld erinnert sich. Jung sind sie gewesen, eine Gruppe, ein Klub beinahe. Hein der Größte, der Jüngste – endlos lange Arme, lange blonde Haare, übermäßig ernst, übermäßig verlegen. Kein Glück bei Frauen, dafür ein wütendes theologisches Glühen. Tiefe und Zorn. Schönfeld stellt die Flasche auf den Tisch und setzt sich. Diesmal nicht ihm gegenüber, sondern direkt neben ihn, ganz dicht, legt ihm kurz eine Hand auf die Schulter, wofür er den Arm strecken muss, weil Heins Schulter so weit oben ist. Ein Sitzriese.

»Ich muss viel an früher denken in letzter Zeit«, sagt Schönfeld.

»Ich auch.«

Geredet und gefeiert haben sie, getan, was man tut, wenn man studiert. Experimente gemacht, sich in Verschiedenes hineingesteigert. Es übertrieben. Einmal ganz besonders. Schönfeld schaut in Heins altes Gesicht und findet das des jungen Mannes. Der den Teufel gebraucht hat, um sich selbst zu verstehen. Und die Welt.

»Du hast also wieder angefangen. Kannst die Welt nicht sich selbst überlassen.«

Hein schüttelt den Kopf, bevor er den Blick senkt. »Nein, das kann ich nicht. Woher hast du es gewusst?«

»Tobias hat mich angerufen vor ein paar Tagen.«

»Ihr habt immer noch Kontakt?«

Wer teilt, was sie teilen, darf nicht loslassen. Gewisse Erinnerungen verbinden. »Ja. Wir stehen noch in Kontakt. Er sagt, du hast ihm jemanden abgenommen, eine junge Frau.«

»Ja, er wusste sich nicht mehr zu helfen. Und ihr vor allem. *Ihr* wusste er nicht mehr zu helfen. Ein schwerer Fall. Hat mich viel Kraft gekostet.«

Schönfeld nickt.

»Tobias sagt, er hätte mit einem anderen Ausgang gerechnet.«

Heins Augen sind wässrig und gerötet, seine Finger zittern ein wenig. Wirkt schwach. Senil geradezu. Aber er hat auch viel getrunken, was er gewiss nicht gewohnt ist. Schönfeld kennt ihn anders. Er hat ihn erlebt, weiß, welche Kräfte aus ihm herausbrechen können, wie viel kompromisslose Entschlossenheit.

»Außerdem habe ich deine Handschrift erkannt. Deine … Signatur.«

»Es ist nicht so, als könnte ich mir das aussuchen, Arvid, ich habe keine Wahl. Sie oder ich. Ich kann mich nicht ergeben, sie blindlings wüten und alles zerstören lassen. Ich habe jedenfalls nicht vor, das zu tun.« Eigensinnig zusammengepresster Mund, ein Kopfschütteln. »Ich nehme nicht in Kauf, dass ihm unsere Welt in die Hände gerät.«

»Dein Idealismus ist bewundernswert, wirklich. Aber du musst aufpassen. Du musst vorsichtiger sein.«

»Nein. Darum geht es nicht. Wenn es vorbei ist, ist es vorbei, dann soll es so sein. Aber bis dahin habe ich getan, was ich konnte.«

»Dieser Junge hier in Berlin, in dem Schrebergarten. Was sollte das?«

Hein rückt ein Stück ab, starrt ihn an. Seine Stimme wird fester, lauter. »Du glaubst doch nicht etwa, das sei ich gewesen? Nein! Nein, sie spielen ein Spiel mit mir, sie verhöhnen mich, sie äffen mich nach. Und dazu benutzen sie diese arme Familie, die nichts dafür kann. Ich habe heute mit der Mutter gesprochen. Eine geknechtete Seele.«

Schönfeld hat beide Gläser neu gefüllt. »Aber wie bist du denn an die Familie herangekommen?«

»Ich habe bei der Polizei angerufen und sie gebeten, mich mit ihr in Verbindung zu setzen.«

»Was?« Er stellt die Flasche auf dem Glastisch ab, laut. Schönfeld schaut Hein an. Nein, senil ist er nicht. Er ist verrückt. Schon immer gewesen, aber jetzt auf eine neue, eine andere Art. Er hat *bei der Polizei* angerufen? Schönfeld räuspert sich, trinkt, denkt. Der Idiot geht zur Polizei, statt sich zu verstecken. Macht sie auf sich aufmerksam, statt sich bedeckt zu halten. Er redet mit Leuten, wird irgendwann im Brustton der Überzeugung alles sagen. Vielleicht hat er das sogar schon. Ist *er* es gewesen? Hat er ausgepackt? Hat er womöglich mit diesem Jakob Bechstein gesprochen? Die Sache so in Gang gebracht?

»Du wirst Hilfe brauchen«, sagt Schönfeld, so sanft wie möglich.

»Das kann sein, ja.«

»Finanzielle Hilfe, meine ich. Denn es ist durchaus vorstellbar, dass du wegmusst. Bald.«

»Ich bleibe, solange ich gebraucht werde.«

Schönfeld schüttelt den Kopf. »Ich kann dir helfen, wenn es hart auf hart kommt.«

»Ich danke dir.« Hein nickt, hat vor Rührung rote Wangen. »Ich hatte darauf gehofft, wenn ich ehrlich bin. Es ist beruhigend, dass man noch jemanden hat, dem man vertrauen kann.«

Schönfeld lächelt. »Uns verbindet so viel.« Ein Handschlag. »Wie hat Hindenburg gesagt? Treue ist das Mark der Ehre.«

Hein schaut ihn an. Innig.

»Aber auch ich brauche deine Hilfe. Ich will ehrlich zu dir sein. Das, was du heute miterlebt hast, war harmlos. Das bisschen Radau. Lächerlich. Aber sie umlagern mich, deine Teufel, sie drängen mich in die Ecke, nehmen mir die Luft zum Atmen.«

Hein nickt.

Nach einer kurzen Pause sagt Schönfeld: »Du hast Tobias jemanden abgenommen. Jetzt musst du *mir* jemanden abnehmen.«

Vielleicht ist es zu spät, vielleicht haben sie, was sie gegen ihn in der Hand haben, bereits an die Presse gegeben oder an die Polizei. Womöglich haben der Türke und die Schauspielerin ihre Informationen über ihn in Sicherheit gebracht und anderen zugänglich gemacht, vielleicht lässt es sich nicht mehr aufhalten. Aber vielleicht sind sie auch blutige Amateure und tatsächlich so dumm, wie sie scheinen. Und dann ist noch nicht alles zu spät. Wenn die Umstände stimmen und viel Glück im Spiel ist. Wenn man jemanden hat, der den Kopf dafür hinhalten kann, einen Strohmann, wie man sagt, der wahnsinnig genug ist. Schönfeld schaut zum Fenster hinüber, sucht den Mond am Himmel. Diese Nacht hat ihm einen Verrückten geschenkt. Er weiß das sehr zu schätzen.

Schönfeld klopft Hein aufmunternd auf den Rücken, schaut ihm tief in die Augen, ist dicht bei ihm.

»Wenn ich dir helfen kann, will ich es versuchen«, sagt der Propst.

»Nicht nur mir. Einer besessenen Seele.«

»Ja.«

»Sie sieht Gespenster, spricht mit Toten.«

»Eins der Zeichen.« Er zählt es an langen dünnen Fingern ab. »Wenn sie mit Geistern sprechen oder in Sprachen, die sie gar nicht kennen, wenn sie Dinge bewegen, zum Fliegen bringen.«

»Ich weiß. Sie hat daraus ein Geschäft gemacht. Aus den Geistern, mit denen sie spricht. Sie ruft sie für Geld herbei, sie bereichert sich daran. Und auf mich hat sie es abgesehen. Denn … sie weiß es.«

Heins Blick ist anders jetzt, verwirrter. »Sie …«

»Ja.« Ganz dicht bei ihm ist er. Rotweinatem und Schweiß und ein stechendes Eau de Toilette. »Sie weiß von uns. Von früher.«

Hein nickt. »Das überrascht mich nicht. Die Teufel müssen es ihr gesagt haben.«

»Ja.« Schönfeld nickt langsam.

»Sie sind es, die dich zu Fall bringen wollen. Uns. Sie haben Angst vor uns. Merkst du es auch?«

»Ja, ich merke es auch.«

»Sie sind jetzt überall, sie sind unglaublich aktiv.« Heins Augen sind offen, glasig, der Mund ist hart, seine Kiefermuskeln sind angespannt. Er schwitzt.

»Aber wir müssen uns beeilen. Morgen schon müssen wir uns der Sache annehmen.«

»So bald?«

»So bald wie möglich. Ich habe bereits meinen Anwalt informiert. Ein sehr fähiger Mann. Und ich werde auch gleich meinen Leuten Bescheid sagen, meinen braven Patrioten. Sie werden dich unterstützen.« *Presto alla tedesca.* »Sonst ist es zu spät.«

Schönfeld lächelt, und Hein lächelt auch.

V
Die Engel Wahrheit und Gnade

Es regnet, Freunde. Und der Rest ist Schweigen.
Wer noch nicht starb, dem steht es noch bevor.

Erich Kästner: Die dreizehn Monate

Dienstag, 10. Oktober 2017

1

Jakob Bechstein sammelt Punkte, hat aber noch nicht mal annähernd genug. Würde er die Augen öffnen, sprechen, und sei es nur Unzusammenhängendes, könnte er welche einstreichen. Einige wenige, dringend nötige Punkte. Komm, Jakob, streng dich an in deinem Bett. Wäre er bei vollem Bewusstsein, bekäme er die volle Punktzahl, 15 auf der Glasgow-Komaskala. Vorläufig hat er es jedoch lediglich auf den Stand von vier Punkten geschafft. Viel ist das nicht, und gute Prognosen lassen sich davon nicht ableiten. Einen Punkt dafür, dass er die Augen nicht aufmacht, den hat Jakob auf dem Konto, einen zweiten dafür, dass er nicht spricht. Aber immerhin: Kürzlich hat er es noch auf den dritten und den vierten Punkt gebracht. Da hat er sich Mühe gegeben, wenn auch nur kurz. Hat eine kleine Bewegung mit der linken Hand gemacht, eine leichte motorische Reaktion auf Schmerzreiz gezeigt. Er ist also immer noch da, irgendwo da drin. Heute Morgen aber bewegt er sich nicht, heute Morgen *wird* er nur bewegt. Die Arme, die Beine, nach links, nach rechts, ein Stück nach oben, eine Beuge. Die Physiotherapeutin ist bei ihm, geht von seiner linken auf seine rechte Seite, berührt ihn am Unterarm, dann am Knie, richtet ihn auf, spricht mit ihm. Nicht, damit er seine wohl definierten Muskeln behalten kann, in die er so viel harte Arbeit investiert hat. Das ist gar nicht möglich, hier geht es nur darum, Gelenkversteifungen zu verhindern. Lange dauert es nicht. Das bisschen Work-out. Da ist Jakob ganz anderes gewohnt. Aber die Physiotherapeutin muss weiter, muss zur nächsten Patientin. In der Tür verabschiedet sie sich, als würde er sie hören, was sicher nicht der Fall ist. Geht aus dem Zimmer, lässt ihn zurück. Und als ihre Stimme nicht mehr da ist und auch nicht ihre Berührungen, steigt Jakob Bechsteins Blutdruck ein ganz klein wenig an. Das EKG schlägt aus, hebt sich in eine winzige Kurve, und der Zeigefinger seiner rechten Hand schafft etwas, was er schon lange nicht mehr geschafft hat. Er zuckt.

Na, also.

Womöglich hat er ihn sich bald verdient, den nächsten Punkt.

2

Kathi Bechstein gähnt. In der vergangenen Nacht hat auch sie schlecht geschlafen. Vielleicht hat sie sich angesteckt bei Kenans Sorgen. Das fehlte gerade noch. Der Mond ist fast voll und zu hell gewesen, draußen vorm Fenster. Die Unruhe hat mit ihr im Bett gelegen, sich viel zu breitgemacht, sie stundenlang nach links und rechts gedreht, ihr die Kissen eingedrückt und die Decke zu warm und die Füße zu kalt werden lassen. Hat ihr lauter dumme Gedanken in Kreisen durch den Kopf gejagt. Zwischendurch hat Kathi wütend den Wecker angestarrt, als könne der irgendwas dafür. Eingeschlafen ist sie erst gegen fünf.

Die Dusche hat geholfen, doch noch in den Tag zu kommen, frische, gut riechende Klamotten auch. Sie fühlt sich schlapp, ist aber im Grunde ganz zufrieden. Es muss ja weitergehen, das Leben. Und das Gute ist: Das tut es auch. Es geht in neue Richtungen, und Jakobs Schwester geht mit. Ob sie will oder nicht.

Noch will sie.

Kathi trinkt Kaffee in der Küche, betrachtet das ungewaschene Geschirr. Sie denkt an Kenan und findet, dass sie zufrieden sein können mit sich. Sie wissen jetzt, wer schuld ist an Jakobs Zustand. Sie haben gewagt und gewonnen, etwas riskiert, und können nun die nächsten Schritte einleiten. Sie sind nicht mehr passiv, nicht bloß Opfer, sie sind aktiv geworden, haben den Spieß umgedreht. Und zugestochen haben sie gleich auch noch mit dem Spieß. Umdrehen alleine wäre zu wenig gewesen, findet Kathi, viel zu wenig. So viel Einsatz wird belohnt vom Leben. Und zwar immer mit Geschenken, die man am wenigsten erwartet.

Sie hat ein Angebot bekommen heute Morgen. Es ist noch nicht ganz fest, aber es sieht gut aus. Vielversprechend. Und natürlich kommt es nicht von Ulla. Ulla hat nichts damit zu tun. Vor ihr am Küchentisch ist der Laptop aufgeklappt, ihre Mails sind geöffnet. Ausgerechnet der Sachbearbeiter von der ZAV, der sich bei der Arbeitsagentur um Künstlervermittlung kümmert – Bereich Bühne –, hat sie für eine Umbesetzung vorgeschlagen. Eine Kollegin ist abgesprungen bei einem Musical, das schon seit ein paar Jahren ziemlich erfolgreich läuft. Weil sie eine Fernsehrolle bekommen hat oder irgendwas in der Art. Bei anderen Leuten passiert so was ja.

Kathi muss sich mit dem Regisseur treffen, möglichst schon Ende der Woche, und ein bisschen was vorsingen. Aber sie ist sich sicher: Das kriegt sie hin. Im Idealfall geht dann alles ganz schnell. Sie soll eine von mehreren Frauen spielen, die in einer Wartehalle am Flughafen sitzen und Popsongs der 80er und 90er singen, aber mit neuen Texten. Zum Thema Beziehung und Wechseljahre und Schönheitsideale und Männer und Feminismus. Alles nicht so furchtbar tiefgründig, aber mit Humor.

Kathi findet sich erheblich zu jung, um in einem Wechseljahre-Musical mitzusingen, aber sie würde für einen Monat jeden Tag in Essen spielen und danach vielleicht noch auf eine kleinere Tournee gehen. Das hieße, für eine Weile ein regelmäßiges und nicht allzu schlechtes Einkommen. Noch besser: Sie käme raus aus ihrer zu eng gewordenen Welt, raus aus dem hässlichen, ungewaschenen, unfreundlichen Berlin. Könnte neue Richtungen einschlagen. Sie sitzt in einem weiten, sehr gemütlichen Pullover an ihrem Tisch in der Küche und sieht sich schon auf der Bühne, sieht und hört sich singen. Dann schließt sie kurz die Augen, fährt mit den Fingerspitzen über den Rand ihrer Tasse. Der Gedanke an Jakob, drüben in der Charité, ist eine Belastung. Dazu die ganze Sache, die sie gestern losgetreten haben. Sie macht die Augen wieder auf, lässt den Blick durch die Küche schweifen, zum Fenster, streicht sich Haare hinters Ohr und trinkt einen Schluck. Kenan ist ja auch noch da. Außerdem könnte ihre Mutter wieder für eine Weile herkommen.

Kathi Bechstein weiß: Auch das gehört zu ihrem Beruf, ist eine der Grundvoraussetzungen. Dass man sich in Windeseile auf ein neues Projekt einlassen kann, und zwar von ganzem Herzen. Man muss sich rasch verabschieden können, darf nicht an irgendwelchen alten Geschichten hängen.

Es klingelt an der Tür. Ein Mal. Zwei Mal. Kathi stellt die Tasse ab. *Drei Mal.*

Sie drückt auf den Öffner, tritt vor die Wohnungstür, schaut das Treppenhaus hinunter. Sie wundert sich nicht mal. Kathi ist in großzügiger Stimmung. Bevor man neue Richtungen einschlägt, muss man gewisse Dinge abschließen. Sie ist bereit.

»Musst du eigentlich gar nicht in die Schule?«, fragt sie, als Sophie oben angekommen ist.

Das Mädchen schüttelt ernst den Kopf. »Ich bin befreit.«

»Na, herzlichen Glückwunsch.«

Sophie geht an ihr vorbei, betritt den Wohnungsflur, als wäre es die größte Selbstverständlichkeit.

»Kommst du jetzt jeden Morgen? Ich meine, nur damit ich mich darauf einstellen kann. Oder soll ich dir vielleicht einfach meinen Zweitschlüssel geben, dann kannst du hier nach Belieben rein- und rausmarschieren?«

Es soll ein Witz sein, aber das Mädchen richtet nur seine dunklen Brillengläser auf sie, verzieht den Mund kein Stück.

»Na ja. Jedenfalls kann ich dir kein Frühstück anbieten heute. Nach Kenans Gelage gestern ist mein Kühlschrank komplett leer.«

»Nein, danke, ist okay. Ich habe zu Hause ein Brot gegessen.«

»Na, dann los, komm mit ins Wohnzimmer. Aber nur für einen Moment!«

»Vielen Dank.«

»Möchtest du ein Glas Wasser?«

Sophie schüttelt den Kopf. »Ich habe Orangensaft getrunken.«

»Hast du noch mal mit deinen Eltern gesprochen?«

Ein weiteres Kopfschütteln. »Das geht im Moment nicht. Sie haben sich gestritten. Heute Nacht.«

Kathi nickt langsam mit dem Kopf. »Ja. Eine merkwürdige Nacht. Muss am Mond gelegen haben.« Sie hält inne, wechselt den Ton, versucht ein bisschen mehr wie Kenan zu klingen: »Und? Ist alles okay bei dir? Geht's dir gut? Ich meine, einigermaßen?«

»Ja, danke. Ich hab nachgedacht. Und mir ist was eingefallen. Was Wichtiges.«

»Aha.«

»Ich hab meinen Bruder ganz lange nicht verstanden,

aber jetzt hab ich's endlich kapiert. Es wäre echt einfacher, wenn er mit mir reden würde. Aber er redet bloß mit Ihnen.«

Kathi atmet tief ein.

»Er wollte, dass ich etwas finde für ihn«, sagt Sophie. »Und ich hab's gefunden.« Sie ist stolz auf sich, Kathi hört es deutlich.

»Aber jetzt müssen Sie mir helfen, es ihm zu geben.«

»Sophie ...« Kathi zögert. »Sag mal, wollten wir uns nicht duzen?«

Sophie zuckt mit den Schultern. »Lieber nicht.«

Aha. »Kenan duzt du doch auch.«

»Ich würde lieber *Sie* sagen.« Sophie schaut verlegen zu Boden. »Das ist ...« Sie sucht nach dem richtigen Wort. »Was Geschäftliches.«

Kathi nickt. »Ich verstehe. Wir können das ganz vernünftig besprechen. Wie Geschäftspartner. Finde ich sehr gut. Denn dann kann ich dir auch ganz vernünftig sagen, dass ich aus dem Geschäft aussteige. Ich mache so was nicht mehr. Sitzungen, meine ich. Das hat mit dir gar nichts zu tun, das gilt ganz generell.«

Sophies Augenbrauen heben sich über den Brillenrand. »Wieso das denn?«

»Ich spiele wieder Theater. Ich habe heute ein Angebot bekommen für ein Musical, weißt du, und das werde ich auch annehmen.« Als hätte sie die Rolle schon. Na ja, egal, sie wird sie bekommen. Sie hat sie verdient.

Sophie kaut auf ihrer Unterlippe, verzieht den Mund, fragt: »In einem *Musical?*« Ungläubig. Als wäre es vollkommen normal, dass Kathi Bechstein mit Toten in Kontakt tritt, aber vollkommen unvorstellbar, dass sie auf einer Bühne steht und singt.

»Ja.«

Sie überlegt. »Bei *Tanz der Vampire?*«

Kathi richtet sich auf, tritt einen Schritt zurück. »Nein. nicht bei *Tanz der Vampire*.«

»*Dirty Dancing?*«

»Nein!« Sie verschränkt die Arme. *Herrgott!* »Glaub mir, du kennst das Stück nicht.«

Sophie schüttelt unzufrieden den Kopf, nimmt den Rucksack ab, zieht ihre Jacke aus und hält sie Kathi Bechstein hin. Eine stumme, aber sehr entschiedene Aufforderung.

Kathi nimmt die Jacke und hängt sie seufzend an die Garderobe, während Sophie mit ihrem Rucksack bis ins Wohnzimmer geht und sich auf einen der Stühle setzt. »Ich glaube, ich verstehe«, sagt sie und schaut sich im Zimmer um. »Sie haben das nicht gern gemacht. Man hat das auch gemerkt ein bisschen. Und das bringt nichts: Sachen machen, die einem keinen Spaß machen.« Und nach einer Pause: »Oder Sachen machen, die man nicht so gut kann.«

Es war doch vernünftig, dass sie nie ernsthaft über Kinder nachgedacht hat. Schauspieler sind meistens keine guten Eltern, und Kathi fehlt wirklich die Geduld dafür, sich so was sagen zu lassen. Von einer Zehnjährigen!

»Aber ich glaube«, fügt Sophie nach einer Pause hinzu, »Sie sind viel besser, als Sie meinen. Wir hatten eine gute Sitzung. Ich weiß nicht, wie das bei Ihren anderen Kunden läuft, aber *mir* haben Sie wirklich geholfen.«

Kathi räuspert sich, verschränkt die Arme enger vor der Brust. »Herzlichen Dank«, sagt sie, aber ihre Stimme, das hört sie selbst, klingt zu scharf. »Freut mich, dass du zufrieden warst mit mir, aber …«

»Das mit dem *Musical* …« Sophie spricht das Wort schon wieder so merkwürdig aus, zieht es abwertend in die Länge. »Das ist ja noch nicht so weit. Heute, meine ich. Eine

Sitzung mit mir können Sie doch noch machen. Dauert ja nicht lange. Halbe Stunde höchstens.«

Vielleicht, denkt Kathi, ist es das Beste. Das Mädchen gibt ja doch keine Ruhe. Die Sache zum Abschluss bringen, ein für alle Mal. Die Vorhänge zuziehen und der Kleinen sagen, was sie ihr damals schon hätte sagen sollen, gleich am ersten Tag: *Dein Bruder, Sophie, sitzt oben im Himmel auf einer Wolke, glücklich und zufrieden. Er lässt dir ausrichten, dass er euch alle sehr lieb hat. Und er sagt, dass du dich mit deinen Eltern gut vertragen und ihn ziehen lassen sollst. Dann wird alles gut.*

»Ich glaube, wir brauchen nur noch diese eine Sitzung«, sagt Sophie und zappelt mit den Beinen. »Sie müssen ihm was geben. Wenn Finn hat, was er will, ist er bestimmt zufrieden.«

»Was will er denn?«

»Ich habe es immer durcheinandergebracht«, sagt Sophie und kramt im Rucksack. »Ich war dicht dran, aber es war das falsche.«

»Das falsche *was?*«

»Das falsche Messer!«

3

Sophie ist nicht da. Irena Kramer ist allein. Sie findet die Spuren ihrer Tochter in der Küche, aber es sind andere diesmal. Ein Glas mit einem Rest Orangensaft und ein Teller mit Krümeln, halbwegs ordentlich neben die Spüle gestellt. Alle Schubladen sind geschlossen, nirgends stehen Töpfe und Pfannen, und das Besteck ist dort, wo es hingehört. Aber Sophie hat ihre Jacke angezogen und irgendwann, schon früh vermutlich, die Wohnung verlassen. Ohne ihrer Mutter Bescheid oder guten Morgen zu sagen, ohne sich zu verabschieden. Sie ist noch so klein, gerade einmal zehn, und wandert ganz alleine durch die Stadt. Irena Kramer fragt sich, wie viel Sophie mitbekommen hat von dem, was letzte Nacht passiert ist. Ihre Tochter bekommt viel mit, aber sie begreift nicht alles. Wie auch? Wo ist sie hingegangen? Vielleicht ist sie bei ihrem Vater. Womöglich, denkt Irena Kramer und schlingt einen Arm um ihren Bauch, wäre das am besten so. Die beiden zusammen. Vater und Tochter. Vater und Tochter gemeinsam *gegen sie*. Das wäre eine Möglichkeit. *Warum bist du nicht hier bei mir, Sophie? Warum stehst du mir nicht bei? Warum bist du nicht mehr meine Verbündete?*

Es ist grau draußen, und einzelne Tropfen rinnen die Scheibe des Küchenfensters hinab. Es soll ein Regentag werden, und am Nachmittag könnte es stürmen. Irena Kramer nimmt ihr Medikament nicht und lauscht auf die Stille, lauscht darauf, wie es sich anhört, allein zu sein.

Es hat andere Zeiten in ihrem Leben gegeben, in denen sie allein gewesen ist, und die waren, im Nachhinein betrachtet, nicht die schlechtesten. Keine Verbündeten zu haben heißt auch, frei zu sein. Sie ist jetzt eine Ehefrau, eine Mutter. Hat Verantwortung. Vielleicht muss sie aber trotzdem von vorn anfangen, wieder frei sein und nur bei sich, muss für sich selbst da sein.

Sie holt die Rolle mit den Mülltüten aus der Schublade und geht damit ins Schlafzimmer zurück. Sie reißt eine ab, schüttelt sie auf und beginnt damit, Roberts Hemden aus dem Schrank zu nehmen und in die Tüte zu stopfen, eins nach dem anderen. Das Leben geht vorwärts und nicht rückwärts, das hätte sie längst akzeptieren müssen. Damals, nach Sarahs Tod, haben sie zusammengefunden, Robert und sie, haben sich in ihrer Trauer verbunden. Sie hat gedacht:

Es wird wieder so sein. Wenn sie trauern, wenn sie um den Jungen trauern, weinen sie gemeinsam und drehen die Zeit zurück, bis zu dem Augenblick, wo sie einander gebraucht und gehalten haben.

Stattdessen war es ganz anders. Stattdessen hat sie, ohne es zu wollen, die Zeit vorgedreht, dem Ende entgegen.

Es herrscht eine einverständige Ruhe im Schlafzimmer und in ihr selbst, während sie seine Hosen zusammenlegt und in die nächste aufgeschüttelte Tüte schiebt, eine über die andere. Der Schrank leert sich, wie sich die ganze Wohnung leert und ihr Leben. Schließlich betrachtet sie das Bett. Ihr Blick ruht auf dem Kissen, auf dem ihr Kopf gelegen hat für ein paar Stunden heute Nacht, nachdem alles vorbei war, und dann wandert er hinüber zur Lampe auf dem Nachtschrank. Sie denkt daran, wie sie sie im Fall heruntergerissen hat. Und wie sie dann …

Irena Kramer schließt die Schranktüren, bringt die prall gefüllten Säcke auf den Flur – die kann er sich abholen. Wenn nicht, kommen sie in den Müll, das macht ihr nicht das Geringste aus. Sie ist jetzt wach, wacher, als sie es seit Langem war. Wacher und freier und …

Sie geht zurück, steht in der Schlafzimmertür und betrachtet die Lampe auf dem Nachtschrank. Ihre Finger bewegen sich, ballen eine schwache Faust und lösen sich wieder, immer abwechselnd. Sophie muss hier hereingekommen sein. Sie hat sie aufgerichtet. Sophie tut es leid, dass sie so viel Chaos angerichtet hat in den letzten Tagen, in der Küche und im Rest der Wohnung, und jetzt räumt sie auf. Sie stellt brav ihr Geschirr neben die Spüle und die Lampe auf den Schrank. Irena Kramer spürt eine Kälte in ihrem Hinterkopf und hinter ihren Augen. Wo ist sie hingegangen heute Morgen?

Sie ist erst zehn. Versteht nicht alles. Aber Sophie bekommt viel mit. Sie ist immer hier. Sie ist in ihrem Zimmer, während alles Mögliche passiert, liegt in ihrem Bett, sollte schlafen, hört aber, was die Eltern sagen. Sie hört, wie sie kommen und gehen. Lauscht.

Irena macht Schritte auf den Nachtschrank zu, spürt den weichen Teppich überdeutlich unter ihren Socken. Sophie war hier heute Nacht.

Irena kniet sich hin, kniet sich vor den Schrank. Sie öffnet die unterste Schublade, fährt mit der Hand hinein. Vielleicht ist jetzt endlich die Zeit gekommen, das Ding wegzuschmeißen. Das ist so ein rettender Gedanke, eine Hoffnung in allerletzter Sekunde. Roberts Hemden schmeißt sie weg, seine Hosen und dieses …

Dabei weiß sie es schon. Sie spürt, dass es nicht so ist, wie es sein müsste. Irena Kramer zieht die Schublade ganz auf, mit einem Ruck, und alle Ruhe ist weg. Die Ruhe ist weg und das Messer auch.

4

Es ist ein schönes, großes Taschenmesser, ein echtes Schweizer Fabrikat, aus dessen rotem Heft man auch einen kleinen Korkenzieher und einen Flaschenöffner ziehen kann, eine ziemlich nutzlose Miniaturschere und sogar eine Feile. »Finn war stolz darauf«, sagt Sophie und zuckt und zappelt auf ihrem Stuhl herum. »Papa hat es ihm geschenkt, zum Geburtstag, als er neun geworden ist.« Ein zu großes, vor allem zu scharfes Messer für einen kleinen Jungen, aber er hat es zum Schnitzen benutzt, nicht zum Kämpfen.

»Nur feige Säue kämpfen mit Messern«, hat er gesagt, als Sophie meinte: »Du hast ja dein Messer, da kann uns keiner was.«

Finns ernstes Kopfschütteln, und das Licht, das sich auf der Klinge bricht. *So was kommt nicht infrage. So sind wir nicht.*

Er wollte keine feige Sau sein, das bestimmt nicht. Aber sie ist sich nicht sicher, ob er wirklich nur deshalb darauf geachtet hat, es ausschließlich zum Schnitzen zu benutzen, für Stöcke und Äste, und zum Zerteilen von Obst und zum Kappen von Stricken. Er hatte Angst, dass sie es ihm wieder wegnehmen würden. Ihre Mutter hat es oft genug angedroht.

»Ich glaube, dass sie es ihm weggenommen hat«, erklärt Sophie, und Frau Juniper schaut sie groß an. »An dem Tag, als es passiert ist. Da haben sie sich gestritten. Und ich vermute, *das ist es*. Deshalb ist er so. Er will es endlich wiederhaben.«

Deshalb hat er Sophies Erinnerung an jene Nacht zurückgeholt, die so schnell verschüttet worden ist von den darauffolgenden Tagen. Sophies Mutter hat die Wohnung noch einmal verlassen, später, nachdem sie so lange vergeblich darauf gewartet hatten, dass sich der Schlüssel im Schloss dreht und Finn zurückkommt, dass er in sein Zimmer marschiert und die Tür hinter sich zuknallt, nicht mit sich reden lässt, aber wenigstens wieder da ist. Schon dunkel war es, schon spät, halb elf. »Ich fahre noch mal in den Garten. Wenn er da ist, bringe ich ihn mit!«

Sophie ist allein, Sophie macht sich Sorgen, hat Angst. Sie verkriecht sich in ihrem Bett und löscht das Licht. Lange muss sie darauf warten, dass die Wohnungstür sich wieder öffnet. Zwischendurch fällt das Lid über ihr gesundes Auge, sie schläft vielleicht sogar eine Weile, trotz ihrer Angst. Aber dann geht die Tür auf, vorne im Flur, und ihr Auge auch.

Sie sind wieder da, denkt Sophie. Finn und ihre Mutter! Sie schlägt die Decke zurück und merkt noch im ersten Schwung, dass etwas nicht stimmt. Kein Licht wird gemacht im Flur, und es sind nur *ihre* Schritte, die Schritte ihrer Mutter, und nicht seine. Sophies Herz klopft. Er ist nicht dabei. Sie lauscht.

Ihre Mutter macht ein Geräusch, ein ungewohntes. Irgendwas. Es ist ein Rascheln und ein Ton, als würde sie etwas sagen wollen, es aber dann doch nicht tun. Sophie steht auf, schleicht zur Tür, öffnet sie einen Spalt. Es ist dunkel im Flur. Ihre Mutter steht vor der Garderobe, zieht aber die Jacke nicht aus. Sie geht ins Bad. Mit der Jacke. Das ist nicht normal. Sophie bleibt hinter der Tür stehen, überlegt, ob sie rufen soll.

»Mama«, würde sie gern sagen. »War Finn nicht da?«

Ihre Mutter hat Licht angemacht im Bad, sie wäscht sich die Hände. Es dauert lange. Dann, endlich, verlässt sie das Badezimmer. Ohne die Jacke. *Jetzt kommt sie zu mir, jetzt sagt sie mir, was los ist. Sie tröstet mich, sie beruhigt mich, sie sagt, morgen wird alles gut*, denkt Sophie. Aber ihre Mutter geht direkt ins Schlafzimmer. *Hey! Ich bin auch noch da, ich will es wissen!*

Manchmal bewegen sich die Erwachsenen vor ihr wie in einem großen, unsichtbaren Ballon. Abgeschottet. Sophie kennt das. Dann hat es keinen Sinn, sie anzusprechen. Nicht mal, wenn man an ihrer Kleidung zupft, bringt das was. Sie winken vielleicht ab, ziehen den Arm weg, schauen nicht hin, sagen: »Nicht jetzt.« Mit anderen Erwachsenen sprechen sie vielleicht in so einem Moment, andere Erwachsene lassen sie in ihren Ballon hinein. Dann sind sie ernst, ernster als sonst, sind wütend oder traurig oder sagen in die Luft hinein: »Ich bin im Stress.« Sophies Mutter ist in so einem Ballon, aber der scheint noch undurchdringlicher zu sein als sonst. Sie ist nicht bloß im Stress, sondern irgendwo anders. Sie sieht aus, als wäre sie gar nicht sie selbst. Auch ihre Bewegungen sind ganz anders.

Sophie tritt auf den Flur, geht ihrer Mutter hinterher, sieht sie mit einem kleinen Gegenstand in der Hand im Schlafzimmer stehen. Was ist das?

Das Licht ist an, und Sophie schaut dabei zu, wie ihre Mutter sich hinkniet und das Ding in die unterste Schublade des Nachtschranks steckt. So kniet sie, mit dem Rücken zu ihr. Sophie sieht sie atmen, sieht, wie ihre Schultern hoch- und runtergehen und dass sie die Hände vor dem Gesicht hat. Ja, ihre Mutter macht sich Sorgen, noch viel schlimmere Sorgen, als sich Sophie gemacht hat. Das spürt sie, und es jagt ihr Angst ein. Sie hat ihre Mutter so noch nie gesehen, und sie ist froh, dass sie ihr nicht das Gesicht zuwendet.

Wahrscheinlich weint sie.

Sophie zögert. Sie möchte gern zu ihr gehen, aber sie traut sich nicht. Sie will nicht hören, wie ihre Mutter sagt: »Nicht jetzt.« Und sie will sie auch lieber nicht rausholen aus ihrem unsichtbaren Ballon, will nicht wissen, was genau ihrer Mutter solche Sorgen macht. Eigentlich will Sophie selbst getröstet werden. Sie will, dass ihre Mutter stark ist und weiß, was man tun muss. Sophie dreht sich um, huscht in ihr Zimmer, springt in ihr Bett, zieht sich die Decke bis zum Hals.

Nichts passiert, gar nichts. Aber gar nichts ist zu wenig. Das geht dann doch nicht.

Deshalb ruft Sophies Stimme vom Bett aus, durch die geschlossene Tür und hinein in den Rest der Wohnung: »Mama?«

Ja.

Jetzt kommt sie.

Die Tür öffnet sich.

Sophie liegt im Bett. »War er nicht da?«, fragt sie.

Ihre Mutter schüttelt den Kopf. »Schlaf, Sophie, schlaf jetzt.«

Sophie atmet tief ein und aus. »Ich hab dann später gar nicht mehr daran gedacht. Weil am nächsten Tag … also, da haben sie Finn gefunden. Ich war ganz durcheinander, und meine Mutter war auch durcheinander und anders als sonst, und ich wollte ihr nicht sagen, dass ich sie so gesehen habe, weil sie das bestimmt schlimm gefunden hätte. Und dann hab ich es ganz vergessen. Dass da irgendwas in der Schublade war, mein ich, etwas Wichtiges vielleicht.«

Ihre Mutter hat Finns Messer verstaut wie einen Schatz. Sie hat es ihm bestimmt weggenommen, nachdem sie sich gestritten hatten an dem Nachmittag. Zur Strafe, weil er sich ja fast geprügelt hat mit ihr. Oder sie hat es, später in der Nacht, im Garten gefunden, als er nicht da war. Wahrscheinlich war es so. Und da hat sie natürlich sofort gewusst, dass etwas Schlimmes passiert sein muss mit ihm. Weil er es nicht einfach so liegen gelassen hätte irgendwo. Niemals. *Deswegen* war sie so, *deswegen* haben ihre Schultern gezittert. Und deswegen ist Finn so wütend. Weil sie es doch noch getan hat, weil sie ihm doch noch sein Messer weggenommen hat, ganz am Ende.

Das Messer liegt zusammengeklappt zwischen ihnen, nur ein glänzend roter Griff. Sophie schaut es an, und Kathi Bechstein auch, und dann tauschen sie einen langen Blick. Es ist vielleicht nicht verwunderlich, dass sich Sophie seither nicht erinnert hat an jene Nacht. Womöglich war es die schlimmste von allen, weil alle Ängste, die sie in dieser Nacht gehabt hat, allein in ihrem Zimmer, schlussendlich Wirklichkeit geworden sind. Daran will man sich nicht erinnern.

Und jetzt?

Kathi Bechstein geht zu den Fenstern hinüber, zieht den Vorhang zu und schaltet das Licht an. Dann kommt sie zurück, greift nach dem Messer, betrachtet es und legt es wieder hin. Sie streicht Sophie kurz über die Haare. »Na schön. Aber wir sind uns einig: Das ist das letzte Mal.«

»Klar.«

»Weißt du …« Sie reibt mit der Hand ihren linken Oberarm, als wäre ihr ein bisschen kalt, obwohl sie ja den Pulli trägt. »Es ist gefährlich, wenn man das zu oft tut, wenn man die Verstorbenen zu oft stört auf der anderen Seite. Wenn man sie nicht ziehen lässt.«

Das versteht Sophie. Es klingt logisch. Es passt auch zu dem seltsamen Verhalten, das Finn an den Tag legt, seit er nicht mehr am Leben ist.

»Wir werden ihm von seinem Messer berichten. Wir erzählen ihm, dass du es gefunden hast und dass er es mit hinübernehmen kann, okay? Vielleicht kannst du es irgendwo deponieren, und dann kann er es sich holen. Oder es genügt ihm schon, zu wissen, dass du es gefunden hast.«

Sophie nickt. Das wäre eine Möglichkeit. »Holen Sie die Schale mit dem Wasser?«

»Ich glaube, die brauchen wir heute nicht.«

Sophie schüttelt den Kopf. »Sicher ist sicher.«

Kathi Bechstein will etwas erwidern, aber ein schriller Ton schneidet ihr das Wort ab. Sophies Kopf fährt herum, Richtung Flur. Es klingelt an der Tür. Nur ein Mal. Aber lang.

»Wer ist das?«, fragt Sophie.

»Keine Ahnung. Wir ignorieren das. Ich bin nicht zu Hause.«

»Okay.«

Aber sie ignorieren es nicht. Sophie sitzt auf ihrem Stuhl, Kathi steht ihr starr gegenüber, und sie lauschen noch eine Weile. Nichts. »DHL wahrscheinlich. Ich nehme manchmal Pakete für die Nachbarn an.«

Heute nicht. Heute nimmt sie nichts an.

Sophie zuckt mit den Schultern und zappelt mit den Knien. »Die Schale?«

»Ach ja.«

Auch Sophie steht auf. »Ich glaube, ich muss aufs Klo.« Der viele Saft. Und die ganze Aufregung. So zappelig bleiben, geht nicht. Man muss sich schließlich konzentrieren auf die Sitzung. Es soll ja was bringen.

Kathi Bechstein seufzt. Es ist ein »Muss das sein?«-Seufzen. Aber sie sagt, während sie sich der Küche zuwendet: »Im Flur die zweite Tür.«

Sophie schließt hinter sich ab, dreht einen abgegriffenen, altmodischen Schlüssel im Schloss und schaut sich um. Verständlich, dass es Frau Juniper nicht recht ist, dass sie jetzt hier aufs Klo geht. Es ist ziemlich unordentlich im Badezimmer. Sophies Mutter würde es niemals zulassen, dass es bei ihnen so aussieht. Der Wäschekorb quillt über, und auf dem Boden liegen eine Hose und ein Pulli. Um den Fugenrand der Badewanne zieht sich ein dünner, aber gut sichtbarer Streifen aus Fusseln und Haaren. Aber das ist nicht das Schlimmste.

Sophie fährt zusammen. Das ist ein Schock.

In der Wanne liegt etwas.

Oh, Gott, was ist das denn?

Ein großes schwarzes, haariges Tier liegt ausgestreckt da, ein totes Pelzgeschöpf, ein widerlicher, platter, ausgestreckter Kadaver.

Sophie braucht einen Augenblick, bis sie begreift, dass es etwas anderes sein muss. Vorsichtig streckt sie die Hand danach aus. Ihre Finger zucken zurück, sie wagt es erst nicht, dann aber doch. Eine Perücke ist das. *Ach so, eine Perücke.* Aber die gehört ganz bestimmt nicht in die Wanne, ist vielleicht bloß hineingefallen oder hineingerutscht, weil Frau Juniper so unordentlich ist und mit ihren Sachen nicht pfleglich umgeht.

Eigentlich fühlen sich die Haare sehr gut an, weich und echt, und Sophie fragt sich, ob irgendwo in Berlin eine glatzköpfige Frau herumläuft, die bis vor Kurzem noch diese wunderschönen Haare auf dem Kopf hatte, sie aber verkaufen musste, weil sie nicht genug Geld hatte oder so.

Mal sehen.

Ist gar nicht schwer.

Sie schaut sich im Spiegel an, grinst – Sophie ohne Brille und mit schwarzen Haaren, die sie so zur Seite schiebt, dass sie über ihr Glasauge fallen. Nicht schlecht.

Sie zieht sich die Hose runter und setzt sich endlich aufs Klo. Große Erleichterung.

Es klingelt schon wieder. Diesmal aber ist es ein anderes Klingeln. Wahrscheinlich direkt an der Wohnungstür. Der Paketbote.

Das Klo ist zwischen Wanne und Waschmaschine gequetscht und darüber hängt eine Heißwassertherme, in die Sophie hineinschauen kann, weil sie unten offen ist. Die Rohre ragen nackt aus der Wand und sind sehr staubig. Auf der Waschmaschine stehen mehrere Rollen Klopapier, drei davon aufgebraucht. Nur noch graue Pappe, die man wegschmeißen müsste, und zwar ins Altpapier, und daneben liegt eine Packung mit feuchten Toilettentüchern. Kamille. Sophie reißt zwei Blätter von der angefangenen Klopapierrolle ab, als es wieder klingelt. Lang. Und gleich noch mal. Und noch mal.

Dann eine Pause. Sophie hockt mit den schwarzen Haaren einer anderen Frau auf dem Klo und spürt, dass die Nervosität zurückgekommen ist. Es ist nicht gut, wenn so geklingelt wird.

Sie hört, dass Kathi Bechstein in den Flur getreten ist, auch wenn sie offenbar versucht, leise Schritte zu machen.

Die Toilettentür ist nicht sehr dick, Sophie kann fast alles hören. Dass jetzt geklopft wird zum Beispiel.

Dass jemand »Frau Bechstein« sagt.

Dann klingelt es wieder sehr, sehr lang.

»Was wollen Sie?«, fragt Frau Juniper. Sie hat die Tür noch nicht geöffnet, und was der Mann dahinter sagt, draußen im Treppenhaus, ist nicht zu verstehen.

»Kenan?«, sagt Kathi Bechstein leise, und dann hat sie die Tür aufgemacht. »Was soll das? Was ist mit Kenan?«

»Kommen Sie mit«, sagt eine Männerstimme.

»Auf keinen Fall. Gehen Sie. Ich rufe die Polizei.«

Polizei.

Es ist etwas zu hören, die Tür bewegt sich, es klingt merkwürdig. Später, noch nicht jetzt, denkt Sophie: Frau Juniper wollte die Tür wieder zumachen, und der Mann hat es nicht erlaubt, war kräftiger als sie. Sophie spürt ihr Herz, und es rauscht in ihren Ohren.

»Das ist ein Missverständnis, Frau Bechstein, regen Sie sich nicht auf, bitte«, sagt eine andere Stimme. Auch ein Mann. Die Stimme klingt eigenartig, Sophie weiß nicht, warum. Es wird ihr erst später auffallen.

»Kommen Sie mit, dann haben wir alle keine Probleme.« Wieder der erste Mann.

»Was ist mit Kenan?«

»Sie werden es ja sehen. Los jetzt.«

»Ich muss ihn anrufen, das geht so nicht.«

»Nein.«

Sophie hört ein Rascheln, und Kathi Bechstein stößt einen Laut aus. Irgendetwas verblüfft sie. Vielleicht hat man ihr irgendwas gezeigt. »Ist das … das kann doch nicht … *bitte …*«

Sophie beugt sich vor, bis ihr Oberkörper auf ihren Knien ruht, macht aber kein Geräusch. Den Blick hat sie gehoben.

Ihr gesundes Auge fixiert die geschlossene Badezimmertür, den Schlüssel im Schloss.

»Ziehen Sie Ihre Jacke an. Los, schnell«, sagt die erste Stimme.

»Nein, bitte …«

»Ich möchte Ihnen helfen, mein Kind«, sagt die andere, die merkwürdige Stimme. Merkwürdig ist auch, dass Sie »mein Kind« sagt zu einer Frau, die so alt ist wie Kathi Bechstein. »Sie brauchen Hilfe.«

Hilfe.

Sophie hört Stoff rascheln, eine Jacke wahrscheinlich, das Klirren eines Schlüssels. Sie würde am liebsten aufspringen und sich in Erinnerung rufen. Aber Frau Juniper weiß doch, dass sie da ist! Sie weiß doch, dass sie aufs Klo gegangen ist! Sie kann sie doch nicht einfach hier allein lassen!

Sophie traut sich nicht. Kann sich nicht bewegen. Sie hört, dass sich die Tür schließt, aber es wird nicht abgeschlossen von außen, und dann ist da nur noch Stille. Sie sitzt noch eine ganze Weile auf dem Klo, wagt kaum zu atmen. Irgendwann zieht sie sich wieder die Hose hoch, überlegt einen Augenblick und spült. Das Geräusch ist laut und dauert lange, und als es endlich fast verstummt ist, stößt der Spülkasten noch ein hohes, wehleidiges Heulen aus. Sophie geht zum Waschbecken und erschrickt, als sie sich mit den schwarzen Haaren sieht. Sie nimmt die Perücke ab, legt sie vorsichtig auf den Rand der Wanne und wäscht sich die Hände. Dann schließt sie langsam die Tür auf. Sie tritt auf den Flur.

Sophie schaut sich um, geht ins Wohnzimmer. Die flache Schale mit dem Wasser steht auf dem Tisch. »Hallo?«

Weg. Kathi Bechstein hat sie einfach allein gelassen in ihrer Wohnung. Wie kann man so was machen?

Sie wollte die Polizei rufen. Wegen Kenan. *Sie brauchen Hilfe.*

Sophie zieht sich ihre Jacke an, sie muss hier raus. Sie sollte nicht allein in einer fremden Wohnung sein. Sie schnappt sich ihren Rucksack und greift nach Finns Messer. Es ist schummrig im Raum, weil die Vorhänge zugezogen sind und nur die kleine Lampe brennt. Sophie beißt sich auf die Unterlippe. *Auch das noch!*

Finns Messer liegt nicht mehr auf dem Tisch.

5

Es ist ein Regentag. Noch schüttet es nicht, aber der Wind ist bereits unangenehm. Die beiden Männer, der ältere und der jüngere, spielen ein Spiel, und das Wetter spielt mit. Schließlich sorgt es dafür, dass nur wenige Leute auf der Straße sind. Und die, die dringend irgendwohin müssen, halten praktischerweise den Blick gesenkt hinter Schirmen und Kapuzen. Kathi Bechstein wird zu einem schwarzen Opel-Transporter geführt, der draußen auf der Danziger Straße parkt. Die Ladefläche hat keine Fenster.

Kathi schaut jeden Passanten mit angestrengten, panischen Augen an, aber niemand achtet auf sie. Der Mann neben ihr, der jüngere, trägt seine Kapuze tief in der Stirn, der andere Mann, der über eins neunzig groß ist, hat seinen Schirm aufgespannt. Kein Mensch würde die beiden wiedererkennen, aber es interessiert sich sowieso niemand für sie. Kathi Bechstein wird nass. Man hat ihr gesagt, auf dem Weg die vier Stockwerke hinab und in den Hof, dass es darauf ankommt, wie sie sich jetzt verhält, dass es in ihrer Verantwortung liegt, ob Kenan Akyüz diesen Tag überlebt. Und als genügte dies noch nicht, hat der Jüngere, ein grobschlächtiger, gefährlicher Typ, ihr etwas gezeigt, das sie an die Requisiten aus den *39 Stufen* erinnert hat. Damit haben sie viel herumgealbert damals, beim Sommertheater. Jetzt hat sie keinen Grund, zu glauben, dass man mit dieser Waffe keinerlei Schaden anrichten könnte. Also steigt sie ein.

»Bitte«, sagt sie noch mal im Wagen. »Das ist nicht nötig. Glauben Sie mir, ich …«

Sie lässt sich die Hände fesseln und einen Knebel in den Mund schieben, als würde sie von der Maske für den nächsten Auftritt hergerichtet. Sie wehrt sich nicht, weil sie weiß, dass es nichts nützen würde. Sie versucht, im Gegenteil, zu zeigen: *Ich bin kooperativ, ich mache euch keine Schwierigkeiten, jetzt nicht und später nicht. Gewaltanwendung ist also gar nicht nötig.* Der gesamte Vorgang ist derart beängstigend und absurd, dass sie eine befremdliche Ruhe empfindet, fast, als wäre sie betäubt. Aber während der Mann sich an ihr zu schaffen macht, während sie ihn riecht und seine Hitze wahrnimmt und seine Bereitschaft, ihr wehzutun, wenn es nötig sein sollte, gilt jeder zweite Gedanke dem Mädchen mit dem Glasauge, das oben in ihrem Badezimmer unbemerkt Zeuge davon geworden ist, wie sie verschleppt worden ist. Sophie Kramer wird die Polizei rufen. Selbstverständlich. Vermutlich hat sie es bereits getan. Sophie Kramer wird dafür sorgen, dass all das ganz schnell beendet ist. Sie ist ihr Ass im Ärmel. Eins von zweien. Das zweite drückt gegen ihre Leiste, irgendwo unter Jacke, Pullover und Hose.

Sie sitzt auf einer Bank im Transporter, hinten, wo es keine Fenster gibt. Und dann tut der Mann zwei Dinge, die sie nicht erwartet: Erst schnallt er sie an. Anschließend fotografiert er sie dreimal mit einem Handy. Sie ist perplex, kneift die Augen zusammen und reißt sie dann weit auf. Nein, das will sie nicht. Nein. Was soll das? Nicht zu viele

Zähne. *Hallo, ich bin Katharina Bechstein. Ich bin Schauspielerin.* Das ist der schlimmste Moment, und sie stößt einen gedämpften Laut aus, hat Angst zu ersticken. Anschließend verbindet er ihr die Augen.

»Sie fahren voran, ich bleibe dicht hinter Ihnen«, sagt der jüngere zu dem älteren Mann, nachdem er wieder ausgestiegen ist. Dieser nickt unter seinem Schirm, steigt in seinen roten Renault, startet den Motor. Beide fahren die Danziger hinauf, und Kathi Bechsteins Leben schlägt eine neue Richtung ein. Sie verlässt das hässliche, ungewaschene, unfreundliche Berlin, und als Sophie Kramer unten vor dem Haus steht und nach links schaut und nach rechts, ist sie schon nirgends mehr zu sehen.

Es regnet, und der Wind ist unangenehm, bläst einem die Tropfen direkt ins Gesicht. Sophie muss sich kurz unterstellen. Sie wählt Kenans Nummer. Besetzt. Sie rennt Richtung Bus, und die Regentropfen rinnen über die schwarzen Gläser ihrer großen Brille. Sie muss es eben später noch mal versuchen.

6

»Wir geben die Adressen unserer Mitarbeiter grundsätzlich nicht heraus, tut mir leid.«

»Ja, das habe ich mir schon gedacht.«

Kenan hält das Handy in der einen Hand und führt mit der anderen die brennende Zigarette zurück an seine Lippen. Er legt die Stirn in Falten, schaut vom Balkon auf die Straße hinunter, in den Regen, der Richtung Gulli fließt. Vielleicht lässt er bald nach. Zumindest kann Kenan in der Zwischenzeit das Telefonat erledigen. Je früher, desto besser.

»Was halten Sie davon, wenn ich einfach bei Ihnen vorbeikomme, in der Redaktion, meine ich?«

»Wenn Sie mit Herrn Rheinberger sprechen wollen, nützt Ihnen das nichts. Wie schon gesagt: Herr Rheinberger ist ein freier Mitarbeiter, er arbeitet nicht bei uns im Haus. Ich würde vorschlagen, Sie schreiben eine Mail an redaktion@...«

»Nein, nein, ich möchte mit Herrn Rheinberger persönlich sprechen. Es geht um einen Artikel, den er geschrieben hat.«

»Leserkommentare schicken Sie bitte an die Redaktion.«

»Es geht nicht um einen Kommentar. Ich möchte ihm … Informationen zukommen lassen.«

»Informationen?«

»Ja.«

»Worum geht es denn genau?«

»Das würde ich eben gern mit Herrn Rheinberger besprechen.« *Mein Gott, ist das kompliziert.* »Sagen Sie ihm doch, dass ich angerufen habe. Ich habe einige Informationen, die etwas mit dem zu tun haben, womit er sich bereits beschäftigt hat, und die … interessant und wichtig sein könnten für die Öffentlichkeit.« *Eigentlich habe ich die Informationen nicht, ich weiß bloß, dass es sie gibt. Irgendwo. Und dass irgendwer schnellstmöglich rausfinden muss, worum es sich handelt, jemand, der sich mit so was auskennt.*

»Also, haben Sie bitte Verständnis, Herr …«

Nein.

»… aber wenn Sie mir nicht sagen, worum es sich handelt …«

»Es geht um Arvid Schönfeld.«

Pause. »Aha.«

»Geben Sie Herrn Rheinberger meine Nummer und bitten Sie ihn, mich so bald wie möglich zurückzurufen.«

»Die Nummer, die ich hier auf meinem Display habe?«

»Ja, genau. Wäre nett, wenn das nicht zwei Wochen dauert mit dem Rückruf. Es ist sehr, sehr dringend. Okay?«

Er drückt die Zigarette an der Balkonbrüstung aus, öffnet die Tür und stellt sich vor das Sofa, auf dem seine Mutter liegt und mürrisch zu ihm aufschaut. Sie hat sich einen dicken Schal um den Hals gebunden. Sie hustet. Lauter als gestern.

»Mann, Mann, Mann«, sagt Kenan und schüttelt den Kopf.

»Die ganze Woche krankgeschrieben, stell dir das vor.«

»Besser so.«

»Wenn das so weitergeht, können wir dichtmachen, dann müssen die Eltern sehen, was sie mit den Kindern anstellen. Alle sind krank.«

»Na, wenigstens keine Läuse.«

Kenans Mutter hustet, schaut zu ihm auf. »Und du? Hast du überhaupt geschlafen letzte Nacht?«

Kenan nickt. »Ja, hab ich.«

»Warst du wieder im Krankenhaus?«

Kenan fährt sich mit der Hand durchs Haar, schüttelt den Kopf.

Dann klingelt sein Handy. Er erkennt die Nummer nicht.

Seine Mutter hebt schicksalsergeben beide Hände und hustet auf ihrem Sofa.

Kenan nimmt ab, er kennt die Stimme.

»Hey, Sophie. Alles klar?«

»Ja, Na ja. Ich weiß nicht.«

»Was ist denn los?«

»Ist alles okay?«

»Okay? Bei *mir?*«

»Ja.«

Kenan sieht seine Mutter an, sieht, wie sie sich die Faust

vor den Mund hält und ihren nächsten Hustenschwall unterdrückt. »Warte mal einen Augenblick.« Er geht wieder auf den Balkon. »Sophie, warum rufst du an? Ich meine, ich freue mich, dass du dich meldest, aber ist irgendwas los?«

Er schaut in den Regen, den der Wind durch die Fahrbahnpfützen zum Innsbrucker Platz treibt.

»Dir geht's also gut, Kenan, ja?«

»Ja, sicher. Wieso?«

»Und ist Frau Juniper bei dir? Mit den Männern?«

»Kathi? Was meinst du?«

Das Mädchen ist ein bisschen verrückt, denkt Kenan, stimmt schon. Das Mädchen braucht Hilfe. »Sophie, was ist mit Kathi?«

»Ich war bei ihr, bei ihr in der Wohnung. Gerade eben. Und dann ist sie weggegangen.«

»Okay.« Er überlegt. »Pass auf, Sophie. Kathi hat nicht immer Zeit, auch nicht für mich. Du musst das verstehen.«

»Nein, sie wollte ja die Sitzung mit mir machen. Wir hatten fast schon angefangen.«

Was? Kenan verdreht die Augen. *Sie kann's einfach nicht lassen.*

»Aber dann sind diese Männer gekommen, und sie ist mit denen weg. Zu dir. Und hat mich in der Wohnung allein gelassen.«

Kenans Mund wird trocken. »Okay, okay, okay. Ganz langsam. Wo bist du, Sophie? Bist du bei Kathi in der Wohnung?«

»Nein, ich sitze im Bus, ich bin auf dem Weg nach Hause.«

Sie sagt noch etwas, aber es ist schlecht zu verstehen, es ist laut um sie herum.

»Alles klar.« Er wirft einen Blick durch die Balkontür, sieht, dass sich seine Mutter vorgebeugt hat. Als sie seinen

Blick auffängt, lehnt sie sich rasch wieder zurück. »Weißt du was? Dann treffen wir uns da, ich komme zu euch. Du erzählst mir das ganz genau.«

»Soll ich die Polizei anrufen, Kenan?«

»Was? *Nein!*« Kenan zögert. Jetzt keine Panik, keine voreiligen Schlüsse. »Ich kümmere mich darum. Ich habe ja deine Adresse, ich springe gleich in die Bahn, bin in einer halben Stunde da.«

»Nee, lieber nicht.« Eine mit tiefem Brummen und Verbindungsaussetzern gefüllte Pause. »Wegen meiner Mutter. Geht das auch woanders?«

»Woanders.« Er reibt sich mit der linken Hand die Stirn. Es knackt und dröhnt am anderen Ende der Leitung. »Ist da ein Café bei euch in der Nähe, Sophie?«

Pause. Kenan strengt sich an, ins Handy hineinzuhören.

»Da ist ein Bäcker, vorne im Supermarkt. Da kann man sitzen.« Sie beschreibt ihm, wo der Supermarkt ist.

Kenan nickt. »Lass dein Handy an, falls ich dich nicht gleich finde.«

»Ja, mach ich.«

»Ich lege jetzt auf. Bis gleich, Sophie.«

Kenan wählt Kathis Nummer. Sie geht nicht ran. Das muss nichts heißen. Vielleicht hat sie ein Casting oder eine Verabredung. Das Kind ist verwirrt, es hat bestimmt irgendwas falsch verstanden. Also, los.

»Wer ist das? *Sophie?*«, fragt seine Mutter, als er ihr wieder gegenübersteht und mit den Achseln zuckt.

»Das Mädchen, von dem ich dir erzählt habe.«

»Ach, Kenan.« Seine Mutter schaut ihn an. »Was machst du?«

»Gar nichts mach ich. Was soll ich denn machen?« Er nimmt seine Jacke von der Sessellehne, zieht sie über.

»Immer die anderen, Kenan, immer machst du alles für

die anderen. Entweder du sitzt die ganze Nacht im Krankenhaus rum bei deinen Freunden oder …«

Er hebt eine Hand. »Alles klar, du kannst dir den Rest sparen. Ich weiß Bescheid.«

»Ich möchte, dass du auf dich aufpasst.«

»Mach ich.«

»Wo gehst du jetzt hin?«

Kenan versucht zu lächeln. »Ich fliehe. Vor deinen Bazillen.«

Sie schüttelt missmutig den Kopf und hustet laut und von tief unten.

»Alter. Du klingst wie ein Bauarbeiter.«

»Na, danke.« Sie streckt die Hand nach ihm aus, obwohl er zu weit weg ist. Also macht er einen Schritt, drückt sie kurz.

»Morgen Abend kommst du zum Essen, verstanden? Dein Vater will auch mal wieder mit dir reden.«

Er nickt. »Aber *ich* koche. Du ruhst dich aus.«

»Wenn's sein muss.«

Er ist schon zur Tür hinaus, stürmt durchs Treppenhaus und läuft durch den Regen.

Am Straßenrand, direkt vor der Haustür, parkt ein Wagen. Ein Mann sitzt am Steuer, schaut überrascht durch die Windschutzscheibe, der andere, auf dem Beifahrersitz, steigt aus. Kenan beachtet sie nicht. Er wird nass. *Ich fliehe.* Er beeilt sich, versucht, so schnell wie möglich über das letzte Stück Hauptstraße und über die Kreuzung zu kommen.

Der Mann hinter ihm beeilt sich auch, aber Kenan ist schon im Eingang der S-Bahn, geht mit großen, schnellen Schritten die Treppe rauf.

Kenan steigt in die Ring-Bahn, deren Türen sich gerade öffnen. Ein Schritt, und er ist drin.

7

Warum beeilt sich Kenan Akyüz so? Er will ins Trockene, irgendwohin, er hat's eben eilig. Lennart Krappe, genannt Lenni, wundert sich nicht, macht sich keine Sorgen und beeilt sich auch. So einfach lässt er sich nicht abhängen.

Oben auf dem überdachten Bahnsteig bleibt man trocken, ringsherum aber liegt Schöneberg hinter einem grauen Dunst, wie eingepackt in eine trübe, von innen beschlagene Plastikfolie. Wer sich gesetzt hat, um zu warten, steht auf, springt kurz durch den freien Meter unter dem Vordach, huscht mit gesenktem Kopf durch den Regen. Die Türen machen ihre Geräusche, und hinter der Bank hängen Plakate, auf die niemand achtet. Auf dem einen lächelt ein dunkelhaariger Mann. Er ist, heißt es unten, Student, Gründer einer Blutspende-Organisation und 2014 aus Syrien nach Deutschland geflohen: »Typisch deutsch?«, fragt das Plakat. »Hilfsbereit sein«, antwortet der lächelnde Mann. Daneben, auf dem anderen, ein zu voller Aschenbecher auf einem Balkon: »Bravo, Bernd«, sagt das zweite Plakat. »Geh in die Luft, aber schüttle nie dein Baby.« *#schüttelntötet.* Die Tür der S-Bahn schließt sich, und Lenni steigt gerade noch rechtzeitig ein, schlüpft durch den Spalt. Er ist ein Schatten, den man nicht einfach so trennen kann von dem Menschen, zu dem er gehört. Er hat ein Telefon am Ohr, wahrt Abstand. Er gibt die Stationen durch, damit ihm sein Kollege im Wagen folgen kann. Sie hätten Kenan gern schon vorher abgefangen, aber der endgültige Bescheid ist später gekommen als erwartet. In den öffentlichen Verkehrsmitteln befinden sich zu viele Leute auf zu engem Raum, zu viele Leute, die zwangsläufig irgendwas mitbekommen würden, und in den Stationen hängen Kameras. Zum Glück steigt der Türke wieder aus, und sie beide, Kenan und Lenni, schlagen sich Kapuzen über die Köpfe.

Kenans Schatten ist geduldig, und lange muss er nicht mehr warten, um sich mit ihm zu verbinden. Er folgt ihm über zwei Straßen, bis sein Kollege ihm auf dem Handy zu verstehen gibt, dass auch er aufgeschlossen hat und bereit ist. Hier, zwischen den hohen Häusern, wäre es eigentlich ideal. Lenni geht etwas schneller. Er hat Kenan hier noch nie gesehen. Das will was heißen, denn inzwischen glaubt er, seine Routen durch die Stadt gut zu kennen. Seit einem guten Monat ist er dran, immer mal wieder, nicht jeden Tag, aber da er eine Pauschale bekommt, entscheidet er manchmal aus Spaß, noch einen zusätzlichen Tag weiterzumachen. Wer weiß, wozu's gut ist. Die anderen sind da nachlässiger, machen nur das Nötigste für ihr Geld. Sind nicht mit Leidenschaft dabei. Lenni Krappe schon. Er nimmt seinen Job als Schatten ernst. Er kennt Kenans Wege zwischen dem Krankenhaus, dem Haus in Schöneberg, in dem seine Eltern leben, und dem Friedrichshain, wo er selbst wohnt. Diese Gegend ist jedenfalls neu. Vielleicht hat er Freunde hier oder kommt her, weil er hier irgendwo flachgelegt werden will. Ist vielleicht nicht hart genug rangenommen worden letzte Nacht. Die tätowierte Schwuchtel hat's ihm womöglich nicht gut genug besorgt. Vorne an der Ecke bleibt der Türke stehen, dreht sich unvermittelt um. Ist egal jetzt. Lenni geht langsam weiter. Kenan Akyüz auch. Werden seine Schritte schneller?

Hier sind wieder zu viele Leute, und da drüben der große Supermarkt. Lenni bleibt kurz stehen, um sich zu orientieren. Was ist das? Die Männer auf der Treppe vor dem Haus rauchen und glotzen ihn misstrauisch an. *Ach so.* Er weiß sofort, was für ein Haus das ist. Er erkennt es an den Graffiti. Eine Scheibe im Erdgeschoss ist eingeschlagen, nur von einer Pappe provisorisch geschützt, hinter anderen hängen irgendwelche bunten Tücher. Wie auf 'nem verschissenen Basar in der dritten Welt. Lenni Krappe grinst, schaut Kenan hinterher, lässt seinen Blick dann aber noch mal ausgiebig über die Fassade des Hauses wandern. Hier müsste man Kenan Akyüz reinstecken, hier gehört er doch hin, im Grunde, hier müsste man die schwule Türkensau einsperren, Benzin drüber und dann mit all den anderen Kanaken in Flammen aufgehen lassen. Dass sie sich in Rauch auflösen. Eine gute Idee eigentlich. Kann man sich mal merken, für später vielleicht. Nicht bloß eine einzelne Fliege erschlagen – bringt doch nichts –, sondern gleich alle. Ja, alle auf einen Streich.

8

Ruhig bleiben, jetzt nicht durchdrehen. *Du siehst Gespenster.* Schon wieder. Kenan versucht, sich klarzumachen, dass ihn nicht jeder Typ verfolgt, der ihm auf der Straße hinterherläuft. Er sitzt auf einem hohen Hocker, vor einem kleinen quadratischen Tisch, und schaut immer wieder zum Supermarkteingang hinüber. Der Typ mit der Kapuze ist nicht da, er ist ihm nicht nachgekommen. Alles Quatsch.

Nein, nicht alles.

Sophie hockt ihm gegenüber, die Füße weit über dem Boden, und trinkt den Kakao, den er ihr gekauft hat.

»Ich brauche auch das Messer wieder«, sagt sie nach einer Weile.

»Was für ein Messer?«

»Das sie mitgenommen hat. Finns Messer.«

Ach so.

Er setzt an, unterbricht sich, atmet aus und fragt dann doch noch mal nach. »Und sie haben meinen Namen erwähnt?«

»Ja.«

»Könnte es sein, dass du dir das nur eingebildet hast? Du könntest dich verhört haben.«

Sie schüttelt stumm den Kopf.

Die Geschichte wird nicht besser. Kenan hat Kathi eine Textnachricht und per Handy eine Mail geschrieben. Er hat sie noch mal angerufen, und natürlich hat sie nicht abgenommen. Wenn alles stimmt, was Sophie Kramer ihm berichtet hat, und er glaubt ihr leider jedes Wort, sieht es nicht gut aus.

»Was wollten die von ihr?«, fragt das Mädchen.

»Ich weiß nicht«, lügt Kenan.

»Ist das schlimm?«

»Ich glaube nicht.« Er drückt kurz und sanft Sophies Unterarm. »Pass auf, du musst dir keine Sorgen machen deswegen. Du gehst am besten nach Hause.« Er schaut zum Eingang, die Tür öffnet sich, und eine alte Frau tritt herein, mit schweren, mühsamen Schritten. Sie hat sich als Schutz vor dem Regen ein durchsichtiges Plastikkopftuch um den Kopf gebunden. »Kann deine Mutter dich abholen?«

»Muss sie nicht. Wir wohnen ja gleich hier um die Ecke.«

»Ist sie zu Hause?«

»Weiß ich nicht. Kann sein.«

»Was ist mit deinem Vater?«

Sie zuckt mit den Schultern. »Der arbeitet.«

»Kannst du zu Freunden gehen?«

»Warum denn?« Sie richtet ihre Brille auf ihn.

»Ich möchte nicht, dass du allein bleibst heute. Und ich muss … weg.«

Sie zuckt mit den Schultern.

Man muss jetzt vernünftig bleiben. *Sie haben meinen Namen erwähnt. Was heißt das?* Noch ein Blick zur Tür. Nichts. Niemand. Müsste er nicht die Polizei anrufen? Jetzt sofort? Was soll er sagen? *Kommen Sie her, wir sitzen hier im Supermarkt, holen Sie uns hier raus. Da draußen ist wer.* Vielleicht. Vielleicht auch nicht. Kenan fährt sich mit der Hand übers Gesicht.

»Sophie. Es könnte sein …« Er sieht sich gespiegelt in ihren dunklen Brillengläsern, verzerrt und verunsichert. »Könntest du dir vorstellen, noch mal mit der Polizei darüber zu reden, falls das … ich meine, ich gehe mal nicht davon aus, aber falls das doch nötig sein sollte.«

Sie senkt den Blick, zuckt mit den Schultern. »Wenn's sein muss.«

Sie hat bereits ihre eigenen Erfahrungen gemacht mit der Polizei. »Die sind doch meistens sehr nett, die Polizisten, oder?« Kenan versucht sich Mut zu machen. Und ihr natürlich auch.

»Ja, meistens schon.« Sophie nickt.

Vielleicht kann er sie da raushalten. Eins kann er jedenfalls nicht: die Polizei jetzt sofort hierher bestellen. Er kann nicht sagen: Ich brauche Ihren Schutz. Warum? Das werden sie fragen. Und er? Am Telefon, hier auf seinem Hocker vor der Supermarktbäckerei: Ich werde verfolgt, und eine Freundin von mir, Katharina Bechstein, ist wohl entführt worden. Aus ihrer Wohnung in der Danziger Straße. *Entführt.*

»Es könnte sein, dass ich dich später noch mal anrufe deswegen. Aber ich versuche das erst mal so zu klären.« Ein Missverständnis? Nie im Leben.

Sophie nickt. »Okay.«

Kenan beißt sich auf die Unterlippe.

Dann fällt ihr etwas ein. »Ich weiß, was ich mache!«

»Ja?«

»Ich gehe in die Bibliothek. Das mach ich manchmal. Schreib mir einfach auf WhatsApp oder ruf mich an«, sagt sie.

»Ist das weit von hier?«

Sie schüttelt den Kopf. »Gleich um die Ecke.«

»Okay. So machen wir das. Und versuch trotzdem, deine Eltern zu erreichen, ja? Sie sollen sich um dich kümmern.«

Wieder zuckt sie nur mit den Schultern.

Er betrachtet sein Handy. Er kann die Polizei nicht anrufen, kann nicht einfach die 110 wählen, solange das Mädchen dabei ist. Er kann schlecht sagen: Das ist ein Notfall. Hinter mir sind Leute her. Bitte holen Sie mich aus diesem Supermarkt raus.

Hat man Sie bedrängt?

Nein.

Hat man Sie überfallen?

Nein, noch nicht.

Warum, glauben Sie, sind diese Leute hinter Ihnen her?

Weil sie denken, dass ich sie erpressen wollte.

Warum denken die denn so was, Herr Akyüz?

Na ja, weil ich das auch getan habe. Irgendwie.

Erpressung ist eine Straftat.

Ja, stimmt natürlich. Aber … na ja, mein Freund, *der* hat sie eigentlich erpresst, diese Leute.

Ach so, nicht Sie, sondern Ihr Freund. Sie *haben nur so getan.*

Genau.

Dann sollten wir vielleicht lieber mit Ihrem Freund reden, was?

Ja, genau, aber er liegt im Koma in der Charité, weil sie ihn zusammengeschlagen haben, und wir, also seine Schwester und ich, wir wollten eigentlich nur wissen, ob wir recht hatten mit unserer Vermutung, und scheinbar hatten wir recht.

So ein Gespräch kann man nicht am Telefon führen in einer Supermarktbäckerei, und schon gar nicht, wenn einem die zehnjährige Sophie Kramer gegenübersitzt. Kenan schüttelt den Kopf, seufzt. »Dann bringe ich dich da jetzt erst mal hin, zur Bibliothek.«

»Okay.«

Nachdem sie durch die automatische Tür getreten sind, hält er sie kurz fest. Neben den Einkaufswagen, unter dem schmalen Vordach, legt er beide Hände auf ihre Schultern und lässt sie nicht los, während er sich umschaut, den ganzen Parkplatz und die Umgebung absucht. Nur Regen. Einzelne Autos. Alles Unsinn. Niemand ist ihm gefolgt.

Sophie holt einen kleinen Schirm aus ihrem Rucksack, spannt ihn auf und gibt ihn Kenan.

»Also, los«, sagt er, und sie beeilen sich.

Der Wind weht ihnen entgegen, also schauen sie zu Boden, auch wenn Kenan immer wieder versucht, den Blick zu heben, während er den Schirm eigentlich nur über Sophie hält. Er dreht sich noch zweimal um, und dann noch mal, bis er sie sicher im Eingang der kleinen Stadtteilbibliothek weiß. Er schaut an den hell erleuchteten Fenstern hinauf, sieht Regale, Licht und Bücher. Das ist ein guter Ort für das Mädchen. »Mach dir nicht zu viele Gedanken. Es ist bestimmt alles okay!«, sagt er zu Sophie. Möglichst munter. »Und wenn irgendwas ist, ruf mich an. Mein Handy lasse ich an.«

Sie winkt ihm zu und ist verschwunden. Es ist nur eine kleine Erleichterung.

Es wäre möglich, noch zu warten, eine Stunde. Oder zwei. Bis Kathi anruft und sagt: »Was ist los? Hat sich das kleine Mädchen wieder wilde Geschichten ausgedacht? Und du hast ihr geglaubt? Ich war doch nur beim Arzt.« Nein, das wird nicht passieren. Kenan Akyüz macht ein paar Schritte die Straße hinunter, wendet sich wieder dem Supermarkt zu, dem Weg, auf dem er hergekommen ist, um zur Bahn zurückzukehren. Er muss zur Polizei, zu einer Wache. Aber zu welcher? Er öffnet den Browser auf dem Handy. Wo wäre denn eine, hier in der Nähe?

Und, nächste Frage: Wo sind eigentlich seine Zigaretten? Er fährt mit der linken Hand unter die Jacke und schaut auf.

Kenan spürt, wie sich sein Mund verkrampft, sich leicht öffnet, ein kleines Lachen ausstößt, weil der Schock ihn trifft wie eine schlechte Pointe.

Der Typ in der Lederjacke ist wieder da – diesmal erkennt er ihn wieder. Lächelnd kommt er auf ihn zu, ist nur noch zehn Meter entfernt, nur noch acht, nur noch …

Kenan dreht sich um und beginnt zu laufen. Das ist bloß ein Reflex. Er überlegt, was er tun könnte, ob er um Hilfe rufen soll, denkt, dass er einfach in die Bibliothek hineinrennen wird, wenn er es schafft, schafft es aber nicht, weil ein anderer Typ, irgendein schwerer, großer Mann, ihn abfängt, ihn in die Arme nimmt, wie einen Freund, und belustigt und fröhlich zu ihm sagt: »Hey, Alter … nicht so schnell, du rennst mich ja über den Haufen.«

Der Typ hält ihn fest, hart, mit starken Händen, mit Fingern, die sich in ihn hineinbohren, und Kenan setzt an, etwas zu schreien. Die Finger des Mannes drücken noch fester zu, und der andere steht vor ihm, hält ihm ein Handy unter die Nase.

»Ganz ruhig jetzt, ganz ruhig, mein Freund.«

Kenan wehrt sich, stößt ein sinnloses, kindisches »Ey!« aus, aber es nützt natürlich nichts.

»Na, na. Was soll das denn?« Der Typ lacht. Kenan verdreht den Kopf, ihm rinnt der Regen über die Stirn und unter seine Brille.

»Du hältst schön deine Klappe und kommst mit.«

Auf dem Display: Jakobs Schwester. Aufgerissene Augen. Ein Knebel im Mund.

»Alles Weitere, mein Freund, liegt an dir«, sagt der Mann und zieht ihm langsam die Brille von der Nase. Der andere grinst.

9

Seine Augen richten sich auf den Rückspiegel, immer wieder. Der Propst sucht den schwarzen Opel-Transporter hinter sich, findet ihn, hinter anderen Fahrzeugen, die sich zwischen sie geschoben haben. *Ja. Gut. Da ist er.* Hein schaut wieder nach vorn. Ob er jetzt erleichtert ist oder noch beunruhigter, könnte er selbst nicht sagen. Seine Hände umfassen das Lenkrad weit oben, und er beugt sich vor, der Windschutzscheibe entgegen, auf der die Scheibenwischer hin- und hergleiten.

Es wird sie gerade einmal zweieinhalb Stunden kosten, ans Ziel zu kommen, das ist keine lange Zeit. Nur die Baustellen sind ein Problem. Schon wieder eine Fahrbahnverengung. Hein befeuchtet seine Lippen.

Er spürt den Rotwein der letzten Nacht, im Magen und im Kopf, spürt sein Herz und eine Unsicherheit, die er in vergleichbaren Fällen nie gespürt hat. Es liegt an dem anderen, an der demutslosen, aggressiven Geschäftsmäßigkeit des sogenannten Personenschützers. Daran, wie sie die Frau in ihrer Wohnung abgeholt haben und wie sie darauf reagiert hat. Üblicherweise ist es anders, weniger beliebig, weniger willkürlich. Er weiß nicht, wie sein Helfer heißt, das muss er natürlich auch nicht, und er hat ihm nicht oft ins Gesicht geschaut.

»Ist das denn wirklich nötig?«, hat er Schönfeld gefragt. Die Antwort: »Arbeitsteilung. Man muss auch delegieren können. Wenn du eine Beerdigung abhältst, gehst du ja auch nicht in der Nacht davor auf den Friedhof und hebst die Grube aus. Diese Leute wissen, was sie tun. Sei froh, dass sie dir unter die Arme greifen.«

Wir alle sind Werkzeuge auf dieser Welt, aber der Mann, der hinter Propst Hein den Transporter steuert, ist kein Werkzeug Gottes. Ein Werkzeug von Arvid Schönfeld ist er, weiter nichts.

Hein muss sich beruhigen, muss sich konzentrieren. Auf den Verkehr, auf das langsame Vorrücken. Darauf, dass auch er weiß, was er tut.

Befreiungsdienst. Das ist keine Kleinigkeit. Man benötigt Erfahrung, und er hat sie mühsam gesammelt. Auch er musste den richtigen Weg erst finden. An das erste Erlebnis, an den ersten Versuch denkt er nicht gern zurück. Noch zu seinen Studienzeiten war das. Es ist nicht gut gelaufen, ganz im Gegenteil, aber er hat daraus gelernt. Viel hat er gelernt seit damals.

Er weiß, dass man Menschen braucht, denen man vertrauen kann, und deshalb hat er bis vor Kurzem immer in Gruppen gearbeitet, niemals allein. Mit Kollegen, mit denen er sich beraten und austauschen konnte. Es ist ein loser Bund, dem er angehört, und er ist interkonfessionell. Ökumenisch im besten, im richtigsten Sinne. Seit sich die Bischöfe kaum noch trauen, Austreibungen in Auftrag zu geben, wird immer offensichtlicher, dass es nicht auf den einen Text ankommt, nicht auf den zwölften Abschnitt des Rituale Romanum, sondern auf die Bereitschaft, dunklen Kräften eine hellere entgegenzuhalten. Mit Entschiedenheit. Der Teufel selbst hat keine Konfession. Er reagiert darauf, dass er erkannt und angegangen wird, dass man sich ihm verweigert und ihm selbstbewusst in den Weg tritt. Man muss keine lateinischen Formeln verwenden, um mit ihm zu reden, und erst recht nicht die vom Vatikan freigegebenen Übersetzungen dieser Formeln. Als Protestant weiß Hein: Das Gespräch mit dem Teufel ist wie das mit Gott. Sprich, und er hört. Doch hört er, zahlst du den Preis. Hat er dich einmal als seinen Gegner erkannt, wird er sich nicht mehr von dir abwenden. Er bleibt und lacht. Hein hat er seit der ersten Versuchung und der ersten Austreibung nie wieder wirklich verlassen.

Und jetzt? Jetzt sitzt er womöglich auf dem Rücksitz, streckt unsichtbare Finger nach ihm aus, kitzelt ihn im Nacken und kichert wie ein ungezogenes Kind. Der Propst dreht sich nicht nach ihm um, setzt den Blinker, schaltet runter, bewegt seinen Renault in Schrittgeschwindigkeit an der Leitplanke entlang.

Der Befreiungsbund, dem Hein seit über zwanzig Jahren angehört, besteht aus Freikirchlern, es sind Lutheraner wie er selbst dabei und auch Laien, Männer wie Frauen. Zwei Priester gehören dazu, zwei Imame, die die Dschinnen anrufen und vertreiben, sowie ein praktizierender Internist. Wichtig ist das, weil man manchmal klare Diagnosen braucht, medizinische Einschätzungen. Auch Medikamente. Bisweilen ist es nötig, die Betroffenen eine Weile ruhigzustellen, damit sie nicht allzu sehr gequält werden.

Hein wünschte, es wäre leichter. Wünschte, mit Menschen über das reden zu können, was er tut, darüber, dass es jemand tun *muss*. Die anderen Mitglieder des Bundes haben ihn meistens zu Hilfe gerufen, wenn ihnen ein Fall zu schwierig geworden war, weil sie wussten, dass er, wenn nötig, bereit wäre, auch einige Schritte weiterzugehen als sie, kompromissloser durchzugreifen. In letzter Zeit jedoch sind sie auf Distanz gegangen, kritisieren ihn für das, was sie sich selbst nicht trauen. Zu radikal ist er ihnen neuerdings.

Es ist die Scham. Die Scham, die Wahrheit auszusprechen, schadet mehr als alles andere, davon ist Hein überzeugt. Öffentlich bestreiten alle, dass der Teufel Wirklichkeit ist, selbst die katholischen Brüder. Fördern so die Gleichgültigkeit und die Verwundbarkeit der Gesellschaft. Spielen dem Versucher in die Hände.

Lange muss sich der Teufel deshalb auch nicht mehr umschauen, bis er jemanden für sich gefunden hat. Als Allererstes fällt sein Blick auf die Kinder, die Ungetauften, für die nie ein Gebet, nie ein Segen gesprochen wurde. Das ist am schlimmsten und am einfachsten. Er verdirbt sie früh, sodass sie später bereitwillig für ihn in den Kampf ziehen. Er macht sie zu denen, die über Gott lachen und über Richtig und Falsch, die Gut und Böse so lange relativieren, bis nur noch eins von beiden existiert: das Falsche.

Dann hält er sich an diejenigen, die den Glauben missbrauchen für Blut und Kampf und Krieg. So hat er es immer gemacht, der Teufel, mit manchen Kreuzrittern schon und mit vielen blutrünstigen Missionaren, und so macht er es auch heute mit den neuen Kriegern des Glaubens. Er vergiftet die Religionen, das ist sein eigentliches Gewerbe, gibt ihnen ein hässliches, abstoßendes Gesicht, damit sich immer mehr Menschen angewidert von ihnen abwenden. Und heute ist er damit erfolgreicher als je zuvor.

In Heins Arbeitszimmer stapeln sich die Bücher, die sich mit diesen Fragen befassen. Mit ihnen hält er Zwiesprache, weil sonst niemand bereit ist dazu. In der Ratzinger-Schrift, in seiner alten Ausgabe von *Zur Lage des Glaubens*, hat er mehrere Stellen dick unterstrichen. »Die atheistische Kultur der modernen westlichen Welt überlebt noch dank der vom Christentum bewirkten Befreiung vor der Angst vor den Dämonen. Sollte dieses erlösende Licht des Christentums aber erlöschen, würde die Welt samt all ihrem Wissen und ihrer Technologie in eine ausweglose Angst vor der Unheimlichkeit und Undurchschaubarkeit des Seins zurückfallen. Schon jetzt gibt es Anzeichen für die Wiederkehr solch dunkler Mächte.«

Der Scheibenwischer schiebt den Regen unaufhörlich von rechts nach links. Hinter den Leitplanken stehen gleichgültige Wälder, und in den Fahrzeugen um Hein herum sind alle froh, die lähmende Baustelle hinter sich gelassen zu haben. Die Fahrzeuge geben Gas, und als ein großer Lkw direkt an ihm vorbeizieht, erbebt der gesamte Wagen. Ein Unfall, das wäre jetzt das Schlimmste. Hein räuspert sich, hält das Lenkrad fest und damit auch sich selbst. Das ist so einer dieser Gedanken: Dass der, der jetzt vielleicht hinter ihm sitzt und kichert, ein Abgesandter, ein böses höllisches Wesen, nach vorn krabbelt, auf den Beifahrersitz, und ihn anfasst. Dass irgendein Teufel seine Hand packt oder direkt ins Lenkrad greift und ihn mit einem schnellen, heimtückischen Ruck in ein anderes Fahrzeug hineinsteuert. Alles verdirbt.

»Du bringst mich auf Ideen!«, kichert es hinter ihm.

Und dann spürt Hein auch schon ein sanftes Kribbeln an der rechten Hand, das sich in eisige, starre Kälte verwandelt. Er zuckt zusammen, reißt die Hand hoch, instinktiv, wie um eine Fliege zu verscheuchen.

Hinter ihm wird gehupt, lang und laut. Er hat den Wagen zur Seite gerissen. Nein, *der andere* war das. Nur ein Stück, aber auch das war schon zu viel.

»Schon gut.«

Atmen.

»Alles gut.«

Lenken. In der Spur bleiben.

»Nichts passiert.«

Hein beugt sich weiter vor. Es ist jetzt zu eng in seinem

Renault. Zwischen den Fingern und dem Lenkradleder spürt er seinen Schweiß. Er denkt an die Frau im Transporter hinter ihm und an das, was in ihr lauert, was sich bereitmacht, den Kampf mit ihm aufzunehmen, was ihn über mehrere Fahrzeuge hinweg in unsichtbaren, kichernden Wellen bereits erreicht. Es ist Mittagszeit, und es dauert nicht mehr lange, bis sie da sind. Er hat Hunger, hat nicht genug gegessen, weil ihm so übel gewesen ist heute Morgen.

Propst Hein kennt sein Risiko. Der Befreier selbst ist immer in höchster Gefahr. Bei Lukas kann man nachlesen, wie Christus die bösen Geister aus einem Besessenen ausgetrieben und in eine Schweineherde hat fahren lassen. In den Fluss haben sich die Tiere daraufhin gestürzt und sind ertrunken. Gut, dass sie da waren, die Schweine, dass sie zur Verfügung standen, denn sind die Dämonen erst einmal befreit, wollen sie irgendwohin. Auch Hein hat sie schon in Tiere fahren sehen. So selten kommt das gar nicht vor. In Hunde, Katzen, in einem Fall sogar in ein Pferd, dem man noch am selben Tag den Gnadenschuss geben musste. Auf einem Hof war das, in Schleswig-Holstein. Aber hat sich der böse Geist vom Besessenen gelöst, schreiend, brüllend, in wildem, markerschütterndem, unflätigem Protest, und ist er frei im Raum, muss man ihn mit Worten und mit sehr viel Kraft davon abhalten, sich unverzüglich einen anderen menschlichen Wirt zu suchen. Man darf keine Sekunde schwanken, sich durch nichts ablenken lassen. Solche furchtbaren, gefährlichen Momente hat Hein in Krankenzimmern erlebt, in Privaträumen und nicht zuletzt in den tiefen Kellern unter der Kirche. Standgehalten hat er jedes Mal, hat sich erfolgreich gewehrt. Aber es wird schwerer. Jedes Mal schwerer.

Hein steuert den Wagen auf den Parkplatz der Raststätte.

Marienborn. Lächerlich eigentlich, weil sie nur wenige Kilometer vom Ziel entfernt sind. Aber es ist seine letzte Chance, bevor er wieder mit Schönfelds bravem Patrioten zusammenkommt, der im Wagen hinter ihm nun ebenfalls den Blinker setzt. Hein steigt aus und atmet tief ein. Der Wind hat einen Papierkorb umgestoßen, packt den Müll und lässt ihn an den Zapfsäulen vorbeitanzen, Papier und Verpackungen, Taschentücher und Essensreste.

Hein sieht sich um, sucht den Eingang zur Toilette. Er weiß, was die Teufel im Sinn haben, immer. In den Austreiber selbst wollen sie fahren, um ihn zum Schweigen zu bringen, um ihn sich zu unterwerfen. Dabei gibt es im schlimmsten, im äußersten Fall nur einen Weg, dies zu verhindern, auch wenn die anderen Mitglieder seines Bundes es nicht mehr wahrhaben wollen. Nirgendwo mehr hin kann der Teufel, und verloren ist die gepeinigte Seele für ihn nur in einem Fall: wenn der Teufel im Besessenen verendet. Wenn der Besessene stirbt.

10

Auch Schönfeld schmerzt der Kopf. Zu viel Wein, zu viele Gedanken, zu viele kurzfristige Entscheidungen. Er unterschreibt mehrere Papiere, reicht sie weiter, presst seine Finger kurz und fest gegen die Schläfen. Es würde ihm helfen, wenn er wenigstens wüsste, was sie gegen ihn in der Hand haben. Nein, er hat nicht die geringste Ahnung. Was, bitte, könnte es sein? Dreiundsechzig Jahre ist er alt. Ein reiches, langes, erfülltes Leben liegt hinter ihm, ein *gelebtes Leben.* Man ist ja kein Heiliger, natürlich hat sich da einiges angesammelt, einiges, woran andere Anstoß nehmen könnten.

Mit einer neuen, einer empfindlicheren Generation hat er es zu tun. Was wissen sie, was haben sie ausgegraben? Es gibt Zahlungen, Spenden an Parteien, an gewisse heimatverbundene Organisationen, aber die dürften eigentlich nicht zurückzuverfolgen sein. Und selbst wenn. Gespräche mit gewissen Persönlichkeiten, Treffen hinter den Kulissen, aber das ist ja schließlich nicht strafbar. Privates? Die Sache mit der Studentin damals. Ist möglich. Oder sie sind sogar noch weiter zurückgegangen. Kann das sein? Er räuspert sich. Arvid Schönfeld fühlt etwas, was er nicht fühlen will, niemals fühlen wollte: Er fühlt sich in die Ecke gedrängt.

Was die Schauspielerin und der Türke zu wissen scheinen: dass er sich geweigert hat, diesem Bechstein wegen irgendwelcher nebulöser Drohungen lächerliche Summen zu zahlen. Dass er es vorgezogen hat, ihn einzuschüchtern, sein Geld lieber dafür zu verwenden, dass ihm das Problem abgenommen wird. Aber es ist eben so: Jede alternativlose Entscheidung zieht eine weitere nach sich, die genauso alternativlos ist. Das Leben, auch seines, ist bloß eine Kettenreaktion, eine Reihe umstürzender Dominosteine, die blindlings ihrem letzten Stoß entgegenrattern.

Schönfelds Handy klingelt. Erst einmal nimmt er nicht ab, und als er es dann doch tut, beim zweiten Versuch des Anrufers, bekommt der nächste Dominostein seinen Stoß. »Ich habe keine Zeit, ich sitze hier gerade mit meinem Anwalt zusammen.« Schönfeld spricht nicht, Schönfeld knurrt.

Sein Anwalt, ihm gegenüber, ist nicht alt. Er ist dünn und blass, hat einen hohen, farbneutralen Haaransatz. Seine Haut ist beinahe grau, wohl weil er meistens in Kanzleien brütet, über Unterlagen, vor Dateien und Papieren, so wie jetzt. Seine Augenlider hängen tief, er sieht müde aus. Vor ihm liegt das Schreiben, das mit den Worten beginnt: WIR WISSEN, DASS SIE ES GEWESEN SIND. WIR WISSEN, WARUM SIE DAS GETAN HABEN.

»Ich werde Hilfe brauchen«, sagt Hein.

»Wo bist du?«

»Auf einer Raststätte. Ich hätte beinahe einen Unfall gebaut, Arvid.«

»Jetzt reiß dich zusammen.«

Der Anwalt hebt eine Braue, aber die Lider seiner Augen bleiben schwer und weit unten.

»Die Kräfte sind stark, und ich weiß nicht, ob ich dem gewachsen bin, Arvid. Es ist zu riskant, allein zu sein bei der Befreiung. Ich könnte Tobias Bescheid sagen oder einen der anderen fragen. Aber du weißt ja, sie sind nicht gut auf mich zu sprechen. Und selbst wenn. Es kann Tage dauern, bis sie Zeit haben.«

»Nein. Warte. Du sagst niemandem Bescheid! Hast du mich verstanden?«

»Was soll ich denn dann …«

»Ich komme selbst!«

»Gut, das hatte ich gehofft.«

»Es ist Sturm angekündigt für heute Nachmittag, und ich muss noch ein Interview geben. Ich komme heute Abend, vielleicht erst spät.«

Der Anwalt schaut ausdrucklos auf.

»Danke, Arvid.«

»Bis dahin reißt du dich zusammen. Und hältst dich an das, was wir abgesprochen haben: Zu niemandem ein Wort!«

Schönfeld legt auf, verdreht die Augen, atmet langsam aus.

»Ihr Flug ist für morgen elf Uhr dreißig gebucht. Ab Tegel«, sagt der Anwalt mit freundlicher, müder Stimme. Er nimmt das Schreiben und schiebt es in eine Dokumententasche aus Leder, zieht den Reißverschluss zu und legt eine blasse Hand darauf.

»Das schaffe ich«, sagt Schönfeld und räuspert sich. »Das schaffe ich auf jeden Fall.«

Der Anwalt nickt.

11

Die Bücher haben ihren eigenen Geruch, und die älteren riechen stärker als die neuen. Es ist ein trockener Geruch von Papier und Pappe, von Leim und Fäden und Geschichten. Die Bücher sind laminiert worden, was sie nicht schöner macht, wie Sophie findet. Sie sind mit einem Strichcode versehen und mit Zahlen und Abkürzungen, weil sie feste Plätze haben, an bestimmten Orten. Sie sind für alle da und für immer. Nimmt man sie mit für eine Weile, muss man sie später zurückbringen. Zwischen den Regalen ist es still, vor allem jetzt, um die Mittagszeit.

Die drei Bände, die sich Sophie ausgesucht und unter den Arm geklemmt hat, trägt sie nicht in die Kinderecke hinüber, in der es Sofas gibt und Spielzeug. Da will sie nicht sitzen, da gehört sie nicht hin. Sie setzt sich, weiter weg, an einen der Holztische, breitet die Bücher vor sich aus, nimmt die Brille ab und schaut auf ihr Handy. Nichts.

Es ist ja eigentlich sehr schön, dass es hier so ruhig ist, dass man sich konzentrieren kann, aber heute ist es *zu* ruhig. Heute ist auch kein Tag zum Konzentrieren. Sophie wundert sich, dass sie nichts von Kenan hört.

Sie weiß natürlich nicht, dass er nicht nur nicht schreibt, nicht anruft, keinen Mucks von sich gibt, sondern auch nichts sieht, weil man ihm die Augen verbunden hat. Sie weiß nicht, dass er sich nicht bewegen kann in diesem Augenblick, höchstens ein bisschen, und dass das kleine bisschen ziemlich wehtut. Dass er blutet an der Stirn. Sophie ist unruhig. Weil sie glaubt, etwas falsch gemacht zu haben.

Sie hört ein Rascheln. Kein Seitenrascheln, etwas anderes. Sophie Kramer hebt den Kopf und schaut sich um, dann blickt sie lieber wieder in ihr Buch, fängt an, Sätze zu lesen. Ihre Gedanken sind bei Finn, bei Finns Büchern, bei Finns Messer, in Finns Zimmer. Es ist nicht gut, wenn man niemanden hat, der einem einen Rat gibt, der einen an die Hand nimmt, keinen älteren Bruder, der sagt: *Komm mit, wir gehen jetzt dahin. Oder dorthin. Oder ganz woandershin.* Und dann fällt ihr wieder Kenan ein.

Oh, Mann, Sophie!

Sie ärgert sich darüber, dass sie ihn enttäuscht hat. Das hätte ganz anders ablaufen müssen. Aber …

Was sind das für Geräusche? Ein Fiepen? Ein Schnarren. Sie schaut zum Fenster. Draußen regnet es, drinnen ist es warm und hell und immer noch unangenehm ruhig.

Warum hat sie nicht einfach gesagt: *Klar, ich komme mit, wir gehen zur Polizei. Zusammen. Und ich erzähle alles, was ich dir auch erzählt habe.* Was soll es für einen Sinn haben, wenn er ohne sie zur Polizei geht? Und warum ruft er immer noch nicht an? Sie schaut lieber noch mal genauer hin. Nichts auf dem Display. Sie hat den Klingelton ganz leise gestellt, weil sie keinen Krach machen will in der Bibliothek, aber hören würde sie ihn dennoch.

So wie sie jetzt das Rascheln hört, ein leises, heimliches Flügelschlagen, das näher kommt, ein Aufplustern, Fedenausschütteln. Sophie Kramer zuckt zusammen. Da bewegt sich etwas zwischen den Regalen.

Wirklich?

Nein.

Sie schaut sich um. Muss sie jemandem Bescheid sagen? Der Frau an der Ausleihe? Hat sich ein Tier hierher verirrt? Kann das sein? Sophie steht auf, macht ein paar Schritte. Sie staunt. Sie träumt vielleicht. Am helllichten Tag.

Wow.

Das bildest du dir ein, Sophie.

Die Elster hat den Kopf schiefgelegt, sie ist da unten, auf dem Boden, obwohl sie hier doch nun wirklich nicht das Geringste zu suchen hat. Schön ist sie, schwarz und grün und blau und weiß. Sie schaut Sophie Kramer an und stößt ihr Keckern aus, ihr metallisches, heiseres, kurzatmiges Schnarren: *Kek-kek-kek-kek-kek.* Das muss doch irgendwer gehört haben. Nichts rührt sich. Der Vogel hüpft zwischen den Regalen entlang, wie sonst durch Regenrinnen und über Balkonbrüstungen. Sie hört ihn leise Laute ausstoßen. Die Elster breitet ihre wunderschönen Flügel aus, ist plötzlich oben. Auf einem der Regale hockt sie, spaziert ein Stück über die unterschiedlich hohen Bücher, hüpft hinab, verschwindet aus ihrem Blickfeld. Sophie bleibt wie angewurzelt stehen. Sie hört das Flügelschlagen, energischer diesmal, und schaut zur Decke hinauf. Da ist nichts. Sie läuft dem Vogel hinterher, das kleine Stück bis zur Kindersitzecke, und natürlich ist die Elster nicht hier, ist nie hier gewesen.

Sophie kehrt zu ihren Sachen zurück. Sie lässt die Bücher auf dem Tisch liegen, setzt ihre Brille auf, holt ihre Jacke aus dem Schließfach und geht. Sie ruft Kenan an, und es meldet sich sofort sein Anrufbeantworter. Wahrscheinlich sitzt er irgendwo auf einer Wache und erklärt oder wartet. Das kann lange dauern. Sophie kennt sich aus. Sie ruft Frau Juniper an, und niemand meldet sich. Das war klar. Da ist was Schlimmes passiert. Sophie nickt. Tritt hinaus auf die Straße und öffnet ihren Schirm. Sie tut, was sie längst hätte tun sollen. Sie geht zur Polizei.

Der Regen ist stärker geworden, und sie überlegt, wie sie zu der Wache kommt, auf der ihre Mutter war, kurz danach, kurz nach der Sache mit Finn. Nein, das kriegt sie nicht raus. Sie müsste ihre Mutter anrufen und nachfragen. Aber das geht nicht. Unmöglich ist das.

Man muss praktisch denken in solchen Momenten, und das tut Sophie. Zum Ostbahnhof kommt sie leicht. Da gibt es auch Polizei, das weiß sie, weil ihrem Vater dort mal jemand das Portemonnaie geklaut hat, schon vor Jahren, und er sofort Hilfe bekommen hat, noch auf dem Bahnhof. Das ist leicht. Sie weiß, da gibt es eine Tür. Eine Glastür neben dem McDonald's, bei den Schließfächern, bei den Klos. Und hinter der Tür: Polizei.

Es wird jetzt wirklich ungemütlich. Der Sturm senkt sich über die Stadt, reißt und zerrt an Sophie Kramers Schirm. Der Regen ist hart und spitz und schneidend. Vielleicht stimmt es ja, und besonders viele kleine Scherben des Teufelsspiegels gehen nieder auf die Stadt an diesem Tag, dringen tief in Augen ein, wandern durch Köpfe und Körper und machen böse. Da soll noch mal einer sagen, dass es keinen Vorteil hätte, wenn man ein Glasauge besitzt, an dem alles abprallt. Und wenn man dann, an so einem finsteren, gefährlichen Tag, noch eine Brille trägt, eine dunkle, zu große, und seinen Schirm dem Sturm entgegenhält, kann einem ja nichts mehr passieren. Fast nichts, jedenfalls.

12

Die Fenster hätten es dringend nötig, aber es hat natürlich keinen Sinn, sie zu putzen, wenn es dauernd regnet. Monika Scholz schüttelt den Kopf, wringt ihr Tuch im Eimer aus, hebt Bilderrahmen hoch und wischt die Kommode ab. Sie lässt sich Zeit heute, ist nicht so flink wie sonst. Sie hat das Haus für sich allein (glaubt sie zumindest), stört niemanden, muss nicht pünktlich fertig sein. Außerdem hat sie sowieso keine Lust, vor die Tür zu gehen und nass zu werden. Ihr Blick fällt auf das Bett des Propstes. Sie hat es aufgeschüttelt und den gebrauchten dunkelblauen Pyjama ausgetauscht. Hat sogar kurz an ihm gerochen, nur um sicherzugehen. Soweit alles in Ordnung, aber frisch gewaschen ist auf jeden Fall besser.

Der Propst muss das Haus eilig verlassen haben gestern, denn eigentlich macht er sein Bett grundsätzlich selbst. Seine eine Hälfte. Die andere: immer unbenutzt. Schon so lange Junggeselle. Früher soll er mal verheiratet gewesen sein. Frau gestorben. Manche sagen: davongelaufen. Natürlich peinlich für einen Mann der Kirche. Aber welche Frau hält das schon aus: diese Predigten von morgens bis abends, diese Alleswisserei. Furchtbar stellt sie sich das vor. Furchtbar anstrengend. Geht sie aber nichts an.

Ja, er war bestimmt in Eile. Das ganze Haus hat so merkwürdig gewirkt auf sie, als sie vorhin zur Tür hereingekommen ist. Muffig und ungelüftet und, ja, drückend. So still und verlassen, wie aufgegeben geradezu.

Sie weiß, dass sie eine besondere Stellung innehat. Man ist jemandem schließlich sehr nahe, wenn man in seinem Schlafzimmer und in seinem Bad ein und aus geht. Man spaziert in der Privatsphäre des anderen herum, weiß, wie jemand schläft, womit jemand duscht, wonach jemand riecht.

Weil man Wäsche aus dem Wäschekorb holt und in die Waschmaschine steckt und später in den Trockner, Unterwäsche und alles. Aber natürlich beachtet sie das im Grunde gar nicht, es geht sie wirklich nichts an.

Monika Scholz steht vorm Bett des Propstes, will zurück zu ihrem Eimer, bleibt dann aber mitten in der Bewegung stehen. Ist doch nicht zu fassen. *Was ist denn jetzt los?* Sie reckt den Kopf in den Raum, als könne sie so besser hören. Irgendjemand ist da unten, im Erdgeschoss. Sie nimmt etwas Dumpfes, eine Art Poltern, wahr, etwas, das nicht klingt, als käme jemand ganz normal durch eine Tür. Wer soll das auch sein? Der Propst kehrt erst in ein paar Tagen zurück. Und außer ihr hat keiner einen Schlüssel. *Ist das denn die Möglichkeit.* Sie zögert, wischt sich die feuchten Hände an der Kittelschürze ab, die sie beim Putzen trägt. Das war nicht vorne, an der Eingangstür. Hinten war es. Der Hinterausgang zum Garten. Sie schiebt die Gardine am Fenster zur Seite und sieht, dass ein schwarzer Transporter am Gartenzaun parkt. Einbrecher kommen nachts, denkt Monika Scholz, aber dann schüttelt sie den Kopf. Nicht zwangsläufig. Nicht, wenn sie rausgefunden haben, dass niemand zu Hause ist. Dann ist es vielleicht sogar unauffälliger am Tag. Der Propst ist nicht in der Stadt, er ist in Berlin, das wissen viele Leute. *Na ja*, denkt sie, *ich bin ja selbst fast so was wie eine Einbrecherin*. Gut, sie hat eben den Schlüssel, ist heute hierhergekommen, weil sie weiß, dass Hein nicht da ist, dass sie ihre Ruhe hat. Dass sie alles in Ordnung bringen kann und er sich darüber bestimmt freut, wenn er zurückkommt. So treten sie sich nicht gegenseitig auf den Füßen herum, und er hat es wieder sauber und gemütlich. Es ist auch wirklich dringend nötig gewesen, vor allem das Saugen und Staubwischen. Auch das Badezimmer musste unbedingt geputzt werden. Die Küche steht noch an.

Der Propst ist in letzter Zeit so oft krank gewesen, und wenn es ihm nicht gut geht, will er sie nicht hierhaben. Dann bestellt er sie ab, schämt sich wahrscheinlich für seine Schwäche. Gut und schön, aber sie kann auch nicht auf das Geld verzichten wochenlang, irgendwann fehlt es ihr dann doch.

Sie tritt auf den Flur hinaus, lauscht. Vor Jahren, als sie noch in der Bäckerei gearbeitet hat, ist mal kurz vor Feierabend so ein Typ aufgetaucht, der die Kasse mitnehmen wollte. Sie hat ihre Kollegin gerufen, von hinten, und die ist auch sofort gekommen, mit einem Besen in der Hand, mit einem lausigen Besen bloß, aber zusammen haben sie einen derartigen Krach geschlagen, dass der Mann tatsächlich das Weite gesucht hat. Daraus hat sie gelernt: Man darf sich nicht vorschnell einschüchtern lassen. Trotzdem. Lieber erst mal vorsichtig sein. Ihr Handy ist unten in ihrer Tasche, bei ihrem Mantel. Hier oben gibt es kein Telefon. Sie muss runter. Aber leise. Monika Scholz tritt über den Staubsauger, der mitten im Weg steht, dessen Stecker immer noch in der Dose im Flur steckt.

Sie hört eine Stimme. Leise. Eine Männerstimme. Am besten, sie beeilt sich, schnappt sich ihre Tasche und läuft zur Haustür raus. Ist irgendwer im Gemeindehaus gerade? Sie schaut auf die Uhr. Die Propsteisekretärin müsste eigentlich noch da sein.

Monika Scholz ist am unteren Ende der Treppe angekommen. Die letzte Stufe knarrt, aber in diesem Haus knarrt das Holz ja an allen Ecken und Enden. Sie zögert. Die Tür zum Keller steht offen, das ist seltsam. Und aus der Küche kommen merkwürdige Geräusche, sie kann das gar nicht zuordnen. Eine Unruhe. Jetzt fällt etwas auf den Boden und zerbricht. Es klingt, als würde da irgendwas verrückt. Der Tisch? Sie hört wieder die Stimme. Ein Zischen, doch als sie zur Haustür will, als sie gerade denkt: *Jetzt aber nichts wie weg, Monika*, bleibt sie doch noch mal stehen. Ein zweiter Mann spricht.

Ist das? Ist das nicht …? Doch, ja, eindeutig. *Propst Hein.*

Ach so.

Sie nimmt die Kittelschürze ab, legt sie übers Treppengeländer. Langsam, mit gerunzelter Stirn geht sie auf die Küchentür zu. Lauscht. Nichts diesmal. Alles ruhig. Warum ist es jetzt so ruhig? Sie nähert sich weiter. Das muss sie jetzt klären. Guten Tag sagen und überhaupt.

Aber plötzlich ist es ihr unangenehm, hier zu sein. Es ist ihr peinlich, sie fühlt sich ertappt, überlegt bereits, was sie sagen soll, wenn …

»Oh, mein Gott!«

Er ist da, steht in der Tür, die er ohne jede Vorwarnung aufgestoßen hat, steht direkt vor ihr.

»Propst Hein. Sie haben mich fast zu Tode erschreckt.«

»Frau Scholz.«

»Ich dachte schon, es sind Einbrecher im Haus.« Sie ringt nach Luft. Ihr Puls schießt erst jetzt so richtig in die Höhe. Sie lächelt, aber verkrampft, fährt sich mit der Hand durch die Haare, schaut hoch in sein Gesicht, das mit großen blauen Augen auf sie herunterblickt. Er bleibt stumm, für einen langen, unangenehmen Moment. Dann sagt er: »Was machen Sie denn hier?«

»Ich?«

Er nickt.

»Ähm …« Ist ja zu blöd. »Sauber. Ich mache sauber natürlich.« Sie schüttelt den Kopf, lacht ein bisschen über ihre lange Leitung und über seine, aber er lacht nicht mit. Gut, das muss sie wohl erklären. »Ich dachte, ich könnte das heute erledigen, damit, wenn Sie wiederkommen … aber jetzt sind Sie ja schon wieder da.« Sie fühlt sich wie ein kleines Kind. Er schaut sie an, nein, starrt auf sie hinab, und am liebsten würde sie im Erdboden versinken. Das ist doch lächerlich. Ist ja nun mal ihr Job. Und wenn er sie ständig abbestellt, verdient sie hier nichts, und sie muss schließlich irgendwie zurechtkommen. Das ist natürlich wieder etwas, was dem Propst überhaupt nicht in den Sinn kommt. Sie reißt sich zusammen, sagt, endlich wieder mit festerer Stimme: »Hier musste wirklich dringend mal klar Schiff gemacht werden. Ich will Sie ja auch nicht stören. Ich wollte Ihnen nur was Gutes tun.« Und zum Dank wird man jetzt so angeschaut.

Er blinzelt, als müsse er über ihre Worte nachdenken. Dann sagt er: »Vielen Dank, Frau Scholz. Das ist nett.«

Na, also. Das hat er wohl verstanden. Er sieht allerdings immer noch nicht so aus.

In der Küche, hinter der Tür, ist etwas zu hören. Irgendetwas sehr Leises, Undeutliches, aber es ist da. Man kann es schlecht ignorieren.

»Haben Sie Besuch mitgebracht?«, fragt sie und legt den Kopf schief.

Propst Hein schaut kurz zu Boden, dann wieder auf. »Besuch?«

Sie blickt an ihm vorbei zur geschlossenen Tür.

»Ach so. Nein. Mir ist nur … ich habe gerade eine Lieferung bekommen.«

»Ach so.«

13

Sie ist jetzt ruhig, auf der anderen Seite hinter der Tür. »Denk an deinen Bruder«, hat der jüngere, der bulligere Mann gesagt, der Mann, der Kathi Bechstein geliefert hat. »Das kann hier ganz schnell vorbei sein. Oder es kann sehr, sehr wehtun.« Hat es ihr ins Ohr geflüstert, und dabei hat sie seine Körperkraft gespürt und wie er sich noch mehr angespannt, sie noch fester an sich gedrückt hat. Ja, das ist schlimm. Schlimmer ist, dass sie nichts sieht, nicht weiß, wo sie ist. Am schlimmsten aber ist das Wort, das der andere, der Ältere, benutzt hat. *Keller*. Das ist das Wort: *Keller*. »Wir bringen sie in den Keller.« Sie hat sich nicht gewehrt, bis das Wort gefallen ist. Sie ist aus dem Wagen ausgestiegen, kampflos, hat sich durch eine Tür ziehen lassen, in ein Haus hinein. Sie kann nicht sprechen, wegen des Knebels, und kann nichts sehen, wegen der Augenbinde, die ebenso fest einschneidet wie das harte Plastikband, mit dem die Hände auf ihrem Rücken zusammengebunden sind. Aber sie kann hören. Kann hören, dass sie in einen Keller gebracht werden soll, und das ist zu viel. Als der andere, der Ältere, eine Tür öffnet, vorangeht, noch eine Tür aufmacht, womöglich eine, die hinabführt, zu Stufen, die sie hinuntergehen soll, *freiwillig*, wehrt sie sich doch. Sie kann ihre Beine bewegen, sie muss ja gehen, kann sich losmachen, wie wild in irgendeine Richtung stürzen, die hoffentlich die entgegengesetzte Richtung ist. Und ist tatsächlich frei, einen winzigen Moment lang, reißt etwas zu Boden, das zerbricht, ein Glas vielleicht, in diesem Raum, den sie nicht sieht, der zu irgendeinem Haus gehört, das sie auch nicht sieht, bloß riecht und spürt. Ein Haus, das einen Keller hat, in den man sie bringen will und in den man sie auf keinen Fall bringen darf. Aber der Mann ist schnell, er hat sie, reißt sie zurück, und der andere zischt. Dann sind sie still. Kathi Bechstein zuckt in den Armen des Mannes, heult lautlos mit dem ganzen Körper, während er sie mit einem kaum hörbaren Flüstern an ihren Bruder erinnert, an das, was sie mit ihm gemacht haben und was man auch mit ihr machen kann. Jetzt sofort, an diesem Ort oder woanders. *In einem Keller*. Der andere hat den Raum verlassen. Da ist noch jemand, deshalb also. Auf der anderen Seite der Tür. Kathi Bechstein hört Stimmen, aber sie sind zu weit entfernt. Eine Frau. Sie hört, dass da etwas gesprochen wird, auf der anderen Seite der wohl wieder geschlossenen Tür, aber eigentlich hört sie immer nur: Keller. Keller. Das geht nicht, das können sie nicht machen. Sie will nicht hinunter. Auf keinen Fall. Sie möchte sagen: *Ich tue alles. Aber bringt mich nicht in diesen Keller.* Sie hat einen Knebel im Mund und einen Keller vor sich und *Scheiße, verdammte, verdammte Scheiße*, sie hat nicht die geringste Chance.

14

»Frau Scholz.« Der Propst macht eine lange Pause, atmet ein. »Ich würde mich freuen, wenn Sie sich an unsere Abmachungen halten würden.«

Monika Scholz öffnet den Mund, schaut ihn an. Ist das sein Ernst?

»Wenn ich Ihnen sage, dass ich nicht möchte, dass Sie zum Putzen herkommen, dann halten Sie sich bitte daran.«

Sie schluckt. Fast schießen ihr Tränen in die Augen. Vor Wut. Sie hebt eine Hand, nickt übertrieben heftig. »Ich habe Sie schon verstanden, alles klar.« Er soll ruhig an ihrer Stimme hören, wie sehr es sie verletzt, so behandelt zu werden.

»Am besten Sie gehen jetzt nach Hause.«

»Ich räume nur noch oben alles weg.«

»Nein, das ist nicht nötig.«

»Der Staubsauger steht noch da und mein Eimer mit dem …«

»Es ist nicht nötig.« Scharf. Wie ein Vater mit einem Kind reden würde, wenn er es zum Hausarrest verdonnert. Mit ihr redet man jedenfalls nicht so. Sie geht wortlos zur Garderobe, reißt ihre Jacke herunter, schnappt sich ihre Tasche. Sie ist so beleidigt, dass Sie es nicht mal fertigbringt, ihm zu sagen, dass er sich wen anders suchen kann, der ihm in Zukunft seinen Dreck hinterherräumt.

»Frau Scholz.«

Sie dreht sich zu ihm um. Er steht immer noch vor der Küchentür, hinter der irgendein Besuch von ihm so tut, als wäre er nicht da, obwohl sie ihn doch genau gehört hat. Hein schaut sie an und sagt: »Lassen Sie Ihren Schlüssel hier, bitte.«

»Was?«

»Ihren Schlüssel.«

Ja, selbstverständlich.

Bitte schön.

Die Tür fällt ins Schloss, und es ist einen Augenblick lang still, auf der einen wie auf der anderen Seite der Tür.

Es dauert eine Weile, bis sich alle von ihrem Schock erholt haben. Bis die zwei Männer, der Propst und der andere, Kathi Bechstein über den Flur führen, zerren eher, durch die immer noch offene Tür und hinunter in den Keller – *wird jetzt aber auch Zeit* –, tiefer und dann noch tiefer und schließlich durch einen engen Gang. Monika Scholz spürt währenddessen den Regen kaum vor Wut. Sie wirft dem schwarzen Transporter einen Blick zu und sieht jetzt auch den roten Renault des Propstes ein Stück entfernt dahinter parken. Sie geht den Hügel hinab, mit energischen Schritten. Was soll das, was stellt er sich so an? Private Heimlichkeiten. Tut so, als hätte sie ihre Nase absichtlich in irgendwas gesteckt, was sie nichts angeht. Als hätte sie ihm hinterherspioniert. Ist ihr doch völlig egal, was er da macht oder nicht macht. Und mit wem. *Von wegen krank!*, denkt Monika Scholz und schüttelt den Kopf. *Von wegen Berlin!* Männer kommen zu Besuch. Schleichen sich am Nachmittag zur Hintertür rein, damit es keiner mitgekriegt. Sie hätte es sich eigentlich denken können. Immer ein bisschen zu gut, um wahr zu sein, der Propst Hein, ein bisschen zu freundlich. Aufgesetzt, das hat sie immer schon gesagt. Alles bloß Fassade. Und immer Junggeselle. Ein Leben nur für die Gemeinde. Lachen müsste man, wenn es nicht so traurig wäre. Aber was geht es sie an? Nichts, nicht das Geringste. Monika Scholz schaut sich noch ein letztes Mal um, blinzelt mit geröteten Wangen den Hügel hinauf zur Kirche und verzieht angewidert das Gesicht.

15

Sie könnte ja rausgehen, die Wohnung verlassen, aber Irena Kramer weiß nicht, wohin. Der Regen wird außerdem immer stärker. Sie kann eigentlich nur warten. Kann in der Küche sitzen und zum Fenster hinausschauen. Sie hat versucht, zu essen. Es hat nicht funktioniert. Sie trinkt Wasser, und ihre Gedanken wandern davon, lassen sie zurück. Sie kommt schon wieder nicht hinterher. Ihre Gedanken sind irgendwo früher, bei ihrer Schwester, in Warschau, oder bei Robert. Sie schaut nur zum Fenster, vergisst die Zeit, obwohl sie auf dem Radiowecker neben dem Brotkasten sichtbar vergeht. Irena Kramer wartet und weiß nicht, worauf. Als das Telefon klingelt, fällt es ihr ein.

Eine ihr unbekannte Berliner Nummer.

»Kramer?«

Wie eine weitere Ohrfeige, noch so ein Schlag, den sie braucht, um wach zu werden.

»Entschuldigung, ich habe Sie nicht richtig verstanden. Wo?«

Man nennt ihr die Dienststelle. Ostbahnhof.

»Nein.« Auf keinen Fall. Sie darf da nicht hingehen. »Ich … ich kann nicht.«

Ein Mann erklärt ihr etwas. *Sophie.*

»Ist alles in Ordnung mit ihr?«

»Ja, soweit wir das sagen können, schon. Aber kommen Sie doch bitte her und holen Sie sie ab.«

»Warum?«

Sie soll ihre Tochter abholen. Auf einer Wache. Warum ist sie da?

Was soll die Frage?

Sie weiß es doch.

Irena Kramer weiß, warum ihre Tochter zur Polizei gegangen ist.

Sophie hat das Messer genommen. Aus der Schublade im Nachtschrank. Sie hat es ihnen gebracht. Sie hat es ihnen erzählt.

Irena zittert.

»Ich muss zum Arzt, mir geht es nicht gut.«

Ob jemand anderes Sophie abholen kann. »Ihr Mann vielleicht?«

»Ja«, sagt Irena. »Das ist eine gute Idee.«

»Aber es wäre sinnvoll, wenn Sie sich noch mal melden bei uns. Vielleicht können Sie sich morgen im Laufe des Vormittags mit uns in Verbindung setzen.«

»Gut, ja.«

»Ihre Tochter ist sehr aufgeregt. Wir haben sie erst mal ein bisschen beruhigt.«

Aufgeregt.

»Ich gebe Ihnen mal meine Direktdurchwahl. Wegen möglicher Rückfragen.«

Rückfragen.

Sie schreibt die Nummer nicht auf. Diesmal nicht.

»Ansonsten melden wir uns.«

Ja, natürlich.

»Danke.«

Der Anruf ist vorbei. Die Stimme des Beamten ist weg, Irena Kramer ist noch da. Sie schaut ihr Handy an. Eine ganze Weile. Dann schiebt sich ihr Zeigefinger hinauf bis zum Knopf an der oberen Kante. Er macht das ganz selbstständig, sie ist kaum daran beteiligt. Mit einem langen, festen Druck schaltet ihr Zeigefinger das Handy aus, vollständig, bis das Display schwarz geworden ist.

16

Endlich kann sich Propst Hein auf das konzentrieren, was wichtig ist. Der brave Patriot hat sich in den Transporter gesetzt und verabschiedet. Es ist eine Erleichterung. Seine Anwesenheit war bedrückend, beinahe unerträglich. Hein stärkt sich mit Brot. Trinkt Tee. Er betet, diesmal länger, bewegt lautlos den Mund. Dann schaut er auf, in den Raum hinein, lauscht. Schüttelt den Kopf, lauscht weiter. »Rede, Herr, denn dein Knecht höret.« Schließlich steht er auf und geht über den Flur. Kurz kommt ihm in den Sinn, dass er Monika Scholz womöglich das Leben gerettet hat vorhin, indem er sie nicht in die Küche gelassen hat. Knapp war das. Er steht im Flur und macht sich Gedanken. Dann öffnet er die Tür. Hein steigt hinab in den Keller. Er denkt an Luther.

17

Als die Sache mit dem Studenten passiert, ist der Reformator nicht mehr jung, hat das meiste hinter und nur noch acht Jahre Lebenszeit vor sich. Deshalb ist Martin Luther wachsam, lässt sich nicht so leicht täuschen. Über seinen feisten, geröteten Wangen blitzen aufmerksame, misstrauische Augen. »Na, wollen wir mal sehen«, sagt er und gibt ein Zeichen. Valerius Glockner wird ihm vorgeführt als verwöhnter Sohn aus der besseren Gesellschaft, der sich in Wittenberg gehen lässt, der säuft und hurt und feiert, statt seine Nase in die Bücher zu stecken. Studenteneskapaden. Am 13. Februar 1638 befragt ihn Luther, und Glockner lacht ihm frech ins Gesicht, schneidet Grimassen. Ja, er brüstet sich sogar damit, schon vor fünf Jahren den Pakt geschlossen zu haben. Den Pakt mit dem Teufel. Luther bohrt nach, Luther hat Autorität, seine Worte sind wie er selbst, schwer und ernst, sie schüchtern ein. Verfehlen ihre Wirkung nicht. Der junge Mann knickt ein, zögert. Er zeigt sich reuig. Allerdings doch etwas zu schnell. Luthers Augen blitzen. Er legt die fleischige Stirn in Sorgenfalten, schüttelt den Kopf. Er weiß genau, dass der Teufel sich nicht derart bereitwillig geschlagen gibt, dass er nur täuscht und sich windet, um der weiteren Befragung zu entgehen, dass er unbedingt festhalten will an seinem Opfer. »Wir übergeben dich dem weltlichen Gericht, wenn du nicht abschwörst«, sagt Luther, und Valerius Glockner wird endgültig blass. Ihm zittern die Knie, er muss sich setzen. Glockner versteht, was da auf ihn zukommt. Folter und schließlich die unabwendbare Todesstrafe wegen Ketzerei. Also. Noch mal von vorn. Jetzt spricht der Student aus Wittenberg die Worte nach, die Luther ihm vorsagt und mit denen er sich vom Teufel lösen und sich wieder Gott zuwenden kann.

Propst Hein denkt an Luther, während er Stufe um Stufe hinabsteigt. Denkt an Luthers Mut, daran, dass er offen ausgesprochen hat, was ausgesprochen werden musste: »Satan ist unter die Kinder Gottes gekommen.« Das Tintenfass hat er nach ihm geschleudert auf der Wartburg. Vielleicht stimmt das, vielleicht auch nicht. So wie er seine Thesen vielleicht angenagelt hat an die Kirchentür und sie vielleicht auch nur per Post verschickt hat.

Es kommt nicht auf die Richtigkeit von Anekdoten an. Entscheidend ist, dass der Teufel immer bei ihm gewesen ist. Man kann die Welt nicht in eine freiere, reinere, bessere Gläubigkeit führen, ohne dass er es zu verhindern versucht, ohne dass er sein Gift hinzugibt, ohne dass er den Hass anstachelt dabei und die Wut und die Gewalt, mit der die Frohe Botschaft besudelt werden soll. Ohne dass er einen Krieg daraus macht.

Luther wird umtanzt und bedrängt, während er versucht, das Alte Testament zu übersetzen. Sitzt an seinem Tisch, schreibt, interpretiert, deutet, sucht nach Worten, kann sich nicht konzentrieren. Ihm wird schlecht. Er erleidet Schwächeanfälle. An seine Seele kommt der Teufel nicht heran, dafür an seinen Körper. Er beschert ihm schmerzhafte Verstopfungen und einen Tinnitus. Luther ächzt und stöhnt auf dem Abort, drückt und presst und blutet, und dabei ist ein Brausen in seinen Ohren und außerhalb von seinem Kopf. Der Teufel nagt an ihm, schlägt ihm seine Zähne in den Leib und in den Schädel.

Hein hat nicht Luthers Kraft. Heins Herz braucht eine Maschine, um nicht auszusetzen, und um seinen Kopf herum hört er kein empörtes Brausen, sondern ein siegessicheres Kichern.

Hein hat nicht Luthers Mut. Luther hat es zugegeben, hat öffentlich darüber gesprochen, dass der Teufel bei ihm gewesen ist. Deshalb haben seine Gegner gesagt, er sei besessen gewesen, sein Leben lang. Vielleicht, denkt Hein, hatten sie recht.

Aber auf das Ausmaß kommt es an. Man muss zwischen drei Stufen unterscheiden, muss das auseinanderhalten. Die erste ist die Belagerung, *Cumsessio*. Ein Zustand der Versuchung, der Gefährdung. Die Opfer, die umsessen sind, reagieren aggressiv gegen geweihte Gegenstände, gegen fromme, wahre Gedanken, gegen alles, was gut und richtig ist. Bisweilen sehen sie Spukerscheinungen. In der zweiten Stufe, der *Obsessio*, schafft es der böse Geist, einzudringen. Er greift den Körper an, spricht mit der Zunge seines Wirts, gibt ihm ungewöhnliche Körperkraft. Wirklich gewonnen aber hat der Teufel erst mit dem Zustand der *Posessio*, wenn der Dämon sich auch äußerlich zeigt, wenn er flucht und seine eigene Stimme einsetzt. Dann löscht er den Menschen, den er befallen hat, beinahe gänzlich aus, bis von ihm nur noch eine wehrlose, schon tote Hülle übrig ist. Dann bewegt er Dinge, die sich nicht bewegen lassen, spricht Sprachen, die der Betroffene unmöglich beherrschen kann, entwickelt hellseherische Fähigkeiten, beginnt womöglich gar zu schweben.

Mindestens umsessen gewesen ist Luther, vielleicht auch mehr. Mindestens umsessen, das weiß Hein, ist er selbst. Er ist jetzt unten angekommen und schaltet die Taschenlampe ein. Ihr Schein ist schwach, legt sich widerwillig auf die rissigen, modrigen Wände des Gemäuers. Hein atmet tief ein, beugt den Oberkörper vor. Betritt den Gang.

18

Wie bekommt man hier überhaupt Luft? Unten im Keller. Gibt es Schächte, Lüftungen, wie funktioniert das? Ist einfach immer genug Sauerstoff da? Wird sie hier ersticken? Es gibt Strom, zwei nicht sehr helle Lampen oben an der Decke, es gibt einen Stuhl und eine Matratze mit richtigem Bettzeug. In einer Ecke steht eine Toilette, und Kathi Bechstein benutzt sie tatsächlich, weil es nicht anders geht. Der Geruch ist chemisch, er sticht ihr in der Nase, und als sie ein paar Schritte weggeht, drängt sich sofort wieder der andere Geruch in den Vordergrund: stickig und muffig und faul und tot. Die Wände sind nicht hoch, sind unverputzt. Irgendwo rieselt etwas herunter. Sie weiß, dass Tiere hier unten sind, sie hört sie in den Ecken. Auch noch etwas anderes hat sie gesehen. Aber Kathi Bechstein versucht, bei Verstand zu bleiben. Erlaubt sich nur einen Gedanken: dass jemand kommen und sie hier herausholen wird.

Der alte, große Mann mit den blauen Augen hat ihr die Augenbinde und die Fesseln gelöst, den Kabelbinder aufgeschnitten, und sie hat das Blut an ihren Gelenken gesehen. Er hat den Knebel aus ihrem Mund genommen, die Lederschnalle mit der dicken, schweren Kugel, die ihr die Zunge zurückgedrückt und ihr fast alle Luft genommen hat. Beinahe übergeben muss sie sich, als das Ding raus ist. Wo hat er das her? Aus dem Sexshop? Kurz hat sie geschrien, aber gleich begriffen, dass es nichts bringen wird. Weil sie tief genug unten sind, unter der Erde. Unterwelt. Katakomben. Er würde den Knebel nicht entfernen, sie nicht losbinden, wenn er befürchten müsste, dass sie jemand schreien hört. Das hat sie – leider – sofort begriffen.

»Bitte«, hat sie zu ihm gesagt und wurde lange aus den wässrigen blauen Augen angeschaut.

Er hat gebetet. Nach einer Weile hat sie das verstanden.

»Bitte, das ist nicht nötig, bitte lassen Sie mich gehen.«

Er hat mit lauter Stimme über sie hinweggeredet, von Christus, von Gott, vom Heiligen Geist.

Atmen, warten, nachdenken.

Dann: »Bitte, sagen Sie Herrn Schönfeld, dass das nicht nötig ist. Sagen Sie ihm, dass er nichts von mir zu befürchten hat. Es ist ein Irrtum, wirklich, bloß ein Irrtum.« Ihre Stimme hat gezittert, und er hat sie weiter angeschaut, mit immer größeren Augen, fassungslos, stumm.

»Bitte, sagen Sie ihm, dass er mich gehen lassen soll. Und Kenan auch. Ich sage kein Wort, bitte, bestellen Sie ihm das. Er kann ganz beruhigt sein. Wirklich. Verstehen Sie mich? *Bitte.*«

Er hat nicht mehr gebetet danach, sie nur angesehen und schließlich allein gelassen, die Tür hinter sich geschlossen.

Jetzt ist sie hier unten im Keller allein unter den schwachen Lampen, wartet, und hat das Taschenmesser in der Hand. Das zweite Ass im Ärmel, das sie sich in einer spontanen Eingebung, noch in der Wohnung, zwischen Hose und Unterhose geschoben hat, bis zur Leiste hinunter. Nach dem Blick durch ihren Türspion. Es geschehen noch Zeichen und Wunder. Es ist doch ein Wunder geradezu, dass die Männer das Messer nicht gesehen haben. Sie haben es eben nicht erwartet, und sie hatte den weiten Pulli an und ihre Jacke. Sie geht mit der gezückten Klinge zu der schweren Tür aus Metall, die der Alte hinter sich abgeschlossen hat. Die Messerspitze steckt sie in das Schloss und in den Zwischenraum, aber es funktioniert nicht. Es muss einen Riegel geben, draußen vor der Tür.

Zitternd hockt sie auf der Matratze, denkt und denkt und denkt. Es rieselt an der Wand irgendwo hinter ihr. Und obwohl sie glaubt, dass es nicht genug Luft gibt hier unten, atmet sie schneller, atmet alles weg, den ganzen Sauerstoff. Versucht, Pausen einzuhalten, Atempausen, aber das geht nicht. Sie schwitzt. Es ging weit hinunter, weiter, als man hinabgeht, wenn man sich in den Keller eines gewöhnlichen Hauses begibt, und es ist extrem warm.

Sie wendet den Kopf. Hier unten rieselt irgendwo der Putz von den Wänden. Stürzt die Decke ein? Irgendwann bestimmt.

Sie glaubt, ein Trippeln zu hören, ein Scharren, tief im Gemäuer hinter ihr. *Oh Gott.* Nicht so schnell atmen, nicht die Luft wegatmen. Vielleicht sind es bloß Käfer, Spinnen, irgendwas, vielleicht sind es doch Ratten. Sie will es nicht wissen, aber sie steht auf.

Kathi geht in die äußerste Ecke des verwinkelten Raumes, in die Ecke, in die sie nicht gehen will. Hier ist es nicht hell, hier ist fast nichts zu erkennen. Aber sie glaubt doch zu wissen, was dort liegt. Man sieht es ja. Unter einem großen weißen Laken. *Nicht zu schnell atmen.* Die Silhouette zeichnet sich deutlich ab unter dem Stoff, zeichnet Füße ab, eine Brust, die Spitze einer Nase. Da liegt ein Körper, da liegt ein Mensch. Da liegt jemand, der vor ihr hier war. Sie starrt in die Richtung, in die sie nicht starren will, und sieht, dass sich etwas bewegt. Unter dem Laken. Neben dem großen toten Körper, nein, *auf ihm* jetzt, bewegt sich ein kleinerer Körper, huscht unter dem Stoff entlang, beult ihn aus und wird dann schmaler, verlängert sich und verschwindet wieder. Sie meint, einen Laut zu hören, ein Fiepen, etwas sehr Hohes, und rennt zur Tür, schlägt mit der Faust dagegen. Noch mal. Und noch mal.

Die Stille dauert lang. Irgendwann ist auch Kathi wieder ruhig und wartet. Atmet tatsächlich langsamer. Schließlich hört sie etwas, draußen im Gang. Ein Geräusch. Da ist jemand. »Hilfe«, sagt sie, ganz, ganz leise. Noch mal lauter, ganz gleich, wie sinnlos es ist, lauter, sehr viel lauter: »Hilfe!« Sie dreht sich um, schaut in den Raum, kann nirgends hin, kann nicht raus. Da sind Schritte draußen. Schritte, die näher kommen. Ja, sie kommen näher, und Kathi Bechstein weicht zurück. Sie nimmt das Taschenmesser. Die Klinge ist aus dem Griff gezogen. Sie ist nicht groß, aber einigen Schaden kann man damit anrichten. Bestimmt. Außerdem ist diese Klinge alles, was sie hat. Kathi Bechstein hört, wie der Riegel zurückgelegt wird. Er ist zurück. Er ist wieder da.

19

Jetzt geht er los.

Der Sturm.

20

Der Wind hebt an, heftiger als erwartet, will hundertzwanzig Stundenkilometer schaffen auf seinem Weg durch die große Stadt, und scheitert nur knapp. Er bringt Dunkelheit in den späten Nachmittag und kurze Böen in Orkanstärke, die einem den Atem rauben. Zoo und Tierpark schließen ihre Pforten, weil herabfallende Äste eine Gefahr sein könnten für die Besucher. Die Feuerwehr rückt aus, man hört die Sirenen. Die S-Bahnen stellen den Verkehr ein, und die Menschen stehen dicht gedrängt in den U-Bahn-Stationen. Dunkel ist es und laut, die Stämme biegen sich, einige Flachwurzler fallen, und die Muschelkalkkinder im Park können sich glücklich schätzen, dass sie in ihren Holzhäuschen stehen, blind und geschützt. Trotzdem heben sie die Köpfe, spitzen die Ohren und halten sich an ihren Tieren fest, am Pelikan und am Ziegenbock, während es um sie herum immer lauter und böser heult. Die Engel, die ihren Platz oben auf dem Dach des Doms haben, schauen einander besorgt an. Der ewige Regen dringt kalt und sauer durch ihre Kupferhaut und zersetzt ihre Stahlskelette. Einige von ihnen haben Namen. Die beiden großen, über dem Eingang, heißen Wahrheit und Gnade. Andere bilden, noch höher, oben an der Kuppel, einen Chor, sind zuständig für die himmlische Musik auf Erden und umklammern im Ansturm der Böen verbissen ihre Instrumente. Einem von ihnen hat ein Unwetter früher im Jahr den Triangelstab aus der Hand gerissen. Zwei Versuche haben die Industriekletterer gebraucht, um ihn wieder hinaufzubringen und fest zu montieren. Wie dumm man sich fühlt, wenn man da oben steht, hoch aufgerichtet, bereit, seinen Ton zu schlagen, und ihn nicht schlagen kann. Diesmal aber wird er seinen Stab nicht loslassen, der Engel, ganz gleich, was passiert. Die Nacht ist nahe, kreist schon über ihnen, der Sturm drückt sie vorzeitig herab. Sie wird furchtbar sein und viele Tote wecken, diese Nacht, das wissen die Engel. Man muss sich festhalten, besonders hier oben. Hier beißt und reißt der Wind, stürmt voran und hinweg über die Straßen, räumt Dachziegel ab vom Haus, das der Synagoge auf der Rykestraße direkt gegenübersteht. Sie knallen auf den Bürgersteig, zerschellen neben dem kleinen Steinelefanten vor dem Ayurvedischen Zentrum. Die beiden Polizisten, die hier Wache halten, weil immer Wache gehalten werden muss vor der Synagoge, gehen besser in Deckung. Der Sturm zieht um die Häuser. Der Sturm macht einen drauf, und die Menschen sind schlau genug, ihm nicht in die Quere zu kommen. Er tobt sich aus, lange kann das nicht dauern. Er heult und pöbelt, ist draußen vor den Fenstern und vertauscht oben und unten, spielt Himmel und Hölle. Irena Kramer hört ihn trotzdem kaum im siebten Stock. Ihr Handy liegt auf dem Küchentisch, schwarz und ausgeschaltet. Sie sieht es gar nicht mehr. Sie sieht die Schränke und den Tisch und die Stühle, an denen man sich festhalten, mit denen man ein Gleichgewicht finden kann. Irena Kramers Finger fahren über die harten Pickel der Raufaser. Da unten, weit entfernt von ihrem Kopf, laufen ihre Füße an den prall gefüllten Müllsäcken vorbei über den Flurboden. Manchmal lauscht sie, findet die Heizungswärme zu drückend, dreht an einem Thermostat und sieht, dass es vor den Fenstern pechschwarz ist. Einer der Heizkörper im Wohnzimmer tickt wie eine Uhr. Der Kühlschrank brummt. Wenn er so brummt, muss man mit der flachen Hand gegen die Tür schlagen, dann verstummt er wieder. Irena steht in der Küchentür, rührt sich nicht. Nach einer Weile geht sie ins Badezimmer. Sie atmet, ein und aus, und die Wohnung atmet auch, indem sie leise tickt und knackt und brummt und heizt. Irena hat geduscht. Sie hat sich die Haare gewaschen und geföhnt und sich sogar ein bisschen geschminkt. Stillsitzen kann sie nicht, rausgehen aber auch nicht. Jetzt füllt sie die Waschmaschine mit Sophies Sachen. Die sollen in Ordnung sein und sauber. Dann erstarren ihre Hände zwischen dem Stoff, zwischen Ärmeln und Beinen, weil ihr einfällt, dass Sophie sie verraten hat. Wasser spritzt böse in die Trommel, wie ausgespien von einer fauchenden Schlange. Wasser fließt. Immer im Kreis durch Rohre, die zu den Heizkörpern führen. Sie ziehen sich als Adern und Venen durch die Wohnung, an den Wänden entlang, mal offen liegend, mal verborgen. Achtzig Quadratmeter umgeben sie hier oben im siebten Stock, die sich aufteilen in eine Küche, einen Flur, ein Bad, ein Wohn- und ein Schlafzimmer und zwei kleine Kinderzimmer. Achtzig

Quadratmeter, die am Leben erhalten werden durch Kabel, die in Steckdosen stecken und deren Leitungen irgendwo unter der Haut verlaufen. Der Sicherungskasten hängt direkt neben der Wohnungstür. Achtzig Quadratmeter, die Irena Kramer umhüllen, nur sie, niemanden sonst, und in deren Mitte sie Schalter und Hähne betätigt und Waschmaschinenknöpfe drückt. Immer geht sie von einem Punkt zum anderen, sitzt oder liegt oder steht in einem der achtzig Quadrate, hier oben im siebten Stock. An die Kinder denkt sie. Daran, dass es eigentlich lange gut gegangen ist. Dass auch der Junge sie geliebt hat früher, wie es sein soll. Dass sie eine Mutter war und nicht bloß eine Stiefmutter, dass sie ihm vorgelesen und ihn an sich gedrückt hat, dass er es zugelassen hat, dass sie gelacht haben und alles in Ordnung war. Nicht perfekt, aber in Ordnung. Bis er ihrer Tochter den Stock ins Auge gerammt hat. Ein Unfall ist das nicht gewesen, niemals. Lange her. In einem anderen Leben ist das passiert. Jetzt und hier, in diesem Leben, fließen Strom und Wasser unsichtbar an ihr vorbei, sorgen für Wärme und Licht, dafür, dass der Kühlschrank brummt und der Radiowecker neben dem Brotkasten eine Uhrzeit anzeigt, die gar nichts mehr bedeutet. *Ihr seid mir zu schwer. Ich kann euch nicht mehr tragen. Ich schaffe es nicht, schaffe es nicht über den Fluss.* Alle Lichter schaltet sie an, alle Lampen, weil es draußen so dunkel ist. Die Nacht stürzt in den Tag, rast an der Hausfassade entlang, und der Himmel berührt unten den Boden. Irena Kramer aber steht immer noch hier, inmitten ihrer Wohnung, drückt auf Schalter, ist Herz und Verstand eines Körpers. Achtzig Quadratmeter atmen Wasser und Strom. Irena Kramer atmet auch. Und denkt: »Es hat alles nichts genützt.«

21

Es ist finster, aber der Sturm hat schon keine große Kraft mehr, hat sich schnell verausgabt. Er heult noch und bringt, irgendwo in Mitte, ein einzelnes Baugerüst zum Einsturz. Aber sein Wüten klingt eher wie ein Ächzen. Als hätte er sich etwas gezerrt beim Randalieren. Im Supermarkt beschließen einige Kunden, es zu wagen und doch nach Hause zu gehen. Auf dem Parkplatz stehen nur noch zwei Wagen. Die Engel Wahrheit und Gnade sind weit weg, stehen über dem Portal und schauen, wie immer, in eine ganz andere Richtung. Vor dem Haus, dessen Fenster zum Teil mit Tüchern verhängt sind, sitzt niemand auf der Treppe. Es brennt auch hier Licht. Das Haus erträgt seine eigenen Stürme, jeden Tag, innere und äußere. Es ist ein verwunschenes Haus, das Haus der Fremden. Die Anwohner schauen es an im Vorbeigehen, schauen die Gesichter an, die Männergruppen, vorn auf der Treppe. Aber kaum jemand weiß, wie viele Menschen dort leben, dass es nur noch wenige Männer, Frauen, Minderjährige sind und die meisten Zimmer längst leer stehen, dass für die ehemaligen Bewohner andere, praktischere, ebenso anonyme Wohnmöglichkeiten gefunden wurden.

Manchmal kommt jemand, gibt eine Spende ab. Gestern erst. Ein kleines Mädchen hat etwas vorbeigebracht, ein T-Shirt in einer grün-weißen Kaufhof-Tüte. Kleidung wird aber kaum noch gebraucht. Was dann? Im Internet steht eine Liste. Rasierzeug zum Beispiel. Windeln. Duschgel. Socken (Neuware), flache Schuhe. BVG-Tickets. Manchmal sind junge Leute gekommen und haben, immerhin, Interesse mitgebracht. Aber der Flüchtlingsrat hat eine Grenze ziehen müssen und auf seine Website einen Hinweis gesetzt: »Aufgrund stark begrenzter Kapazitäten und der Vielzahl an Anfragen ist es uns leider nicht möglich, Kunst- und Kulturprojekte zum Thema ›Flucht‹ zu begleiten oder dafür Kontakte zu geflüchteten Menschen zu vermitteln. Das Gleiche gilt für Referate, Hausarbeiten, Bachelor- oder Diplomarbeiten. Wir hoffen auf Ihr Verständnis.« Vergangenes Jahr, das haben die meisten Anwohner mitbekommen, sind zwei junge Männer abgeführt worden, die hier gelebt haben. Sie sollen in eine Messerstecherei und einen räuberischen Überfall verwickelt gewesen sein. Dann die Sache mit Irena Kramer. Ihr Name stand natürlich nicht in der Zeitung, aber die Anwohner haben gewusst, dass es sich um sie gehandelt hat. Und sind nicht Salafisten hier gewesen, um Nachwuchs zu rekrutieren? Man hat das Haus dichtmachen wollen, niemand wollte es mehr hierhaben. Es gibt Unterschriftensammlungen und manchmal kleinere Demonstrationen. Eine eingeschlagene Scheibe. Ein eilig übermaltes Hakenkreuz. Eine Art Bürgerwehr wollte Pfefferspray verteilen, aber das wiederum hat kaum jemand angenommen. Manche, auch aus anderen Gegenden, haben das Haus gesehen, denn ein Fernsehsender hat eine kurze Dokumentation darüber gebracht. Man kann online die Kommentare darunter lesen, und es werden täglich mehr: *Was glauben die eigentlich, was hier los ist? Die kommen hierher, und wir knien vor denen, geben denen ein Dach über dem Kopf und dann auch noch jede Menge Kohle.* Die Kommentare sind bloß Schrift. Buchstaben, Worte, Sätze, sind Rechtschreibfehler, Finger auf Tasten, Gesichter vor Bildschirmen, sind Avatare, Namen, Kürzel, Ziffern, Klicks, sind irgendwo, sind schnell, sind besorgt, sind wütend, sind da. *Ich könnt kotzen*, sagen die Kommentare. *Woher haben die das Geld für ihre Zigaretten?*, fragen sie. *Warte nur, bis sie dich vergewaltigt haben, aber dann heul bloß nicht rum. Die machen unser Land kaputt. Lassen ihre Fami-*

lie im Stich und kommen zum Schmarotzen her. Warum zeigt ihr hier irgendwelche Apotheker und Maschinenbauer, das hat doch mit der Wirklichkeit gar nichts zu tun. Was erwarten die eigentlich? Dass wir ihnen eine Villa vor die Nase setzen? Wer denkt eigentlich an die armen Deutschen, die auf der Straße leben müssen? Alles in den Arsch geschoben bekommen die. Und wir? Wer kümmert sich um uns? Wer kümmert sich um deutsche Familien? Raus mit dem Pack, schert euch zum Teufel! Jetzt, in diesem Augenblick, da das Wetter schlecht ist, da es regnet und der Wind vom schwarzen Himmel herunterheult, kommt ein neuer Kommentar. Jemand schreibt, Bürgerfinger tippen, jemand antwortet, Finger im Sturm. *Ab nach Hause, ihr Bombenleger, Drogendealer, Vergewaltiger! Hauptsache, der Ali hat ein Samsung-Handy! Wir Deutschen sind doch schon Ausländer im eigenen Land! Das ganz Gutmenschen-Gesocks sollte mit Knüppeln durch die Straßen gejagt werden. Danke an Merkel und Berlin! Verpisst euch zurück, wo ihr herkommt. Zum Teufel mit euch! Schert euch zum Teufel*, schreien die Finger im Sturm. Noch mal: *zum Teufel!* Aber dann ist wieder alles ruhig. Der Wind legt sich, ist erschöpft. Die Pfützen stehen ruhig zwischen den Häusern. Glatt, ohne sich zu kräuseln. Keine Klicks mehr, keine Buchstaben. Die S-Bahnen fahren wieder. Und der Regen hat fast aufgehört.

22

Oben im siebten Stock brennt Licht hinter den Fenstern, die man von dieser Seite aus sehen kann. Sophie reckt ihren Kopf, und auch Robert Kramer blickt nach oben. »Na also«, sagt er. »Sie ist zu Hause.«

»Und warum geht sie nicht ans Handy?«

»Ich weiß es nicht.«

»Ist sie sauer?«

»Ja, wahrscheinlich.«

»Auf dich?«

»Ja.«

»Auf mich auch?«

»Warum sollte sie?«

Eine gute Frage. Keiner kann sie beantworten. Sophie sagt: »Ich glaube, sie ist sauer auf mich.«

»Nein, ist sie nicht.«

»Was dann?«

»Wir sind eben alle neben der Spur. Deine Mutter, ich. Und du auch.«

»Neben der Spur.« Sie wiederholt es, und es klingt auch für ihn selbst völlig blödsinnig.

Sophie löst den Gurt auf dem Beifahrersitz, steigt aber nicht aus. »Meinst du, sie haben die Wahrheit gesagt?«

»Wer?«

»Die Polizisten.«

»Warum sollten sie nicht die Wahrheit sagen?«

»Weil sie mir nicht geglaubt haben.«

Robert Kramer atmet tief ein, fährt sich schon wieder mit der Hand übers Gesicht und schaut dann seine Tochter an, die hinter ihrer Brille vor sich hin starrt, zur Windschutzscheibe hinaus, auf die die letzten Böen immer mal wieder etwas Regen spucken.

»Kennen Sie diese Personen, von denen Ihre Tochter spricht?«, hat ihn der Polizist gefragt. »Diese Frau Bechstein und den Herrn Akyüz?«

Er hat den Kopf geschüttelt. »Nie gehört.«

Ein Nicken. »Da ist viel passiert bei Ihnen, und für so ein Kind ist das schwer zu begreifen.«

Ja.

»Es ist normal, dass es da viel Angst hat und sich bedroht fühlt.«

Ja.

»Deshalb, Herr Kramer, muss man sich auch besonders gewissenhaft kümmern.«

Jetzt im Auto fragt er: »Diese Frau und dieser Kenan, was sind das eigentlich für Leute?«

Sophie schüttelt den Kopf, zuckt mit den Schultern. »Freunde.«

»Wie hast du die denn kennengelernt?«

Die Antwort seiner Tochter kommt leise, mürrisch: »Übers Internet.« Und dann: »Meinst du, dass sie es wirklich machen, dass die Polizisten nach ihnen suchen, mein ich?«

»Sophie. Das sind erwachsene Menschen, keine Kinder.«

Sie schaut ihn bloß an.

»Nur, weil sie nicht ans Telefon gehen, wenn du anrufst, heißt das noch nicht, dass ihnen was passiert ist. Sie haben einfach andere Sachen zu tun.«

»Aber …« Sie spricht von den Männern, die die Frau abgeholt haben, in ihrer Wohnung, dass sie sie angeblich einfach so zurückgelassen hat. Es klingt sehr durcheinander und unglaubwürdig und abenteuerlich.

»Du darfst nicht zu anderen Leuten in die Wohnung gehen. Du hast doch gehört, was die Polizistin gesagt hat. Das ist viel, viel zu gefährlich.« Nach einer Pause. »Wir müssen wirklich besser auf dich aufpassen.«

»Aber ich will Finns Messer wiederhaben.«

»Was ist mit Finns Messer?«

»Sie hat es mitgenommen, als sie aus der Wohnung rausgegangen ist.«

»Das Taschenmesser?«

»Ja.«

Robert Kramer überlegt. Haben die Polizisten das erwähnt? Er glaubt nicht. Er hat nicht gewusst, dass Finns Messer bei Sophie war die ganze Zeit. Er hat vieles nicht gewusst.

»Hat er es dir gegeben?«

»Wer?«

»Finn. Hat Finn dir sein Messer gegeben?«

»Nein. Mama hat es gehabt.«

Robert Kramer überlegt. Er versucht zu denken, sich darüber klar zu werden, warum das wichtig sein könnte. Es gelingt ihm nicht. Er muss seine Tochter ansehen. Vielleicht hat er sie bisher nicht oft genug angesehen, hat es zu oft vermieden. Kinder sind etwas, das man verlieren kann. Leicht. Frauen auch. Wenn man nicht hinschaut, nicht zu oft, muss man auch nicht zu oft daran denken.

Sie haben ihn draußen angerufen, im Forstamt, und wegen des Sturms konnte er nicht gleich weg. Dann, als er auf der Wache war, im Bahnhof, haben sie ihm ins Gewissen geredet, nein, haben ihm ein schlechtes Gewissen gemacht, ein sehr schlechtes. Dass das Kind allein ist den ganzen Tag, dass die Mutter sie nicht abholt, dass er nicht sofort von der Arbeit kommt, sondern ihnen am Telefon sagt: *Schicken Sie sie einfach zur Bahn, sie findet den Weg nach Hause.* Kam nicht gut an.

Dass das Kind Geschichten erzählt, hat er schon gewusst. Dass sie sich Sachen einbildet. Irena hat es ihm ja berichtet.

Entscheidend ist, dass sich jemand um Sophie Kramer kümmert. Sie ist gerade einmal zehn Jahre alt, und wenn sie nicht zur Schule geht, braucht sie Aufsicht. Das hat der Polizist gesagt zu Robert Kramer und streng genickt. »Wenn die Familie Unterstützung vom Jugendamt benötigt, dann kann sie die bekommen. So aber geht das nicht weiter, Herr Kramer.«

»Nein, wir … wir kriegen das schon hin.«

Robert Kramer hat mit ihr gegessen, Pommes auf einem gemeinsamen roten Plastiktablett im McDonald's gleich neben der Wache. Beide haben nicht viel herunterbekommen, und geredet haben sie auch kaum. Es waren viele Leute um sie herum. Nicht der richtige Ort.

»Kommst du mit hoch?«, fragt sie jetzt.

»Lieber nicht.«

»Warum?«

»Nicht heute, Sophie.«

Sie zuckt mit den Schultern, aber sie rührt sich nicht vom Fleck.

»Ich will auch nicht.«

Er seufzt, schaut zum siebten Stock hinauf, wo Licht brennt und Irena nicht ans Handy geht, weil sie angeblich krank ist. Er kann es sich vorstellen. Er weiß es ja. Er hat sie krank gemacht.

»Kann ich nicht mit zu dir kommen heute?«, fragt Sophie. »Nur heute?«

»Und was ist mit deiner Mutter?«

Noch mal ein Schulterzucken.

»Wir schauen mal in Ruhe, wie es weitergeht.«

»Aber …«

»Du weißt doch, meine neue Wohnung ist ganz winzig, nur für den Übergang. Außerdem herrscht da immer noch totales Chaos, du hättest nicht mal ein Bett.«

»Hast du kein Sofa?«

»Sophie, bitte.«

Er kann sie da nicht mit hinnehmen. In seine Unordnung. In sein Versteck vor der Welt. Es erstaunt ihn, dass sie das möchte, aber er will nicht, dass sie die Flaschen sieht. Die muss er wegräumen. Eine muss er austrinken. Heute noch. Sein Mund ist trocken, und er schaut seine Tochter nicht an. Sie sitzen stumm nebeneinander im Wagen, eine ganze Weile, und dann dreht er sich plötzlich zu ihr. Er umarmt sie irgendwie ein bisschen, legt kurz entschlossen seine großen, starken Arme um den kleinen Körper. Dann, nachdem das geschafft ist, klopft er ihr ungeschickt auf den schmalen Rücken und sagt: »Na los, Sophie. Ich komme morgen wieder, und dann sehen wir weiter.«

23

Kramer steht an der Tür, auf dem kleinen Messingschild unter dem Spion. Sophie schaut es an, bevor sie aufschließt. Vor ihr liegt der Flur. Die Türen, die Wohnung. Hell und offen und warm, und doch will sie nicht hinein. Würde am liebsten auf dem Absatz kehrtmachen und zurück in den Fahrstuhl laufen, obwohl es da nach Hunden stinkt. Alle Lichter brennen, wirklich alle. Keine Lampe ist nicht eingeschaltet worden, sogar in Finns Zimmer ist alles hell erleuchtet. Nur die Lichterkette an Sophies Fenster brennt nicht. Das kann sie aber auch gar nicht. Die Batterie ist ja schon seit vielen Wochen aufgebraucht. Sophie schließt leise die Wohnungstür und lauscht. Sie hört nichts und niemanden. Nur der Kühlschrank brummt ein bisschen. Sie zieht ihre Jacke aus, hängt sie an den Haken.

Die Handtasche ihrer Mutter steht auf der Kommode, neben der Garderobe. Sie könnte hineingreifen, etwas herausholen, aber das tut sie nicht. Sophie hat eine Gänsehaut am ganzen Körper. Sie sieht die Müllsäcke und versteht erst einmal nicht, was das sein soll. Sie geht ein Stück näher heran, berührt einen davon mit der Hand. Ein Hemd ihres Vaters kann sie erkennen und muss an die Stimme ihrer Mutter denken, hinter der Wand: *Glaubst du, ich will so einen wie dich, glaubst du das wirklich?*

Sophie schaut sich den anderen Sack an. Es könnten Hosen darin sein, ja, Hosen.

Nimm deine ganze Scheiße, nimm das alles mit, ich will das nicht hierhaben! Wie kann sie so was sagen?

Vielleicht ist da ein Geräusch, hinter ihr, eine kurze Bewegung. Sie muss den Kopf ein Stück drehen, weil ihr Blickfeld eingeschränkt ist, und dann zuckt sie zusammen.

Sophies Mutter steht hinter der Schlafzimmertür, die sie nur einen kleinen Spalt geöffnet hat. Dahinter sieht Sophie ihre Mutter, und sie sieht sie so, wie sie sie noch nie zuvor gesehen hat. Die beiden schauen einander an, eine lange Zeit. Sophie hat nur ein Auge, das funktioniert, und auch von ihrer Mutter ist nur ein Auge zu sehen. Das andere ist hinter der Tür verborgen. Ihre Mutter starrt sie an, sagt nichts, hat einen stummen, einäugigen, schrecklichen Blick, und Sophie traut sich nicht, etwas zu sagen.

Sie nimmt ihre Brille ab, öffnet leicht den Mund. Es kommt nichts heraus.

Ihre Mutter tritt auf den Flur. »Wo warst du?«, fragt sie mit einer Stimme, die sich anhört, als wäre sie immer noch im Schlafzimmer oder noch weiter weg.

»Was essen.« Zwei Worte sind schon schwierig. Zwei weitere noch schwieriger. »Mit Papa.« Sie hebt das Kinn, zum Trotz.

»Wo warst du vorher?«

Sie zuckt mit den Schultern.

»Wo warst du?«

Sophie schaut ihre Mutter an. Mit einem trotzigen, leuchtenden Auge. Und sagt nichts, gibt keine Antwort.

»Sie haben hier angerufen. Die Polizei.«

»Ja.«

Sophies Mutter hält sich an ihren eigenen Oberarmen fest, die Hände überkreuzt, und ihre Fingerknöchel schauen weiß und verkrampft hervor. »Was hast du ihnen erzählt?«

Sophie blickt zu Boden. Was soll sie sagen, wie soll sie das erklären? »Ich war bei meinen Freunden.«

»Was für Freunde?«

»Kennst du nicht.«

Die Finger ihrer Mutter lösen sich von ihren Oberarmen, sie fährt sich damit durchs Gesicht, über die Augen, die Wangen und Ohren, und kommt einen Schritt näher, sodass Sophie ein Stück zurückweicht.

»Warum warst du bei der Polizei?«

»Wegen Kenan.«

»Wer ist Kenan?«

»Kennst du nicht.« Lauter, trotziger.

Das reicht.

»Du lügst mich an«, sagt ihre Mutter leise und oben und weit weg.

»Nein.«

Jetzt ist ihre Mutter schnell, sie ist unten, bei ihr, ist auf den Knien, und Sophie kann nicht rechtzeitig entwischen, wird festgehalten. Das Gesicht ihrer Mutter ist direkt vor ihrem. Es sieht anders aus. Ihre Augen sehen anders aus, offener und drängender, und Sophie versteht überhaupt nicht, warum. »Sag mir die Wahrheit«, presst ihre Mutter mit ihrer anderen Stimme hervor, »sag mir, was du ihnen erzählt hast.«

»Aua.« Sophie atmet schneller, verschluckt sich fast beim Atmen.

»Du sollst mir die Wahrheit sagen!«

Sie wird geschüttelt. »Ich war bei Frau Juniper, und dann sind Männer gekommen und haben sie mitgenommen, und

Kenan meinte, wir müssten zur Polizei, und dann ist er auch nicht mehr ans Telefon gegangen.«

Ihre Mutter lässt sie los, senkt den Kopf, murmelt: »Was soll ich nur mit dir machen?«

Und wie sie so vor ihr kniet und diesen Satz sagt, fällt es Sophie wieder ein. Worauf sie die ganze Zeit nicht gekommen ist.

Gestern war es, draußen, da hat ihre Mutter auch so vor ihr gekniet, hat auch so etwas gesagt. Und jetzt, jetzt endlich weiß sie wieder, woher sie die Stimme gekannt hat, die merkwürdige, seltsame Stimme, die Stimme des Mannes an Kathi Bechsteins Tür. Es war derselbe große Mann mit dem roten Gesicht, der gestern mit ihrer Mutter zusammen war und der heute Frau Juniper abgeholt hat. Sophie stößt unwillkürlich ein Schluchzen aus und starrt ihre Mutter an. Ihre Gedanken gehen durcheinander, und ihre Mutter hebt den Kopf. *Sie kann es gewesen sein*, denkt Sophie. Sie hat den großen Mann zu Kathi Bechstein geschickt, das ist möglich. Sie hat Frau Juniper abholen lassen. Weil sie nicht will, dass Sophie dorthin geht, das könnte es doch gewesen sein.

Der Mund ihrer Mutter zittert, Sophie sieht Tränen in ihren Augen, hört, wie sie ihren Namen sagt.

Sie will weglaufen, und ihre Mutter hält sie fest.

»Aua, lass mich.«

»Sophie!«

Sophie wehrt sich, so gut es geht, aber ihre Mutter ist stärker, ihr Griff tut weh.

»Warum machst du alles kaputt, Sophie? Siehst du denn nicht, was du anrichtest?«

Sophie schüttelt den Kopf, schnell, und zerrt an ihrem Arm, den sie nicht freibekommt.

»Ich bin doch deine Mutter, Sophie, *deine Mutter*.« Die fremde Stimme, die Augen, der Griff.

Sophie zerrt und zerrt.

»Warum hast du es genommen?«

»Was?«

»Du weißt, was!«

Ihre Mutter zieht sie ganz eng an sich heran. Sie riecht bitter aus dem Mund und süß nach Shampoo.

»Nein!«

»Doch! Sag es mir! Was hast du ihnen erzählt?«

»Ich weiß nicht!«

»Warum hast du es genommen?«

»Was denn?« Sophie schluchzt.

»Das Messer, Sophie!«

Sophie öffnet den Mund, schließt ihn wieder, schaut zu Boden, flüstert: »Es ist Finns Messer.«

Sie spürt, dass sie losgelassen wird, dass die Hände ihrer Mutter von ihren Armen hinuntergleiten. Sophie tritt einen Schritt zurück und hat das Gefühl, als würde sich alles aufbäumen, was in ihr ist, ihr Magen und ihr Herz und alles Blut und alle Organe und Knochen und Muskeln.

Sie starrt ihrer Mutter, die immer noch vor ihr hockt, mitten ins Gesicht:

»*Du* hast es genommen!«, schreit sie.

»Du warst es!«, schreit sie. »Du hast ihm sein Messer weggenommen!«

Das genügt schon, ist aber noch nicht alles. »Du hast ihn nie gemocht, du hast ihn gehasst, du hast uns alle gehasst!« Dann kommt noch ein Schluchzer aus ihrem Mund, und dann ist alles still.

Ihre Mutter erhebt sich langsam. Sie sagt nichts mehr, kein Wort. Sie dreht sich um, geht ins Elternschlafzimmer und schließt die Tür. Diesmal bleibt kein Spalt offen. Sophie atmet, schnell, heftig, während sie noch im Flur steht, neben den Müllsäcken, in denen die Kleidung ihres Vaters steckt.

Dann aber dreht sie sich doch um. Sie rennt in ihr Zimmer, macht die Tür hinter sich zu, stürmt zu ihrem Bett, springt hinein und zieht sich die Decke über den Kopf.

Alle Lichter brennen, und nichts ist mehr zu hören, in keinem der Zimmer. Gar nichts mehr.

24

Die Nacht ist da und Schönfeld auch. Er lässt sich in einiger Entfernung vom Klosterhügel absetzen und spannt den Schirm auf gegen den letzten, kaum noch spürbaren Regen. Der Fahrer wird auf ihn warten. Es soll nicht lange dauern. Sie werden bald zurückfahren, und Schönfeld wird nie hier gewesen sein. Das versteht sich von selbst.

Morgen um elf Uhr dreißig geht sein Flug von Tegel, aber jetzt, heute Abend, ist er bloß irgendein Mann, ein älterer, untersetzter Herr, der spät am Abend Richtung Kirche spaziert, das Gesicht hinter dem schwarzen Schirm verborgen. Sein alter Freund, der frühere Kommilitone, wartet schon auf ihn, steht im Licht der Hintertür, empfängt ihn stumm und führt ihn in die Küche.

»Was ist mit deiner Hand?«

Hein zeigt den Verband, den er sich selbst umgelegt hat. »Sie hat ein Messer bei sich gehabt.«

»Was?«

Hein holt aus seiner Hosentasche ein zusammengeklapptes Taschenmesser mit rotem Heft. Er zeigt es vor, dreht es um und steckt es zurück. Dann legt er seine rechte Hand um die bandagierte linke.

Schönfeld zieht den Mantel aus, hängt ihn über einen Stuhl und lehnt den zusammengeklappten Schirm an die Wand. Er trägt graue Lederhandschuhe. Die behält er an, während er seinen Blick durch den Raum schweifen lässt. Über dem Küchentisch verströmt eine Lampe hellgelbes Energiesparlicht. Neben dem Wandkalender hängen in dunkelbraunen Holzrahmen Dürers *Betende Hände* und sein *Hase*. Es riecht muffig in der Küche, nach alt gewordenen Lebensmitteln und Spülmaschine, nach Kaffeesatz und Vollkornbrot und Tee.

»Ich habe einen Exorzismus probativus mit ihr gebetet, aber sie hat nicht so reagiert, wie sie sollte.«

Schönfeld geht nicht darauf ein. »Wo ist sie?«

»Unten.«

»Also?«

»Ich weiß nicht.« Heins Augen sind wässrig. Er steht groß und schmal vor Schönfeld und schüttelt zaghaft den Kopf. »Ich dringe nicht durch. Ich bin mir so unsicher. Ich fürchte, ich brauche mehr Zeit.«

»Mehr Zeit?«

»Es geht nicht, Arvid. Ich schaffe es einfach nicht.«

Schönfeld tritt näher an ihn heran. »Wir haben keine Zeit. Ich nicht. Und du auch nicht.«

Hein atmet ein und aus, hebt eine Hand.

»Los jetzt«, sagt Schönfeld, »geh voran!«

25

»Wer weiß sonst noch Bescheid?«

»Niemand.«

Kenan bekommt eine Ohrfeige, er wiederholt leise: »Niemand.«

»Wer war das Mädchen?«

»Was für ein Mädchen?«

»Mit dem du dich getroffen hast, in dem Supermarkt.«

Kenan muss sich sammeln, muss überlegen. Der Typ mit den kurz geschorenen Haaren und der Lederjacke tritt ein paar Schritte zurück, tänzelt fast. Er ist ein Boxer, freut sich auf den nächsten Schlag. Die Augenbinde hängt locker um Kenans Hals. Er ist mit den Händen und den Beinen an einen harten Metallstuhl gefesselt worden, sitzt in einem großen, leeren Raum mit hohen Fenstern, in einem oberen Stockwerk eines Gebäudes, in dem niemand sich befindet, nur er und der Boxer. Die Wände sind aus Backstein, in den Ecken liegt Schutt, oben, an der hohen Decke brennen einige Neonröhren, die meisten aber sind kaputt. Es könnte sich also um eine Industrieruine handeln, denkt Kenan.

Er soll etwas über das kleine Mädchen sagen, über Sophie. Er überlegt und sagt: »Meine Mutter …«

»Was ist mit deiner Mutter, Arschloch?«

»Sie betreut sie. Ich sollte ihr etwas ausrichten.«

»Ausrichten, ja?«

Kenan nickt, ohne ihn anzusehen.

»Oder klarmachen, die Kleine.«

Kenan sagt nichts. Es geht schon lange so.

»Mir ist das egal, ob ihr Ärsche fickt oder Kinder oder Schafe oder Hunde. Ist mir scheißegal, Schwuchtel.« Er zieht seine Lederjacke aus, legt sie sorgfältig zusammen und auf den Boden. Dann kommt er näher. »Solange ich eure perverse Scheiße nicht sehen muss. Solange ihr das nicht vor meinen Augen macht, kapiert?«

Eine Ohrfeige.

»Wo du grad davon sprichst …« Die Arme des Mannes sind stark, unter dem T-Shirt tauchen Buchstaben auf. Fraktur. »Wie ist das denn so mit deinen Eltern, Schwuchtel, hä?«

Nichts. Nichts sagen, nichts denken, nichts hören.

»Ich meine, wie ist das bei euch, finden die das gut, dass du Schwänze lutschst und dich in den Arsch ficken lässt? Freuen die sich vielleicht, dass wir ihnen jetzt die Arbeit abnehmen? Dass die keinen Ehrenmord in Auftrag geben müssen bei der Verwandtschaft?«

Er scheint das sehr witzig zu finden, tänzelt wieder, geht auf und ab in der Leere des Raumes, wird unscharf. Kenan hat seine Brille nicht mehr. Ist auch selbst nicht mehr da. Er versucht, nicht zu hören, was der Typ sagt, denn es geht noch weiter. Es wäre gut, wenn sein Kopf mit alledem umgehen könnte wie mit einem schlimmen Zahnarztbesuch, bei dem man auf dem Stuhl liegt und Schmerzen hat und Angst und daran denkt, dass es bald vorbei sein wird und eigentlich auch nichts Besonderes ist. Bei dem man versucht, an irgendwas Schönes zu denken, an irgendwas Normales. Kenans Gedanken springen. Er spürt Schmerz und eine Wut, wie er sie noch niemals gespürt hat, eine Lust, zuzuschlagen, zurückzuschlagen. Er hat Angst und versucht, sich damit abzufinden, dass hier alles zu Ende ist. Wie bei Jakob. Ihm fallen seine Eltern ein, seine erkältete Mutter auf dem Sofa. *Ich will, dass du auf dich aufpasst.* Nein, nein, sofort springen die Gedanken wieder, springen in Panik höher und weiter, vor und zurück, nicht dorthin. Er hört die Stimme näher kommen. »Wem du davon noch erzählt hast, will ich wissen!«, sagt der Typ.

»Was sagen denn eigentlich deine Eltern dazu?«

Gedanken springen. Springen zu Jakob.

»Was sollen die schon sagen?«

»Ich meine, kommen die klar damit?«

»Müssen sie ja.«

»Ist schon mutig von dir.«

»Meine Eltern wollen sehr modern sein.«

»Cool.«

»Manchmal schaffen sie das und manchmal nicht.«

»Und reagieren sie unterschiedlich? Ich meine, deine Mutter und dein Vater?«

Jakob gibt keine Ruhe. Er hat ein Notizbuch vor sich, einen Stift in der Hand. Er nimmt sich selbst sehr ernst, während er sich Notizen macht, und Kenan muss ein bisschen lachen.

»Meine Mutter will einfach, dass es mir gut geht. Sie macht sich viele Sorgen. Sie hat Angst, dass ich krank werde.« Pause. »Türkische Mütter und ihre Söhne, das ist sowieso eine ganz besondere Geschichte.«

»Und dein Vater?«

»Na ja.«

»Der hat wahrscheinlich größere Probleme damit, oder?«

»Na, das ist so das gängige Klischee.«

»Stimmen ja leider oft, die Klischees.«

»Väter halt. Die sind immer enttäuscht, dass man keine Kopie ist von ihnen, dass man nicht genauso ist wie sie. Ist doch bei deinem Vater bestimmt genauso.«

Jakob grinst. »Na ja, um mich geht's ja jetzt nicht.«

Doch, um dich geht es, Jakob.

»Ist aber ein guter Satz. Kannst du das so im Stück sagen?«

»Was jetzt?«

»Das mit den Vätern.«

»Ach …«

»Passt gut zu der Sache mit den Stühlen. Dass du zwischen allen Stühlen sitzt, immer irgendwie …«

Kenan sitzt nicht zwischen den Stühlen, er sitzt *auf* einem Stuhl, festgebunden, hier, in diesem großen Raum. Kenan bekommt eine Ohrfeige, eine stärkere diesmal, zur Abwechslung mit dem Handrücken ausgeführt, und er schaut auf.

26

Sie sind zu zweit. Kathi Bechstein zuckt zusammen, macht Schritte rückwärts. Hinter dem großen alten Mann kommt der andere hervor. Er ist es selbst. Schönfeld hat sich tatsächlich persönlich hierherbemüht, und seine Augen geben ihr schon im ersten Moment zu verstehen, dass er ihr keine Chance lassen wird. Er trägt graue Handschuhe, die er nicht ausziehen will. Seine Wangen sind gerötet, sein Blick flackert. Er hat den Mund verzogen, zeigt Zähne. »Frau Bechstein«, sagt Schönfeld. Er ist wütend. Er kommt näher. Der Großvater ist ein Wolf.

27

Erst spricht Hein, dann Schönfeld. Hein spricht mit dem Teufel, Schönfeld mit Kathi Bechstein. »Gott der Vater befiehlt dir. Gott, der Heilige Geist, Gott, der Sohn, Christus befiehlt dir: Weiche, Samael. Weiche, verfluchte Schlange, weiche vor dem Mensch gewordenen Gotteswort.«

Die Luft ist trocken, Heins Kopf schmerzt. Es ist schwer, sich zu konzentrieren. Das Licht der Lampe sticht in seinen Augen, dringt ihm in den Kopf. Schönfeld schiebt sich an ihm vorbei, streckt den Arm aus, drängt ihn grob zur Seite. Er zeigt der Frau das Handyfoto eines gefesselten Mannes, Hein schaut kaum hin. »Nein«, sagt die Frau. Immer wieder. »Nein. *Ich weiß es doch nicht.*«

Hein betet, jetzt lauter, und Schönfeld fährt ihn an: »Halt den Mund, halt einfach mal den Mund!«

Es ist nicht so, wie es sein sollte. Aber wie sollte es sein? Schönfeld packt die Frau an beiden Armen. Er schüttelt sie, lässt sie los und fängt sofort wieder von vorne an. Hein tritt einen Schritt zurück, lehnt sich gegen das Gemäuer, in einer Ecke, in der das Licht ihm nicht so sehr zu schaffen macht. Er schließt die Augen und denkt an seine Toten. Versucht, sich an all die Menschen zu erinnern, die er ohne Einmischung des Teufels beerdigt hat, friedlich und ohne Groll, erlöste Seelen. Aber er denkt auch an seine Versuchung, er denkt an die, die er getötet hat.

Hein betet weiter, leise, schnell. Er betet nicht um die Frau. Jetzt betet er um sich.

»Der Türke hat uns längst alles erzählt, also: Ich will es hören, ich will es jetzt von dir hören!« Schönfeld schüttelt die Frau, sie schreit, schreit lauter: »Nein, nein, es stimmt nicht!«

Hein öffnet die Augen. Er macht ein paar Schritte, holt sein Schlüsselbund hervor. Erst schließt er die Tür ab, die schwere Metalltür. Den Schlüssel steckt er ein. Schönfeld bekommt gar nichts davon mit. Dann geht er zu dem kleinen Holzkabinett hinüber, das er bereits vorhin geöffnet hat, um seine Stola herauszuholen. Seine Hände zittern. Er holt das lange Messer heraus, das mit dem silbernen Griff.

28

Schönfelds Rücken ist breit und gewölbt, und Hein betrachtet ihn. Er atmet schwer, denkt an die Vergangenheit. Sie haben einen langen Weg hinter sich. Es tut weh, sich klarzumachen, dass man jung gewesen ist vor so langer Zeit. Dass man nicht gewusst hat, was man heute weiß. Während des Studiums hat es angefangen. Wann war das? Jetzt und hier kommt es Hein vor, als wäre es gestern gewesen, als würden sie einfach anknüpfen an das, was sie früher getan haben. Wie alt war Hein damals? Zweiundzwanzig. Studenteneskapaden. *Weißt du noch, Arvid? Erinnerst du dich, wie wir waren? Wie dumm wir gewesen sind?* In jenem Jahr sind sie über die Schwelle getreten, und zum ersten Mal hat der Teufel sie gepackt, hat ihnen sein Gift eingeflößt. Sie haben lange mit ihm gerungen, eine lange Nacht und einen noch längeren Tag. Sie waren zu viert. *Arvid, weißt du noch?* Heins Augen werden feucht. Vier Kommilitonen. Hein der größte, der jüngste, aber auch der schwächste. Arvid der kräftigste. Der mit dem breiten Rücken und den starken Armen, auf den alle gehört haben. Der leichtfertigste auch. Einer, der sich was traut. Dann Benjamin und Tobias. Sie waren eine Gruppe. Erleuchtet. *Das wären wir jedenfalls gern gewesen*. Sehen wollten sie, wie weit sie kommen, wie weit sie den ewigen Widersacher herausfordern und überwinden konnten. *Wir haben unsere Vorkehrungen getroffen, alles geplant, als wäre es ein Urlaub, eine Bildungsreise, als wäre es ein Fest*. Sie haben die Stadt verlassen, sind in ein Ferienhaus gefahren, das Bekannten von Tobias' Eltern gehörte. Für ein Wochenende, ein langes, fast endloses Wochenende. Tobias hat das Haus besorgt und Arvid die Frau. Hein denkt an jenen Samstag und jenen Sonntag vor so vielen Jahren, und er sieht, hier unten im Keller, Schönfelds breiten Rücken. Alte Freunde. Alte Treue. Falsche Vorstellungen, dumme, gefährliche Vorstellungen. Hybris. Die man hat, wenn man jung ist, und die man nicht mehr haben kann, wenn man alt wird. Sie haben, das weiß Hein heute, alles falsch gemacht damals. Viele Stunden hat der Teufel sie besessen, hat sie geritten, hat sie willenlos gemacht. Anders ist es nicht zu erklären.

Die Frau hat man, erst nach mehreren Tagen allerdings, in der Nähe einer Autobahnraststätte entdeckt. Eine Prostituierte war sie, eine Sünderin. Unrein, böse, krank. Man hat sie tot aufgefunden, vergewaltigt und misshandelt von mehreren Männern, deren Spermaspuren nicht identifiziert werden konnten. Arvid hat sie ganz ruhig in sein Auto verfrachtet, ohne auch nur einmal die Nerven zu verlieren. Aber vorher hat Hein noch bei ihr gewacht, als Einziger. Er hat gebetet, hat ihr das Kreuz in die Stirn geschnitten, hat gewusst, dass sie erlöst war am Ende. Niemand hätte eine Verbindung zu ihnen gezogen damals. Ausgeschlossen. Aber sie alle waren voller Angst. Sie waren dem unreinen Geist zu nahe gekommen, viel zu nahe.

Die Erinnerungen brennen hinter Heins geschlossenen Augen. Die anderen haben das Weite gesucht anschließend. Arvid hat nicht nur die Universität gewechselt, genau wie Benjamin und Tobias, sondern gleich den Studiengang. Hein aber ist geblieben. Weil er wusste, dass es sinnlos gewesen wäre, davonzulaufen. Weil er wusste, dass er den Teufel nun bei sich hatte. Den Rest seines Lebens, vierzig Jahre, bis heute, hat er damit verbracht, ihn abzuwehren und gegen ihn zu kämpfen. Er sieht den Rücken des alten Freundes, hört ihn, hört seine Worte. Die Zeit zieht ihn zurück.

Da ist etwas, über das er bisher nicht oft genug nachgedacht hat, weil er zu beschäftigt gewesen ist mit seinen eigenen Kämpfen. Auch bei Arvid ist der Teufel gewesen, all die Jahre. Hein begreift es jetzt, und ihm wird kalt. Sehr, sehr kalt. Arvid hat den Verführer nicht abgewehrt, wie er es getan hat. Er hat ihn mitgenommen in sein Leben, hat sich umlagern und verführen lassen von seinen bösen Geistern. Hein hat Arvids Dämonen selbst gesehen, schon gestern Abend im Raum hinter der Bühne, nach der Lesung. Aber er hat versucht, sie zu ignorieren. Alte Treue. *Du hast nicht genug gekämpft, Arvid, du hast es nicht verstan-*

den, du hast die Gefahr nicht gesehen. Hein packt das Messer fester, macht Schritte. Er hört etwas, hört es in seinem Nacken. Er sieht Schönfeld, er sieht die Frau. Seine Lippen bewegen sich.

29

Jetzt. Das Heulen, laut und hemmungslos. Der Wind ist stark, braust noch einmal mit ganzer Kraft und kann doch das Signal nicht übertönen. Oben, auf der Kuppel, schlägt einer der Engel die Triangel, hell und durchdringend, schlägt die Töne in die schwarze Nacht hinein. Sie setzen an, sie werden spielen. Die Engel Wahrheit und Gnade sind bereit. Grün sind sie und schwarz, angelaufen, verwittert, greifen Fackel und Lilienzweig fester. Weit haben sie die Augen aufgerissen auf ihrem Platz über dem Portal, und ihre Flügel zittern, heben sich, breiten sich aus. Schrill und laut sind die Töne. Sie wecken die Toten auf, endlich, rufen sie herbei, und die Engel beginnen zu singen.

30

»Arvid, hör auf!« Hein ist hinter ihm. »Arvid, lass das!«

Schönfeld stößt ihn von sich, und Hein taumelt zurück.

Er muss sich beruhigen. Ihm ist übel.

Er macht ein paar Schritte.

»So geht das nicht.«

Er hört Schönfeld brüllen, aber er hört noch etwas anderes.

Etwas rührt sich, etwas raschelt.

»Arvid.«

Schönfeld stößt ihn noch einmal, und das Messer fällt zu Boden. Er starrt es ungläubig an. Dann hebt er es auf.

Die Frau schreit, nein, jammert und schluchzt, nein, fängt wieder an zu schreien.

Heins Mund öffnet sich, aber er kann nichts mehr sagen. Es surrt in seinen Ohren. Es kichert. Hinter ihm. Neben ihm. Vor ihm. Jetzt wird es ihm klar.

Eine Falle ist das, sie haben ihn in eine Falle gelockt. Sie sind im Raum, sind nicht ausgetrieben worden, nicht alle. Die Teufel sind immer noch hier, haben im Gemäuer gelauert, in den Ecken, in den Winkeln, oben, unter der Decke, haben dem richtigen Augenblick entgegengefiebert. Jetzt lassen sie sich fallen, jetzt kriechen sie hervor, jetzt schießen sie durch die Luft, jetzt greifen sie zu.

»Arvid«, flüstert Hein. Schönfeld hört ihn nicht. Schönfeld schlägt der Frau ins Gesicht. Sie blutet aus der Nase.

»Arvid.«

Hein geht auf das Laken zu und auf das, was darunterliegt. Der Stoff verschiebt sich, bewegt sich. Es ist etwas unter dem Laken, das lebt. Die Teufel lachen, und jetzt stehen auch Heins Tote auf. Sie sind wieder da, alle. Sie schauen ihn an.

Die Frau, von der er nichts weiß. Die Frau, mit der Tobias einfach nicht zurechtgekommen ist, die er ihm abnehmen musste, weil ihr Teufel zu widerspenstig war, die Frau, die er erst vor wenigen Tagen erlöst hat.

Da ist auch der Junge, der bereits verdorben war und die anderen verdorben hätte, wenn er nicht eingeschritten wäre. Er hat ihn fortgebracht, hat ihn in einen Garten, auf einen Baum gesetzt. Aber jetzt ist er wieder hier. Sie beide sind hier, blass und fahl und tot, und hinter ihnen erheben sich noch andere. Hein hört ihre Bewegungen, hört ein Rieseln, ein Rascheln. Nein, das sind keine Ratten, unmöglich. Keine Sinnestäuschungen. Er weiß, dass die Teufel jetzt um ihn herumtanzen. Es sind viele, furchtbar, furchtbar viele. Sie hocken Schönfeld auf der Schulter. Ihn haben sie schon gepackt, genau wie die Frau, die Arvid anbrüllt, der er das Messer unters Kinn hält und die den Kopf schüttelt. Das Kichern ist ein Lachen, ein lautes, schrilles Geifern, und Hein sieht Lichtblitze vor den Augen.

»Arvid, hör auf, Arvid, sie haben dich!«

Schönfeld schreit ihn an. Nein, es ist der Teufel, der brüllt. Er hat sie hierher gelockt, ihn und Schönfeld, hier hinab in den Keller, um sie endgültig zu überwältigen. *Ich habe all die Jahre nur mit dir gespielt, und jetzt: Jetzt bin ich schon in dir,* sagt der Teufel, der sich gerade auf ihn gestürzt hat. *Spürst du mich? Ich habe dich,* lacht er ihm ins Ohr, nein, ist ja längst in Heins Kopf, lacht ihm zum Ohr hinaus: *Es ist zu spät, du wirst tun, was ich sage.*

Der Teufel sagt: *Stich zu.*

Der Teufel sagt: *Schneide.*

Der Teufel lacht.

Hein ist groß, über eins neunzig.

Schönfeld ist plump. Er ist fett, er rechnet nicht damit, dass es passiert.

Hein tritt von hinten an ihn heran. Er holt das Taschenmesser hervor, zieht erst zitternd die Schere heraus, drückt sie zurück. Dann die Klinge. Seine Finger packen fester zu, auch wenn die bandagierte Hand schmerzt. Sein Griff wird hart. Es ist ein Sirren in seinem Kopf, hohe, schrille Töne ziehen durch sein Gehör. Die Engel singen, nein, sie schreien, immer lauter und lauter, und die Teufel lachen. Der tote Junge und die tote Frau öffnen ihre Münder, ziehen die Lippen zurück, entblößen ihre Zähne. Die Kreuze auf ihrer Stirn sind brennend rot, und Propst Hein schneidet Arvid Schönfeld mit Finn Kramers Messer die Kehle durch.

31

Kathi Bechstein presst Augen und Mund zu. Ihr ganzer Körper zittert, ihre Fingernägel schneiden ihr in die Handflächen. Vor ihr ringen die beiden Männer miteinander, Schönfelds Körper berührt sie, seine Arme streifen sie, aber er taumelt. Es spritzt und fließt Blut. Sie sind wahnsinnig, und Kathi versucht, bei Verstand zu bleiben. Schönfeld röchelt, kriecht, blutet, der andere greift nach dem größeren Messer, sticht wieder zu, rammt es Schönfeld in die Schulter, tief und fest. Kathi schaut zur Tür hinüber. Sie kann es nicht schaffen, denkt sie, *wie soll sie das schaffen?*, setzt sich aber in Bewegung. Auf Knien Richtung Tür.

Der große alte Mann macht Schritte hinter ihr, und sie stößt einen Laut aus, dumpf und verzweifelt, bevor sie sich zu ihm umdreht. Er soll ihr das Messer nicht in den Rücken rammen.

Aber der Mann schwankt. Er ist sehr, sehr blass, greift sich an die Brust, knickt ein, wird kleiner, sinkt zu Boden, stützt sich ab.

Kathi ist bei der Tür. Er kommt ihr nicht nach, aber er schaut ihr hinterher, streckt eine Hand aus. Sein Mund bewegt sich erregt und stumm. Kathi denkt: Er stirbt. Nicht *ich*, er stirbt.

Sie wirft sich gegen die Tür, bekommt sie aber nicht auf. Abgeschlossen. *Oh, nein, bitte nicht*. Sie schaut zu dem großen Mann hinüber, zu dem Wahnsinnigen, der ihren Blick lautlos stammelnd erwidert. Er kann ihr nichts tun, denkt sie. Sie muss an ihn heran. Es geht nicht, unmöglich, aber es muss sein.

Sie kriecht auf ihn zu. Er ist groß, er ist stark. Aber alt. Er stirbt, ganz bestimmt stirbt er jetzt, also greift sie in seine Hosentasche. Sie zittert, und er packt ihren Arm. »Nein!« Er hat noch Kraft, aber sie ist verzweifelt. Er ringt nach Luft, und sie reißt das Schlüsselbund aus seiner Tasche, lässt sich zurückfallen, weg von ihm, zur Tür. Jetzt. Kriechen, aufstehen, los! Den Schlüssel ins Schloss. *Nicht den, den anderen!* Sie lässt das Bund fallen, hebt es wieder auf. Scheiße! *Konzentrier dich. Schneller, los.* Der Alte macht Geräusche, bewegt sich. Los doch! Das dauert Stunden, nein, bloß Sekunden, bis die Tür auf ist, ja, jetzt ist sie offen.

Sie schiebt sich hindurch, lässt sie hinter sich zufallen und schreit auf. Es ist dunkel, stockdunkel, völlige Finsternis. Sie atmet, ringt nach Luft, kann nicht anders, macht die Tür wieder auf, einen Schritt zurück. Zurück? *Wirklich zurück?* Wenn sie die Tür feststellen kann, irgendwie, dann geht es vielleicht, dann … sie kann nicht ins Dunkle, unmöglich, kann nicht in diesen pechschwarzen Gang hinein, in dem es kein Licht gibt und kein Ende. Sie schluchzt laut und zitternd in den Keller hinein.

Zurück? Soll sie wirklich zurück?

Schönfeld liegt auf dem Boden in sehr viel Blut. Der andere ist ihm gegenüber in sich zusammengesunken. Kathi Bechstein atmet schnell, atmet rasend die Luft weg. Der große Mann dagegen atmet langsam, angestrengt, ist aschfahl, mit blauen Lippen und blauen Augen, die sie unverwandt anstarren. *Er kann dir nichts mehr tun, Kathi, unmöglich.*

Der Mann hebt eine Hand, lange, alte Finger. Er flüstert etwas.

Kathi macht einen Schritt auf ihn zu, obwohl ihre Beine sie nicht tragen. Irgendwie schafft sie es. Sie nimmt seine Taschenlampe, die er vorhin auf das Schränkchen gestellt hat, in dem auch das Messer war.

Sie hat eine Lampe, und er sagt etwas. Vielleicht sagt er: »Nein!«

Kathi atmet, und der Mann macht eine Bewegung, löst sich von der Wand, will sich aufrappeln.

Nein, du stirbst, du rappelst dich nicht auf, du stirbst. Du stirbst, nicht ich! Sie schluchzt, versucht, die Taschenlampe anzuschalten, öffnet die Tür wieder, will laufen, in den Gang hinaus.

Aber er ist hinter ihr, ist aufgestanden, hat es noch einmal geschafft. Ist über und über mit Schönfelds Blut besudelt, aber seine Füße finden einen Weg, sich voreinanderzusetzen. Er schwankt wie ein Turm vorm Einsturz. Nur stürzt er nicht ein.

Sie will laufen, rennen. Der Schein der Lampe ist schwach. Kathi stößt sich an der Wand, sie hört ihn. Der Gang ist eng, viel zu eng, viel zu niedrig. Kathi bekommt nicht genug Luft, hat nicht genug Kraft in den Beinen. Zu viel Angst. Sie hört den Mann hinter sich. Er ist zu nah an ihr dran, er hat sie gleich, er holt sie ein. Nein, Kathi, nein. Hinter ihr fällt die Metalltür zu.

Bitte, bitte, bitte nicht. Bitte.

Er ist bei ihr, zu dicht. Er hat sie. Er hat sie wirklich. Sie spürt sein Gewicht. Er stürzt sich auf sie, stürzt mit ihr zu Boden, und die Taschenlampe fällt ihr aus der Hand, kullert ins Dunkle, schlägt auf und spuckt als letztes, böses Lebenszeichen ihre Batterien aus.

Die Tür ist zu, und der schwere, große Körper des Mannes liegt auf ihr. Völlige Finsternis umgibt sie, drückt ihr die letzte Luft ab. Sie schreit, sie strampelt, kommt nicht frei, schiebt, drückt, strampelt weiter, heult, schnauft, wimmert, bringt keinen Ton mehr heraus.

32

Und dann kommt der Tod. Er trifft Hein im Gang, lässt ihn fallen. Der Tod lässt die Kammern seines Herzens flimmern, bis sie nicht mehr können. Hein bricht zusammen, reißt die Frau mit sich zu Boden, kommt nicht mehr heraus aus dem Keller. Es ist doch auch genug, es reicht doch auch. Im Dunkeln liegt er und hat ein kaltes Herz. Es bewegt sich nicht, es schlägt nicht mehr, das überbeanspruchte Gewebe stirbt weiter und weiter ab. Aber Bewegung ist da. Da ist noch ein Pulsieren, ein Stoßen. Der Schrittmacher arbeitet, denn er versteht nicht, was Sterben ist. Die Maschine gibt weiter ihre Impulse, registriert, dokumentiert, zeichnet auf und arbeitet. Die Batterien der Taschenlampe liegen nutzlos im Gang, aber die Batterie in Heins Brust tut weiter ihren Dienst, treu und verlässlich, pulsiert unter der Haut, schickt ihre Stromschläge, macht im Dunkeln ihre Schritte. Geht noch ein Stück, geht noch ein Stück voran.

33

W*arum?*, denkt Kenan. *Warum ist es noch nicht vorbei? Warum dauert es so lange?* Er schaut in den Raum vor sich, der groß ist und leer, und seine Gedanken springen. Vor und zurück, aber hauptsächlich zurück, denn vor ihm liegt nicht mehr viel, da ist er sich sicher. Er möchte nicht mehr um sich schlagen. Nicht mehr verzweifeln. Vielleicht sollte er nur noch an das denken, was er gehabt hat, was schön gewesen ist in vierundzwanzig Jahren. Aber seine Gedanken springen nach vorn und nicht zurück, wollen immer noch vorwärts. Durch die gottverlassene Stadt möchte er gehen, stundenlang, weiter und weiter, möchte mit seinen Eltern sprechen, mit seiner Mutter und seinem Vater, möchte etwas essen, das seine Mutter gekocht hat und das genauso schmeckt, wie es immer geschmeckt hat, nie anders, das niemals, niemals anders schmecken wird, oder auch etwas, das er selbst gekocht hat in seiner Wohnung, abends, bevor er ausgeht oder zu Hause bleibt und Online-Mediatheken aufruft. Er möchte sich streiten, möchte diskutieren, möchte sich, wenn möglich, versöhnen. Mit dem Rad fahren möchte er und mit dem Taxi, möchte in der Uni sitzen und sich langweilen, Bücher lesen und singen, am Klavier sitzen und Gitarre spielen, möchte Kinder unterrichten und auf Festen tanzen, möchte berauscht sein und rauchen, bis er dreißig ist. Überhaupt: dreißig werden. Kenan möchte geküsst und in den Arm genommen werden, möchte küssen und in den Arm nehmen, möchte gehen, vorbei an Häusern und Menschen, durch Parks und durch Wälder, an Stränden liegen und von Klippen springen und im Wasser treiben und in den Himmel hinaufschauen, andere Länder sehen, viele, kalte und heiße, möchte Sprachen hören, vielleicht noch ein oder zwei lernen, möchte Menschen treffen, lachen und weinen und auch wütend sein, aber aus Gründen, die anders sind als diese. Möchte Jakobs Hand halten. Und warum, warum soll das alles nicht möglich sein? Warum soll so ein Nazi-Arschloch mit Frakturschrift auf der Haut, warum soll ein wahnsinniger, bösartiger Boxer mit kurz geschorenen Haaren all das auslöschen? Die Gedanken springen, sie springen noch, und solange sie das tun, ist noch möglich, was er denkt und was er hofft. Nicht wahrscheinlich, aber möglich. Solange sie durch seinen Kopf springen, die Gedanken, ist all das noch Wirklichkeit.

Der Typ telefoniert, irgendwo hinter der Tür, kommt zurück, verbindet ihm wieder die Augen. »Nein«, sagt Kenan, wehrt sich, vergeblich natürlich, und bekommt merkwürdigerweise keinen weiteren Schlag ins Gesicht.

»Halt's Maul.« Mehr nicht.

Bringt er ihn jetzt woandershin? Was passiert als Nächstes?

Als Nächstes kommt jemand durch die Tür. Kenan sieht ihn nicht. »Mein Gott, was ist das für ein Wetter.« Es klingt, als würde ein Regenschirm ausgeschüttelt. Eine Männerstimme, hell, nicht sehr alt. Die Schritte sind anders. Feste Schuhe. Mit Absatz. Etwas schabt über den Boden. Der Mann hat sich einen weiteren Metallstuhl geholt, ihn direkt vor Kenan aufgestellt und sich hingesetzt.

»Herr, Akyüz, guten Abend.«

Es ist eine gebildete, nicht aggressive, sondern ruhige Stimme, die einem Hoffnung machen könnte. Trotzdem glaubt Kenan: Das ist das Ende. Dieser Mann ist gekommen, um Schluss zu machen mit der Sache. Und mit ihm.

»Ich hoffe, es geht Ihnen gut«, sagt die Stimme und fügt freundlich hinzu: »Den Umständen entsprechend, versteht sich.«

»Wer sind Sie?«

»Das spielt keine Rolle.«

»Nehmen Sie mir die Augenbinde ab.«

»Das, fürchte ich, wird nicht möglich sein. Aber Sie sind doch ein kluger Mann, Herr Akyüz, Sie verstehen, dass es vor allem Ihrem Schutz dient, wenn Sie mich nicht sehen.«

»Was wollen Sie von mir?«

»Oh, Herr Akyüz, ich möchte mich einfach ein wenig mit Ihnen unterhalten. Ich würde mich sehr freuen, wenn Sie mir dabei helfen, einige Missverständnisse aufzuklären.«

»Was soll das werden?« Kenan atmet schwer. Es strengt ihn an. Jeder Satz strengt ihn schrecklich an.

»Ich bin hier, um Ihnen behilflich zu sein. Das Ganze ist doch schon unerfreulich genug. Was halten Sie davon, wenn ich Ihnen jetzt die Möglichkeit gebe, aufzustehen und nach Hause zu gehen, all diese Unannehmlichkeiten hinter sich zu lassen und in Ihren geregelten Alltag zurückzukehren?«

Kenan hebt den Kopf.

»Ja, ja, Sie haben mich ganz richtig verstanden.« Man hört das Lächeln in seiner Stimme. »Sie bluten am Kopf, Herr Akyüz. Ich denke, es wäre in jedem Fall sinnvoll, wenn sich das ein Arzt ansieht. Dem möchte ich nicht im Wege stehen.«

»Was wollen Sie von mir?«

»Sehen Sie, ich habe mir das so vorgestellt: Wir klären die geschäftlichen Dinge zügig und effizient und haben dann noch etwas von dem angebrochenen Abend. Auf mich wartet nämlich jede Menge Papierkram, müssen Sie wissen.«

»Papierkram.«

»Ja, genau. Ich würde mit Ihnen gerne, tja, wie soll ich mich ausdrücken … einen kleinen Pakt schließen.«

Kenans Mund ist trocken, er lässt den Mann weiterreden, aber die Gedanken springen vorwärts, springen, gegen alle Wahrscheinlichkeit, übereinander wie Böcke, überstürzen sich, wollen raus hier, in den Abend hinein, so wie der Mann es sagt. Kenan glaubt ihm kein einziges seiner freundlich ausgesprochenen Worte, aber wenn es möglich wäre, hier rauszukommen, irgendwie … Unter der dunklen Binde brennen die Tränen in Kenans Augen.

»Ich vertraue Ihnen, Herr Akyüz, ich vertraue Ihrem Wort. Deshalb verwende ich auch den Begriff *Pakt*. Wir werden hier keinen schriftlichen Vertrag aufsetzen, Sie müssen nichts unterzeichnen. Was wir vereinbaren, bleibt mündlich, muss nicht mit Tinte niedergeschrieben und nicht besiegelt werden. Auch nicht mit Blut. Davon haben Sie schon genug gelassen, fürchte ich.«

Noch mal: »Was wollen Sie?«

»Es geht nicht um mich persönlich, Herr Akyüz, es ist mir wichtig, dass Sie das wissen. Ich bin in Vertretung eines Mandanten hier. Ich glaube, wir sind uns beide darüber im Klaren, um wen es sich handelt.«

Kenan nickt.

»Fein. Dann können wir jetzt die Kernpunkte unserer mündlichen Vereinbarung abstecken, Herr Akyüz, ja? Ist Ihnen das recht?«

Er nickt.

»Sehr gut. Ich würde vorschlagen, ich stelle erst einmal die Personalien fest, und Sie sagen mir, ob ich mich in irgendeinem Punkt täusche.« Er öffnet einen Reißverschluss, zieht wohl Papier aus einer Tasche, liest Kenans vollen Namen vor und seine Adresse, den Studiengang, bei dem er sich eingeschrieben hat. »Ist das korrekt?«

Kenan nickt. Sein Atem geht stoßweise. Nur noch Angst ist übrig.

Der Mann liest weiter. Er nennt die Namen von Kenans Eltern, von seiner Mutter und seinem Vater, und die Adresse ihrer Wohnung. »Ist das ebenfalls korrekt?«

»Ich …«

»Wie bitte? Ich habe Sie nicht verstanden.«

»Was soll das?«

»Beantworten Sie einfach meine Fragen. Stimmen diese Daten, Herr Akyüz?«

Er nickt, presst die Lippen fester aufeinander.

»Sehr gut. Es handelt sich lediglich um Formalitäten. Papierkram. Papierkram ist mein Geschäft, Herr Akyüz.« Er sagt auch das freundlich, allerdings mit einer Spur selbstmitleidiger Erschöpfung. »Alles muss seine Ordnung haben, insbesondere in rechtlichen Belangen.«

Es entsteht eine kurze Pause. Dann sagt der Mann: »Gut. Kommen wir zum nächsten Punkt. Sie haben ein Schreiben aufgesetzt, das ich hier in einer Fotokopie bei mir habe. Darin setzen Sie meinen Mandanten von Ihrem Vorhaben in Kenntnis, gewisse, nicht weiter spezifizierte Unwahrheiten an die Öffentlichkeit zu bringen. Sie geben hier an, dies nur unterlassen zu wollen, wenn sich mein Mandant zur Zahlung eines höheren Geldbetrages bereit erklärt. Ist das richtig?«

Von Geld war keine Rede in dem Brief. Es stimmt nicht. Kenan atmet schwer, wartet auf den nächsten Satz des Mannes, und er kommt. Flüssig und kühl schwappt er ihm entgegen.

»Gut, ich denke, das können wir einfach mal als gegeben postulieren. Kommen wir also zu Ihrem Anteil an unserer Vereinbarung. Sie können es sich gewiss denken. Mein Mandant möchte, dass Sie von Ihren Forderungen zurücktreten und vergleichbare Forderungen auch in Zukunft nicht erheben. Meinen Sie, das wäre Ihnen möglich, Herr Akyüz?«

»Ähm«, Kenan ist verwirrt. Sehr verwirrt. »Okay«, sagt er. Es klingt wie eine in den Raum hineingeflüsterte Frage.

»Heißt das, ja?«

»Ja.« Er nickt. So einfach? Niemals.

»Na, sehen Sie, wie schön.«

Papier raschelt.

»Wissen Sie, Herr Akyüz, dass ich nicht einmal darüber informiert bin, um was für Anschuldigungen es sich eigentlich handelt?«

Kenan stöhnt auf. Er strengt sich an. Will beteuern. Oder lieber nicht? Seine Stimme wird lauter und hört sich zugleich kindlicher an, zu schwach. Er will nicht flehen. Will nicht, dass es so klingt. »Es gibt gar keine Anschuldigungen. Ich weiß nichts. Gar nichts. Wir haben nur so getan. Wir wissen überhaupt nichts. Deshalb können wir auch nichts sagen.«

Der Mann vor ihm lacht leise vor sich hin. »Durchaus möglich, dass das stimmt. Ein Gedanke, der mir übrigens selbst schon gekommen ist. Aber wissen Sie, es spielt jetzt ja keine Rolle mehr. Sie haben Tatsachen geschaffen, Herr Akyüz. Außerdem leben wir in einer Zeit, in der zwischen wahren und unwahren Beschuldigungen kaum noch unterschieden wird. Das gute alte *Im Zweifel für den Angeklagten*, Herr Akyüz, ist nicht mehr von Belang, wenn es um Personen geht, die in der Öffentlichkeit stehen. Daher ist Ihre Behauptung irrelevant für uns. In jedem Fall kommt sie zu spät.«

Kenan beißt sich auf die Zunge.

»Also, ich fahre fort. Unser Mitarbeiter, der junge Mann, der Sie heute hierher gebracht hat, sagt mir, Sie hätten ihm versichert, dass Sie die Informationen, die Sie über meinen Mandanten besitzen – oder auch *nicht besitzen* –, an niemand anderen weitergegeben hätten bislang. Ist auch das korrekt?«

»Ja.«

»Gut, ich nehme das auf, Herr Akyüz. Leider kann ich die Behauptung vorläufig nicht auf ihre Richtigkeit prüfen. Das verstehen Sie doch, oder?«

Kenan senkt den Kopf. Atmet weiter.

»Gehen wir der Einfachheit halber davon aus«, sagt der Mann, »dass Sie Informationen besitzen und sie für sich behalten haben. Sie und Frau Bechstein. Dann ist alles bestens, und unsere Abmachung läuft darauf hinaus, dass es auch so bleibt. Es könnte allerdings sein, dass Sie Ihre unwahren Behauptungen über meinen Mandanten doch an andere Personen weitergegeben haben. An Menschen aus ihrem persönlichen Bekanntenkreis, an Ihre Familie oder, was ich nicht hoffen möchte, an die Medien oder die Polizei. Was den Tatbestand der Verleumdung erfüllen würde. Unter anderem.«

»Nein, ich … das habe ich nicht.«

»Ich glaube Ihnen das, Herr Akyüz. Sie sind ein sehr sympathischer, verständiger junger Mann, und ich glaube Ihnen. Wir müssen uns allerdings, in einem rechtlichen Kontext, absichern. Nur für den Fall, dass Sie doch mit anderen gesprochen haben, muss ich darauf bestehen, dass Sie bestimmte Vorkehrungen treffen. Ich möchte, dass Sie, sagen wir, morgen früh, wenn Sie sich ausgeschlafen haben, die entsprechenden Personen oder Institutionen aufsuchen und Ihre Aussagen zurücknehmen. Das ist weniger problematisch, als Sie denken, denn Verleumdungen dieser Art sind ja, wie gesagt, an der Tagesordnung heute. Man wird Ihnen ohne Weiteres abnehmen, dass Sie, aus persönlichem oder sagen wir *weltanschaulichem* Grund einen Groll gegen meinen Mandanten gehegt haben und ihm deshalb öffentlich schaden wollten. Durch die Behauptung von Unwahrheiten. Es könnte sein, dass, sagen wir, die Polizei Sie dazu überreden möchte, an Ihren ursprünglichen und unwahren Behauptungen festzuhalten. Es könnte sein, dass die Beamten Ihnen Schutz anbieten, Ihnen einzureden versuchen, dass Ihnen nichts passieren kann, weil man auf Sie aufpassen wird. Ich würde mich an Ihrer Stelle auf ein solches Angebot nicht einlassen, Herr Akyüz. In so einem Fall müsste ich unsere Abmachung nämlich als nicht mehr bindend ansehen und den Pakt als gebrochen.«
Kenan wartet darauf, dass es vorbei ist.

»Es ist sehr schade, dass wir überhaupt an diesen Punkt kommen mussten«, sagt der Mann. »Wir haben versucht, Ihnen nach dem bedauerlichen Unfall von Herrn Bechstein zu vermitteln, dass es uns lieber wäre, wenn Sie Abstand nehmen von dieser ganzen Angelegenheit.«

Er war da, der Mann mit den kurzen Haaren, der Boxer mit der Lederjacke, er hat sich ihm ganz bewusst gezeigt. Hat sich ihm am Schlesischen Tor in den Weg gestellt, ihn an die Wand gedrückt.

»Sie haben auf unsere diskreten Kontaktaufnahmen nicht reagiert. Sie haben stattdessen das Schreiben aufgesetzt, das ich hier bei mir habe. Wissen Sie, mich erstaunt das, ehrlich gesagt. So viele Menschen gehen absolut unnötige Risiken ein, schlicht, weil ihnen eine angemessene Einschätzung ihrer Lage nicht möglich ist. Aber deshalb bin ich hier: um Sie zu beraten, um Sie mit Ihrer rechtlichen Situation vertraut zu machen. Für die Zukunft und die gegenseitige Einhaltung unseres Paktes möchte ich Sie bitten, daran zu denken, wie unglücklich sich die Umstände für die Geschwister Bechstein ergeben haben.«

Kenan hebt den Kopf in die Richtung der Stimme, sieht nichts.

»Ich spreche jetzt mal abseits des Protokolls. Wir sind hier unter uns, und ich bin ganz offen, weil ich glaube, dass Sie das verdient haben. Es kann sein, Herr Akyüz, dass Sie noch sehr viel später, sagen wir, in ein, zwei Jahren, von uns hören werden. Oder noch später. Das ist möglich. Dass unsere Mitarbeiter an Sie herantreten werden, so wie sie es heute getan haben. An Sie oder an Ihre Eltern zum Beispiel. An Ihre Freunde. An Menschen, die in Ihrem Privatleben eine Rolle spielen. Das muss nicht zwangsläufig in Berlin stattfinden. Es könnte sich auch im Ausland zutragen. Sagen wir, auf einer Urlaubsreise. Bei einem Studienaufenthalt, bei einem Besuch in der alten Heimat. Das Risiko, Herr Akyüz, ist, meiner Einschätzung nach, zu hoch. Verstehen Sie, was ich Ihnen sagen will?«

»Sie bringen mich um. Oder meine Eltern. Wenn ich was sage.«

Es herrscht eine lange Stille. Kenan bewegt den Kopf von einer Seite zur anderen. Schluckt. Wartet auf eine Reaktion. Weiß nicht, was los ist. Dann wird der Stuhl ihm gegenüber zurückgeschoben, kratzt über den Boden.

»So, Herr Akyüz.« Als wäre es nie ausgesprochen worden. »Wie gesagt, ich brauche keine Unterschrift von Ihnen, mir genügt vollkommen die mündliche Verabredung.« Kenan spürt eine Hand auf seiner Schulter, einen kurzen, freundschaftlichen Druck, unter dem er sofort zusammenzuckt. »Wir haben einen Pakt geschlossen, Herr Akyüz. Unter Ehrenmännern. Und das freut mich. Sehr sogar. Warum? Weil Ihnen dieser Pakt eine gesunde und erfolgreiche Zukunft ermöglicht.« Nach einigen wenigen Schritten dreht der Mann sich noch einmal um: »Sie lassen sich zum Pädagogen ausbilden. Und ich glaube, Sie werden ein sehr guter Lehrer sein. Werden Ihre Schüler behutsam und klug auf das Leben vorbereiten. Das ist ein wunderbarer Beruf. Man bekommt so viel zurück. Ich beneide Sie fast darum. Bei mir ist es anders.« Noch einmal ein Lächeln in der müden Stimme, ein Anflug von Selbstmitleid. »All der Papierkram, all die Formalitäten. Aber dann, hin und wieder, doch, ich muss sagen: Hin und wieder ist es sehr befriedigend, Menschen mit guten Argumenten und einer kompetenten Beratung wirklich weitergeholfen zu haben. Oh. Sieh an: Es hat aufgehört zu regnen. Ich wünsche Ihnen noch einen schönen Abend, Herr Akyüz.«

34

»Ist das Ihr Ernst? Ich soll ihn abhauen lassen? Einfach so?« Eine überflüssige Frage. Eine Frage, die Lennart Krappe nicht stellen sollte. Der Anwalt hat sich seine Aktentasche unter den Arm geklemmt und zum Regenschirm gegriffen, den er nicht mehr brauchen wird. Er schaut ihn noch einmal mit leeren, müden Augen an, bevor er sich wortlos umdreht und die Treppen hinuntersteigt.

Also gut. Auch wenn es nicht sein darf, auch wenn sich sein ganzer Körper dagegen wehrt: Lenni Krappe bindet Kenan Akyüz los von seinem Stuhl und nimmt ihm die Augenbinde ab. Er tritt einen Schritt zurück, und die beiden stehen sich gegenüber. Der Türke hat weiche Knie, das kann er sehen, aber die Schwuchtel rennt nicht weg, sie steht da und kostet den Augenblick aus. Die Sau.

Lennis Hände wollen Fäuste sein. Sie wollen nicht bloß Ohrfeigen geben. Ohrfeigen sind was für Frauen. Zu schade für Schwuchteln. Aber seine Hände sind fest davon ausgegangen, die ganze Zeit, dass es nicht dabei bleiben würde. In seinem Kopf hat sich alles bereit gemacht, die ganze Chemie da oben hinter der Stirn hat gefeuert und geschoben und gedrückt, seit Stunden, immer gieriger, immer geiler, hat ihn an diesen Punkt gebracht, wo seine Wangen gerötet und alle Muskeln angespannt sind.

»Was ist mit meinem Handy?«, fragt die perverse Drecksau. Handelt sich also doch noch eine ein, geht nicht anders, Alter, einen letzten gewaltigen Schlag, scheiß doch drauf. Knallt auf den Boden, der Schwanzlutscher, aber so richtig, bekommt noch einen Tritt in den Hintern, rappelt sich auf, kriecht ein Stück, versucht, aufzustehen, strauchelt, und Lenni, hinter ihm, muss sich zurückhalten, braucht die größte Kraft, die er heute eingesetzt hat, um sich davon abzuhalten, weiterzutreten, *verdammte Drecksscheiße*, hört, wie der Türke die Treppe runterläuft, und – *Fuck* – Lenni tritt, tritt, weil etwas getreten werden muss, die beiden Stühle durch den endlosen Raum, tritt ins Nichts, weil es sonst nichts mehr zu treten gibt, schreit, brüllt, ballt seine armen, unbefriedigten Hände doch noch mal zu Fäusten. Er ist kurz davor, sie sich selbst in den Magen zu rammen, weil er ihren Hunger nicht erträgt. Schließlich hockt er in einer Ecke, mit zuckenden Muskeln und einer Zigarette im Mund. Er betrachtet die Flamme des Feuerzeugs, lässt sie zurücksinken in das kleine, mit Gas gefüllte Plastikgehäuse. Dann holt er sie wieder hervor, indem er mit dem Daumen über das Rädchen fährt, erst blau, dann gelb und hell, und denkt: *Da ist noch was. Da könnte man noch hin. Da könnte man noch was machen.* Die Nacht ist ja noch jung.

35

Oben steht der Eimer mit dem Putzwasser. Der Schaum hat sich schon fast verflüchtigt, hängt nur noch an den Rändern, als letzte, seifige Spur. Der Staubsauger liegt im Flur, vor dem Schlafzimmer des Propstes, mitten im Weg, und sein Stecker steckt noch in der Dose. In der Küche hängt Schönfelds Mantel über dem Stuhl – wartet auf ihn –, und an der Wand beten Dürers Hände.

Die Tür zum Keller, draußen auf dem Flur, ist geschlossen, noch immer. Aber ein Stöhnen ist zu hören, leise erst, dann lauter, und schließlich öffnet sie sich doch noch. Nur eine Hand ist da, schiebt sie auf, ein vorsichtiges, ungeschicktes Stück. Kaum noch Kraft, nichts mehr übrig im Grunde. Ein Ellbogen stützt sich auf die letzte Stufe. Kathi Bechstein beißt die Zähne zusammen. Treppensteigen ist sie ja gewohnt, aber ihre vier Altbaustockwerke sind ein Witz gegen das hier. Sie kann die Beine nicht richtig bewegen, weil der schwere große Mann daraufgestürzt ist. Irgendwas ist da passiert, irgendwas ist eingeklemmt oder gebrochen oder sonst was, und sie kann nur kriechend vorwärts. Doch kriechend kommt man schlecht durch die Dunkelheit und die Treppen hinauf. Nun aber. Weiter auf, die Tür. Ist das jetzt … *ja, das ist das Erdgeschoss.* Erdoberfläche. Sie ist zurück, ist wieder oben. Dunkel ist es auch hier, aber nicht so dunkel, längst nicht so finster wie unten. Ein Mond scheint draußen irgendwo, zwischen Wolken, lässt Licht durch Fenster, nicht viel, aber genug. Kathi ist im Flur, schleift ihre Beine weiter, schleift sie hinter sich her, schluchzt trocken auf, ungläubig, fassungslos, hat Haare feucht in der Stirn und Spritzer von Schönfelds Blut auf den Wangen. Sie verkrampft die Finger zu Krallen, schiebt sich vorwärts, über den Boden, kann sich umschauen. Sie sieht das Haus von innen, Schränke, Holz, hört Stille. Atmet weiter, ringt nach Luft, zittert und keucht. Weiß: Irgendwo hier gibt es ein Telefon. Ganz bestimmt.

36

Jetzt hat sich alles beruhigt. Kein Regen fällt mehr, der Wind reißt nicht, ist nur noch Luft, die berührt. Ist das Schlimmste überstanden? Es sieht ganz so aus. Die Engel singen noch, aber ganz leise, und sowieso hört sie niemand, unten in der Stadt. »*O glaube*« singt die Wahrheit mit offenen, warmen, tröstenden Augen, streckt die Hand aus, in die Nacht hinein. »*Mein Herz, o glaube.*« Sanft und leise singt sie und lächelt über dem Portal. »*Es geht dir nichts verloren.*

Dein ist, ja, dein, was du gesehnt, dein, was du geliebt, was du gestritten.«

Die Gnade hat eine höhere, noch zartere Stimme, und sie übernimmt, singt: »*O glaube, du wardst nicht umsonst geboren. Hast nicht umsonst gelebt, gelitten.*«

Wahrheit und Gnade lächeln einander an, und die Engel auf der Kuppel, über ihnen in der Nacht, bilden den Chor. Die Stadt hört sie nicht, die Stadt ist taub und dunkel, aber oben singen die Engel, heben ihre Stimmen, werden lauter. Singen gemeinsam: »*Was entstanden ist, das muss vergehen! Was vergangen, auferstehen!*«

»*Hör auf zu beben*«, singen die Engel, »*bereite dich, zu leben!*«

37

Alles ruhig. Ganz ruhig. Sie wartet nur noch. Irena Kramer sitzt im Schlafzimmer auf dem Stuhl, auf dem am vergangenen Abend ihr Mann gesessen hat. Nur noch einen der knapp achtzig Quadratmeter ihrer Wohnung beansprucht sie, und nur noch eine Lampe brennt im Zimmer: die neben ihrem Bett, auf dem Nachtschrank, über der Schublade, aus der Sophie letzte Nacht Finns Messer geholt hat, um es heute zur Polizei zu bringen. Die Augen fallen Irena Kramer zu, immer wieder, aber sie sitzt dort, aufgerichtet, die Hände auf den Stuhllehnen. »Es hat nichts genützt«, flüstert sie einmal, während sie wartet. Hierherzukommen, hat nichts genützt, und es hat nichts genützt, sich anzustrengen, eine Sprache zu lernen, die schwer ist und unlogisch, bis man keine Fehler mehr macht. Nichts genützt hat es, sich anzustrengen und zu lieben, nichts, mit dem Lieben aufzuhören, die Beherrschung zu verlieren. Zu kämpfen, das hat nichts genützt. Nur noch warten kann sie, und wenn man lange genug wartet, passiert das, worauf man gewartet hat. Deshalb hat sie bereits vorhin, langsam und methodisch, ihre Reisetasche gepackt. Nun ist wirklich nicht mehr viel zu finden im Schrank. Roberts Sachen liegen draußen im Flur, und von ihren eigenen hat sie die nötigsten in die Reisetasche gelegt. Jetzt wartet sie schon seit Stunden. Und dann, irgendwann, ist es so weit. Sie hört es, in der Entfernung, sieben Stockwerke unter ihr, auf der großen Straße. Sie hört die Sirene und weiß: Jetzt ist es so weit. Sie haben eine Weile gebraucht, länger als gedacht. Wahrscheinlich haben sie Finns Messer im Labor untersucht, und es war nicht leicht, Irena Kramers Spuren daran zu finden. Sie erhebt sich, und auch das dauert lang. Sie greift nach der Reisetasche, löscht das Licht im Schlafzimmer und steht, einen schwankenden Augenblick lang, im Dunkeln. Sie hört, dass die Sirene tatsächlich näher kommt. Dass da noch eine zweite ist, eine, die sich mit der ersten überschneidet. Sie fragt sich nicht, warum sie mit eingeschalteter Sirene kommen, um sie abzuholen, sie weiß nur, dass sie kommen, dass sie bereits aus der Entfernung zu ihr hinaufrufen: *Wir sind fast da, es ist jetzt so weit.* Sie denkt, dass es nicht schön wäre, wenn Sophie sehen müsste, wie ihre Mutter von der Polizei abgeholt wird. Es sind langsame, träge, taube Gedanken, und Irena Kramer stolpert fast, als sie mit der Tasche auf den Flur hinaustritt. Sie hat ja immer noch nichts gegessen. Der Kreislauf spielt nicht mehr mit. Aber wer könnte ihm das verübeln? Irena Kramer verübelt es ihm nicht. Sie schwankt. Sieht, wie man sagt, kurz Sterne. So zieht sie sich die Jacke an, so nimmt sie den Schlüssel, zieht die Tür hinter sich zu. So fährt sie hinab, sieben Stockwerke mit dem Fahrstuhl in die Tiefe, ohne sich noch einmal umzudrehen, und tritt aus dem Haus. Die Sirenen sind laut, sehr laut sogar, schmerzen in den Ohren. Einen der Wagen sieht sie auch, ein Polizeifahrzeug, das kalte blaue Lichter durch die Nacht trägt. Aber es biegt ab, findet den Weg nicht zu ihr, fährt zwischen den Häusern weiter Richtung Supermarkt. Irena Kramer geht dem Wagen nach, beschleunigt ihre Schritte und bleibt schließlich stehen. Jetzt riecht sie es, jetzt sieht sie es, sieht den Feuerwehrwagen, hört die Rufe und versteht, dass ein Haus brennt. Sie geht näher heran, näher, immer näher, als müsse sie sich versichern, dass es sich nicht bloß um eine Sinnestäuschung handelt. Einmal knickt sie kurz um mit einem Fuß, merkt es kaum, und geht einfach weiter. Das Haus mit den Graffiti, das Haus mit der eingeschlagenen Scheibe brennt, es steht in Flammen, lichterloh, es raucht und qualmt, ist heiß und rot. Was sie nicht wissen kann: Alle Bewohner haben es nach draußen geschafft, weil es mehrere Notausgänge gibt und eine Feuerleiter hinter dem Haus. Sie stehen auf dem Parkplatz vom Supermarkt herum. Nachbarn sind vor die Tür getreten, haben Decken mitgebracht und etwas zu trinken, und man weiß gar nicht mehr, wer wer ist. Die Leute schütteln die Köpfe. Sie sprechen miteinander und legen einander Hände auf die Schultern. Sie lernen sich kennen. Irena Kramer aber versteht nicht wirklich, was hier passiert. Jemand dreht sich zu ihr um.

Und dann ist es so weit.

Sie sieht den Geist, den ersten ihres Lebens, und das ist zu viel.

Finn.

Finns T-Shirt. Der Vogel auf der Brust. Die Elster. *Hello, Mr Magpie.* Finns dunkle Haare, Finns Blick. Finn ist zurück, steht ihr gegenüber, nur wenige Meter entfernt, ihre Blicke begegnen einander, sie begegnen einander. Stiefsohn und Stiefmutter. Vor einem Haus, das brennt.

Irena Kramer schüttelt den Kopf.
»Finn.«
Sie öffnet den Mund, noch mal.
Da ist er.
Da ist er wieder.
Da.
Siehst du, Irena, es hat nichts genutzt.
Nein.
Und jetzt?
Ja, was?
Sie dreht sich um.
Ihre Füße bewegen sich.
Machen Schritte, schnellere, immer schnellere Schritte.
Sie hat eine Reisetasche in der Hand.
Hat also eine Reise vor sich.
Wo geht es hin, Irena?
Wo kommt man noch an um diese Zeit?
Wie geht es weiter?
Erst einmal flüchtet sie.
Erst einmal läuft sie davon.
So schnell sie kann.

38

Der Junge schaut der Frau nach, eine ganze Weile, mit zusammengezogenen Augenbrauen. Er trägt Finn Kramers Shirt, ein Shirt mit einem Vogel darauf, das er zum Schlafen angezogen hat. Jemand legt eine Decke um ihn. Er schaut zu dem brennenden Haus hinüber, das nur eine Unterkunft gewesen ist. Hat schon vieles brennen sehen in seinem Leben, der Junge. Jemand hat den Arm um ihn gelegt, führt ihn weg. Woandershin. Dies ist nicht seine Geschichte, wahrlich nicht, er gehört nicht in sie hinein. Er hat seine eigene, eine, die hier oder woanders weitergehen wird, das weiß niemand, er am wenigsten. Erzählen wird er sie irgendwann, denn nur er kann sie erzählen, ihm gehört sie, ihm allein, und wer ihm zuhören wird, irgendwann, irgendwo, ist noch nicht klar. Jetzt aber verschwindet er, zwischen Armen und Worten und Menschen, und währenddessen ziehen Rauchschwaden über den Supermarkt hinweg, ziehen rußig und heiß an den Hochhäusern hinauf und weiter in die Höhe, bis in den Himmel.

39

Wie spät ist es denn? Nach zwölf schon. Aber die meisten S-Bahnen, Busse und Trams fahren wie immer, sind hell erleuchtet und bringen Menschen durch die Stadt, einige wenige auch noch aus ihr hinaus. Nach einem Sturm wie heute ist der Bahnverkehr oft eingeschränkt. Die Fernverkehrsstrecken müssen erst befreit werden von Ästen und anderem daraufgewehten Schutt. Aber es ist glimpflich ausgegangen heute. Es war nur ein kurzes Wüten. Ärgerlich, dass es nun, so spät noch, erneut zu Ausfällen kommt. Der Vogel soll schuld gewesen sein, sagen einige der Zeugen, die die Bundespolizei sofort am Gleis befragt. Das muss sein, auch wenn man später noch die Bilder der Kameras auswerten kann. Es war der Schnellzug. Eine Leerfahrt zum ICE-Werk nach Rummelsburg. Der Anfangsverdacht Selbstmord besteht fast immer in solch einem Fall, aber die Frau hat eine Reisetasche dabeigehabt. Sie hat an einem Gleis gestanden, an dem der Regionalexpress nach Cottbus gehalten hätte.

Abfahrt 00:58. Gut möglich, dass sie den nehmen wollte, rauswollte aus der Stadt, weiter nach Osten, dem Morgen entgegen. Die Zeugen, eine Touristin aus Italien mit ihrem Freund, zwei Mitarbeiter des Bahnhofssupermarkts, der um Mitternacht schließt, und ein von der Arbeit kommender Kellner auf dem gegenüberliegenden Bahnsteig haben jedenfalls nicht das Gefühl, die Frau hätte vorgehabt, sich umzubringen. Könnte es ein Unfall gewesen sein? Vielleicht ist sie ausgerutscht? Überall diese Pfützen. Die Fenster unter dem Dach des Ostbahnhofs sind nicht dicht, und es hat schließlich stark geregnet heute. Die Zeugen sind sich nicht sicher, sie waren abgelenkt. Weil da dieser Vogel herumgeflattert ist, aggressiv, verirrt, vielleicht immer noch durcheinander vom Sturm am Nachmittag. Wer weiß, was so ein Unwetter mit Vögeln macht? Jedenfalls ist er ganz dicht über ihre Köpfe geflogen, schnarrend, hat mit den Flügeln geschlagen wie verrückt. Die Zeugen haben gelacht, sind ausgewichen, haben sich gewundert. Ein bisschen unheimlich, sagen sie, war es schon. Man möchte nicht von so einem Schnabel attackiert werden, wirklich nicht. Eine Krähe, sagt die Touristin aus Italien. Ihr Freund weiß es nicht. Der Kellner auf dem gegenüberliegenden Bahnsteig sagt: Nein, auf keinen Fall. Er kennt sich nicht aus, aber eine Krähe war es nicht. Ein schwarzer Vogel war es, schlank, langer Schwanz. Heißt das so bei Vögeln? Aber nicht nur schwarz, auch weiß, soweit man das erkennen konnte. Es ging ja dann doch sehr schnell. Die Beamten der Bundespolizei haben die Landespolizei alarmiert, beruhigen den Triebfahrzeugführer, ziehen Notizblöcke aus ihren Uniformwesten, nehmen Aussagen auf. Der Kellner sagt, der Vogel sei direkt auf die Frau zugeflogen, und dann, kurz danach, sei sie gefallen, ins Gleisbett hinunter. Geschrien habe sie aber nicht, keinen Ton habe sie von sich gegeben. Deshalb hat es auch erst einmal keiner der anderen mitbekommen. Ein Unfall also. Obwohl. Fast habe es ausgesehen, als habe sie jemand gestoßen. Es werden ja immer wieder Leute auf Gleise gestoßen heutzutage. Aber in ihrer unmittelbaren Nähe war niemand. Kein Mensch. Wie auch immer. Dann kam jedenfalls der Zug. Und von dem Vogel, sagen die Zeugen, war anschließend nichts mehr zu sehen.

VI
Konfetti

1

Sie streicht sich mit den Fingern über die Augen. Zeit zu schlafen. Schon längst. Sonja schaut auf den Wecker neben dem Bett und dann zurück zum Buch. Morgen muss sie früh raus, aber sie hat sich festgelesen. Dass sie das Buch noch hatte, war ihr gar nicht klar gewesen. Hat das Ding überrascht aus der Handtasche gezogen und gleich überlegt, ob sie es nicht in den Müll werfen sollte. Oder wenigstens ins Treppenhaus legen, in eine Fensternische. Irgendwer wird es schon haben wollen. Vorne, auf einer der ersten Seiten: Schönfelds Signatur. Riesige zackige Buchstaben, natürlich unlesbar. Man muss wirklich kein Grafologe sein, um zu erkennen, dass hier eine narzisstische Störung vorliegt. Aber, denkt Sonja, als sie sich ins Bett legt, man möchte ja wissen, mit wem man's zu tun hat. Einige Stellen hat sie überflogen, an anderen ist sie hängen geblieben, hat bis zum Schluss geblättert. Jetzt gähnt sie noch mal ausgiebig. Für die letzten Sätze auf der Seite muss sie sich zu sehr konzentrieren.

> *Und deshalb ist jedes Märchen nur durch sein Ende das, was es ist. Weil es die Welt, die es in Verwirrung gebracht hat, wieder in Ruhe versetzt, ihr über unwahrscheinliche Zufälle, Wunder und Erlösung den Frieden zurückbringt und die Gerechtigkeit. Weil es die Unschuld belohnt und die Bösartigkeit bestraft, dafür sorgt, dass die Hexen sich in glühenden Schuhen zu Tode tanzen müssen. Am Ende schließt sich der Kreis, am Ende gehören alle Einzelteile wieder zusammen, die sich vorher zerstreut haben, die einander verlorengegangen sind. Das Märchen zeigt uns, dass sich der Aufbruch gelohnt hat,*

dass es richtig war, sich den Gefahren zu stellen und erwachsen zu werden. Es hat sich ausgezahlt, dass Brüderchen und Schwesterchen ausgerückt sind von zu Hause, fortgezogen sind in die Welt. Und Esel, Hund, Katze und Hahn haben sich richtig entschieden, als sie feststellten, dass sie etwas Besseres als den Tod überall finden würden. Besser als der Tod, sagen die Märchen, ist nur das Leben, und sie geben uns ein Versprechen: Dass all der Zauber, der gute wie der böse, nicht mehr nötig sein werden, wenn wir unser Ziel erreicht und unseren Platz gefunden haben. Die Verwandlungen werden aufgehoben. Der Frosch ist wieder Prinz, und die Lebkuchen, die die Hexe gebacken hat, dürfen wieder Kinder sein. Und ganz gleich, wie bitter es aussehen mag am Ende, auch der Tod selbst hat keine Macht mehr. Rotkäppchen wird man quicklebendig aus dem Bauch des Wolfes schneiden, nachdem sie verschlungen worden ist, und Schneewittchen den vergifteten Apfel ausspucken. Schon im Sarg wird sie die Augen wieder öffnen und in die Zukunft schauen. Das Märchen tröstet nicht, es sagt: Habt keine Angst. Und wenn wir nicht gestorben sind, dann leben wir noch heute, sagt das Märchen, und da wir es lesen und es hören, wissen wir: Es stimmt, wir leben noch. Oder, wie es bei den Brüdern Grimm heißt: Der das zuletzt erzählt hat, dem ist der Mund noch warm.

Sonja seufzt, und aus dem Seufzen wird erneut ein Gähnen – das letzte für diese Nacht. Das Buch landet neben dem Bett, schlägt dumpf auf dem Boden auf. Licht aus, Beine ausstrecken. Genug für heute.

2

Langsam, ganz langsam öffnet Sophie ihre Tür. Lauscht. Da ist nichts. Gar nichts. Sie tritt auf den Flur hinaus, wendet den Kopf nach links und dann nach rechts. Sie trägt ihren Schlafanzug und keine Socken. Sie hat ihr Auge herausgenommen. Es liegt in der kleinen, mit Stoff ausgeschlagenen Schachtel, denn es hat gedrückt, ist eine Last gewesen in ihrem Gesicht. Das schwere Lid, dessen Nerven durchtrennt worden sind von einem spitz geschnitzten Stock, hängt über der leeren Höhle.

Sophie geht über den Flur und öffnet alle Türen. Finns Zimmer ist leer, dort ist niemand. Auch im Wohnzimmer nicht, niemand in der Küche, und auch das Schlafzimmer der Eltern ist leer. »Hallo?«, flüstert Sophie.

3

Über fünf Wochen ist es jetzt her. Vor über fünf Wochen hat Jakob Bechstein der erste Schlag getroffen. Warm ist es gewesen und freundlich, ein wunderschöner Abend im Sommer. Mit einem hohen dunkelblauen Himmel über sich hat Jakob getanzt unter den Schlägen, ist getaumelt und gestürzt. Gefunden hat man ihn, nicht weit entfernt von der Parochialkirche, in einem Hinterhof. Passanten haben Hilfe gerufen, bevor es ganz zu spät gewesen ist. Zu spät wofür?

Eine Platzwunde hat Jakob Bechstein auf der Stirn, als der Notarzt eintrifft, und einen Schädelbasisbruch darunter. Die Rippen sind ihm eingetreten worden und haben getan, was sie in solchen Fällen meistens tun: sich in sein Inneres gebohrt. Die Milz ist ein Schwamm aus Blut, und wird sie aufgerissen, blutet sie ein. Es ist Blut in Jakobs Oberkörper, da, wo es nicht hingehört, in den Zwischenräumen, und auch seine Lunge löst sich von der Bauchwand. Ihre Luft entweicht. Jakobs Lunge schrumpft, wird klein wie eine Faust, die aber nicht zum Zurückschlagen taugt, nur zum Sterben. Deshalb wird ihm eine Drainage gelegt, noch an Ort und Stelle, in dem Hinterhof, in dem man ihn findet. Darum muss der Notarzt sich sofort kümmern, und das tut er auch.

In der Charité warten Unfallchirurgen, Neurochirurgen, Radiologen, Anästhesisten und Allgemeinchirurgen auf Jakob Bechstein. Als er ankommt, stehen sie schon bereit, übernehmen die Erstversorgung im Schockraum. Ultraschall, Thoraxröntgen und CT. Durch die Traumaspirale schicken sie ihn und führen die erste Notoperation durch. Was da alles zu finden ist: die Milzruptur, das Leberhämatom, die Rippenserienfraktur. Kardial instabil ist Jakob Bechstein obendrein, seine Pupillen reagieren nicht mehr auf Licht. Die Hirnblutung ist nicht stark, dafür die Schwellung. Man lässt Hirnwasser ab, legt eine Hirndrucksonde. Im Operationssaal der Charité wird Jakob die Schädeldecke abgenommen, um den Kopf zu entlasten, damit die Schwellung zurückgehen kann. Langsam, ganz langsam.

Man muss ihn in einen künstlichen Schlaf schicken, weil er den Tubus nicht tolerieren würde, der in seinem Mund und seinem Hals steckt und ihn mit Atemluft versorgt. Nach achtundvierzig Stunden sieht es so aus, als würde er längere Unterstützung brauchen. Jakob wird tracheotomiert. Man öffnet ihm die Luftröhre, und von nun an verläuft die Verbindung zur Beatmungsmaschine durch den Schlauch an seinem Hals. Das künstliche Koma ist aufgehoben, längst. Sein fast unkenntliches Gesicht ist abgeschwollen, ebenso wie sein Hirn. Die Hämatome sind zurückgegangen. Zu Bewusstsein gekommen aber ist er nicht.

Hier liegt er jetzt, mit ruhigem, abgemagertem Gesicht, liegt in seinem Bett, in seinem Zimmer auf der neurochirurgischen Intensivstation, schläft und behält für sich, dass er nie etwas gewusst hat über Arvid Schönfeld. Die Vermutung hat genügt, die Annahme, dass es schon was geben wird bei jemandem wie dem. Deshalb ist er jetzt hier.

Er hätte längst verlegt werden können in eine andere Einrichtung, aber es hat Komplikationen gegeben. Eine Lungenentzündung. Das auch noch. Auf der Kippe hat es gestanden, so haben sie es ausgedrückt, aber er ist immer noch da. Es geht ihm schon wieder besser, sagen die Ärzte.

Da liegt er. Jakob Bechstein. Dünn. Wird hochkalorisch ernährt, über den Schlauch in seiner Nase, der zur Magensonde führt. Trotzdem wirkt er mager, dürr geradezu. Man hat ihm einen Blasenkatheter gelegt und einen zentralen Venenkatheter, über den er an seinem Hals mit den nötigen Medikamenten versorgt wird. Seinen Herzschlag misst man mit EKG-Elektroden und den Blutdruck über einen eigenen Arterienzugang. Er atmet mit einer Maschine, füttert Monitore mit Daten, sammelt Punkte und wacht nicht auf.

Er sieht anders aus als früher, aber er ist immer noch Jakob Bechstein, und Kenan Akyüz fällt es nicht schwer, ihn zu erkennen, auch ohne seine Brille.

Lämmlein weiß, du kommst klagend.
Durch die Berge hoch aufragend,
wärst du mir treu ergeben,
wagtest du für mich dein Leben.

Kenan steht in der Tür von Jakobs Zimmer und schaut zu ihm hinüber. Hält sich am Rahmen fest, zittert ein bisschen. Er hat sich das Blut von der Stirn gewischt, ein Pflaster daraufgeklebt. Das hat schon genügt. Seine Wunde ist ganz winzig, winzig klein. Er steht in der Tür und beobachtet Jakob. Er ist mit wenig davongekommen, aber er ist von denselben Händen geschlagen worden heute Nacht, die Jakob geschlagen haben. Er ist nicht zur Polizei gegangen. Er hat einen Pakt geschlossen.

Was machen wir jetzt, Jakob? Was?

Kenan zieht sich einen Stuhl neben das Bett, rückt dicht heran.

»Hallo«, sagt er leise.

Er atmet schwer, kämpft, zieht kurz Rotz durch die Nase und sitzt dann einfach bloß da, lässt Minuten vergehen.

Er schaut sich im Raum um, der immer wieder kurz verschwimmt. Kenan wischt sich die Tränen weg.

Er streicht Jakob mit der Hand über die Wange. »Wir rasieren dich morgen mal wieder«, flüstert er und nickt.

Er berührt Jakobs Arm, Jakobs Hand, drückt sie. Jakob wird nicht wach.

Kenan stützt seinen Ellenbogen auf die Matratze, drückt die Faust gegen den Mund, wartet.

Irgendwann legt er seinen Kopf aufs Kissen, legt ihn neben den von Jakob, und eine einzelne Träne rinnt ihm langsam über die Nase. Er schließt die Augen. Rot sind sie, haben sich zu sehr angestrengt. Er wird schlafen. Und mit geschlossenen Augen glaubt er vielleicht, Jakobs Finger zu spüren, zu spüren, wie sie seinen Druck erwidern. Glaubt, im Einschlafen noch, ein Rascheln zu hören, ein Flittern. *Mach nicht die Augen auf, Kenan. Nein, lass sie zu.* Etwas löst sich von der Decke, rieselt herab in traurigem blauem Licht. Konfetti fällt von oben, ein endloser blitzender, funkelnder Regen aus metallischen Schnitzen, die sich auf ihre Köpfe legen, auf den einen und auf den anderen, auf Jakobs und auf Kenans Kopf, aufs Kissen und die Geräte, auf die Bettdecke, auf Kenans gebeugten Rücken. Konfetti, das über die

Schläuche fällt und über die Monitore, das auf sie niedergeht, geduldig und ausdauernd, das sich blitzend dreht, während es fällt, das taumelt und sanft, ganz sanft den Boden berührt. Jakob schläft, und Kenan schläft auch.

4

Draußen verändert sich der Himmel. Die ersten Farben kommen zum Vorschein, drüben am Horizont. Hinter den tiefen, dunklen Wolken sind sie, breiten sich aus, greifen in die Höhe, strecken sich, wachsen in den Morgen. Am besten sieht man das von der Küche aus. Sophie schiebt zwei Stühle dicht nebeneinander und holt eine Wolldecke aus dem Wohnzimmer. Die können sie sich teilen, während sie beieinandersitzen und dem Sonnenaufgang zuschauen.

Ein bisschen kalt ist ihr, also kuschelt sie sich ein. Der Himmel ist schön. Das ist oft so nach einem Sturm, der ordentlich aufgeräumt hat da oben. Es ist sehr still um sie herum, und Sophie dreht langsam den Kopf, schaut vorsichtig neben sich.

Da ist er.

Finn erwidert ihren Blick, zieht ein bisschen mehr von der Decke zu sich herüber. Seine Augen sind wieder ganz normal, sehen nicht mehr so angespannt aus, nicht mehr so fremd. Seine Stirn auch. Da ist nichts mehr. Keine Wunde. Kein Kreuz. Es ist nur noch seine Stirn. Er ist nicht mehr wütend, verzieht nicht den Mund. Er sucht nichts mehr.

»Geht's dir gut?«

Finn nickt. »Ja.«

Jetzt redet er auch wieder mit ihr, wenn auch nur sehr, sehr leise.

Sophie schaut zur Balkontür hinaus. Die Nacht löst sich auf.

»Ich habe dein Shirt weggegeben«, sagt sie.

»Ich weiß.«

»Und dein Messer ist auch nicht mehr da.«

»Ich brauche es jetzt nicht mehr.«

Sophie nickt, schaut mit einem Auge zu den Wolken hinaus.

»Gehst du wieder weg?«, fragt sie leise.

»Nein«, sagt Finn. »Ich gehe nicht mehr weg. Nie mehr.«

Sophie Kramer bleibt eine lange Weile stumm, schlingt die Decke enger um ihre kalten Füße. Dann sagt sie: »Das ist gut.«

5

Sophie Kramer sitzt auf einem von zwei Stühlen, sitzt vor der Balkontür, und draußen verändert sich der Himmel, schiebt seine Farben in die Höhe, weiter und weiter, an den Hauswänden hinauf, taucht die Stadt in sie ein, ist rot und rosa und blau, strahlt gelb und weiß, ist nicht mehr dunkel. Sophies gesundes Auge ist weit offen, blickt hinaus. Ihre Mundwinkel heben sich, langsam nur. Sie lächelt. Ein neuer Tag.

Meine Mutter, die Hur
die mich umgebracht hat,
mein Vater, der Schelm, der mich gessen hat,
mein Schwesterlein klein
hub auf die Bein,
an einem kühlen Ort,
da ward ich schönes Waldvögelein,
fliege fort,
fliege fort!

Goethe: Faust I

Danksagung

Deutsche Romane haben, vor allem im Ausland, seit jeher nicht den allerbesten Ruf. Wohl weil man sie entweder zu seriös findet oder erheblich zu unseriös. In der englischen Critical Review von 1807 heißt es: »Wir wissen nur zu gut, was von einem derartigen deutschen Werk der Imagination zu erwarten ist: Geister, Skelette, Ketten, Verliese, Schlösser, Wälder, Mord und Raub ziehen in langer Reihe an uns vorüber, bis wir so übersättigt sind von all den Schrecknissen und gewöhnt an ihren Anblick, dass wir sie ebenso gleichmütig betrachten wie ein Bestatter die letzten melancholischen Gebräuche seiner sterblichen Brüder.« (Frei übersetzt und zitiert nach: Jonathan Rigby: *Euro Gothic,* Cambridge 2016). Es war meine Absicht, wenigstens zum Teil an diese Tradition anzuknüpfen. Dieses Buch verbindet das sehr Reale (zumal die mehr als beunruhigenden Erfahrungen mit dem sich verschärfenden Rechtsruck unserer Gesellschaft) mit dem vollkommen Fiktiven, was es natürlich anfällig macht für alle erdenklichen Fehler. Ich habe vielen Menschen dafür zu danken, dass ich manche davon vermeiden konnte, weil sie mir ihre Zeit und ihren Rat geschenkt und mir etwas über ihre Welt erzählt haben. Ich danke Christoph Schlemmer, Patrick Wellinski, Matthias Wengler, Richard Ernest Badih vom Berliner LSVD und ganz besonders Fatih Alasalvaroglu und dem Ersten Polizeihauptkommissar Thomas Rechenberg.

Für die Hilfe bei den zahlreichen medizinischen Fachfragen gilt mein Dank Dr. Katrin Miescke, Dr. Christopher Bartel und Dr. Heike Anders.

Einen großen Einfluss hatte die Lektüre von Marcus Wegners Buch *Exorzismus heute: Der Teufel spricht deutsch* (Gütersloh 2009) und Lyndal Ropers *Der Mensch Martin Luther. Die Biographie* (Frankfurt 2016). Außerdem natürlich verschiedene Märchen, insbesondere das Grimm-Märchen vom Machandelbaum, auf dem dieser Roman weitestgehend beruht. Die Geschichte vom Teufelsspiegel ist eine Nacherzählung des Eingangskapitels von Hans Christian Andersens *Schneekönigin*. Die Engel auf dem Berliner Dom singen den Schlusschor aus Gustav Mahlers zweiter Sinfonie. Es handelt sich um Verse, die der Komponist selbst geschrieben hat, etwa zu der Zeit, in der der Dom fertig gebaut wurde.

Zum Schluss danke ich meiner Mutter dafür, dass ich aus Irena Kramer eine Floristin machen durfte, denn abgesehen von ihrem Beruf – und einigen Sommersprossen – haben beide nichts gemein.

Übrigens bin ich mir nicht sicher, ob der Theaterabend von Jakob Bechstein besonders gut gewesen ist. Ich selbst habe sehr viele ähnliche Abende sehen dürfen, in Stadttheatern und besonders oft an kleinen Bühnen der freien Szene, in größeren und auch in kleineren Städten, und sie haben mich sehr oft beglückt und – das hoffe ich wenigstens – klüger gemacht und mir die unschätzbar wichtige Möglichkeit gegeben, die Welt aus unterschiedlichen Perspektiven zu betrachten. Deshalb: Dem Theater und seinen Künstlerinnen und Künstlern danke ich auch. Sowieso.

André Mumot, im Frühjahr 2018